收获

五年集

(2018—2022)

散文卷　《收获》编辑部 主编

我只知道人是什么
再访米仓山三记

余 华　阿 来等 著

人民文学出版社
PEOPLE'S LITERATURE PUBLISHING HOUSE

图书在版编目(CIP)数据

我只知道人是什么:再访米仓山三记:散文卷/余华等著;《收获》编辑部主编. —北京:人民文学出版社, 2023
(《收获》五年集:2018—2022)
ISBN 978-7-02-017634-2

Ⅰ.①我… Ⅱ.①余… ②收… Ⅲ.①散文集-中国-当代 Ⅳ.①I267

中国版本图书馆 CIP 数据核字(2022)第 233911 号

总 策 划 **黄育海 程永新**
责任编辑 **卜艳冰 张玉贞**
装帧设计 **汪佳诗**

出版发行 **人民文学出版社**
社 址 **北京市朝内大街 166 号**
邮政编码 **100705**

印 刷 **凸版艺彩(东莞)印刷有限公司**
经 销 **全国新华书店等**

字 数 **352 千字**
开 本 **720 毫米×1000 毫米 1/16**
印 张 **24.5**
版 次 **2023 年 1 月北京第 1 版**
印 次 **2023 年 1 月第 1 次印刷**

书 号 **978-7-02-017634-2**
定 价 **148.00 元**

编者的话

五年前，大型文学刊物《收获》创刊六十周年之际，我们编纂出版了共计二十九卷（册）的纪念文存，收入自一九五七年《收获》创刊号至二〇一七年各期发表的不同体裁的优秀作品，其作者凡一百八十余人。自“五四”以来不同时期走上文学道路的几代作家，藉以纪念文存集中亮相，与读者一起走入琳琅多彩的文学长廊，留下了一个甲子的辉煌记忆。

如今，《收获》已走过六十五个年头。最近五年间，《收获》继续收获中国文学硕果，赓续前六十年的创造，老树新花更赋风流，于是有了这套《收获》五年集。

现在这套文集遴选范围是《收获》二〇一八年至二〇二二年发表的作品，按创作体裁编为四卷（册），即散文一卷、短篇小说一卷、中篇小说两卷。这次的编目中没有安排长篇小说，这一点需要特别加以说明。先前作为纪念六十周年的文存，集中收存各体创作之菁萃，旨在完整呈示《收获》自创刊以来的整个历程，亦有积累文学史料之功；其中长篇小说超过三分之一卷帙，亦体现了这份刊物的原生状态，因为长篇体裁一向是《收获》之优长。这次编目思路的改变，不是由于长篇缺少佳作或其他原因，而是《收获》近年发表的长篇佳作皆有单行本行世，且发行甚广，不像早先六十年间有些作品如今已难寻觅。为节省篇幅和出版资源，长篇体裁在此付诸阙如，是根据现实情况而变通的考虑。

这新的五年，文学园地自是一番崭新景象。继往开来的《收获》同仁始终铭记刊物创始人巴金和靳以先生的旨意，着眼于青年和未来。巴老说过，“《收获》是向青年作家开放的，已经发表过一些青年作家的作品，还要发表青年作家的处女作。”前辈的远见卓识给这份刊物注入了历久弥新的生命力，亦预示文学事业可持续发展的光明前景。从现在这套文集选目来看，作者代际变化相当明显，作品的艺术视野和表现手法都有相应的开拓。

在有作品入选的五十六位作者中，王安忆、叶兆言、南帆、余华、毕飞宇等五零、六零后作家为数不多，可喜的是这些文坛常青树依然活跃此间，给我们带来“庾信文章老更成”的欣喜，而与此同时，再度收获的园地又见“递相祖述复先谁”的繁花硕果。七零后作家徐则臣、赵松、哲贵、李修文、曹寇、雷默等人，无疑已成文坛中坚，而更年轻作家亦纷纷进入读者视野。收入这套文集的林晓哲、周嘉宁、白琳、索南才让、董夏青青、班宇等一班八零后翘楚，早已为广大读者所关注。还有迅速崛起的夏麦、叶昕昀、渡澜那些九零后作家，更是能够让人相信明日的灿烂。

面对才俊辈出的新气象新局面，作为编辑者和出版人，我们充分意识到这项工作的意义。编纂这套文集，是为文学事业和全民阅读助力，是记录一种创造史。同时，我们怀有一种心愿，希冀日后成为读者眼中的名山事业。

当然，任何选本也许都会有遗珠之憾，取舍之间自是交织着喜悦与惋惜，文学的价值标准可能永远是见仁见智，一切还是留给读者去判断。

最后，还是要说一句：感谢读者。无论是《收获》杂志，还是眼前这套文集，归根结底以读者为存在。

《收获》杂志编辑部

上海九久读书人文化实业有限公司

人民文学出版社

二〇二二年十一月十七日

目 录

我只知道人是什么

余　华

2010年5月，我参加耶路撒冷国际文学节期间，去了犹太人大屠杀纪念馆。纪念馆在一座山上，由不同的建筑组成，分成不同的部分。“二战”期间纳粹杀害了六百多万犹太人，已收集到姓名和身份的有四百多万，还有一百多万死难者没有确认。有一个巨大的圆锥状建筑的墙上贴满了死难者的遗像，令人震撼。死难儿童纪念馆也是圆形建筑，里面的墙是死难儿童的照片交替出现组成的，里面的光也是由这些交替出现的照片带来的，一个沉痛的母亲的声音周而复始呼唤一百多万个死难儿童的名字。纪念馆的希伯来文原名，来自《圣经》“我必使他们在我殿中、在我墙内有记念、有名号，比有儿女的更美。我必赐他们永远的名，不能剪除”这段话里的“有记念、有名号”。

纪念馆还有一处纪念国际义人，这是为了纪念那些在大屠杀期间援救犹太人的非犹太人。展示的国际义人有两万多人，他们中间一些人的话被刻在柱子上和墙上，也有非国际义人的话，有些已是名言，比如德国牧师马丁·尼莫拉那段著名的话：“当初他们屠杀工会人士，我没有说话，因为我不是工会人士；后来他们屠杀共产党，我也没有说话，因为我不是共产党；后来他们杀犹太人，我还是没有说话，因为我不是犹太人；再接下来，他们杀天主教徒，我仍然保持沉默，因为我是基督教徒。最后他们要杀我了，已经没有人为我说话了，因为能够说话的人都被他们杀光了。”也有不知名的人的话也刻在那里，一个波兰人说下了一句让我难忘的话。这是一个没有什么文化的波兰农民，他把一个犹太人藏在家中的地窖里，直到“二战”结束，这个犹太人才走出地窖。以色列建国后，这个波兰人被视为英雄请到耶路撒冷，人们问他，你为什么要冒着生命危险去救一个犹太人，他说：我不知道犹太人是什么，我只知道人是什么。

“我只知道人是什么”这句话说明了一切，我们可以在生活里，在文学和艺术里寻找出成千上万个例子来解释这句话，无论这些例子是优美的还是粗俗的；是友善和亲切的，还是骂人的脏话和嘲讽的笑话；是颂扬人的美德，还是揭露人的暴行——在暴行施虐之时，人性的光芒总会脱颖而出，虽然有时看上去是微弱的，实质无比强大。我在耶路撒冷期间，陪同我的一位以色列朋友给我讲述了一个真实的故事。他的叔叔是集中营里的幸存者，他被关进集中营的时候还是一个孩子，父亲和他在一起。“二战”结束以后，他从未说起在集中营里的经历，这是很多集中营幸存者的共同选择，他们不愿意说，是因为他们无法用记忆去面对那段痛苦往事。当他老了，身患绝症，他儿子是一个纪录片导演，鼓励他把那段经历说出来，他同意了，面对镜头老泪纵横说了起来，现场摄制的人哭成一片。他说有一天，几个纳粹军官让集中营里的犹太人排成长队，然后纳粹军官们玩起了游戏，一个拿着手枪的纳粹军官让另一个随便说出一个数字，这另一个说了一个七。拿手枪的纳粹军官就从第一个数，数到第七个时举起手枪对准这第七个的额头扣动扳机。拿手枪的纳粹军官逐渐接近他的时候，他感到父亲悄悄把他拉向旁边，与他换了一下位置，然后他才意识到自己刚才站在七的位置上。那个纳粹军官数着数字走过来，对准他父亲的额头开枪，父亲倒了下去，死在他面前，那时候他不到十岁。

说点轻松的，也是2010年，我去南非现场看世界杯，学会了好几种骂人的脏话，因为每场比赛两边的球迷都用简单的词汇互骂，我记住了。可能是我个人的原因，什么样的脏话都是一学就会，现在这些脏话全忘了，后来没机会用。差不多十年前，我家里的餐桌是在宜家买的，桌面是一块玻璃，上面印有几十种文字的“爱”，开始的时候我看着它心想这世界上有多少数量的爱？有意思的是，为什么全世界的球迷在为己方球队助威时都用脏话骂对方球队，为什么世界上所有的语言里都有“爱”？这让我想起两个中国成语，异曲同工和殊途同归，接下去我就说说这个。

中国的三国时期笑话集《笑林》里有一个故事，一个人拿着一根很长的竹竿过城门，横着拿过不去，竖起来拿也过不去。一位老者看到后对他说，我虽然不是圣贤，也是见多识广，你把竹竿折断成两截就能拿过去了。法国有个笑话，这是现代社会里的笑话，一个司机开一辆卡车过不了桥洞，卡车高出桥洞一些，司机不知所措之时，有行人站住脚，研究了一会儿，对司机说，我有一个好主意，你把四个车轮卸下来，卡车就可以开过去了。

这两个笑话的时间地点相隔如此遥远，一个是三国时期，一个是二十世纪；一个在中国，一个在法国。可是这两个笑话如出一辙，这说明了什么？应该说明了很多，我说不清楚，别人也说不清楚，也许有一点说明了，就是一句耳熟能详的口头禅——人都是一样的。我再说说两个与我有关的故事，第一个是《许三观卖血记》，小说里的许玉兰感到委屈时就会坐到门槛上哭诉，把家里的私事往外抖露，这是基于我童年时期的生活，当时我家的一个邻居就是这样。这部小说1999年出版了意大利文版后，一位意大利读者对我说，那不勒斯有不少像许玉兰这样的女人，隔些天就会坐到门口哭诉爆料。第二个是《兄弟》，十二年前在中国出版时受到很多批评，2008年出版法文版时，一位法国女记者采访我时对此很好奇，问我为什么《兄弟》在中国遭受那么多的批评，哪些章节冒犯了他们。我告诉她有几个章节，首先是李光头在厕所里偷窥，我还没有说其他的，这位女记者就给我说起法国男人如何在厕所里偷窥的故事。这下轮到我好奇了，我说，李光头在厕所里偷窥的故事发生在中国的“文革”时期，那是一个性压抑的年代，你们法国的男人和女人上床并不那么困难，为什么还要去厕所偷窥？她说，这是你们男人的本性。

类似的故事我可以继续往下说，与我无关的应该比与我有关的还要多，让我说一千零一夜是不可能的，说一百零一个还是有可能的。从上述角度看，知道人是什么似乎很简单。可是换一个角度，从那位朴实善良的波兰农民的角度来看，知道人是什么就不那么简单了。“犹太人”在他的知识结构之外，他不知道，但是他知道人是什么，因此冒着生命危险去救犹太人。这个勇敢的行为意味着什么？我们可以称之为人性的力量，同时也意味着他确实知道人是什么，这样的人可能没有我们认为的那么多。

安德烈·塔可夫斯基知道人是什么，他在《雕刻时光》里谈到“影像思考”时，讲述曾经听来的两个真实故事，第一个故事是：“一群叛军在执刑的队伍之前等待枪决，他们在医院墙外的洼坑之间等待，时序正好是秋天。他们被命令脱下外套和靴子。其中一名士兵，穿着满是破洞的袜子，在泥坑之间走了好长一段时间，只为寻找一片净土来放置他几分钟之后就不再需要的外套和靴子。”

这个令人心酸的故事意味深长，我们可以将其理解为一个告别生命的仪式，也可以理解为这不再需要的外套和靴子是存在的延续。我们可以从很多角度来理解这个最后时刻的行为，如果是在平常，外套和靴子对于这个士兵来说就是外套和靴子，但是行将被枪决之时，外套和靴子的意义不言而喻。这个士兵在寻找一片净土放置它们时没有死亡恐惧了，他只想把外套和靴子安顿好，这是他无声无字的遗嘱。

塔可夫斯基讲述的第二个故事是：“一个人被电车碾过，压断了一条腿，他被扶到路旁房子的外面靠墙而坐，在睽睽众目的凝视下，他坐在那儿等待救护车来到。突然间，他再也忍不住了，从口袋里取出一条手帕，把它盖在被压断的腿上。”

塔可夫斯基讲述这两个故事是为了强调艺术影像应该“忠实于角色和情境，而非一味追求影像的表面诠释”。这第二个故事让我脑海里出现了西班牙作家哈维尔·马里亚斯《如此苍白的心》的开头部分，这是近年来我读到的小说里最让我吃惊的开头，马里亚斯也是一个知道人是什么的作家，《如此苍白的心》是一部杰作。马里亚斯的杰作是这样开始的："我虽然无意探究事实，却还是知道了，两个女孩中的一人——其实她已经不再是所谓的女孩了——蜜月旅行回家之后没多久，便走进浴室，面对镜子，敞开衬衫，脱下胸罩，拿她父亲的手枪指着自己的心脏。事发当时，女孩的父亲正和部分家人及三位客人在餐厅里用餐。女孩离开饭桌约五分钟后，随即传来了巨响。"马里亚斯小说的第一部分用了不分段落的满满五页，精准描写了在场所有人对女孩突然自杀的反应。尤其是女孩的父亲，他和同行的人跑到浴室时嘴里含着一块还没有吞咽下去的肉，手里还拿着餐巾，看到躺在血泊里的女儿时他呆滞不动，"直到察觉有胸罩丢在浴缸里才松手把这块还攥在手里或是已经落到手边的餐巾覆盖在胸罩上面。他的嘴唇也沾上了血迹。仿佛目睹私密内衣远比看到那具躺卧着的半裸躯体更让他羞愧。"

同样都是遮盖，呈现出来的都是敞开，我的意思是说，这两个遮盖的举动向我们敞开了一条通往最远最深的人性之路，而且是那么的直接有力。不同的是，塔可夫斯基讲述了影像中羞愧的力量，马里亚斯讲述了叙述里惊恐的力量。设想一下，如果那个等待救护车的人没有用手帕盖在被压断的腿上，而是用手指着断腿处以此博取路人同情，那么这个故事的讲述者不会是塔可夫斯基；如果那个父亲不是把餐巾覆盖在胸罩上面，而是试图盖住女儿半裸的躯体，那么这个细节的描写者不会是马里亚斯。

安德烈·塔可夫斯基是 1986 年去世的俄罗斯导演，他留给我们的电影经久不衰；哈维尔·马里亚斯是 1951 年出生的西班牙作家，至今仍在生机勃勃地写作。作为导演，塔可夫斯基讲述这个故事的目的是为了阐明什么是真正的艺术影像，就是构思和形式的有机结合。作为作家，马里亚斯描写出来的这个细节呈现的是文学里无与伦比的魅力，就是文学如何洞察生活呈现真实的魅力。

接下去我再说些轻松的。我先说了一个沉重的大屠杀纪念馆和一个悲惨的集中营故事，此后是两个轻松的笑话和两个与我有关的故事，接着是这三个令人不安的故事，为了最后的轻松，我拜访了鲁迅和莎士比亚，这两位都是有时候沉重有时候轻松，毫无疑问，这两位都是真正知道人是什么的作家。

鲁迅《狂人日记》里的例子我在中国举过多次，莎士比亚的例子我也举过，现在再次举例是为了讲述一个我自己的经历。

《狂人日记》里的那个精神失常者上来就说“不然，赵家的狗，何以看我两眼呢？我怕的有理”。我以前说过，鲁迅写一句话就让一个人物精神失常了，有些作家为了让笔下的人物精神失常写了几千上万字，应该说是尽心尽力了，结果人物还是正常。再来举个莎士比亚的例子，他的《维罗那的二位绅士》里面有一出幕外戏，一个鼻青眼乌的人牵着一条狗走到舞台中央停下，开始埋怨狗：“唉，一条狗当着众人面前，一点不懂规矩，那可真糟糕！按道理说，要是以狗自命，做起什么事来都应当有几分狗聪明才对。可是它呢？倘不是我比它聪明几分，把它的过失认在自己身上，它早给人家吊死了。你们替我评评理看，它是不是自己找死？它在公爵食桌底下和三四条绅士模样的狗在一起，一下子就撒起尿来，满房间都是臊气。一位客人说：‘这是哪儿来的癞皮狗？’另外一个人说：‘赶掉它！赶掉它！’第三个人说：‘用鞭子把它抽出去！’公爵说：‘把它吊死了吧。’我闻惯了这种尿臊气，知道是克来勃干的事，连忙跑到打狗的人面前，说：‘朋友，您要打这狗吗？’他说：‘是的。’我说：‘那您可冤枉了它了，这尿是我撒的。’他就干脆把我打一顿赶了出来。天下有几个主人肯为他的仆人受这样的委屈？”

鲁迅和莎士比亚描写精神失常的人物时，说话都是条理清楚，他们是通过话里表达出来的意思显示出这个人物已经失常的精神状态。不少作家描写精神失常的方式都是让人物说话语无伦次，而且中间还没有标点符号，这已经成了套路，一大堆莫名其妙的语言黑压压地摆在那里，这些作者以为用几页甚至十几页人物不知所云的说话可以让读者感受到这个人物精神失常了，这只是作者的一厢情愿，如果读者感觉到有人精神失常的话，也不会认为是作品里的人物，而是怀疑这个作者精神失常了。

2014年11月我去意大利的时候，邀请方给我安排了一个特别的活动，让我去维罗纳地区的一家精神病医院和一群精神病患者进行一场文学对话。邀请方给我安排的翻译很紧张，不过她看上去还是比较镇静。她开车来旅馆接上我，在去精神病医院的路上她说了几遍“这真是一个奇怪的活动”，她说院方保证参加活动的都是没有暴力倾向的精神病患者，她这话是在安慰我，不过听上去更像在安慰她自己。我开玩笑说，院方保证的只是过去没有出现过暴力倾向的，并不能保证今天不出现。她听后“啊”地叫了一声，然后又说“这个活动太奇怪了”。我们来到精神病医院的门口，应该是监控摄像头看到了事先登记过的车牌号，大铁门徐徐打开，我听到机械的响声。开车进去后让我看到了一个很大的花园，里面有几幢不同颜色的建筑，我们在最大的那幢前面停下，我心想这应该是主楼。

我们先去了院长办公室，院长是一位女士，她握着我的手说，你能来我们太高兴了。然后请我们坐下，问我们要咖啡还是茶，我们两个都要了咖啡。喝咖啡的时候，院长说每年都会有一位作家或者艺术家来这里，她说病人们需要文学和艺术。院长问我，你在中国去过精神病医院做演讲吗？我说没有。

喝完咖啡，我们去了一个会议室，里面坐了三十来个病人，我们走到里面的一张桌子后面坐下，面对这些病人，院长站在我的左侧，就像其他地方的文学活动一样，院长介绍了我，我不记得当时这些病人鼓掌了没有，我的注意力被他们直勾勾看着我的眼睛吸引过去了，院长说话的时候我拿出手机拍下了他们，我感觉他们的目光铁钉似的瞄准了我的眼睛，好在后面没有榔头。院长介绍完就出去了，会议室的门关上以后，我注意到一个强壮的男人站在门那边，用严肃的眼神审视屋子里的病人，他没有穿白大褂，我心想他不是医生，可能是管理员。

我们沉默了一会儿，我第一次置身这样的场合，不知道怎么开始，我的翻译小声问是不是可以开始了，我点点头对他们说，请你们问我一些问题吧。翻译过去以后仍然是沉默，我继续说，文学的问题和非文学的问题都可以问。等了一会儿，第一个问题来了，一位女士问，你是意大利人吗？我摇摇头说，我是中国人。接着一位男士问我，你可以介绍一下自己吗？我简单地介绍了自己，一个来自中国的作家，过去在中国的南方生活，现在住在北京。此后就顺利了，他们问的都是简单的文学问题，我的回答也很简单。没有人问到我的作品，我知道他们没有读过我的书。我注意到他们提问时几乎都是将身体前倾，像是为了接近我，我回答后他们的身体没有回到原位，前倾的姿态一直保持了下去。这个活动进行了大约四十分钟，最后提问的是那位站在门边的强壮男人，此前他给我的感觉是一直在监视这些病人，所以我认为他是医院的管理员。他提了两个问题，第一个是问我在中国做一名作家怎么样，我说很好，可以晚上睡觉，也可以白天睡觉，作家的生活里不需要闹钟，自由自在。他听完后严肃地点点头，问了第二个问题：你生活在意大利哪个城市？我心里咯噔一下，这个我一直以为是管理员的竟然也是病人，这个屋子里除了我和翻译，全是病人，而且门关着，最强壮的那个还是守门员。我回答了最后一个问题，我生活在中国的北京。

外面有人推门进来，是院长女士，活动结束了。往外走的时候我问翻译，你能听懂他们的说话吗？翻译有些惊讶，她说当然能听懂，他们说的是意大利语。她理解错了我的意思，我继续问她，他们说话没有颠三倒四？她说，他们说话很清楚。我的翻译不知道，那一刻我突然想到了前面举过的鲁迅和莎士比亚的两个例子。

院长送我们到门外，她再次向我表达了感谢，感谢之后是询问我接下来在意大利的行程，她对我此后要去的每一个地方都是赞美一番，所以我们在那里站了一些时间。那时候应该是午饭时刻，刚才和我坐在一个屋子里的这些病人一个个从我面前走过，有的对我视而不见，有的对我点一下头。我注意到一个男人拉住了一个女人的手，还有一个男人搂住了一个女人的肩膀，看上去他们都是五十来岁的年纪，亲密无间地走向他们的食堂。好奇心驱使我问了院长一个问题，住在你们医院的病人里有没有是夫妻的？院长说没有。

我们上了车，这次开到大铁门那里，门迟迟没有打开，我的翻译有些焦虑，我再次开玩笑说，我们可能要留在这里了。翻译放在方向盘上的双手立刻举了起来，她叫道："不要。"然后我们听到机械的响声，大铁门正在慢慢打开。我们离开精神病医院后，翻译一边开车一边对我说："我很紧张。"她一直很紧张，此前没有说是为了不影响我，我们离开精神病医院后她吐露真言。

后来的行程里，我不时会想起维罗纳那家精神病医院的文学活动。我此前觉得精神病患者生活在一个黑暗的无底洞里，但是那两对男女亲密走去的身影改变了我的想法，因为那里有爱情。那两个男的和那两个女的，他们可能各有妻子和丈夫，如果是这样，他们的妻子和丈夫应该会定期来看望他们，可能中间的某一个某两个甚至某三个和四个已经离婚了，或者从来没有过婚姻，这些都不重要，重要的是那里有爱情。

2017 年 9 月 14 日

（原刊于《收获》2018 年第 1 期）

他人的历史，我的窥视

——我与古董市场的奇缘

张　翎

几年前，住在法国的表妹邀请我去巴黎小住。表妹刚置了一处新居，我很幸运地成为第一个暖居的客人。尽管新居刚刚装修过，有一套现代化的厨卫设施，表妹却沿用了前主人留下的全套旧家具。听表妹说，这处房产的前主人是一对九十多岁的法国夫妻，他们去世后，为了便于平分遗产，三个儿子决定出售父母的公寓。与北美的高效率行事方式很不相同，法国的房地产交易过程复杂冗长。在此期间，表妹曾多次联系那家的儿子们，请他们尽快清空房子，却迟迟得不到回复。直到最后他们也没有露面，只是打来电话告知：他们已联系了搬运公司，要把全套家具送到专门的旧货处理公司去。表妹闻此，就提出全数收留，于是两下皆大欢喜。我这才有缘得见那些古旧的梳妆台、衣橱、餐桌和床头柜。这套家具全是圆角凸边的，门上雕着精致的花卉，只是油漆已被时光冲洗得失去了光泽，多处裸露着凹凸的木纹。橱门和抽屉开起来很是吃力，发出声声暧昧的呻吟，甚至会任性地搁浅在半途。我站在四壁都刷了新漆的屋子中间，看着天花板上那盏已经老态龙钟的枝形吊灯，突然有了些不知身在何时何处的惶然。久居巴黎的表妹，在这些年里已经不知不觉地沾染上了大多数法国人身上的通病（旧房主的三个儿子是个例外）——法国人酷爱旧物，他们喜欢用旧物保存历史，对抗着时光终究不可逆转的流失。

那晚，在旅途中丢失了一夜睡眠的我却毫无倦意。在床上吱吱呀呀地翻滚了半晌之后，终于熬不下去了，就点灯起来，打开床头柜的抽屉，想找一本闲书消磨时光。抽屉很沉，不全是因为木头老了，还因为里边塞满了物什。我没有找到书，却发现了一张黑白照片。照片是印在一张很厚的老式照相纸上的，颜色已经泛黄，边角卷翘。照片上有五个人：一对说不出年纪的法国夫妻，带着三个岁数相隔很近的男孩。女人穿着一件腰身箍得很细的曳地长裙，肩上搭着一条厚披风。男人穿着三件套的西服，裤子绷得很紧。三个男孩都是西服革履，偏分的头发齐顺地朝向脑后梳去，露出丝丝缕缕的梳齿痕迹。大人小孩脸上的表情都很拘谨，嘴在笑，眼睛却没有，那笑容仿佛是一块紧绷的布上剪开来的一条硬缝。

我怔了一怔，突然明白过来，这是房子前主人的全家福照片。我顺着照片翻下去，发现了三个本子，纸张的颜色已经从白色演变成了浅棕色，有的页面已经缺损，蘸水笔留下的字迹开始有些模糊不清。我的法语程度有限，看不懂全部内容，但凭着记忆里残存的语法规则，还有法语里和英文相近的那些单词，非常吃力地猜出了三个本子的内容：户籍登记册、征兵手册、结婚证书。

我觉得背上有些重量，仿佛身后有一双眼睛，正略带愠怒地注视着我的一举一动。我在最不经意的时刻，闯进了一个完全陌生的家庭，偷窥到了他们并无意展现给我的隐秘。一股凉意从脊背蹿上来，细蛇一样地蜿蜒盘旋至后脑勺，我不禁打了一个寒噤。我想到了那三个西服革履头发梳得整整齐齐的男孩。当然，他们现在早已不是男孩，他们现在兴许已经拥有了像这三个男孩一般年纪的孙儿。他们抽走了父母遗物中可以用金钱计量的部分，却丢下了无法量化的那些内容。那些内容也有名字，叫记忆，也叫传统。那三个儿子就像传说中那个买椟还珠的郑人，拿走了皮毛，却扔下了最值得存留的东西，任凭一个素昧平生的外国人，在某个失眠的暗夜里，信步踩入本该有城堡守护的私密家族领地。

现在回想起来，我身上那种从窥探中得到的惊悚和满足感，几乎是与生俱来的。早在孩提时代，每当我行走在温州的乱街窄巷里，我总会注意到同龄的孩子常常会忽略的细节：我会仰着头留意一根从扎满了玻璃碴的墙上探出脸来的树枝；我会趴在门缝上长久偷看院子里一个女人把腿压在井沿上练功的背影；我的耳朵会如风中野兔般地竖起，搜寻着没有关严的窗户里漏出来的一线歌声。在我稍大一些，跟随伙伴外出郊游路过寺庙的时候，当我的同伴们早已走远，我仍会站在一块石头上，悄悄地观看小沙弥在半掩的竹帘之后揩拭身体。后来我长大成人，在外边的世界生活多年，明白了窥探是一件不怎么能拿到台面上的事。在这里我说的“明白”二字，其实只适用于脑子。可是我的脑子并不总能管得了我的眼睛，我的眼睛从根底来说是个固执的无政府主义者，它有它自己的一套行为准则。我的眼睛走到哪里，都会毫无教养地伸出一万只触角，刺探任何可能泄露生活隐秘的蛛丝马迹。我为这个陋习扯起一块冠冕堂皇的遮羞布，我把它叫作“一个作家的好奇心”。再后来，随着年岁渐长，野性渐失，脑子在和眼睛的角斗中开始占了上风，眼睛只好做出了无奈的妥协，同意将触角限制在古事古物里——那是一个相对安全的区域，被人现场捕获的可能性几乎为零。脑子作为回报，同意眼睛保留部分自主权。于是我的眼睛就在脑子用金箍棒画出的圆圈内，继续在窥探中获取秘不可宣的快活。

我对古董市场的兴趣，就是从那次的巴黎之旅开始的，而在背后驱动着的那股力量，就是来自那双不安分的眼睛。在巴黎小住的日子里，以及后来对巴黎的多次再访中，我都会跟在我表妹的身后，一次又一次地跨进古董市场的门。我把这个爱好带回了我的长居地多伦多，后来这个爱好又随着我旅行脚踪进入了我所经过的许多地方：蒙特利尔、渥太华、华盛顿特区、奥兰多、天柏、哈瓦那、诺曼底、尼斯、布达佩斯……

刚走入古董市场时，我感觉像是钻入了一个万花筒，向来敏锐的眼睛突然迷了路，不知道哪条岔道可以引导我走出迷宫。虽然我所偏爱的物件还需要一段时间才会渐渐凸显，但我不感兴趣的东西，却几乎是在第一时间就确定了的——我很少在玉石首饰、东方古瓷古玩跟前驻留。我对这些物件缺乏兴趣的首要原因，是磁场的缺失。正像人和人之间的交往常常依赖于不可言说的直觉，物和人之间也存在是否相契的磁场。我的眼睛在这些物件面前突然失去了灵气和悟性，我成了一个毫无判别能力的愚钝之人。我看不出珊瑚翡翠玛瑙琥珀和一块颜色相近的石头之间的区别，而我对东方瓷器的鉴别能力，仅限于色泽是否靓丽、人物山水花卉是否画工精细——那还得仰仗我小时候学过的国画基础。我对玉石古玩的兴趣匮乏，还有另一个原因：在它们面前我缺乏自信。它们吸引了太多的注意力，在它们周围，总是汇集了密集的人群，大多是东方面孔的游客——那是国内汹涌的古董热潮在海外的漫溢。我感觉这些物件像一个个长得太好太招人喜欢的女人（或者男人），我没有勇气将自己卷入一场近乎厮杀的竞争。我向来喜欢待在充溢着安全感的人际关系中，这个偏好也同样适用于我和物件之间的关系，安全感的严重缺失使得我只能选择回避和退缩。

不知从何时起，我的目光适应了万花筒似的环境，貌似纷乱无序的物件逐渐显示出它们各自的边界，而不再是彼此的投射物或者复制品。我注意到有些物件在拥挤的背景中探出脸来，对我抛来暗含秋波的眼神，我的脚步开始在一些暗藏着玄妙人生故事的东西前驻留。

比方说有一次，在一个距巴黎两小时车程的乡村古董集市里，我发现了一张放置在一个鞋盒里的旧明信片。在法国，这样的明信片多不胜数，随便哪个集市上都可以轻而易举地收集到一摞。这张明信片之所以会从它众多的同伴中脱颖而出，是因为那上面有一枚保留得极为完整清晰的邮戳。邮戳上的日期是 1908 年 8 月 23 日，从里昂到巴黎。写信的是一个叫索朗日的女子，收信人是她的姑妈。在这封信里，索朗日告诉姑妈她将在两个星期之后的周三抵达巴黎，请姑妈帮她找一个干净便宜的单身房间。在附注里她叮嘱姑妈千万不可将此事告诉父亲，因为父亲绝对不会允许她离家。寄信人应该是个年轻的未婚女子，因为她还住在父母家里。邮戳上的那个日期，离第一次世界大战爆发还有六年，欧洲虽有小骚乱，局势大致稳定。在那个年代，年轻女子极少离开父母或其他男性的庇护独自到外边居住，尤其是在灯红酒绿的巴黎。当然，这个规矩也不是没有被人打破过——远在离索朗日寄出这张明信片的七十多年前，就有过一个叫乔治·桑的女子，执意离开了自己的丈夫，领着一个也叫索朗日的女儿，来到巴黎谋生。可是，世上只有一个乔治·桑，所以乔治·桑的名字，才会在一个多世纪之后，依旧被人频繁地提起，作为一切惊世骇俗之举的代名词。而在1908年的夏天，那个既不是之前的乔治·桑也不是之后的波伏娃的女子，为什么要执意离家出走？是因为一桩摆脱不了的婚约？还是一位不能公开婚嫁的男子？她到了巴黎将以何维生？给富人家里当洗衣工绣花女？还是给某一家云集了落魄艺术家的画室做女模特？这个如今早已灰飞烟灭的女子，在生前可曾想到过：她当时写下的一张明信片，会在一个多世纪之后流落到一个乡村古董市场？她生前守护得很紧的秘密，竟然会在她的身后走失，落入一个碰巧是作家的中国女人之手，成为一篇文章里的一个段落？于是我的心中充满了感喟。

再比如有一次，我在哈瓦那的古董市场看见了一幅旧招贴画。在古巴其实没有古董，至少在市面上没有，因为所有革命之前的旧物，都已经被革命的飓风刮到某些不为人知的僻静角落。当然，随着古巴和美国重修旧好，这些古物在将来的某个时候会渐渐重新露面。而在我逛市场的那个时段，充斥哈瓦那摊位的，都是些革命胜利初期的纪念物——那也是半个多世纪前的东西了。我所说的那张招贴画，就是诸多的革命宣传品中的一件。古巴的宣传画绝大多数仅仅使用西班牙语——这是民族骄傲的一种夸张姿势。而这张宣传画却极为罕见地在西班牙语之下出现了一行字体较小的英语翻译。我之所以使用了“罕见”二字，是因为英语在古巴是和美帝国主义产生最直接联想的文字。英文的原文是“We bring our women to classroom”，翻成中文，就是：“我们把妇女带进课堂”——应该是全民扫盲的宣传语。在同时期的中国，类似的口号曾经也很流行，所以我倍感亲切，忍不住多看了几眼。那张招贴画的背景是一面古巴国旗，国旗左角有一幅醒目的女人肖像。女人二三十岁的样子，没有名字，脸上的皮肤紧致闪亮如黑珍珠，每一个毛孔都吆吆地冒着阳光，富有明显加勒比特色的嘴唇饱满欲裂，嘴角上扬，笑容里带着一丝惊讶和茫然，仿佛被突兀的镁光灯吓了一跳。很奇怪，女人的肖像并没有让我对她的过去产生过多的联想。我想到的，却是她的后来。她果真进了课堂吗？她在课堂里，接受的是什么样的教育？走出课堂之后，她过的是什么样的日子？其实我知道，她的“后来”大致只有两种可能：一种是在某个月黑风高的夜晚，她跟随某个大胆鲁莽的男人，驾着一艘渔船穿越一百五十公里的水域，抵达了基韦斯特（Key West），成为美国佛罗里达州众多的古巴难民中的一员；第二种可能是：她哪儿也没去，留在了古巴，过着一个普通家庭主妇的生活，每天节省地使用着凭票供应的牙膏和肥皂，在早上领着一群儿女去免费的公家学校上学，途中看见从身边走过的外国游客时，忍不住用羡慕的眼光注视着他们身上光怪陆离的T恤衫；到傍晚时分，她会端着一杯朗姆酒，随着丈夫的吉他声，在门前的空地上扭动着身子，唱上一曲《广塔纳的女郎》(古巴最著名的民歌）。和里昂那位给姑妈写明信片的索朗日不同，这位匿名的古巴女子兴许如今还活在世上。想到她在某一天里拄着拐杖出门散步，颤颤巍巍地拐入街角的某个旧货集市，以其耄耋之目，猝不及防地撞见了六十年前花样年华的自身。那一刻，她该发出什么样的感叹？

还有一次，我在离多伦多一百公里左右的圭尔夫（Guelph）的古董集市里，看见了一台钉着“维克多留声机公司”(Victor Talking Machine Company）商标的老留声机。这家公司的留声机，在上世纪初曾经是风靡全球的时髦货，由于它的商标上有一只蹲在地上听喇叭的猎狐犬，当年的华侨管这个时髦玩意儿叫“狗听牌留声机”。出洋讨生活的金山客回乡探亲时，若能带回一台“狗听机”，在邻里乡间是一件超级拉风的事。想象一下那些在碉楼里日日仰颈期盼夫君归家的女人们，乍一听到从那个敞口的铁圆筒里传出来的人声，该是怎样的一种惊骇和欣喜？这种留声机以及它的独特商标，对我来说并不新奇，因为在十数年前我为《金山》做案头调研的时候，我早就已经对它有所了解了。《金山》里主人公阿法，就曾用这样时髦货，给他的妻子六指和儿女们的脸上，增添过很多光彩。可是那天在圭尔夫市场上见到的那台留声机，却和我从前见到的有所不同。那个不同虽不瞩目，却意义非凡。在仔细打量商标的时候，我惊讶地发现了四个凿印在那块金属铭牌上的繁体汉字："登録商標"。这几个中文字让我产生了许多联想：一个世纪前，回乡省亲的金山客，应该是维克多留声机公司最为重要的客户群体。正如一个世纪后的今天，回国探亲的华侨和来旅游的中国游客，是欧美各家奢侈品公司的最大客户群。所以如今每样奢侈品的说明书上，都印有醒目的中文字，而每家奢侈品的门店里，都站着一位会说流利中文的导购小姐。历史真是个痼疾不改的糟老头啊，每隔一小阵子就会发一场同样的疯癫。只不过在历史的辞典里，"一小阵子"可能就是一个百年。

古董市场里勾起我窥探欲望的东西远不止上面那几样。有一天我撞到了一本旧诗集，里边收集的是几位英国湖畔诗人的诗。远在我还是复旦大学外文系的学生时，我就已经熟知他们的名字了，我至今还能背得出他们的几句诗。粘住我脚步的不是这些诗人，也不是这些诗句，甚至不是那个已经破损挂丝、看上去很有几分古韵的布封皮，而是书页的空白处写下的密密麻麻的笔记。我也有同样的习惯，会在我看过的每一本书上，随意写下当时的感触和心境——那是一些如内衣般私密的思绪。我无法想象有一天这些沾着我思绪体液的内衣会流落到街市上，成为在大众手中传来传去的展物。不知为何，那天我断定写得这样一手优雅精致的花体字的书主人，一定是一位受过良好淑女式教育、不爱出门、一与陌生男士说话便会脸红的年轻英伦女子。我几乎不忍细看那些笔记，因为我已经对那个想象中的女子产生了无由的怜惜之情。

还有一次我在古董市场偶遇一根满身锈迹的铁轨道钉，据摊主说那是修筑太平洋铁路时期留存下来的旧物。当时我突发奇想，渴望手头能有一台高倍显微镜。后世在那枚道钉上留下的层层掩饰，会被精密科学无情撕扯干净。那显微镜底下，会不会显露出当年摸过这枚道钉的人所留下的指纹、汗水，或者其他 DNA 印记？

还有一次我看见了一把从印第安部落搜集来的老式猎枪，它应该是早期白人殖民者从欧洲带过来的旧物，扳机上拴的那个价码条上写的是“$2700”（加元）——应该是那天集市上较高的标价了。当初印第安人是用什么东西，从白人手里换来了这把猎兽和护身的武器的？是几张上好的海豹皮？还是一筐前一年留下的玉米种子？或许，是送给白人做“帮手”的某一个部落头领的女人？

还有一次，我见到了一张银版照相时代留下的旧照片，画面已经受损，但依旧可以看出是一个极为年轻英俊的小伙子。他端坐在壁炉架前，坐姿和表情都极为正式，高高的衣领刀似的割着他的脖颈。照片背面印着照相馆的地址和摄影家的名字。那个地址如今在哪里？那座建筑物假如还在，它的墙上应该钉着一块“历史遗产楼”的牌子（Heritage building）。在加拿大，超过七十五年楼龄的建筑物，墙面上大多会钉着这样一个醒目的标志——那是禁拆令。在那个年代，到影楼照一张肖像是一件难得的事，多半是为了一个隆重的纪念日，比如婚礼、寿辰，或者家庭团聚。而这个英俊的小伙子，却为何会留下这样一张独影？是毕业照？相亲照？还是出门远行之前的念心儿？我的心里涌上了一波又一波的好奇。

我走过这些物件，大多数时候仅仅只是饱一下眼福而已。世界上勾眼的东西太多，眼睛不够使，房子不够大，皮包也不够深，我不可能将它们一一占为己有。其实，就在我把它们小心翼翼地捧在手心，借着不同的光线和角度细细观赏它们的时候，它们已经影响了我，我也已经影响了它们，我们都已经不再是相遇之前的自身了。它们取走了一小片的我，我也取走了一小片的它们，分手时我们都缺了一块，但这样的缺失使我们变得更加完整，更加丰盛。

随着我逛集市次数的增多，我渐渐摸清了古董市场上的某些路数，不再为相似物件之间的价格差异一惊一乍，也不再被某位摊主充满激情的解说词所轻易蛊惑。我开始信任自己的审美判断，沉着冷静地依赖自己的喜好程度来决定是否购买、怎么出一个让我舒适又不令摊主难堪的价格。我发觉我的爱好不再如飞尘在空中乱舞，而是渐渐落到了一两个相对狭窄的区域。任何时候我都不会随便放过的一样东西是瓷器。我指的不是那些分类极细、价格昂贵、真假难辨的中国古瓷，而是作为装饰用的西洋挂盘——那些挂盘的价格还远远未到值得造假的地步。

最初我只要看见品相好、设计漂亮的挂盘就会毫不犹豫地买下，很快家里的储藏室里就堆满了五花八门的瓷盘，有描金花鸟、手绘动物、乡村别墅、冬日雪景、人物肖像，诸如此类，不可尽数。后来在跟一位巴黎画家朋友聊天时，他告诉我不成系列的挂盘不值得保留——那是醍醐灌顶的一句提醒。从那时开始，我就对有人物故事的系列挂盘产生了经久不衰的兴致。只是可惜，在茫茫大海般的古董世界里搜集到成套的挂盘是一件艰难的事，所以在这几年的淘宝经历中，幸运之神只光临过一两次。

我最得意的收藏品是一套六件限量版的法国皇家风格挂盘——那是一次千寻万觅皆不成，得来全不费工夫的经历。我最初是在多伦多郊外的一个古董市场的某个僻静角落里看到了其中的一只挂盘。那只瓷盘大概已经闲置了很久，上面盖着厚厚一层灰土。灰土使画面上的一男一女和背景色调都变得黯淡晦涩，可是我还是能够分辨出那是一幅法国宫廷图。我把那个盘子翻过来，吃力地辨认着背面的法语说明，最后终于明白画上的人物是拿破仑皇帝和他的妻子约瑟芬皇后。拿破仑坐在一张富丽堂皇的单人高背椅子上，双眉紧蹙；约瑟芬站在他身边，手里捏着一张纸，神情哀伤。这只盘子的标题是：“离婚”。我站在那只盘子面前犹豫了很久，皮包开了又合，合了又开，最终还是转身离去。价格只是一个原因，但不是全部。真正让我犹豫的，是我没有信心能否把它失散的家族成员一一找全。

那天我还没回到家就已经开始后悔。千里之行总是需要有第一步的，而那只名为“离婚”的瓷盘，就是那至关紧要的第一步。我总是可以从那一步开始，正着走，或者退着走，一程一程地找寻丢失在旅途中的拿破仑和约瑟芬的。然而，我却放弃了那无比金贵的第一步。那天我懊丧至极。

从那以后，每一次经过一个古董市场，我都会刻意寻找拿破仑和约瑟芬的踪迹。一次又一次的期待，一次又一次的失望，两三年过去了，他们似乎离我越来越遥远，我甚至怀疑，他们已经永远离我而去，成为另一户人家另一双眼睛窥探历史的那个缺口。就在我几乎放弃寻找的时候，突然有一天，在一个风马牛不相及的集市里，“离婚”携带着它的全副家庭成员一个不少地列队登场，猝不及防地闯入我眼中。它们一定在冥冥之中听见了我的絮叨我的牵挂，它们在茫茫人海里找到了我。

我欣喜若狂地把它们抱回家来。在那之后的日子里，我会时时地把它们从纸箱子里掏出来，打开层层叠叠的包装纸，将它们一个一个地按照顺序陈列在地毯桌子或者床上，在不同的光线环境里观赏着颜色的变幻，用放大镜仔细阅读查证着背面的每一个法语单词。这套挂盘的瓷是皇家风格的细瓷，绿色的宽边上描着精致的金花，中央的画面描述了拿破仑和那位在他一生中留下了最深刻印记的女人的情爱历程，从相识分离重聚到求婚加冕离婚。在行家眼里它们只是不到五十年的“新货”，与真正经历过几个世纪的古董在价值上相差十万八千里，而且人物塑造也略嫌平面刻板，可以预计在短期内它们的升值空间极其有限。可我喜欢它们，仅仅是因为它们以一种我没见识过的新奇形式，重塑了那个震撼整个欧洲乃至世界的悲欢离合故事。那个故事留下的涟漪，在一个多世纪之后的今天，依旧没有完全平复。故事对我来说，便是它们的全部价值。只是可惜，当它们终于成为我的私人物品之后，我曾几次试图把它们挂到客厅的墙上，却发现没有一面墙，没有一种油漆颜色，能配得起它们身上那种厚实深沉的绿和黄。我突然醒悟过来，它们不属于被效率和节奏绑架了的北美洲，它们真正的归属地，只能是慵懒闲散精致的巴黎。那一次的收藏经历，让我不无痛苦地领悟了“文化土壤”一词的含义。

拿破仑约瑟芬的阖家团圆仅仅是一个奇迹，我毕竟已经过了期待奇迹每天发生的年龄。我已经明白了每一个探险之旅都始于第一步的道理，不再心存侥幸。现在每当我发现一只“有故事”的瓷盘时，我不再顾忌它是不是庞大家族中的一个成员，我会毫不犹豫地将它买下，然后慢慢地调查它的家族历史，沿着那些线索开始寻找它流散在外的直系或者旁系亲属。“直系”是指同样款式同样画面的盘子，而“旁系”是指同样画面不同款式的盘子。我的窥探欲依旧强盛，我依旧想借着一个瓷盘掏出它背后的故事——画面上的故事，制作者的故事，还有曾经拥有过它的那些人家的故事……只是我已渐渐学会了耐心，学会了享受过程中的欢愉。当我开始品味过程的时候，我发觉结果已经不再那么让我焦虑和揪心了。

沿着这个路子，我搜集到了三个狄更斯小说人物的挂盘。它们是直系亲属，故事都印制在相同款式的雕花镶金英国骨瓷上。其中的一个瓷盘讲述的是《匹克威克外传》里的场景。匹克威克先生的模样，竟跟我脑子里的那份想象有几分契合。我不禁想起有一年在古巴看到的一个堂吉诃德的木雕，那个手持长剑的形象和瓷盘上的匹克威克也有几分相像。不在装束，也不在外貌，而是他们神态里那份遮掩不住的天真。世上没有哪一个跟斗，能把他们摔打得圆滑世故起来，他们永远是不谙世事、穿着大人服饰的顽童。我不禁哑然失笑。我知道我会继续努力寻找狄更斯的其他孩子，纵然我永远也收不齐那一整套瓷盘，这三个就足够让我在无人处傻笑上半天了。

我的系列藏品渐渐丰富了起来，比如那套拉法耶特侯爵参加美国独立战争的纪念盘（法国那家人尽皆知的“老佛爷”百货公司，就是以这位爵爷命名的），还有那几个描述英国市民生活的“伦敦街声”骨瓷（Cries of London），还有那两个展示爱尔兰民族服装的白瓷……我喜欢和它们静静独处，也喜欢在和朋友聚会时，把它们搬到餐桌上秀一秀，三杯两盏淡酒之后，吹一吹关于它们的故事——画面里和画面外的故事，比方说瓷器公司的发展史，画师设计师的轶事，以及我如何在山海一样浩大的集市里和它们窄路相逢的经历。多数时候，我知道我是在自嗨，因为我发觉我的朋友们在悄悄地看表，或者用一个隐晦的手势婉转地捂住一个已经上了路的哈欠，可是我只是忍不住。当一个人爱上一个人或者一样东西的时候，大概都是这样一副贱样子。偶尔，我也会在听众中发现一双闪着亮光的眼睛。每逢遇到这样的眼睛，我就知道我，不，我是说，我的瓷盘，遇上了知音。我便会把瓷盘小心翼翼地用报纸裹起来，再在外边包上防震的尼龙纸，然后装进礼品袋里，送给那位知音。我虽有些舍不得，但我并不后悔，因为我知道它去了一个和我一样懂得它好处的人家。当一样美丽同时拥有了两份知音时，美丽便占据了双倍的空间。况且，我还有一个良好的习惯，每次搜集到一个盘子，我都会将它仔细揩拭干净，然后留下几张清晰的照片——正面的和背面的。这样，假若有一天我和它挥手道别，我也已留下了它的倩影。我怀念它的时候，就翻一翻照片，照片会提醒我它在我生活中留下的温润印记。

这几年在逛古董市场的过程中，也碰到过几桩令人啼笑皆非的糗事。印象最深的，是在巴黎一家叫德鲁奥的拍卖行。那段日子我在表妹家中小住，闲了无事，就在拍卖行中进进出出。我进拍卖行，绝不是为了“捡漏”，事实上，我毫无购物的意愿，因为我深知自己的斤两。凭我兜里的那几个铜板，我大概都买不起那里展出的一块布片。我到那些地方闲逛，一是为了看热闹，二是为了练听力——不止一位法国朋友告诉我，拍卖行是练习听力，尤其是数字，最理想的场所。那天我去的那个展厅里，拍卖的是从一个贵族城堡里运过来的家居用品——估计主人家刚刚去世。最先出手的是一堆油画，后来是一批银餐具，再后来是主人穿过的旧衣物。工作人员从几个大箱子里抖落出一堆杂乱衣物，包括几件丝绸内衣和一条爱马仕皮带。我身上倏地浮起了一片鸡皮疙瘩——那些衣物明显没有经过浆洗，我甚至产生了它们是直接从尸体上扒下来的龌龊联想。我的窥探欲在这里遭受了一次重创，我发觉我的眼睛也有它娇气的地方——它怕脏。最后拿出来的是家具。工作人员抬出一张拿破仑时期的高背扶手椅子，起价八千五百欧元，是屋里最贵的一样东西。那张椅子的缎面上磨出了一个大洞，布料原来的颜色早已无法分辨，只有那个木头框架，勉强还算完整。拍卖官刚喊出一个起价，就有人热烈回应，价格很快翻了上去，先按十，后按五十，再按一百，再按五百，再按一千，一层层往上递增。我实在想不通一堆烂木头能值这么多钱。当喊价抵达八万欧元的时候，出现了一个短暂的停顿，只见靠墙坐着的两排职业交易手两耳各戴一柄手机，正在低声却急切地和他们的越洋客户商讨着最后的出价。空气仿佛停滞了，凝固成一个大玻璃球。

正在这时，我的头皮突然奇痒了起来，仿佛头发里钻进了一条虫子。我忍了忍，没忍住，只好伸出手来，脱下绒线帽子，挠起头来。突然，我看见台上的拍卖官把手里的棒槌指向了我，我身上热辣辣地刺痛了起来——那是全场人扭头看我的目光。刹那间我醒悟过来：我已经闯下了大祸。我用我破布絮一样的法语，结结巴巴满头大汗地解释着：“我不是，我没有，我抱歉……”只见拍卖官对我怒吼了一句什么话，我没听懂，我用不着听懂，我在一片嘘声中飞也似的逃离了那个房间。

那天我不知道是怎样走到地铁站的，在车厢里坐下来时心犹跳得万马奔腾。我觉得我的脸上贴了一层隔三千公里也看得清楚、用一万年的光阴也洗不干净的羞耻。我终于学会了一个惨痛教训：在拍卖行里，你可以有蠢蠢欲动的心，不老实的脚，或者不安分的钱包。你唯独不能带进去的，是一只轻举妄动的手。

等我渐渐安静下来时，我听见我的邻座，一对法国老夫妻，正在指着一张当天的报纸，低声讨论着什么事情。他们似乎在讨论“二战”期间戴高乐重返巴黎的日子。一个说是 1944 年 8 月，一个说是 1944 年 10 月。

我突然吃了一惊——我居然听懂了日期。

原来，德鲁奥拍卖行在粗糙地蹂躏过我的自尊的同时，也顺便抛光了我的听力。在那些急如疾雨的报价声中，我对法语数字的敏感性有了质的提高。

“每一朵乌云都有银边。”我听见了自己在喃喃自语。

2017.9.26—10.1

于多伦多静园

（原刊于《收获》2018 年第 1 期）

记忆中的一些碎片

叶兆言

1

记不清楚哪一年，应该是上世纪八十年代末，在北京，何立伟带着我们一起去见史铁生。为什么会是他率领，为什么我们要去，真有些忘记了。伟哥曾在文章中说过这事，因此也可以算有文字为证。

反正这是第一次见到铁生，心仪已久，一见如故，好像早就认识。铁生的那个家很小，在胡同里，老屋，一个乱糟糟的小院。隔着时间窗纱，一切都变得十分模糊。那时候的陈希米很年轻，完全还是个小丫头，大家有说有笑，她似乎什么也没参与，说不上话。后来肚子饿了，铁生说下些面条吧，有挂面，然后就有了一大锅热乎乎的汤面。我们吃得很香，吃得稀里哗啦，动静很大，都一个劲地喊好吃，好吃。

完全忘记当时说过什么，显然是无主题乱说，能记住的，让人念念不忘，是铁生特有的阳光，说不说话，都让人如沐春风。铁生的一生一直被病魔折磨，可是他天生就有佛相，光明磊落，恒常清静，是我一生中见过心智最健康的一位。说他能够自带光环并不为过，与熟悉的朋友追忆铁生，很多人都有差不多的体会。

我和铁生都是很早就开始用电脑写作的，有一段时间，十分认真地切磋过打印机字体。我们都是使用九针打印机，他的打印机打出的字体不好看，我建议可以尝试一下我的软盘。结果这事好像也不了了之，毕竟我们都不懂计算机技术，使用的机型都很原始，讨论来讨论去，只能在纸上谈兵。他承认我的打印机打出来的字体更好看，确实比他的强。我也给他寄过一份软盘，能不能用，也不知道。九针打印机太古老，很快就淘汰了。

2

到了1996年，我们有一次很好的机会，又在杭州相遇，当时有余华、苏童、格非，还有马原。大家一空下来，都跑到铁生房间聊天。仍然记不清说些什么，天南海北瞎说，东方西方胡诌。与铁生在一起，不会觉得没话说，说啥都不重要。他坐在床上，过一会儿就换个姿势。突然，铁生的眼睛发亮，说是不是地震了。我们都一怔，经他提醒，似乎也有些感觉，意识到大楼在晃动，感觉越来越明显。

服务员在走道里惊恐地喊起来。地震消息立刻被证实了，我们都感到非常震惊。不是为了发生地震而震惊，地震并没有什么了不起，是感叹最先能感觉到地震的，竟然是高位截瘫的铁生。为什么他会比我们更敏感呢？记得那一年在杭州，除了这场不太大的地震，还有霍里菲尔德与泰森的拳击世纪大战。当时舆论一致认为泰森必胜，解说员使用的词汇，是猜测在第几个回合可以击倒霍里菲尔德。

我们却希望霍里菲尔德能赢，能够绝处逢生，能够以弱胜强。巅峰时期的泰森人挡杀人，佛挡杀佛，不可一世，结果还真是霍里菲尔德获得了胜利。马原像小孩子一样跳起来欢呼，他的个子大，跳起来动静也大。这是一次非常值得纪念的聚会，我们很高兴地看着铁生领奖，看他荣获大奖，正是因为这个奖，大家才聚集在了一起。铁生坐在轮椅上，红光满面。他行动不方便，出门很不容易，大家都发自内心地为他高兴。

我们并没有聚在一起过多地谈文学，文学这个东西，有时候完全没什么好唠叨，根本也聊不起来。仔细回想过去，好像从来也没跟铁生认真地聊过什么文学。事实上，不止与铁生，与其他志同道合的作家朋友，一样很少一本正经地谈文学。文学这玩意说不清楚，从来就不是用来夸夸其谈的，向作家表示致敬，莫过于认真地读他的作品。作家之间的交往，更多还是应该通过阅读，通过阅读对方的作品。铁生的文字中，总是会有一种少有的安静，这种安静足以让我们无限地敬重他。

和铁生联系并不多，甚至可以说是很少。在铁生的印象中，我和苏童，还有余华和格非，这几位都是差不多时期冒出来的一茬庄稼，都有着相同的江南生长背景。那时候，恐怕不只是铁生心里这么想，很多读者都会这么认为。我们经常被放在一起议论，记得朱伟曾想在《人民文学》上凑热闹，发个专号，约了我们四个人。他们三位的小说都准时到达，偏偏我的那篇小说在邮路上耽误了，结果没能一起发表。此后不久，朱伟便因为这个那个不再管事，很快又离开了《人民文学》。

铁生给我写信，结尾常会附加上一句向苏童问好。现在回忆起来，也是一种典型的时代痕迹，一种可有可无的客套。当时很多作家朋友与我通信，都会有这么一笔。还是那句话，也许在铁生看来，你们几位经常形迹可疑地被放在一起谈，虽然不曾梁山结义，差不多也应该是拜过把子的同伙，应该三天两头相聚。那些年我确实经常与苏童在一起，两人都在南京，后来干脆在一个单位，只要有活动，无论在哪儿，都会被安排在同一个房间。可是这种代为问好，有很多都会被忽视，因为真跟苏童在一起的时候，很可能就把这事给忘了。

还是那句话，作家之间交往，能够心心相印，通常都是借助作品相识，因为作品认同而结交。当然也有例外，譬如我跟苏童，或许都生活在南京的缘故，不知道怎么就先成了熟人。与马原见面也是莫名其妙，早在上世纪七十年代末我们居然就认识了。那时候我们都还是大学生，有点小野心的文学青年，都是恢复高考才上大学。在此之前，我当过四年工人，马原年龄比我大，工作年限也更长。

跟余华和格非的初次见面，则属于相见恨晚。因为很熟悉他们的作品，人还没见面，好像早就该认识。譬如第一次见余华，仿佛地下党接头。当时约好了在上海火车站相见，我和苏童从南京出发，余华从浙江嘉兴过来。说好了大致时间，那年头也没手机，写信约好时间，对方有没有收到信，不清楚。没高铁，也没动车，弄不清楚具体哪一班，就站在出站口死等。火车站人山人海，大包小包乱哄哄，一浪接一浪的人流涌出来。苏童此前跟余华有过一面之缘，此时也吃不准余华模样，一会儿说这个像，一会儿说那个可能就是，于是我们不停地乱喊，反正人家不答应，就肯定不是。我们等余华的样子实在太傻，最后只好灰溜溜放弃，执行第二方案，直接去另一个接头地点，去与从台湾过来的两位编辑见面。刚到酒店门口，迎面碰上余华，他正从另一个方向走过来，笑容可掬。

与格非初次见面是在济南，这次我和苏童没有再傻乎乎地在火车站等他。我们直接被当地人接走了，格非到济南的时间不太好，好像是大清早。结果呢，他在车站广场的草地上先睡了一觉，等到大家正式见面，他给人的感觉，是还没睡醒。

3

跟铁生最后一次相聚，也还是在北京，在北京饭店。那天有个相当重要的会议，有人要讲话，说好了不准请假。然而铁生突然过来了，铁生同志过来看望大家。我们立刻觉得铁生才是更重要的人物，不约而同逃会，不去人民大会堂了。

仍然记不清楚当时还有谁，有林白，有陈村。写此文时，正好是新概念作文大赛期间，与陈村同住上海青松城，天天晚上一起聊天。说起那天聚会，问他还有谁。他记性好，说余华在，苏童也在，并说有照片为证。我是真的记不住还有谁了，印象中根本没有苏童和余华。与铁生在一起，铁生就是天然的中心，在他的光环下，别人很容易被忽略。实际上，我甚至连陈村当时在不在场，都有些怀疑。陈村说我回去查照片，这很容易。

陈希米也在，她当然应该在，从头到尾一直很安静。铁生有一辆很高级的电动残疾人车，起码在我看来是相当高级。大家都在房间里操纵这车，像小孩玩玩具车，只是那车太大了，马力很足，在房间里运行，基本上就是美国佬的“悍马”。一个很大的房间，不知道是谁的，也不知道为什么我们这些人会在这么一个巨大的空间里。规格有些特殊，肯定是哪位参会领导的房间。他一定跟我们一样，对铁生充满敬重，自己遵纪守法开会去了，把他的豪华房间让给了我们。

能够记住林白，是因为她坐在那辆残疾人车上，又瘦又小，显得非常无助，完全像个孩子，一惊一乍，根本驾驭不了那辆车。玩得最潇洒的还是铁生，行动自如，感觉他甚至都可以为我们表演漂移。那天印象最深的就是高兴，大家都很高兴，难得这么高兴。一个个岁数都老大不小，可是我们突然都变得年轻起来，都有了些孩子气。

为什么铁生在场的时候，大家的心情都会变得特别好，为什么铁生会让别人变得年轻？铁生让我们远离了俗世，为我们屏蔽了尘嚣。与铁生在一起，你能感觉到身心的健康，你会不知不觉地放松。你会羡慕他的开朗，认同他的平静，欣赏他的爱情，似乎也只有他，才配得上天使一般的陈希米。马原曾经很认真地说过，陈希米是上天派来照顾铁生的，有了她，大家都觉得我们可以放心了。

铁生过世的时候，我们心里都很难过，生死有命，富贵在天，早知道这一日是躲不过的。说起铁生，就好像回首上世纪八十年代和九十年代的文学，我们看到的都是阳光，都是春天。这当然不是文学的真相。事实上，我们内心深处很清楚，世界上哪有那么多的阳光和春天。铁生的日常生活，肯定充满了阴影，一个被病魔选中的人，他的生活质量一定会大打折扣，一定是非常不容易。铁生身体状况不太好的消息，一直在朋友之间流传。大家都在为他担心，为他祈祷，心里都明白，这一天他躲不过，谁也躲不过。

有了网络，大家几乎都在第一时间，知道铁生已经离开。落花流水春去也，接受也好，不接受也好，有些事谁也改变不了。转眼又过去八年，想起一句我们这一代人都熟悉的样板戏台词：

“八年了，别提他了！”

可是又怎么能够不提呢，怎么能？“五四”时期有一首著名的流行歌曲，《叫我如何不想她》，刘半农作词，赵元任谱曲，此时此刻，这首歌仿佛正在我耳边回响。枯树在冷风里摇，野火在暮色中烧，铁生是当代文学很重要的一个符号，一把可以测量上一个世纪八九十年代文学水准的很好标尺。没有人说得清楚，铁生留下的文字，已经达到了什么样的高度。是非任凭别人去说，然而在当代作家中，他无疑是我们最敬重的一位。他在我们心目中的位置，其他人永远无法替代。当代文坛并不缺乏优秀作家，像铁生这样遗世独立，这样让人众口一词，可以说绝无仅有。

最后补充一句，与铁生在北京饭店相聚，以陈村回家找到的照片为证，没有苏童和余华，有孙甘露，有查建英，还有邓一光。这充分说明铁生的光环下，别人在不在现场，不重要。

（原刊于《收获》2018 年第 3 期）

失败者之歌

陈福民

卫青不败由天幸，
李广无功缘数奇。
——【唐】王维《老将行》

人不寐，
将军白发征夫泪。
——【北宋】范仲淹《渔家傲·秋思》

一

古今中外战史上将星如云，他们因胜利和非凡成就而被铭记。

然而也有比较个别的例外，他们是败军之将。但他们并未因为失败而失去被人敬仰和膜拜的机会，甚至相反，他们有可能收获了比战胜他们的人还要高得多的荣誉。如美国南北战争中的南军总司令罗伯特·李，他可能是世界战史上唯一一个打了败仗缴械投降还被尊为民族英雄、并且立了雕像的人。而在中国，也有这样一位名将，他虽然身经百战，却从没有什么拿得出手的像样战绩，打起仗来，经常丢盔卸甲损兵折将，不是迷路就是被俘，而且结局可谓悲惨。当他再次因为迷路贻误战机而被他的上级责问时，他选择了自杀来承担或拒绝承担责任。伟大的文学家和历史学家司马迁这样描写道：他自杀时，所在部队“军士大夫一军皆哭。百姓闻之，知与不知，无老壮皆为垂涕”(《史记·李将军列传》)。

他是被对手匈奴尊称为“汉之飞将军”的李广。

为这样一位败军之将树碑立传，而且写得如临其境，同情满纸，这种情况无论是在中国战争史还是中国历史的人物评价上，都是不同寻常的举动。而且《史记》纵贯上下三千年，十二本纪、三十世家、七十列传，篇幅有限，名人巨多，能挤进这个行列里相当不容易。很多成就地位远在他之上的王侯勋臣，都只能合传并立，甚至还有四个人合传的例子。司马迁却能拿出篇幅和极大耐心为李广单独立传，这么做一定是有他自己充足的理由的。

二

李广祖籍“陇西成纪”，即今天甘肃静宁西南。啰唆一下籍贯问题，是因为此地乃大秦老巢，在成为诸侯国之前，秦人就在这地方定居生活。这里一向是与西戎、犬戎等游牧部落犬牙交错冲突不断之所，所以“广家世世受射”——代代相传都学习和掌握骑马射箭的技术，可以说是专为国家守边境的职业军人出身。李氏家族在陇西成纪一带是相当显赫的名门望族，这个家族有一个很著名的先祖李信，在秦王嬴政手下做事，为大秦统一天下立下了赫赫战功。司马迁在《李将军列传》中介绍这段史实时指出“其先曰李信，秦时为将，逐得燕太子丹者也”。公元前227年，燕国眼看着邻居赵国被灭国王被俘，唇亡齿寒形势危急，实在不甘心束手就擒。但无奈国力贫弱难以与秦国正面对垒，不得不去搞个人恐怖主义，策划了荆轲刺秦王的历史大戏。刺杀失败，嬴政惊吓之后极为恼怒，放下手中其他的事儿先办燕国，而且务必要把策划恐怖方案的首恶分子燕太子丹缉拿归案。于是李信被任命为领导和执行这次军事行动的将领，他先是在易水击溃了燕太子丹的联合部队，然后乘胜追击。公元前226年，逃到辽东避难的燕王不得已杀死儿子太子丹，并送其头颅向秦国请罪。完成这个接收仪式的应该就是李信。

李广生年不详，死于汉武帝元狩四年（公元前119年）。按照他自杀前所述“广结发与匈奴大小七十余战……年六十余矣”来推算，大约生于公元前186年，死时六十七岁了（另一说李广从军时十五岁，死时六十二岁）。从李广出道直至自杀，他与匈奴打了四十七年的仗，经历了汉文、景、武三帝，匈奴老上、军臣、伊稚斜三位单于，正值汉匈关系发生逆转、历史走向颠覆的关键时期。换言之，他全面参与了中原定居文明从被动变主动、逐渐取得对北方游牧文明压倒性优势的历史进程，并在帝国北部边境的军旅生涯中走完了他艰难的一生。而有此经历或者说“殊荣”的汉朝将领，惟有他一个人。

自从汉高祖刘邦在“白登之围”受困平城后，不得已“和亲”，送女人送钱财给匈奴，其结果只是“冒顿乃少止”。“和亲”政策维持了汉匈两家最低限度的和平，但由匈奴发动、从北纬40度以北向长城南部的小规模侵扰掠夺从来没有间断过，而且是惯用的老套路老手法，一群骑兵风驰电掣闯进来烧杀抢掠，得手就跑。朝廷对此基本是束手无策的，这导致了匈奴愈发肆无忌惮，以至于刘邦驾崩不久，冒顿单于竟给吕后写了一封信，公然将吕后调戏了一番。这封信在中原汉文明看来非常“流氓”，信的大意是说：您死了老公，我也是单身汉，咱俩都挺郁闷，没啥高兴的事儿，不如合作一下。您考虑考虑。历史学家没有详细交代这封信是怎么到了吕后手里的，但这类情况在传统戏曲和一些电影中往往是如下情形：下级手拿着信念到一半突然不再吭声，上级催问为何不念了，下级哆哆嗦嗦地说，奴才不敢念。上级一般是冷着脸说，恕你无罪，而性子急的会劈手抢过信来自己去看，然后暴跳如雷，并将信撕得粉碎。

总之此信将吕后气了个半死，登时就要杀了送信的匈奴使者，然后调兵遣将去开战报仇。好在朝廷里有更清醒的人，一方面晓之以理：您比高祖皇帝要差一点吧？连高祖都困在平城啊；另一方面动之以情：北边那些人都是无父无君的野蛮人，说好话不必当真，说难听话也犯不上跟他们计较。终于冷静下来的吕后前思后想，咽下了这口气，让大臣写了回信。这封信在《史记》里找不到，司马迁只是说“高后乃止，复与匈奴和亲”，但班固的《汉书·匈奴传》对这封信做了如下记载：

单于不忘弊邑，赐之以书，弊邑恐惧。退日自图，年老气衰，发齿堕落，行步失度，单于过听，不足以自污。弊邑无罪，宜在见赦。窃有御车二乘，马二驷，以奉常驾。

尽管回信中这段话的意思并不难懂，但汉语表达之委曲精妙让我还是忍不住翻译一下的冲动。回信是说：劳您大驾惦记我们这个破国，还亲自写信来，我们都很惶恐。但我仔细想了，我已经上了年纪，脱发掉牙，走路不稳，您实在没必要为了我而辱没了自己。我国并没有得罪您的地方，请放过我们吧。我这儿有豪车两驾，骏马八匹，望您笑纳。

与冒顿单于的嚣张和“流氓成性”相比，吕后这封回信真可谓卑躬屈膝到了极点，完全超出了普通人的承受能力和人们的历史想象。吕后竟能如此低声下气临辱不惊，估计冒顿单于也是完全没料到，一时间不知道该怎么办，只得回了一封很客气的信说，我不太懂中国的礼法，谢谢您没跟我一般见识。然后，“献马，遂和亲。”从国家政治与民众和平生存的角度去看，吕后这个隐忍举措，证明她称得上审时度势、能屈能伸的一流人物，与动辄就喊“犯我中华者虽远必诛”的口号对照去看，高下立判。由此方知，无论历史还是现实，都需要知己知彼精确行事，远非喊喊口号那么简单。这里有一点需要强调，古代中国等级次序是森然有别的，大小官员连家里盖房起多高的门楼、赶车用几匹马都有严格规定，绝对不能有任何混淆僭越。当初刘邦与冒顿“和亲”并“约为兄弟”，在尊卑方面是含糊其辞打了马虎眼的，“天子”正统还在汉室这边。

而吕后这次送的并非普通豪车，乃是天子专用“御车”，这就等于间接承认了单于的“天子”身份乃至匈奴作为上方大国的对等地位，此后再骂人家是“夷狄禽兽”就不那么方便了。此一事实，非常形象地说明了当时汉匈两国强弱分明的地位关系。这种情形在李广登上历史舞台之后仍然持续了很长时间。

三

李广首次出现在汉家历史上，时在汉文帝十四年（公元前166年）。那一年，“匈奴大入萧关，而广以良家子从军击胡，用善骑射，杀首虏多，为汉中郎”（《史记·李将军列传》）。

秦汉萧关位于今天宁夏固原东南方向，考之以谭其骧《中国历史地图集·西汉》册，已经在北纬36度，为汉“凉州刺史部安定郡”。换言之，从北纬40度到36度，匈奴铁骑长驱直入边境四百多公里，可见其深入内地是家常便饭。汉军戍边的兵员常由罪犯去充当，而所谓“以良家子从军”，意在说明李广本来没有当兵的义务，他不在被征召从军的行列，完全可以不参战。然而李广主动选择从军与匈奴作战，可见他建功立业、拜将封侯的愿望非常强烈。而西汉王朝也是求贤若渴，有志青年李广初出茅庐，但他的杰出表现立刻赢得了朝廷的注意与欣赏，被任命为“汉中郎”。这个官职，仅次于将军，理论上的品级和俸禄接近二千石，而实际上领八百石。差不多相当于今天副省部级干部了。

从公元前166年入朝做官，直至汉文帝驾崩的公元前157年，史书没有记载李广这十年的变化。他应该是一直在中央政府做“汉中郎”之类的官员，至少不会低于这个品级。但也一直没有升迁，即，一直没能兑现他孜孜以求的拜将封侯的愿望。李广是遐迩闻名的勇将，在一次陪同汉文帝出行打猎时非常卖力，还曾经与猛兽格斗，颇受文帝赞赏。司马迁就此记录下汉文帝的一句话：“惜乎，子不遇时！如令子当高帝时，万户侯岂足道哉！”太可惜了，你没赶上好时候啊！如果你生在高祖打天下的时代，做个万户侯又算得了什么呢！

“子不遇时”是历来文人评价李广时最爱引用的座右铭一般的金句。顺便，那些考试不及格的秀才和仕途不顺的官员，以及因为种种不靠谱而被人们拒绝的，异想天开不切实际撞了南墙的，乃至做生意赔了本儿的，跟人打架没打赢的，等等，纷纷从“子不遇时”这个表述中发现了自己的不幸是小人所致，并由此得到了极大的心理安慰：怀才不遇，蹉跎终生，正义在我，错是对方。以动人的故事和华丽的修辞强化这一类思想方法，以浓烈的情感叙述扭曲事情的真实逻辑，是一部分中国文人经久不衰的传统。这个说法，后来演变成了汉朝统治阶级对大臣“刻薄寡恩”的证据。在我青少年读《史记》时，这个印象十分强烈。但随着岁月迁徙，经验逐渐脱掉它炫目的情感外衣之后，判断就有可能颠覆人们的固有成见。事实上，汉王朝的“刻薄寡恩”有则有之，比如“七国之乱”时，惊慌失措的汉景帝为平息七国的愤怒情绪，用帝王权术无端诛杀了忠臣晁错，令人扼腕不齿。而对于李广，汉朝一向是器重有加，甚至有所偏袒的。

在一次与匈奴对垒寡不敌众全军覆没之后，李广光杆司令一人只身逃脱，按照汉朝法律是要判死刑的。但汉朝同时还有一条针对这类情况的补充性条款，可以拿出相当数量的钱财抵罪，李广便掏钱“赎为庶人”。一个为战斗而生惯于出入枪林箭雨的人，突然变成了一个“老百姓”，赋闲在家的滋味想来是非常不好受也不适应吧，于是他经常约上朋友出城打猎，以排遣心中郁闷。某天打猎兴起，跟人喝酒到半夜才回城，走到霸陵被霸陵尉拦住了。因为汉朝法律不允许“夜行”。李广的手下想走个后门通融一下，说你知道你拦的是谁？此前大名鼎鼎的李将军。不料这位霸陵尉是个坚持原则——俗称“死心眼儿”的人，他认为法律规定就算现役将军也不行，别说你一个“前将军”。于是李广在野外过了一夜。下面的故事大家耳熟能详，当李广被再次起用去右北平郡任太守时，“即请霸陵尉与俱，至军而斩之。”可怜这位扫兴的倒霉的坚持原则的霸陵尉，无辜死掉了，死在以权谋私、草菅人命、英勇无畏、廉洁爱人的“汉之飞将军”手里。

无论是《史记》还是《汉书》，对这一史实都没有争议。而《汉书·李广传》还有一段后续是《史记》所没有的：

（李广）上书自陈谢罪。上报曰："将军者，国之爪牙也……夫报忿除害，捐残去杀，朕之所图于将军也；若乃免冠徒跣，稽颡请罪，岂朕之指哉！将军其率师东辕，弥节白檀，以临右北平盛秋。"

李广上书请罪，说明他很清楚自己的所作所为是"非法"的。但他既不投案也不伏法，而是给皇帝写信。这个姿态确实做得很漂亮，但是汉武帝也不含糊，他读懂了李广的全部意思，于是在无奈之下对李广曲意包庇，然后只是催促他作为"国之爪牙"赶紧出发前敌御寇。君臣二人，一个恃宠生娇滥杀无辜，一个权术当头枉法纵容。国家制度、法律尊严、人命关天云云，都成了儿戏。在李广这边，他吃准了汉武帝迫于国难当头用人之际，不会因为一个区区霸陵尉跟他较真，在皇帝这边，他急需这位勇将速去边关抵御匈奴，那边的韩安国将军吃了败仗刚刚死在了右北平。两个人就这样达成了默契，而那个因严明执法死于非命的冤魂霸陵尉，有谁想过他屈死的命运吗？他的家人为此痛苦么？他的亲属同僚会怎么看待这件事？所有这些，虚伪而自私的历史从来没有关心过。我一直在想一个问题，当初李广为什么不在被阻拦"受辱"时直接暴起击杀霸陵尉呢？如果那样的话，虽然同样是杀人，也许我会理解和原谅他——毕竟一个气量不宽讷于言辞又爱生闷气的将军完全有可能这么做。但他没有，因为那样的话，他就没有了逃避惩罚的理由。被再次起用且委以重任的第一时间，他立即动手实施报复，他忍了足够久，终于等到了杀人而不必担责的机会。如果说汉武帝放任了这么一种看似光明磊落实则卑劣怯弱的行为，完全是出于国家利益和帝王权术的话，那么一些后世文人为李广辩护，其用心固然良苦、但智商与三观都未见高明，几乎到了连李广自己都会不好意思的程度——毕竟李广自己还知道"上书自陈其罪"。

苛责古人既没必要也非初衷，只是司马迁那句"仆诚私心痛之"的话，一样可以拿来放在这里做参照。“霸陵醉尉”因此发展成了一个接近成语的固定词组，专门用来形容那种跌下高位后被原来低于他的人看不起的负面情绪，包含着仇恨、愤怒、屈辱、酸溜溜。我很诧异，精妙的汉语在其被构造之时，居然也能参与那些杀人的阴谋，并且将其美化甚至圣化。与此相类，民间俗语还有“龙游浅滩遭虾戏，虎落平阳被犬欺”等等说法，评书艺人们最喜欢这类陈词滥调，并将其称之为“快意恩仇”，一代又一代地，在民间社会鼓噪这类“奋发图强”“自立于天地间”然后实施报复重新颐指气使的卑劣“情怀”。

四

考察汉文帝一生，就会知道那句“子不遇时”的真实含义。并没有人压制和排挤李广，那只是汉文帝在陈述国力虚弱打不起仗的无奈。当然，他承认李广的勇猛善战，甚至还有一点欣赏。如果说真有所谓“怀才不遇”这件事儿，那也只是说，你赶上我这个不能打仗的时代，想通过战功封侯拜将是不可能了，就自认倒霉吧。

汉文帝刘恒在做皇帝之前，被汉高祖封在今天山西北部为代王。这里，就是赵武灵王胡服骑射、韩王信叛变导致汉高祖身陷“白登之围”的地方。雁门、代郡历来是匈奴进入北纬 40 度一线的主要战区，文帝因此比任何高调说话的人都深知匈奴之威。当他做了皇帝掌握了全局，愈发知道当时帝国的财力物力人力都非常有限，不足以跟匈奴正面决战。于是他选择放弃武力，与民生息。

《史记·孝文本纪》有一条，直接关系到了李广的命运：

> 与匈奴和亲，匈奴背约入盗，然令边备守，不发兵深入，恶烦苦百姓。

自从汉匈和亲以来，匈奴时常违反条约闯关抢掠，然而汉文帝只是坚持“御敌于国门之外”，从不征调军队与匈奴大规模作战，他不愿为此增加老百姓的伤亡与经济负担。

叙述到此，就能知道“子不遇时”的大背景，其实是汉文帝的施政方针所决定的。这种等于“我们保证不首先与匈奴打仗”的承诺，不仅是出于汉文帝的道德觉悟，更是出于他贤良明智的政治经济判断。这种息事宁人的防御性国家战略，对于国家和民众而言，其利好处显而易见，但对于李广来说不啻是一种毁灭。没有进攻和战斗，抹去了他与满朝文武的区别，让他在“汉中郎”的行列中泯然众人，过着“暗无天日”的无聊生活。终汉文帝一朝，李广的出头之日都没有能到来。他一度被任命为老家的陇西都尉回到前线，但由于文帝“不发兵深入”的整体国家战略，他的职责就是守住门户不丢东西而已，没有什么立功的机会。除了开头那句“万户侯岂足道哉”的安慰性赞许，他看不见前途。

公元前157年，汉文帝驾崩，汉景帝继位。三年之后的公元前154年，“七国之乱”爆发，打仗已经是不可避免。一时间人心惶惶，天下摇荡，然而李广终于从苦闷的平静中看到了希望，等到了一显身手的机会。此时跟随刘邦打天下的能臣猛将绝大部分都不在人世了，而且帝国兵力也不像七国那样来得声势浩大。好在统帅周亚夫是开国元勋周勃的儿子，作为将门虎子，周亚夫代表着帝国最纯正的军事血统和最高水准，治军严厉，战略精当。而李广幸运地被任命为骁骑都尉，追随周亚夫对阵七国叛军。果然，李广一出手就是满堂彩，“击吴楚军，取旗，显功名昌邑下”(《史记·李将军列传》)。古人作战，军旗作为军威象征部队灵魂，一般都围绕主将和重兵把守处，李广在昌邑这个地方冲锋陷阵“斩将搴旗”，是很大的战功。如果不是出了一件令人莫名其妙的事情，论功行赏，李广是有很大机会封侯的。

吴、楚首倡叛乱，联络七国进攻帝国首都长安，从地理上必须越过梁国。偏巧梁孝王刘武是汉景帝的亲弟弟，他站在中央政府一边扼守交通要冲，帮助皇帝抵抗七国联军的进攻。昌邑位于今天山东巨鹿，也属梁国地盘。李广“显功名昌邑下”，梁王不知道是出于高兴，还是为了笼络人才，授予了李广一颗将军印。而李广，可能他建功立业的渴望太强烈了，也可能根本没有意识到有什么不妥，总之是高高兴兴糊里糊涂地接受了。这真是令人难以想象也无法理解的事情。作为中央政府国家军队的军人，太尉周亚夫的部下，无论从哪个方面说，他都没权利也没理由私下接受一个地方诸侯国所颁任的职务，哪怕仅仅是一个荣誉性的职位，这应该是一个基本常识。很不幸的是，李广偏偏就没有这个常识。

事情还有另一层面更为微妙的性质。梁孝王刘武是景帝的亲弟弟，作为母亲，窦太后对小儿子的喜爱和宠溺，完全超过了对皇帝的感情，一度到了想让景帝把皇帝位子让给小儿子刘武的地步。刘武在自己的王国里，所有宫廷仪仗和排场都比拟中央，甚至超过中央政府。汉景帝对此尽管只能不闻不问，表面上还要维持超级亲密友爱的关系，但内心对梁王的警惕、忌惮与恼火，是不问可知的。没有了异姓王，同姓王照样会威胁皇帝的宝座，这个道理连刘邦也没弄明白。李广作为中央政府的军人私自接受梁王授予的将军印，肯定给景帝留下了非常不愉快的印象。碍于太后和梁王的特殊地位，景帝不敢多说什么，他把一肚子的怨气和多年窝火都撒到了李广头上。

根据司马迁的记载，李广并未因此受到追究和惩罚，但论功行赏这事儿也就吹了："以梁王授广将军印，还，赏不行。"场景应该是这样的：论功行赏时，朝廷上有人提到了李广的"取旗"之功，皇帝平静地说，这个朕知道，但李将军已经接受过梁王的赏赐，朕就不便再重复计功了。李广的心情从忐忑期待跌至谷底，当真是哑巴吃了黄连，有苦说不出。这是李广一生唯一的一次立军功，还失掉了封赏机会，是个很不好的兆头。

五

对于李广一生的遭遇，文人世论一向都是强调他怀才不遇、被权贵排挤、经历各种不公平，都在强调李广爱兵如子、仁义道德、心底无私、深受拥戴，"一军皆哭。百姓闻之，知与不知，无老壮皆为垂涕。"……

同时都在谴责统治者的刻薄寡恩。不得不说，司马迁在倾注了无限同情给李广这个人物时，确实带有深刻的自我遭遇投射感，也有他自己的道理。但今天再读《史记·李将军列传》，感到太史公文学叙事的抒情性在一定程度上妨碍了他的客观，而那些后代文人世论虽然情感真切，正义当头，可惜大部分都不是事实。

李广私接皇帝政敌授予将军印这件事，说起来可大可小，全在皇帝的理解和处理。如果严格执法，认定李广违规结交地方诸侯且私相授受，并在国家法律层面追究惩罚，只能说是严厉，却也算不上什么刻薄，但景帝并没有这么做。西汉王朝前几任皇帝，都称得上是知人善任的有为之君。这次景帝虽然没有给李广封赏，但也没有任何处罚训诫，而是立刻把他从中央政府一群太平官员中调离出来，派到前线去做上谷太守，远离那些他根本驾驭不了的朝廷是非。作为职业军人，李广没有那么高的"政治觉悟"。不仅皇亲国戚之间的各种微妙猫腻他不明白，就是政府机关里的各种规则、潜规则，包括为人处世的方式等等，他也搞不太懂。这次出任边郡太守，不仅是人尽其才，应该也是遂了李广的个人心愿。

上谷郡位于今天河北省宣化、怀来一带，恰在北纬40度匈奴群落出没之地。匈奴听说边境来了个叫李广的汉人新太守，便来试探究竟，结果他们发现自己遭遇到了一个好对手。李广不像先前那些能不打就不打的保守主义太守们，他反其道而行之，是有条件要打，没有条件创造条件也要打。匈奴此前从没遇到过这么有意思的人，也来了兴致，于是每天都来跟李广缠斗。用司马迁的话说，"匈奴日以合战"。在我的阅读印象里，似乎很少有人认真品读和追究这个细节。以往匈奴入边，一向只为利来，抢东西抢人，掠夺生活资料是唯一目的，而且是抢了就跑，不会待在原地等着汉兵来惩罚。但这次情况完全不同，匈奴啥也不为，只为了跟李广作战一决高下，而且隔三岔五就来，简直有了点惺惺相惜、切磋武功的味道。这种情况在汉匈战史上是非常罕见的。由这个细节，我们完全能够想象李广个人卓尔不群的骑射才能，他以前所未有的方式，赢得了对手的敬意。但这种情况引起了外交部长公孙昆邪的不安，他向景帝进言说：李广这个人的才华天下找不到第二个，但有点嘚瑟，总是跟敌人对阵单挑，这样下去，迟早是个死。景帝听从了这个建议，为保护李广把他调到了上郡做太守，减少他与匈奴直接对战的机会。上郡在今天陕西榆林、延安一带，北纬 38 度，正北部为汉匈前线朔方郡。在景帝一朝，李广还先后担任过陇西、北地、雁门、代郡、云中等地太守，加上先前的上谷、上郡，共七个郡。如果加上汉武帝时期所担任的右北平太守，可以说李广的一生，几乎把汉匈边境的所有边郡太守都当了个遍。这种经历在整个西汉王朝，恐怕也难找出第二个人。他的"世世受射"为国效命，他的建立功勋的热望，他的沉默坚忍，一直如此辗转艰辛，如此尽忠尽责，如此勇敢无畏，却始终得不到晋升的机会，难怪人们要为他打抱不平。

对于李广来说，特别遗憾的是，由高祖刘邦奠定的"和亲"是迄今的基本国策。景帝继承了汉文帝的防御性国家战略，打定主意不跟匈奴撕破脸皮。文景两朝近四十年时间，从未与匈奴发生大规模军事冲突，李广因此不可能得到杀敌斩首立功的机会。尽管这几十年来匈奴不断地侵入北地、云中、雁门、上郡、右北平等各边郡，多则十几万骑，少则万余骑，劫掠人力财物，只要他们肯退走，朝廷绝对不会追击也不会寻求报复。而且，始终认真履行着和约，照样"遣公主"、送钱财，维持着最低限度的和平局面。汉景帝在位十六年，于公元前 141 年驾崩，这一年，李广已经四十五岁。时间就这么无声无息，与帝国的尊严和他的为战斗而生的青春一起流走了。

六

汉文帝十四年（公元前 166 年），"匈奴大入萧关"时，冒顿单于已经死了，率军的是冒顿之子老上单于。老上单于最大的成就，是彻底击溃了位于匈奴西部的世仇月氏国，为父亲报仇雪恨——当年冒顿曾经在月氏当过人质险些被杀。这次致命的攻伐迫使月氏离开甘肃旧地敦煌、祁连一带西迁至中亚地区，等于被灭国了。不仅如此，老上单于还把月氏国王的脑袋砍下来掏空，当作喝酒的大碗。可见相当痛恨。不过很多人有所不知的是，这个泄愤方法的首创权并非“野蛮人”老上单于，而是定居的文明“中国”人，时间上也早了将近三百年。据《史记·刺客列传》：公元前453年，“智伯伐赵襄子，赵襄子与韩、魏合谋灭智伯，灭智伯之后而三分其地。赵襄子最怨智伯，漆其头以为饮器”。这个骇人听闻的报复措施非常独异，在汉文明典籍中仅此一例。合理的推测是，赵襄子久居北纬40度之代地，耳濡目染，不排除这是他学习和效仿游牧民族习俗的结果。后来，出了一首流传很广的民歌，文学史不断提到：失我祁连山，使我六畜不蕃息。失我焉支山，使我嫁妇无颜色。哀叹匈奴被汉朝击败之后失去了丰美水草地，不得不远走他乡，因此被一些人文学者、文学史家称之为“匈奴的谶歌”。其实，最该唱这首歌的不仅是匈奴，而首先是月氏人。只是在他们被匈奴攻灭流离失所之后，没有人为他们代言哀叹这一切而已。

老上单于在入侵萧关的四年后去世，继位的军臣单于在位三十五年，在大部分时间里，汉匈大体上维持了和平局面，前提当然是“和亲”，汉朝送女人送钱财。然而“历史的拐点”在军臣单于后期被孕育出来，经过“文景之治”四十年休养生息，撤销同姓诸侯王，强化了中央政府的政治权力，西汉帝国逐渐摆脱了积贫积弱的困难局面，完成了巨大的人才与物力积累，中原定居文明的反击即将到来。公元前140年，刘彻继位为汉武帝，并且确定年号为“建元”，这是中国历史上有年号纪年的开始。也是在汉武时期，李广迎来了命运的转机。汉武帝继位后，开始为未来的战略反击选贤任能，把李广从上郡太守提拔为未央卫尉，另一位守边名将程不识同时被任命为长乐卫尉。边郡太守转任皇宫禁卫军首领，应该是很大的信任和荣誉。

马邑这个地方，当真奇怪，仿佛对于汉匈两国来说都是骨鲠在喉，导致沧桑巨变的事件都要在这里发生。所谓“解铃还须系铃人”，从马邑引发“白登之围”开始的不平等条约——“和亲”，注定要在马邑解除。公元前133年，即汉元光二年，汉武帝终于接受主战派的建议，下了决心跟匈奴翻脸。于是以马邑城做诱饵，派出三十万大军埋伏于周围，希望一举全歼匈奴主力活捉单于。起三十万大军以图决战，这是西汉王朝自汉高祖刘邦“白登之围”之后首次最高动员规模，完全可以理解武帝对这次战役的期待。单于走到半路发现情况不对，立即撤军。结果是三十万伏兵白忙了一场，汉武帝失望震怒不已，惩罚了主战派官员。李广在这次军事行动中被任命为骁骑将军，可惜他连匈奴的人影儿也没看到。

既然彼此撕破了脸，就都不用藏着掖着了。汉武帝不再履行和亲义务，军臣单于这边也开始了各种报复。元光六年（公元前129年），匈奴侵入上谷，武帝再次发兵从北纬40度一线各边郡反击，李广以未央卫尉、骁骑将军的身份领兵出雁门。这一次李广总算正面遭遇了匈奴的部队，却很不幸地战败且被匈奴俘虏了，由此开启了他人生最后十年的“失败之旅”，同时也是收获赞誉之旅：

> 单于素闻广贤，令曰：“得李广必生致之。”胡骑得广，广时伤病，置广两马间，络而盛卧广。行十余里，广详死，睨其旁有一胡儿骑善马，广暂腾而上胡儿马，因推堕儿，取其弓，鞭马南驰数十里，复得其余军，因引而入塞。匈奴捕者骑数百追之，广行取胡儿弓，射杀追骑，以故得脱。于是至汉，汉下广吏。吏当广所失亡多，为虏所生得，当斩，赎为庶人。（《史记·李将军列传》）

荣誉是太史公颁发的。《史记》这段画面感极强的生动文字，显示了司马迁卓越的文学才华。“素闻广贤”这句话，有相当的事实依据，应该不是作者的主观推测。因为此前李广在景帝一朝十几年连任各个边郡太守，匈奴肯定比较了解他。但接下来说单于下了死命令，对李广一定要抓活的，显然是想象夸张之辞。历来匈奴入边烧杀抢掠暴虐凶残，但对与自己交战的汉军将领，却是另一种态度。除非是阵前对砍杀伤人命那没办法，只要是生擒活拿的，从不会杀害，相反，都是带回去“优待俘虏”。不能说奉若神明吧，也是礼敬有加，千方百计为己所用。哪怕是宁死不屈的人，通常都是留置不归，比如让苏武去贝加尔湖牧羊。就这方面说，匈奴始终有一种令汉文明困惑费解的实用主义和人道主义传统。司马迁对单于命令的这个描述，给人一种极端强烈的印象，仿佛李广声誉远在当时所有汉军将领之上，以至于连单于都“爱不释手”要亲自下令予以特殊保护。但事实上，李广担任右北平太守赢得“汉之飞将军”美名是在两年之后了，此时与其他将领相比，除了年纪大，并无特殊之处。而且，经过司马迁妙笔生花，人们记住了李广智勇双全、纵马驰归的雄姿，却很少有人意识到，他其实是个全军覆灭的败将。

七

元光六年（公元前 129 年）这次战役，是个标志性事件。无论对汉匈两家的战略选择，还是对李广的人生命运，都具有极端的重要性。这次战役，是西汉王朝自汉高祖之后第一次主动出击匈奴的大规模战争，拉开了中原定居文明反击匈奴的序幕。对于李广来说，这是他首次以正选将军的身份独当一面与匈奴作战，理论上距离立功封侯的目标越来越近了。然而事情竟然像故意跟他作对一样：

> 元朔六年，广复为后将军，从大将军军出定襄，击匈奴。诸将多中首虏率，以功为侯者，而广军无功。（《史记·李将军列传》）

从元光六年到元朔六年这一周期，军臣单于死了，弟弟伊稚斜起兵赶走了本该继位的太子于单，强夺匈奴单于宝座。此后几年，匈奴从雁门、渔阳多处反复入侵，而汉帝国对匈奴的反击战也已经全面打响。这些战役，李广因担任右北平太守，均没有机会参加。令人感到焦虑的是，青年将军卫青、霍去病正在飞速崛起，并屡立奇功。元朔元年（公元前 128 年）“汉使将军卫青将三万骑出雁门，李息出代郡，击胡。得首虏数千人。其明年，卫青复出云中以西至陇西，击胡之楼烦、白羊王于河南，得胡首虏数千，牛羊百余万。于是汉遂取河南地，筑朔方，复缮故秦时蒙恬所为塞，因河为固”（《史记·匈奴列传》）。卫青元朔二年出云中至陇西这次战役，再度收复了被匈奴占据的河套地区，居功至伟。回想起元光六年的上谷之战，即李广被俘那次，汉军四万人兵分四路。《汉书·武帝纪》：“匈奴入上谷，杀略吏民。遣车骑将军卫青出上谷，骑将军公孙敖出代，轻车将军公孙贺出云中，骁骑将军李广出雁门。青至龙城，获首虏七百级。广、敖失师而还。”由这个记载来看，四路兵马分头行动互不领属，将军们之间的地位还是平行关系。但短短六年时间，在元朔六年的这次定襄之战中，卫青已经是“大将军”，成了李广的领导。令人欲哭无泪的是，“诸将多中首虏率，以功为侯者，而广军无功”！按照卫青是汉武帝小舅子的关系来推论，他比武帝年龄略小，此时当在三十多岁，霍去病则在元朔六年刚满十七周岁的弱冠，远征匈奴一战成功而封为冠军侯。只有李广依旧两手空空，此时已经是近六十岁的白发老将军了。

> 后二岁，广以郎中令将四千骑出右北平，博望侯张骞将万骑与广俱，异道。……明日，复力战，而博望侯军亦至，匈奴军乃解去。汉军罢，弗能追。是时广军几没，罢归。汉法，博望侯留迟后期，当死，赎为庶人。广军功自如，无赏。（《史记·李将军列传》）

“后二岁”应该是元狩二年（《汉书》记为“后三岁”）。这一战，李广几乎又是全军覆没，还连累了因出使西域而著名的博望侯张骞“当死”。尽管司马迁再次妙笔生花，令人信服地描写了李广以一当十、临危不惧、“意气自如”等超绝的个人才能，但他还是败了，“广军几没”，取得功名封侯的希望愈加渺茫。他感觉到了自己的衰老，白发覆额，满面沧桑，心情暗淡。更揪心的是，汉武帝似乎也开始失去了对他的信任与耐心。

李广对于自己的坎坷命运百思不得其解，曾经跟一个风水先生讨论过：自从汉朝跟匈奴打仗我李广基本没缺席过，各支部队级别比我低又才能平平却立功封侯的有几十个人。我自认并不比那些人差但实际结果反倒不如他们，这是什么情况？是我面相不对？还是命不好？那位风水先生装模作样算了一圈答不上来，只好胡扯：您自个儿想想有啥做得不妥而后悔的事情没有。李广是个老实人，他认真回忆说，早年在做陇西太守时，曾经招降过八百多个造反作乱的人，然后都给杀了，到现在还很后悔。于是风水先生就像落水者抓住了一根救命稻草，赶紧就坡下驴说：对对，就是因为这个！

八

李广自己说“广结发与匈奴大小七十余战”，这个数字不知怎么来的，估计主要是景帝时期做各边郡太守时的小规模防御战，也包括在上谷时“匈奴日以合战”。根据《史记》和《汉书》所记载，梳理汉武帝以来李广所参与的汉匈之间大战，如下：

（一）元光二年（前 133 年），马邑埋伏，任骁骑将军。全军无功；

（二）元光六年（前 129 年），以卫尉为将军“出雁门击匈奴”。被俘，后逃归。“当斩，赎为庶人”；

（三）元朔六年（前 123 年），“复为后将军，从大将军军出定襄，击匈奴。诸将多中首虏率，以功为侯者，而广军无功”；

（四）元狩二年（前 121 年），“以郎中令将四千骑出右北平……军几没……广军功自如，无赏”。

汉代以军功行赏封侯，有严格量化规定，不是评劳动模范和道德模范。李广因此难封实在是情理之中。但包括汉武帝在内，大家都对李广的遭遇感到奇怪：凡有他参加的战事，不是失败就是被俘，或者同时出征别人都有功，唯独他毫无建树。只能用“数奇”——命不好来解释。汉武帝曾多次起用李广，给机会，是看重李广的名望、忠诚和勇气，但是现在，连皇帝也有些担心而不打算再用这位老将了：

后二岁，大将军、骠骑将军大出击匈奴，广数自请行。天子以为老，弗许；良久乃许之，以为前将军。是岁，元狩四年也。（《史记·李将军列传》）

元狩四年（前119年），老将军即将走向他悲情人生的终点。这一年他六十七岁（一说六十二岁），对功名的渴望已经淡化为一个形式外壳，而对国家的忠诚以及对个人命运的抗争成为支撑他走下去的精神力量。看到“广数自请行”这五个字，我在想象这位六十多岁的老将军的表情与决心，甚至有感同身受之震撼。而“良久乃许之”说明汉武帝经不住老将军以必死决心来请战，中间颇有怜惜、为难、纠结等曲折。而接下来的事情，正是司马迁强调说明李广蒙冤受到陷害的描述：

广既从大将军青击匈奴，既出塞，青捕虏知单于所居，乃自以精兵走之，而令广并于右将军军，出东道。东道少回远，而大军行水草少，其势不屯行。广自请曰：“臣部为前将军，今大将军乃徙令臣出东道，且臣结发而与匈奴战，今乃一得当单于，臣愿居前，先死单于。”大将军青亦阴受上诫，以为李广老，数奇，毋令当单于，恐不得所欲。而是时公孙敖新失侯，为中将军从大将军，大将军亦欲使敖与俱当单于，故徙前将军广。广时知之，固自辞于大将军。大将军不听，令长史封书与广之莫府，曰：“急诣部，如书。”广不谢大将军而起行，意甚愠怒而就部，引兵与右将军食其合军出东道。军亡导，或失道，后大将军。大将军与单于接战，单于遁走，弗能得而还。（《史记·李将军列传》）

这段描述，可以说是让汉武帝和卫青背负千载骂名的关键“证词”。综述这段描写的意思：李广以前将军身份跟随卫青出征，卫青抓住了俘虏，得知单于的藏身之所，就打算亲自去干，并支开了李广，让他走东路迂回包抄。而东边这条路要绕远又缺乏食物和水源，没办法驻扎。李广多次表达要当先锋跟单于同归于尽的意思，但行前汉武帝私下里叮嘱卫青，李广命数不好走霉运，会影响大军作战，别让他先跟单于照面。而卫青的私人朋友公孙敖刚丢掉了侯爵位，卫青也想让公孙敖跟自己一起去打单于，以利于公孙敖立功恢复爵位。其结果，李广由于各种私心、不公待遇而被迫走了东路，再次“军亡导，或失道”。当他被这些他感受到的“不公平”来追责时，他无法忍受双重的侮辱而自刭身亡。

上述描写言之凿凿，矛头直指卫青。但不知道是什么原因，在随后的《卫将军骠骑列传》中，司马迁的记载却是另一种情况：

> 元狩四年春，上令大将军青、骠骑将军去病将各五万骑，步兵转者踵军数十万，而敢力战深入之士皆属骠骑。骠骑始为出定襄，当单于。捕虏言单于东，乃更令骠骑出代郡，令大将军出定襄。郎中令为前将军，太仆为左将军，主爵赵食其为右将军，平阳侯襄为后将军，皆属大将军。

郎中令即是李广。此处分列了所有从属于卫青的前后左右各路将军，却唯独没有“中将军公孙敖”。司马迁很可能是把这次出征与第一次“定襄之战”记混了，那一次，“大将军青出定襄，合骑侯敖为中将军，太仆贺为左将军，翕侯赵信为前将军，卫尉苏建为右将军，郎中令李广为后将军，右内史李沮为强弩将军，咸属大将军，斩首数千级而还”。对照《李将军列传》中非常详细地指责卫青与公孙敖私人友谊，这个疏忽令人费解。这一段主要描述方向不再是李广，而是“揭露”汉武帝偏袒霍去病的私心。武帝把敢于深入死战的精兵强将都派给了霍去病，而且先让霍去病从定襄（今内蒙古鄂尔多斯东部）出击单于，等到抓来的俘虏说“单于东”，又改变计划让霍去病出东边的代郡（今河北张家口蔚县）——武帝一心想让霍去病立大功，连卫青都不得不给霍去病让位而自己出定襄。

问题在于，《李将军列传》说“青捕虏知单于所居，乃自以精兵走之”，这是说卫青有私心要自己去打单于；而《卫将军骠骑列传》则说“骠骑始为出定襄，当单于。捕虏言单于东，乃更令骠骑出代郡，令大将军出定襄”，这是说汉武帝有私心让霍去病去打单于。其实，两相参照阅读，就能看出司马迁在《李将军列传》中对卫青的指责并不公平——那时情报工作的手段既很单一也不精确，完全靠抓俘虏听口供，且单于行军忽东忽西。大军出塞由谁担任主攻方向，这不是卫青自己能决定的，一切都要听从汉武帝的指令。所以在《卫将军骠骑列传》中，司马迁又写，当听到新消息说“单于东”，为了让霍去病抓到单于，汉武帝又更改了指令让霍去病出代郡，那么这时卫青出定襄，就不可能是如《李将军列传》中所说“自以精兵走之”。同一段史实，却出现如此矛盾舛乱，有些不可思议。尽管后来的实战是卫青对上了单于，霍去病击溃了左贤王，而李广因为迷路未能完成对单于的侧翼包抄，造成单于“遁走”，并最终导致李广自杀，但这算不上是卫青的罪过。可是上述莫衷一是的历史记录，并不妨碍千古文人把罪责推给卫青，视之为奸佞、自私的杀人凶手。

九

李广作为一代名将享有巨大声誉，司马迁当推首功。《史记·李将军列传》倾尽同情、并以很多生动传神的细节刻画李广这个人物的性格特征，他“怀才不遇”、英勇无畏、爱兵如子、廉洁奉公、“讷口少言”，唯一的娱乐是跟人比赛射箭，并且还遭受各种不公平待遇和迫害……所有这些，都符合传统文人对于自我命运与社会关系的认定。他们从李广的不幸遭际中认出了自己，并将其发扬光大。无怪乎宋代学者黄震感慨说：“凡看卫霍传，须合李广看，卫霍深入二千里，声振华夷，今看其传，不值一钱。李广每战辄北，困踬终身，今看其传，英风如在。史氏抑扬予夺之妙，岂常手可望哉？”

但事情还不尽然。从技术观点看，李广个人形象的诸多元素，都符合公众对于冷兵器时代传统武将的想象，并因此赢得千古传诵，这也是一个很有可能的原因。

《史记·项羽本纪》说到项羽，有这样的描写：“项籍少时，学书不成，去学剑，又不成。项梁怒之。籍曰：‘书足以记名姓而已。剑一人敌，不足学，学万人敌。’于是项梁乃教籍兵法，籍大喜，略知其意，又不肯竟学。”这里说的是个人勇士与统军将领的根本区别。项羽虽然是“力拔山兮气盖世”的猛将，但从小就知道“一人敌”是远远不够的。

一个很有趣的现象，除了《隋唐演义》《说岳全传》之类的评书，乃至后来各种武侠小说之外，严肃的战史和军事著作，从不会在意一个将领个人的军事技艺——“武功”，换言之，我们从不曾知道白起、李牧、韩信、汉尼拔、拿破仑会什么功夫使什么兵器。但是相反，我们差不多都知道关羽的青龙偃月刀重达八十二斤，天下第三条好汉小公子裴元庆白盔白甲，手提一对八棱梅花亮银锤，洪七公“降龙十八掌”的第十八招式叫“亢龙有悔”，梅超风的“九阴白骨爪”专在人脑袋上穿五个窟窿，小李飞刀伤人立死……以至于，共和国上将许世友也在民间传说中身负少林绝学，等等。李广是整篇《史记》中唯一一个被提及个人战力技艺的正规军将领，这有其可理解之处。在北纬40度一线与匈奴对阵，超强的个人骑射技术是最有效的作战方式，当年赵武灵王力排众议移风易俗“胡服骑射”正是这个道理。《李将军列传》中有多处提及李广的“武功”，“广为人长，猿臂，其善射亦天性也，虽其子孙他人学者，莫能及广”，射箭射进石头，专门去射老虎，以“大黄”劲弩射杀匈奴战将，射杀前来追击的匈奴骑兵……确实出类拔萃勇迈绝伦。我小时候看连环画，最爱看武将的英姿和神奇的绝技。

但是，一个将领的作用不是敢死队，他的个人战力技艺，并不简单等同于他的军事才能。这是个决定性的区别。特别是当汉武帝从战略防御转向全面进攻时，这个区别严重限制了李广。他在景帝时期先后担任七八个边郡太守，基本是守在长城的箭楼上或者城堡里，作战半径很小，遇到匈奴来袭扰就直接开射，不太需要其他的能力。然而武帝时代开始大军“出塞”长途奔袭寻找匈奴主力决战，这时候，他曾经的长处立刻变成短板。李广同时代名将程不识曾一针见血指出：李广“行无部伍行陈，就善水草屯，舍止，人人自便，不击刀斗以自卫”。带队行军没有操练约束，人人随意，晚上睡觉也不派敲梆子打更的。更要命的是，由于长期的防御型习惯，李广明显缺乏地理知识，这导致他一旦单独远行作战就总是“亡导”“失道”——迷路。司马迁表扬李广说，因为不用排队操练不用放哨站岗不必点名造册，宽仁爱兵，“其士卒亦佚乐，咸乐为之死”，听起来很感人。但从军事角度说，这非但不是爱兵如子，相反，是助其速亡。一个好将领真正该做的，是率领他的士兵夺取胜利，至少，带他们活着回家。

在这个意义上，像李广这样，缺乏必要的军事操练，缺乏纪律约束，以将领个人道德感召力代替缜密的作战计划和战时动员，以个人勇力与胆识代替有效的集团军事行动，动辄“失道”“亡导”，陷千万士兵于万劫不复之险地，无论如何都与其“名将”的声誉相去甚远。他一生失败的悲剧性，根源正在于此。

十

文学往往被称作“向失败者的灵魂致敬”的艺术。李广“失败”的一生被叙写为一种人格上的胜利和荣誉，始终为那些不如意的人生所接纳，为那些不如意的人们所惦记。《李将军列传》也正是在这个意义上，成为一种精神慰藉和观测人性的切口，成为一首千古绝唱的失败者之歌——“百姓闻之，知与不知，无老壮皆为垂涕”——老百姓们听说这件事，不管对李广这个人是否了解，也不分年老和年幼，全都痛哭流涕，这情形很像举世皆知的伟人辞世。司马迁的致敬堪称最高等级了，对此我曾经非常笃信且感动，但今天读来难免有些迟疑。

司马迁千古良史秉笔直书，从未讳言李广的短处。事实上，我们今天所能了解的李广，完全有赖于司马迁“不为尊者讳”的良史精神与如实记述。只是因为观念的缘故，他既不能理解汉匈骑兵作战的要领，也不愿从上古立场后撤，因此往往情不自禁将李广那些“短处”视为优点，并且在感情上对人物的“社会不适应症”予以正面的强烈文学渲染。这种徘徊曲折纠结，在司马迁那里是痛彻骨髓的。但这种并不能真正滋养人心的矛盾态度，显而易见出于他自己不幸的身世遭遇，同时也充斥着世界观方面的冲突。

进入武帝一朝，儒学逐渐取得正统地位。太史公崇尚孔子“知其不可而为之”的人格，虽谈不上名教中人，但对孔子“高山仰止，景行行止”的赞誉，影响了后代无数人。然而在更为内在的另一面，他在情感认知和世界观上，对道家黄老思想有极其自豪与深刻的体认。类似于“天道自然”“清静无为”的观念，贯穿了整篇《史记》写作。李广的“讷口少言”，“人人自便”，简易朴素，宽仁率性，对规章制度和纪律约束的繁琐与严格感到厌烦，军事上奉行与对手个人力战的自然主义态度，等等，这些属于个人品德和行事风格的元素，基本是在黄老思想基础上被描述被盛赞的。它们与未来的社会结构与价值认定其实是渐行渐远，往往更多存身于个体的道德选择中。

然而，事情往往也有其令人纠结和难于选择的痛苦之处。我们就此看到，这种情况恰恰也是思想自由与精神多样性的魅力所在。离开了与此相似的众多“不合时宜”的事物，世界也许会显得更加单调和无趣吧。

（原刊于《收获》2018年第4期）

青春帝国少年行

陈福民

茂陵刘郎秋风客，夜闻马嘶晓无迹。
画栏桂树悬秋香，三十六宫土花碧。
——唐·李贺《金铜仙人辞汉歌》

一

苏轼在朝中与王安石政见不合、气场不投，非常不爽。自古以来士大夫都相信“合则留，不合则去”的政治规则，他既不能被当局认同，灰心忧惧之下，于宋神宗熙宁四年（公元1071年）自请出京任职，开始了颠沛流离的后半生。熙宁八年，他在密州知州任上，写了一首记述自己某次出城打猎玩耍的词：

老夫聊发少年狂，左牵黄，右擎苍，锦帽貂裘，千骑卷平冈。为报倾城随太守，亲射虎，看孙郎。 酒酣胸胆尚开张，鬓微霜，又何妨！持节云中，何日遣冯唐？会挽雕弓如满月，西北望，射天狼。(《江城子·密州出猎》)

这首词流传甚广，是他作为“豪放派”词人的有力证明之一。全词放达夸张，自矜自诩，牵黄擎苍、“锦帽貂裘”云云，甚至难免轻狂浮躁之嫌。起句便以“老夫”自居，其实还不到四十岁，准确说是三十八岁，正当人生壮年。这表面的放达豪迈中，多少有些失意颓唐隐藏在里面。无独有偶，韩愈也曾在《祭十二郎文》中哀叹自己“年未四十，而视茫茫，而发苍苍，而齿牙动摇”。可见古时候很多文人的身体状况确实堪忧，有时自怜自艾也可以理解。然而认真读历史，又能发现很多不同的参照，比如“自结发与匈奴大小七十余战”的李广，六十多岁还请缨出征匈奴；再如为大唐帝国略定突厥、吐蕃和葱岭西域的唐朝名将苏定方，七十六岁死于吐谷浑前线；最不济的，范仲淹五旬开外担任陕西经略副使出镇西北边境，乃有“将军白发征夫泪”的千古名句，等等，若这些人自尊一声“老夫”，也是实至名归。而文人去郊区打个猎，只要在结尾碰瓷一下“西北”，就能“豪放”起来，并且流传开去广收赞誉，其中显然有中国文人传统的政治想象在发挥影响。这类想象与句子，在唐代诗人那里最为丰富，“但用东山谢安石，为君谈笑静胡沙”(李白)、“男儿何不带吴钩，收取关山五十州”(李贺)……

东坡这首词的好处是全篇直抒胸臆，酣畅通俗，毫无复杂难解之处，惟有“持节云中，何日遣冯唐”这句，用了西汉时期冯唐为魏尚辩诬鸣冤的典故，而这个典故是需要我们关注的重点。故事说起来有点绕远，稍嫌曲折，但相当精彩有趣：

冯唐者，其大父赵人。父徙代。汉兴徙安陵。唐以孝著，为中郎署长，事文帝。文帝辇过，问唐曰：“父老何自为郎？家安在？”唐具以实对。文帝曰：“吾居代时，吾尚食监高祛数为我言赵将李齐之贤，战于巨鹿下。今吾每饭，意未尝不在巨鹿也。父知之乎？”

唐对曰："尚不如廉颇、李牧之为将也。"上曰："何以？"唐曰："臣大父在赵时，为官率将，善李牧。臣父故为代相，善赵将李齐，知其为人也。"上既闻廉颇、李牧为人，良说，而搏髀曰："嗟乎！吾独不得廉颇、李牧时为吾将，吾岂忧匈奴哉！"唐曰："主臣！陛下虽得廉颇、李牧，弗能用也。"上怒，起入禁中。良久，召唐让曰："公奈何众辱我，独无闲处乎？"唐谢曰："鄙人不知忌讳。"（《史记·张释之冯唐列传》）

司马迁没有提及冯唐的年龄，从行文看，显然比汉文帝大很多。他的祖父是战国时代赵国人，与名将李牧是好朋友，父亲做过西汉初年诸侯国代国丞相，推断下来，冯唐应该是地地道道的北方军事通。

汉文帝非常低调且礼贤下士，这与他的出身境遇多少有些关系。由于母亲薄姬在刘邦众多女人中极端边缘，很不受宠，他从来就不是刘邦中意的孩子，早早被派出去做代王，后来能继位当上皇帝完全是个意外。生存环境的各种艰苦险恶，养成了他谨慎小心、与人为善的质朴性格与行事习惯。初见冯唐，就主动打招呼，显得情商很高：老先生从哪里过来做官的？当听说冯唐与他的故地代国渊源极深时，他甚至有些套近乎地说起自己做代王时的经历，表示对军事战略很有兴趣，还欣赏一个叫李齐的将领。然而冯唐却说，皇上你见识还不够，你说的那个什么李齐不行，要论真名将必须得是李牧啊。汉文帝连忙问是什么原因，冯唐说，我爷爷跟李牧友好，我父亲跟李齐友好，听他们讲起过两人的情况，各自的为人与能力差距很大，根本不是一个级别的。文帝听了这些，不禁心驰神往，拍着大腿说：哎呀！可惜我没机会得到廉颇、李牧这样的将领，否则我还怕什么匈奴啊！

按说皇帝已经认可了冯唐的看法，可以见好就收了。不料冯唐还有更狠的话：我豁出去直说了吧，您就算有他们，也是白瞎，根本不会用的。被一个老头子当着一干文武随从这么怼，皇帝的脸面立刻挂不住了，勃然拂袖回了自己的房间。估计是平息怒气很久，又让人把冯唐叫进来，愤愤地说：您干吗大庭广众面前羞辱我？想说话就不能找个没人的地方吗？冯唐这才赶紧赔不是：我是个粗人，不懂得说话的忌讳。

其实，冯唐并不像他自己形容的那样是个大老粗，他有自己的盘算，他明显是要用这种带有强刺激的冒犯引起皇帝的注意。这么说话，虽然也要揣摩汉文帝的性格和行事方式，但其鲁莽冲撞毕竟还是冒了很大风险——如果遇到传说中动辄就龙颜大怒杀人砍人的皇帝，冯唐纵有几个脑袋怕是都保不住的。今天看来，汉文帝的气量和胸襟真的很赞，他只是抱怨了一下冯唐让他当众下不来台，然而当天就接受了冯唐的建议，派遣冯唐“持节”赶赴云中去赦免魏尚，并重新起用他做云中太守抵御匈奴。这是“持节云中，何日遣冯唐”的来历。当然，这是节外生枝的故事。

在这个故事中最值得注意的，是汉文帝听完冯唐讲述古代名将李牧故事后的反应：“搏髀曰：‘嗟乎！吾独不得廉颇、李牧时为吾将，吾岂忧匈奴哉！’”能让一个皇帝拍着大腿惊呼艳羡的事情，当然未必一定都是大事，但至少能说明这个事情对他的刺激和触动是非常大的。这种触动，也一定来自他内心深处饱受困扰、念兹在兹的某种情结。简言之：依靠什么力量去抵抗匈奴。文、景两朝都严格遵奉刘邦定下的“和亲”政策，从不主动与匈奴开战。即便匈奴大举入侵，也只是调兵遣将防御一下，匈奴退出边界就相安无事。这带给人们一种两朝皇帝都无心国防、软弱可欺的印象。但“持节云中”这个事件却透露了完全不同的信息。出生于北部边境代国的汉文帝，对于匈奴边患的严重性与危害性了如指掌，且无时无刻不在思考如何反击。这一次，他表露了自己的关切与焦虑：国乱思良将。

汉文帝是个很让人喜欢的历史人物，实事求是，艰苦朴素，求贤若渴，更重要的是，有识人之明。他虽然没有明确提出“良将”的具体标准，但有几件事情可以让我们从外围去了解他的尺度。他曾经当面表扬过“飞将军李广”，说：“惜乎，子不遇时！如令子当高帝时，万户侯岂足道哉！”表面看这是很高的评价，似乎非常重视，但终其一朝，文帝只是“口惠而实不至”，从未重用过李广。另一件事情则相反，他对周亚夫评价极高，先是在细柳劳军后惊叹“嗟乎，此真将军矣！”到了临终，更有“托孤”之意：

孝文且崩时，诫太子曰：“即有缓急，周亚夫真可任将兵。”文帝崩，拜亚夫为车骑将军。(《史记·绛侯周勃世家》)

事实证明汉文帝看人很准：李广并非统帅型军事人才，周亚夫在关键时刻则足当大任。景帝朝吴楚叛乱，周亚夫果然以太尉身份担任汉军主帅，一举荡平了叛军，确保了国家与中央王朝的权威与稳定。然而，所谓千军易得一将难求，文景之治承平四十年，除了周亚夫之外，边境军事国家战略上仍然罕有堪用之人。细品汉文帝有关“真将军”的吁求，他们的出现，还要耐心等待历史提供的条件与机遇。

二

从汉高祖困于“白登之围”后不得不奉行“和亲”，给匈奴送女人送钱财，然而北边的“女婿”并不很买账，不断发动单边军事进攻。司马迁有如下记载：

至孝文帝初立，复修和亲之事。其三年五月，匈奴右贤王入居河南地，侵盗上郡葆塞蛮夷，杀略人民。

汉孝文皇帝十四年，匈奴单于十四万骑入朝那、萧关，杀北地都尉卬，虏人民畜产甚多，遂至彭阳。使奇兵入烧回中宫，候骑至雍甘泉。

匈奴日已骄，岁入边，杀略人民畜产甚多，云中、辽东最甚，至代郡万余人。汉患之……

军臣单于立四岁，匈奴复绝和亲，大入上郡、云中各三万骑，所杀略甚众而去。

今帝（汉武帝，笔者注）即位，明和亲约束，厚遇，通关市，饶给之。（以上均见《史记·匈奴列传》）

上述记载，时间贯穿从汉文帝到汉武帝四十年之久，闹得最凶的时候竟然火烧了回中宫，而匈奴侦察巡逻的前哨骑兵甚至摸到了在山上能“望见长安”的甘泉宫。所引最后一条，说明即便匈奴如此反复侵扰，然而至汉武帝一朝开初，仍然“明和亲约束”——遵守条约，而且厚遇饶给，给了匈奴“最惠国待遇”。想一想也很为汉帝国发愁，刘邦所有精力都用在跟项羽争天下以及建国后东征西剿维护草创的刘氏王朝上了，完全没有边境作战经验，“白登之围”应该是他一生中的创伤性经历，留下心理阴影了，以至于对匈奴终生不敢言战。文、景两朝，在“和亲”国策的卵翼下休养生息，还得承受同姓诸侯国的尾大不掉。而从云中、雁门直到辽东，各边郡总是被蹂躏，太守们经常被匈奴攻杀，动辄就是“杀略人民畜产甚多”“所杀略甚众”“杀略数千人”“不可胜数”……

北纬 40 度一线的攻防，是中原定居文明的生命线。当年秦始皇对付匈奴的办法，是派蒙恬带了浩浩荡荡三十万大军进行驱赶，然后继承赵武灵王的遗志修筑了秦长城，把匈奴再度挡在长城外。根据谭其骧《中国历史地图集·秦·西汉·东汉卷》可以看到，与赵北长城相比，秦长城的纬度已经向南收缩了一些。西汉帝国除了国策“和亲”外，还不得不有针对性地增设边郡都尉。按照汉朝官职设置惯例，太守之下每郡有一名都尉主管军事事务，但是从朔方郡、五原郡、雁门郡一直到辽东郡等主要与匈奴接壤的边郡，都有至少两名甚至更多的都尉，如传统战区朔方、五原、云中、定襄、代郡等郡，都设置了东部、西部与中部三名都尉。显然，这是不同寻常且无奈的举措——毕竟匈奴讲究实用主义，看到利益一定要上，对于合同条约之类的事情，远没有汉帝国那么认真。

几十年来，汉朝的边郡将领都尉虽然越来越多，但能否守住边境得看匈奴的脸色。极个别的例子当然也有，按照冯唐的介绍，魏尚虽然报军功时多报了六颗首级，但他做云中太守很称职，是个敢打敢拼的勇将。还有个神话一般的例子，是景帝时期的雁门太守郅都。他本来不是武将出身，因为在朝中得罪了窦太后被免职在家赋闲，景帝赶紧派他去做雁门太守，甚至都不用到朝廷来报到，就直接从家去上任，实际是变相保护起来。没想到这位文官一到任，就雄风八面不怒自威，居然创造了连武将都难以望其项背的奇迹：

> 匈奴素闻郅都节，居边，为引兵去，竟郅都死不近雁门。匈奴至为偶人象郅都，令骑驰射，莫能中，见惮如此。匈奴患之。（《史记·酷吏列传》）

一眼看去，真是很夸张的感觉。然而郅都在文、景两朝为官，与李广是同时代人，距司马迁任职汉武帝不过几十年。因此司马迁上述记载的可信度应该是非常高的，不太可能虚构夸饰。当年李牧的成就，是打得匈奴十几年不敢靠近赵国边境，李广的成就是匈奴不入右北平。而这位在朝中以清廉严正著称、令文武百官胆寒、有“苍鹰”之谓的文官，他到了边境不用打仗，竟然也让匈奴畏惧到了避之唯恐不及的程度，甚至“患之”——深感头疼、焦虑、无奈……这实在是令人匪夷所思的状况。参照孙子兵法，郅都称得上“不战而屈人兵，善之善者也”。这是最高也是最理想的军事成就。

可惜这样成功的例子太少了，而且也不可能从根本上解决问题。即如上边引述《匈奴列传》所示，漫长的边境线上，匈奴是避了这边打那边，这里不进那里进，令汉帝国防不胜防。而且匈奴是游击战的鼻祖，深通“敌进我退，敌驻我扰，敌疲我打，敌退我追”的十六字诀。他们能在短时间内形成局部优势兵力风驰电掣而来，等汉军大部队集结起来一个月后开赴边境前线，他们早跑得无影无踪了。然后，就这么一直闹得不消停。

要有效保护北纬 40 度线，传统的老办法明显不够用。而到了汉武帝时代，新格局新思路等各种条件已经积累得差不多，万事俱备只欠东风，就等新人物出现了。

三

公元前 133 年以及前 129 年（即元光二年与六年），汉武帝先后对匈奴采取了两次试探性的主动攻势。第一次是史上著名的“马邑之谋”：

> 汉使马邑下人聂翁壹奸兰出物与匈奴交，详为卖马邑城以诱单于。单于信之，而贪马邑财物，乃以十万骑入武州塞。汉伏兵三十余万马邑旁，御史大夫韩安国为护军，护四将军以伏单于。(《史记·匈奴列传》)

第二次是元光六年：

> 自马邑军后五年之秋，汉使四将军各万骑击胡关市下。将军卫青出上谷，至茏城，得胡首虏七百人。公孙贺出云中，无所得。公孙敖出代郡，为胡所败七千余人。李广出雁门，为胡所败，而匈奴生得广，广后得亡归。(《史记·匈奴列传》)。

这两次行动都失败了。原因当然很多，但最重要的一个原因，是没有能够真正左右局面的统军将领：

> 当是时，汉伏兵车骑材官三十余万，匿马邑旁谷中。卫尉李广为骁骑将军，太仆公孙贺为轻车将军，大行王恢为将屯将军，太中大夫李息为材官将军。御史大夫韩安国为护军将军，诸将皆属护军。约单于入马邑而汉兵纵发。(《史记·韩长孺列传》)

“马邑之变”动员了三十万大军，所有将领都归韩安国调遣，而韩安国只是个更擅长官场周旋的朝廷人物。“约单于入马邑而汉兵纵发”，这办法听起来可以用一些成语俗语去形容，如“守株待兔”“瓮中捉鳖”“关门打狗”，要点是等单于进了马邑城大家就一拥而上。想得挺美，可这么笨的办法全无战略主动性，更无战术可言。行动失败虽然触发于一个偶然性的因素——走漏了风声，但没有懂军事的主帅和统一协调部署，将领各自为政，想要成功实在是没有可能。第二次元光六年，则是军事目的不清晰的“四面出击”，分头行动，仍然没有统军主帅，打到哪儿算哪儿。这次战役，就是李广被匈奴生擒活拿最后又奇迹般一个人逃回来的那次，而公孙贺无功，公孙敖损失了七千人。四路中惟有“将军卫青出上谷，至茏城，得胡首虏七百人”。

这次行动的预想，是“击胡关市下”，战场限制在长城一带，但是卫青一个人打出了上谷到达茏城，还斩首七百人。茏城是匈奴祭天大会之所在，比较神圣的地方。传统的匈奴漠北茏城，在今天蒙古人民共和国鄂尔浑河西侧一带的哈拉和林。后世一些不明历史地理的读者，或者是卫青的铁杆粉丝，为了强调卫青的巨大功绩，声称“茏城”就是距上谷郡一千四百公里之外的哈拉和林，这是很明显的错误。这个“美丽的错误”还产生了一首著名七绝：“秦时明月汉时关，万里长征人未还。但使龙城飞将在，不教胡马度阴山。”以至于“飞将军”所指到底是卫青还是李广，成为一时聚讼。今天“茏城”的确切地点已经不可详考，但学者普遍认为，元光六年卫青抵达的“茏城”，应在上谷正北方二百四十多公里的内蒙古锡林郭勒盟正镶白旗一带，有可能是匈奴的漠南王庭之一。

元光六年这次出征是特别重要的开端。尽管太史公对此似乎有些漫不经心，只是轻描淡写地一带而过，但是卫青这个名字的出现，是中国历史上一件具有划时代意义的大事。他的出场不仅首次改变了汉匈作战史的胜负结果，而且第一次孤军深入了匈奴骑兵占领区，开创了冷兵器时代中原定居文明对抗游牧文明的运动战先例。他这次斩获“首虏七百人”，与后来的辉煌成就相比，其实是微不足道的，但这只是即将席卷蒙古高原的历史大风暴的预演。汉匈双方围绕北纬40度的争夺战，将使一些改变历史进程的决定性人物在两大文明折冲中应运而生。

四

卫青的生年在史料中没有记载。这个实在不能怪司马迁，因为卫青家里的情况相当混乱，一般人不容易弄清楚。

> 大将军卫青者，平阳人也。其父郑季，为吏，给事平阳侯家，与侯妾卫媪通，生青。青同母兄卫长子，而姊卫子夫自平阳公主家得幸天子，故冒姓为卫氏。字仲卿。长子更字长君。长君母号为卫媪。媪长女卫孺，次女少儿，次女即子夫。后子夫男弟步广，皆冒卫氏。(《史记·卫将军骠骑列传》)

从司马迁这段话，可知卫青的籍贯是今天山西临汾。除了“平阳人也”明确可解之外，要弄明白其他信息都很费心思。

平阳侯国是协助刘邦打天下的功臣曹参的封地。曹家世袭平阳侯，到了卫青的生父郑季这时候，平阳侯曹寿娶了汉武帝姐姐阳信公主，这位公主此后便以“平阳公主”著名于世。郑季这个小官员有些不老实，在曹寿家服务期间与“侯妾卫媪”勾搭并生下卫青。这位卫媪此前是嫁过人的，至于卫姓是她自己的还是前夫的，已经不可能知道了。在卫媪与郑季生下卫青之前，她已经有了四个孩子，分别是儿子长子，女儿卫孺、少儿、子夫。此处需要谨慎的是，“侯妾”之妾，应该是取这个字的本义“有罪女子给事者”，即女奴，而非通常意义上的小老婆。否则，不管西汉年间男女情事再怎么开放，贵为侯爵的曹寿也不可能允许这样的事情一而再再而三发生。卫青之后，这位卫媪还有个孩子叫步广。但这个孩子不是郑季所生，卫媪应该是又有了别的男人。这些孩子，可能知道生身父亲是谁，也可能不知道，但“皆冒卫氏”——所有的孩子一律随母亲姓卫。不合法的性关系所生的孩子，母亲能给他们的保护也就是这些了。

给了身份不等于能有好的生活条件。一个孤单女子在侯爷家做奴仆，就算侯爷很欢迎增添私产劳动力，但养这么一堆孩子也是不小的负担。于是卫青回到了生父郑季家讨生活：

> 青为侯家人，少时归其父，其父使牧羊。先母之子皆奴畜之，不以为兄弟数。青尝从入至甘泉居室，有一钳徒相青曰："贵人也，官至封侯。"青笑曰："人奴之生，得毋笞骂即足矣，安得封侯事乎！"(《史记·卫将军骠骑列传》)

"为侯家人"点明了卫青作为平阳侯家奴的身份。回到生父家完全不被接纳，从情理上推断，郑季应该是个很懦弱又刻薄的人，除了把卫青当个劳动力派去放羊之外，不会有什么父爱，因此郑氏的几个孩子根本不认卫青是兄弟，"皆奴畜之"。最苦最累的活儿都是他干，放羊砍柴跑长途，受尽歧视冷言恶语饥寒交迫挨打挨骂……把这些形容"底层人民"苦难的烂熟词汇都放他身上，应该相当恰当。以至于有人认为他面相贵重，觉得未来有望封侯拜将时，他只是笑笑说：奴隶的一生，不挨打受骂已经知足了，不敢想那些不着边际的事儿。

励志金典最喜欢重复"不想当将军的士兵不是好士兵"，卫青的态度正相反，等于不想封侯的奴隶是个好奴隶。他的这个笑听起来有些惨然，也可能是淡然，但历史记住了卫青的"笑"。逆来顺受，宠辱不惊，这时候的卫青已经表现出了不同于一般人的禀赋。经历并了解了人生最凄惶最黑暗的真相，卫青变得坚忍果敢冷静柔和，这种性格让他在后来的战场与政坛都受惠很多。借用今天一句鸡汤来说：面对困苦仍能微笑的人，命运总不会太差。

命运的转机来自他的三姐卫子夫。建元二年（公元前 139 年），汉武帝在平阳公主家亲幸了卫子夫，卫子夫入宫次年怀孕，武帝后来废掉陈皇后而将卫子夫立为皇后。卫青成了汉武帝的小舅子这个事情并不算稀奇，稀奇的是他后来逆袭又迎娶了平阳公主，汉武帝也成了他的小舅子。

讨论汉家宫廷这些乱七八糟的联姻并不是出于八卦，而是为了于中判断卫青的大致年龄，以及西汉帝国霸业的由来。

刘彻临幸卫子夫是在建元二年（前 139 年），这一年他十八岁。原则上卫子夫年龄只会小于等于刘彻，取上限为同岁，那么卫青作为卫子夫的弟弟，此时取上限就是小于等于十七岁。以此推论，卫青大约生于公元前 155 年。二十岁左右的皇帝心疼这个跟自己年龄相仿的小舅子，给了卫青一个建章监的闲官，不久又升职为太中大夫（《史记》写为“大中大夫”）。如果不是后来发生了那些惊天动地的伟大战役，卫青很可能就依靠着皇帝小舅子的“贵幸”身份，在朝廷里混个太平官儿终老一生了。

但是年轻的汉帝国，从它的最高统帅到一个个如卫青这般的雄杰志士，都不是这么想的。

五

有一些数字对比一下很有意思。

公元前 256 年出生的汉高祖刘邦，比武帝整整大了一百岁。他在秦末年近五旬时“斩蛇起义”，后来聚拢在他身边的人，平均年龄也不会小很多。“白登之围”时，他与主将周勃、樊哙都是快六十岁的人了，打打国内乱臣贼子还可以，对付匈奴是一筹莫展。当年吕后收到冒顿单于侮辱信后询问群臣怎么办，大家都面面相觑，樊哙硬着头皮说“臣愿得十万众，横行匈奴中”，这话立刻遭到了名将季布的激烈批驳：樊哙这货真是该死！当年高祖四十万大军都困于平城，今天一个小小的樊哙凭什么敢说十万兵就“横行匈奴中”？这明摆着是揣摩上意、当面奉承讨好。司马迁原文用了“面欺”和“面谀”两个词，这是极端严厉的道德指控（《史记·季布栾布列传》）。质言之，衰老的帝国及其群臣，对自己有很清醒的认识，要办好匈奴这件事，确实是力不从心了。

汉武帝于公元前 140 年（建元元年）登基，这年他才十七岁，是名副其实的少年天子。当然，中国历史上小小年纪做君主并不罕见，赵武灵王十四岁继位赵王，后来开创康乾盛世的爱新觉罗·玄烨皇帝八岁登基，十四岁亲政。汉武帝与他们相比并不算早，然而他从登基开始便在应对匈奴方面表现出非同一般的雄才大略：

> 张骞，汉中人，建元中为郎。是时天子问匈奴降者，皆言匈奴破月氏王，以其头为饮器，月氏遁逃而常怨仇匈奴，无与共击之。汉方欲事灭胡，闻此言，因欲通使。道必更匈奴中，乃募能使者。骞以郎应募，使月氏，与堂邑氏胡奴甘父俱出陇西。（《史记·大宛列传》）

这是著名的“张骞出使西域”的由来。也许是因为张骞的经历太富传奇色彩，后世读者对过程的关注与褒扬要远远大于对事件起因的重视，于是“出使”的动机及其历史关联性渐渐淡出了历史画面。事实上，汉武帝派遣张骞出使西域是在下一盘很大的棋，他希望说服远在西域与匈奴有血海深仇的大月氏，从侧翼联合进攻，至少也要起到牵制作用。而“出使西域”在后来产生了其他的文明成果，只是打匈奴的副产品。张骞带领副手甘父和随从一百多人，于建元二年（前139年）从陇西出发，到元朔三年（前126年）才返回长安，历时十三年。尽管在这一期间内，汉帝国已经确定了对匈奴的主动反击战略，并未依赖张骞的外交成果。但这个宏大的战略构想出自一个二十岁不到的年轻皇帝，其决断与谋略非常人所能及，无论如何都是令人惊叹的。

有了年轻皇帝的规划还不够，更年轻的将军该出场了。卫青于元光五年（前130年）以车骑将军身份“出上谷，至茏城”，首登历史舞台这一年他二十六岁。从这一年开始直到元狩四年（前119年）的十年间，卫青跟匈奴打了七场，《史记·卫将军骠骑列传》记载如下：

1. 茏城之战。元光五年（前130年），以车骑将军身份出上谷，至茏城，“斩首虏数百”。

2. 雁门之战。元朔元年（前128年），以车骑将军“出雁门，三万骑击匈奴，斩首虏数千人”。

3. 收复河南之战。元朔二年（前 127 年），以车骑将军“出云中以西至高阙。遂略河南地，至于陇西，捕首虏数千，畜数十万，走白羊、楼烦王。遂以河南地为朔方郡”。这一战解除了来自西部对首都长安的威胁，卫青因此战得封长平侯。

4. 夜袭右贤王之战。元朔五年（前 124 年），仍以车骑将军“将三万骑，出高阙”。这一次跟随卫青同时出征的还有多位将军，如游击将军苏建——他有个著名的儿子叫苏武、强弩将军李沮、骑将军公孙贺、轻车将军李蔡等，但值得注意的是，他们已经不再是此前的平行关系，而是“皆领属车骑将军”，就是说卫青是指挥这次战役的主将。这是汉匈战争史上首次出现能够率领骑兵大兵团作战的统帅级人物。而这一战也是汉匈战争史上的决定性战役之一，卫青出高阙塞长途奔袭七百公里外的匈奴右贤王王庭，彻底击溃了右贤王本部。这一战完全确立了卫青无可争议的汉军统帅地位，大部队刚回到高阙，汉武帝已经迫不及待派遣了使节等在那里，并高调宣布拜卫青为大将军。

5. 第一次定襄之战。元朔六年（前 123 年）春，“其明年春，大将军青出定襄……斩首数千级而还”。

6. 第二次定襄之战。元朔六年，“月余，悉复出定襄击匈奴，斩首虏万余人”。

7. 漠北之战。元狩四年（前 119 年），“元狩四年春，上令大将军青、骠骑将军去病将各五万骑……令大将军出定襄。……而适值大将军军出塞千余里，见单于兵陈而待，于是大将军令武刚车自环为营，而纵五千骑往当匈奴。……颇捕斩首虏万余级，遂至窴颜山赵信城，得匈奴积粟食军。军留一日而还，悉烧其城余粟以归。”此前所有的战役，都在为找到单于而努力。此次漠北之战，是卫青所统领的对匈奴作战最具决定性的一役，直接击溃了伊稚斜单于主力。

在这七战中，收复河南之战卫青封长平侯，时年二十七岁；出高阙塞之战击溃右贤王，卫青被拜为大将军，年仅三十岁成为西汉帝国历史上首位国家军队“总司令”；漠北之战，则永久打掉了匈奴大规模主力作战的能力，时年三十五岁。

漠北一战是卫青的最后一战，他在三十五岁时登上人生巅峰。汉武帝专门增设“大司马”的职位，以表彰这位与他一起奋斗为西汉帝国赢得光荣与安全的青年将军，并要求所有文武群臣以高规格礼仪参拜，可谓荣宠备至。“元狩四年初置大司马，以冠将骠骑、车骑之上，以代太尉之职。”（《汉书·百官公卿表上》）

然而，历史也并非总按照牌理出牌，它总是有着非常难以捉摸的魅力。汉匈作战史将以令人瞠目结舌的方式表明，还有一个人，甚至比卫青更配得上汉武帝一手打造的青春帝国。

六

> 是岁也，大将军姊子霍去病年十八，幸，为天子侍中。善骑射，再从大将军，受诏与壮士，为剽姚校尉，与轻勇骑八百直弃大军数百里赴利，斩捕首虏过当。（《史记·卫将军骠骑列传》）

“是岁也”，指的是元朔六年（前123年）卫青的第二次定襄之战。霍去病原来并不在军队“编制”中，这次是因为受皇帝器重，以“个人身份”跟着舅舅出征的。还不满十八岁的他胆大包天，领了舅舅拨给的八百轻骑兵，离开大部队去几百里外单独行动，竟然一战功成，“斩首虏二千二十八级，及相国、当户，斩单于大父行籍若侯产，生捕季父罗姑比”，受封冠军侯。

平阳侯曹家后人非常平庸，但侯府从上到下的私人生活都相当活跃，女奴及其女儿总是奇迹连连，这在一定程度上反映了汉代社会民风之开放。霍去病也复制了舅舅卫青身世的混乱模式。他的生父是平阳小吏霍仲孺，在平阳侯府服务期间，霍仲孺与卫媪的二女儿卫少儿两情相悦，并生下霍去病。但霍仲孺甚至比郑季还没有担当，“吏毕归家”一走了之，不敢承认这个儿子，霍去病由母亲卫少儿一个人带大。虽说如此，由于卫子夫入宫受宠又立为皇后，汉武帝异常喜欢这个外甥，霍去病大概一直都是锦衣玉食。同为“私生子”，除了没有父亲，他从小的境况跟舅舅卫青相比，一个在天上一个在地下。

霍去病首次从军时，汉武帝胡乱给了他一个剽姚校尉的职务，估计也是开心玩玩，并没有抱过高的指望。然而三年后的元狩二年（前121年），二十岁的他被正式任命为骠骑将军，威风凛凛独当一面，霍剽姚的英名开始在汉匈两地上空飘扬。他统领的部队将士都超过万人，大致相当于今天一个集团军的作战兵力。等到了漠北之战时，他已经独立统领骑兵五万人，与舅舅卫青持平了。

与那些身经百战的宿将不同，霍去病一生只打了五仗，而且有三仗竟然是在元狩二年（前121年）这一年中完成的：

> 冠军侯去病既侯三岁，元狩二年春，以冠军侯去病为骠骑将军，将万骑出陇西，有功。

> 其夏，骠骑将军与合骑侯敖俱出北地，异道……而骠骑将军出北地，已遂深入，与合骑侯失道，不相得，骠骑将军逾居延至祁连山，捕首虏甚多。

> 其秋，单于怒浑邪王居西方数为汉所破，亡数万人，以骠骑之兵也。单于怒，欲召诛浑邪王。浑邪王与休屠王等谋欲降汉，使人先要边。是时大行李息将城河上，得浑邪王使，即驰传以闻。天子闻之，于是恐其以诈降而袭边，乃令骠骑将军将兵往迎之。骠骑既渡河，与浑邪王众相望。浑邪王裨将见汉军而多欲不降者，颇遁去。骠骑乃驰入与浑邪王相见，斩其欲亡者八千人，遂独遣浑邪王乘传先诣行在所，尽将其众渡河，降者数万，号称十万。（《史记·卫将军骠骑列传》）

春天打到了焉支山，收缴了休屠王的祭天金人；夏天打到更远的祁连山，打通河西走廊；秋天，匈奴浑邪王、休屠王在霍去病两次打击下，主力部队基本被消灭，为确保自己部落安全决定向西汉投降。此刻双方都缺乏足够的信任，而匈奴内部数万军民意见并不一致，浑邪王犹豫不决。这时候的匈奴阵营，无异于危机四伏之虎穴龙潭。为打消匈奴浑邪王的顾虑，二十岁的骠骑将军以超乎常人的冷静与惊天勇气孤身犯险，"驰入与浑邪王相见"，震慑群雄安抚人心控制了局面，完成了"河西受降"的历史大任。与不吝笔墨盛赞李广临危不惧"意气自如"相比，司马迁在记述这个场景时相当克制，不肯多赞一词。但我们仍然能想象得到，青春帝国光芒照耀下的骠骑将军，该有怎样过人的胆气与勃发的英姿。"桃李不言，下自成蹊"，把太史公用在李广身上的这句谚语移来形容霍去病，也许会更恰当。

元狩四年（前 119 年）的漠北之战，是武帝一朝汉匈战史上的最后一战，也是动员兵力最大的一次决战。这一战发生了太多的事情，卫青找到并击溃了伊稚斜单于的主力，名将李广因为迷路被追责而自杀了。霍去病则创造了中国军人的永恒典范。他统领五万骑兵北上数千里，摧毁了左贤王，几乎打到了北纬 50 度，"封狼居胥山，禅于姑衍，登临翰海"（一说"翰海"即苏武牧羊之贝加尔湖）。此后，"封狼居胥"成为历代中国军人最高理想与荣誉的代名词。这一战过后，"匈奴远遁，而漠南无王庭"——对北纬 40 度的威胁侵害解除了，中原定居文明的政治经济形态与国家制度得到了历史性的巩固。

霍去病这个人的出现、成就及其退场方式，是一个无法用任何理论去解释的现象。十八岁不到从军首战，此前不可能有系统的军事训练，更无任何资历，但他所取得的伟大军事成就，用网络上戏谑的比喻评价，就相当于一个大二学生收复了台湾，拿这个做成绩毕业离校。与李广多次迷路"失道"不同，霍去病出陇西深入祁连山走的是大迂回路线，先向西北穿越腾格里沙漠和巴丹吉林沙漠，再左转越过居延泽掉头向东，穿插到了浑邪王、休屠王的后营腹地；漠北之战独走东线，越过戈壁大漠渡过克鲁伦河，直抵翰海。所走路线一直都是相当遥远且复杂，但二十岁的骠骑将军从来没有迷路过，被网友笑称"人形 GPS"。这当然是有缘由的，骠骑将军任用了大量的匈奴降将及通晓北方地理的向导，而他们，也乐于跟随这个少言寡语、沉毅果敢且有惊天之勇的青年统帅。战争中所形成的这种互相信任、性命相托的关系，总是美好的。

七

自元狩四年漠北之战后，左右贤王和单于的主力部队都被摧毁了，北纬40度安全了，西汉帝国的青春锐气发挥到了淋漓尽致，而它的国力也消耗得差不多了。

> （元狩）四年冬，有司言关东贫民徙陇西、北地、西河、上郡、会稽凡七十二万五千口，县官衣食振业，用度不足，请收银、锡造白金及皮币以足用。初算缗钱。
>
> 天下马少，平牡马，匹二十万。（《汉书·武帝纪》）

史书关于汉代因为进击匈奴带来财政问题的记载很多，上引《汉书》第一条，是说把关东的贫民迁徙到陇西、北地等边郡，充实当地因战争而减少的人口，同时也能平衡一下因匈奴降附内迁后造成的人口比例失调。但县官的钱“用度不足”，不仅要增加制币手段，还要开征高额商业税。财政困难可见一斑。

第二条简明扼要，“天下马少”。对匈奴的正面决战，必须有足够的骑兵，因此汉武一朝的“马政”是极为重要的战争储备。从元光六年至元狩四年的十年汉匈大战，造成全国可用战马严重减少，雄马市场价格已经提高到了二十万钱一匹。

财物如此，人，也是时候该退场了。

从元朔六年（前123年）到元狩四年（前119年），这四年刚好是一个全日制大学本科的学习时间。霍去病以优异的成绩完成了学业，并创造了后人无法复制和超越的壮举。四年五战，一年之内打三个硬仗奔袭数千里，战斗强度与作战密度在中国古代战争史上都是空前绝后的。这样高强度的作战，很可能对他的身体造成了致命的损害。在不断“升级打怪”、连续考出高分、刷新各项指标的两年后，霍去病于元狩六年（前117年）突然去世，年仅二十三岁。对他死因的猜测，成为后世民间史学津津乐道的话题。汉武帝悲痛欲绝，在自己的茂陵旁边为这位帝国之鹰修筑了一座形似缩小版祁连山的陵寝，并举行了富有历史感和艺术感的隆重葬礼。灵柩从长安城出发缓缓向茂陵行进，帝都长安到茂陵整整十五公里的道路上，由霍去病亲自主持河西受降并内迁的匈奴骑兵全副武装列队，两侧护卫，肃穆庄严。

卫青比霍去病多活了十一年，他于元封六年（前106年）在大司马、大将军任上去世。估计汉武帝这时候已经没有了当年丰沛饱满的激情，《史记》和《汉书》也没有葬礼场面的详细记载，只是仿照霍去病的前例，为卫青“起冢像庐山”（一般认为此处“庐山”是指阴山）。

卫青、霍去病，是专为北纬40度而生的军事天才，从未参与过任何与北纬40度无关的军事行动。他们的出现捍卫了中原定居文明的安稳生活，更重要的是，他们在特殊的历史环境中遭遇到了新的文明难题，并以青春的勇气给出了答案。自从大秦帝国完成了中央集权统一国家的政治与行政架构之后，有关“天下”的范畴通过国家化的方式被清晰地确定了。然而这带来了一个始料不及的问题，它使“天下”与其他区域冲突的现实性与尖锐性愈加凸显出来。北纬40度一线的游牧民族的存在，以及他们不屈不挠的进取心，使以往中原文明那种“普天之下莫非王土”的含混自大的观念无法自圆其说，而不同文明之间的折冲博弈往往大于故步自封的“天下”理念。战国以降攻伐战取“天下”的名臣武将数不胜数，韩信大约是这个理念的最后一个大师，他被腰斩以后，这种英雄人物的谱系就断了根儿。而现在看来，即便韩信再世，恐怕也应付不了“天下”与北纬40度之间崭新的历史冲突。

由卫、霍主导的汉匈之争，几次决定性的战役，如卫青奇袭右贤王之战、霍去病出陇西至祁连山之战以及卫、霍联手的漠北之战，都有此前逐鹿中原夺取“天下”所不具备的特点，即不再困守长城一线作传统的防御战，而是长途出塞穿越大漠戈壁，以同等高超甚至更加灵活高效的骑兵战术包抄迂回，寻找匈奴主力决战。唯此方能从根本上解决问题。在这一过程中，中原定居文明向北纬 40 度以北的文明学习到太多的东西，比如长途奔袭及其机动性、使用骑兵大兵团作战及其协同性、在战争中解决给养，甚至包括如何了解和使用气候、向导、地形地貌等专业知识，等等。这些新颖的历史元素，是中原定居文明所不具备的，起码是非常陌生的。

大战过后，“匈奴远遁，而漠南无王庭”——中原定居文明北纬 40 度的生命线是保住了，而游牧文明的补给线，则不得不向更高纬度的西北方向迁徙，这对中国历史乃至世界历史的走向都产生了极大影响。文明的博弈从来都不仅仅是你情我愿互利互好的，它有自己非常真实的逻辑。关于这一点，现代文明所依赖的契约关系以及对契约的严格遵守，提示着一切文明的底线——在汉匈双方遵循“和亲”约束时，两大文明的和平共处对双方都是有益的。

八

对于卫、霍二人与汉武帝创造的帝国青春成就，司马迁做了如实记述和呈现，但对于他们的私人关系及其个人品质，一直是嘀嘀咕咕啧有烦言的。阅读《史记》了解司马迁的历史观，除了“太史公自序”最为直接以外，《卫将军骠骑列传》和《李将军列传》是重要的参照文本。

人们讨论这一段历史，一向都是“卫霍”并称。除了二人的舅甥关系与军事成就格外耀眼外，另一个更重要的原因，是司马迁不肯给这两个人单独立传，却把这份荣誉给了李广。班固的《汉书》也沿袭了司马迁的定例对“卫霍”合传处理。始作俑者，在太史公的偏见。但班固并不认为李广有足资单独立传的成就地位，于是在《汉书》中把苏建与李广合传了。少年时读书总感到《汉书》不如《史记》情感丰富，班固的文学才能远不及太史公。今天这个看法依然成立。但从另一个角度说，班固在很多见识上都让他成为史学不受文学主观情感干扰的典范。

太史公一再强调卫、霍二人“贵幸”，暗示汉武帝搞裙带关系照顾亲戚，并以此贬低卫、霍，以文学抒情提升李广的历史地位。然而，卫、霍固然是皇帝亲戚，但如果不是年轻皇帝有非凡勇气与识人之能去不拘一格提拔人才，如果不是卫、霍有真材实料，北纬40度这条中原文明的生命线，很可能提前三百年就退到黄河以南了。历史固然不能假设，但事实是卫、霍出现之前，西汉帝国始终找不到与战争相匹配的统帅。“举贤不避亲”是自古皆然的原则，可惜的是，太史公在此因自己的身世之痛而不愿意记得了。

由于少年经历坎坷，深知人间冷暖，卫青性格一向都是与人为善。太史公也承认卫青“为人仁善退让”，这种退让，甚至到了被李敢挟私报复“殴伤”都不愿声张的程度。但太史公还是下了定义，“以和柔自媚于上”。李敢挟私报复“殴伤”卫青，后来被霍去病冤冤相报一箭射死。这个事件，卫青如果诉诸公堂，李敢以下犯上很可能会受到法律追责，所以“大将军匿讳之”。明明是卫青为了保护李敢而息事宁人，司马迁不但熟知还撰写过蔺相如回避与廉颇冲突的原因，此时却出于身世之感袒护李家厚诬贤良，其历史价值观不能一以贯之竟至如此。李广自杀，太史公说“百姓闻之，知与不知，无老壮皆为垂涕”，卫青立下不世之功且“仁善退让”，挨了部下的打不吭声，太史公冷冷地说“天下未有称也”。令人难解这种代“天下”立论的根据是怎么来的。

霍去病的性格“少言不泄，有气敢任”，与舅舅卫青的谦和宽厚完全不同。因为没有其他社会经历，贵族习气肯定是难免的，太史公因此指责骠骑将军“少而侍中，贵，不省士”。不体恤士兵——这恰好与李广的“宽缓不苛，士以此爱乐为用”形成鲜明对比。但他明显是个非常单纯的人，汉武帝为他营造了豪华府邸并邀请他去收房，他拒绝了，并留下了“匈奴未灭，无以家为也”的千古豪言。还有一件事，最可说明霍去病不拘一格敢于创新的性格与卓尔不群的军事才能：

天子尝欲教之孙吴兵法，对曰：“顾方略何如耳，不至学古兵

法。”（《史记·卫将军骠骑列传》）

皇帝要亲授孙吴兵法，竟被霍去病拒绝了。他的见解是，大概了解一下方法策略就行，真跟匈奴打仗用不上这些。这段记述包含了特别丰厚的历史内容，甚至包含了骠骑将军之所以无往不胜的秘密。孙吴兵法是上古时代农耕文明的产物，其针对性主要在于战车和步兵列阵攻防，而北纬40度一线的骑兵战法以及长途迂回奔袭等等，作为全新的文明元素，是这类神乎其神的古代兵法根本无从知道的。在这一方面，霍去病堪称历史上第一个敢于破除迷信解放思想的人。他不仅敢于顶撞汉武帝，更敢于质疑那些神话一般的古人兵法，其不问尊卑只问是非的高贵品质与科学态度，超然于众人之上。而那些被视为神话的兵法到后来越讲越玄，从孙子、吴起直到岳武穆兵法，最后进入了金庸的武侠小说中，成为“大侠”们修炼武功的“绝世秘籍”。

事实上，卫、霍舅甥二人是标准的职业军人，对宫廷政治既无经验亦无兴趣。这一点也导致他们在官僚行政体系中虽居高位但其作用完全可以忽略不计。霍去病早亡，生前只担任过两年的“大司马”，这还是汉武帝为了平衡与抑制卫青一家独大而任命的，并无实际意义。卫青虽然在大司马和帝国统帅这个位置上一直做到去世，但也从不介入朝廷的行政事务。但令人惊愕的是，卫、霍二人后来竟然被太史公请进了“佞幸列传”。从《史记》的伟大成就着眼，“佞幸列传”的设置是明显的败笔，其体例、写法都很奇怪。全文只有千把字的篇幅，随便罗列了邓通、李龟年几个人然后话锋一转指向了卫青、霍去病。给人的感觉，仿佛就是为了专门把卫、霍捎带进去才设这一体例。太史公的写作策略是先承认卫、霍“颇用材能自进”，这有点像一个班主任做“差生排行榜”，先把卫、霍锁定其中之后，在结尾却又说班长和学习委员很有才很自强不息，这种叙述安排无论如何都是非常奇怪的逻辑转折。要之，卫、霍作为皇帝亲戚的原罪身份、李广的“不幸”遭遇，以及自己因李陵事件而遭惨祸的身世，在太史公心里始终是解不开的死结。尽管通观“卫霍传”，一个“仁善退让”，一个“匈奴未灭，无以家为”，实在看不到有何“佞幸”

劣行，然而太史公一定要让卫、霍出现在“佞幸列传”中，似乎非如此不能纾解忧愤，实在令人叹息。

九

究竟是英雄创造历史，还是人民创造历史，这种争执在学术上本不是一个层面的问题，甚至可能是个伪问题，但仍然不妨碍它成为一个很恼人也很诱惑人的问题。两派各有主张和证据，“人民派”认为，在历史洪流面前任何个人都是渺小的。李信带二十万兵马打楚国就吃了败仗，而王翦带六十万大军就取得胜利，这二十万与六十万的区别应该是人民力量最好的说明。“英雄派”则认为，如果个人不起作用，长平之战时秦国为何要特意用白起替换了王龁还严防走漏消息？同理，对面的赵国如果不是用纸上谈兵的赵括替换老将廉颇，也不至于速败。这难道不是个人起了决定性作用吗？如此争来争去，其实最后双方都收不了场。比较好的办法，就是用“英雄造时势，时势造英雄”一类的辩证法去调和矛盾冲突。比如我们可以正确地说，一味夸张英雄人物的历史作用，很容易无视历史背后的复杂力量，然后我们再辩证一下，就军事行动而言，伟大的军事统帅往往会起到决定性的作用，这是难以否认的。

新生的西汉帝国，上承秦朝的郡县制，下启多边外交与“丝绸之路”，是中原定居文明形态与国家制度最后成熟的关键时期。这一点决定了它必须在安全稳定的前提下，大量吸纳异质文明的新鲜血液。卫青、霍去病的出现，为传统“天下”观与不同文明之间的交流融合奠定了基础。至少，卫、霍的历史贡献还在于，他们使北纬 40 度这条生命线的南迁延缓了四百年——公元 317 年，西晋在刘渊（匈奴）、石勒（羯）的轮番打击下灭亡，司马氏南渡建康（南京）建立东晋。北纬 40 度的恢复，在东晋之后还要再等几百年。

“茂陵刘郎秋风客，夜闻马嘶晓无迹。”今天，青春的西汉帝国连同它的缔造者与捍卫者，都已经隐入历史烟云阒然无语。但从西安出发，前往河西四郡的道路畅通无阻，络绎不绝的游客商旅西出阳关，苍茫辽阔中心情舒缓而平和，其亲切自由感如见故人。所有这一切，都隐约刻画着少年将军的不朽形象。

（原刊于《收获》2018 年第 5 期）

逝去的“帮主”

——倪匡谈金庸

倪　匡

2018年10月30日，金庸在香港逝世，享年94岁。10月31日下午，我打通倪匡在香港居所的电话，铃响数声，便有一把热情的男声接听。

“我是倪匡。”——声音一点儿也不像83岁的人。

“我是上海《收获》杂志社……”

话音未断，便听到那边高高兴兴地念叨开来：“《收获》呀！你们怎么可以订到？我去美国之前一直订了好多年，回香港后找不到办法了。”

没想到，最初与倪匡的对话，竟是这样开始的。我连连保证，将会把今年杂志全部打包寄给他，才暂时结束了这个话题。得知我们约稿的希求，倪匡沉吟道：“这些年身体不太好，已经不怎么提笔为文。”见他为难，我提议改为电话访谈，他欣然应允，约在第二天下午三点。末了，倪匡话锋忽地转回去，笑问道：“你说给我寄杂志，覅是寻吾开心？”

挂了电话，他那一口古早而略带狡黠的上海话，依然在我耳边跳跃。隔着一根电话线的香港“卫斯理”，说起话来，和弄堂口摇扇乘凉的上海“爷叔”是一个频道的。

第二天，我们准时开始了访问。倪匡很健谈，思维敏捷，态度直率，我们的对话如同打乒乓球快发快回。一个多小时的通话中，每忆及往昔趣事，便听到倪匡于朗朗笑声中夹杂着他那些标志性的论断——“好玩到极点！”“好玩得不得了！”他真是一个以好玩为生活第一哲学的人。嗣后当我回听采访录音，惟有在他谈到“三个大头的朋友”尽去、“一张照片上五个人只剩我一个”时，声音静了一静，接下去便听到他低声说“很寂寞了”，但复又振作起来，绝不渲染悲伤。而他谈到金庸与他共读而同好的小说时，很自然地用了一个词——“最近”。

我注意到，自金庸先生去世以来，有许多媒体采访倪匡，希望得到一些情绪化色彩浓厚的回复，但自始至终他都表现得十分克制，不惜被人指责为“冷漠”“不近人情”。结束这次采访后不久，便是金庸先生出殡之日，倪匡对外表示自己不一定会去①。

本篇访谈发表之时，将会是来年一月了。也许，通过本刊的这篇访问，我们能更真实地看到倪匡对金庸、对武侠小说、对一个香港才子时代的回望与情感。

（《收获》特约记者）

1

特约记者：这几天，金庸先生去世后，很多传媒都是来采访您的。

倪匡：是啊，这几天电话费都用完了（笑）。

① 据传媒报道，11 月 12 日下午，倪匡现身香港殡仪馆致祭金庸。

特约记者：您曾经在《武侠小说大宗师》里写，您有三个大头的朋友，金庸、张彻、古龙。您写道——“这三个大头朋友，头都大得异乎常人，事业上也各有成就，和这三个大头朋友在一起，常有一种极度安全感！就算天塌下来，也有他们顶着！”现在这三位朋友尽已去世了。

倪匡：今天还在网络上看到一张照片：金庸、黄霑、张彻、林燕妮、我。五个人，四个人去世了。只剩我一个了。很寂寞的，真的。我身体差到极点，百病丛生，举步维艰。但身体不好我也乐天。

特约记者：照片拍出来红光满面。

倪匡：那是血压高。我每天要吃五种降血压的药。我喝酒的配额都用完了，酒都不喜欢喝了。

特约记者：刚才提到的所有人，金庸、古龙、张彻、您、黄霑、林燕妮……在我们的记忆与印象中，你们都是叱咤风云、纵横香江的人物。

倪匡：我们都是普通老百姓。除了金庸之外，没有人可以用得上“叱咤风云”这四个字。

特约记者：这可能是我们对作家的想象，感觉你们把香港的一片文化天空撑起来了。

倪匡：消受不起。我们只是对读者有一点影响而已。

特约记者：在你们这一代的文人中间，有没有某种精神是值得被记录的？

倪匡：我觉得是有精神的。我们这一代在香港摇笔杆的，都是非常率直而自主的，照自己的意志写。这是写作人最重要的一点。

特约记者：也非常勤奋，抓住一切发表的机会。

倪匡：香港社会容许这个环境嘛，编辑提意见你可以不听，你不听他可以不用，他不用你可以到别处发表。可以发表的地方多。

特约记者：在读者心目中，您的名字和金庸的名字一起出现在大众面前其实蛮久了。我们说到金庸可能就会想到倪匡，我们在列举香港的文学、文化、才子的时候都会提到你们。我看到您在微博上和网友说，不知道“香江四大才子”（金庸、倪匡、黄霑、蔡澜）这个称号是怎么来的。

倪匡：（笑）莫名其妙，不知道哪里钻出来的。我对外界讲的一切，完全都是不理会的。人家讲是人家的事，我是我。所以我看现在讲“网络欺凌”，我想这是不存在的嘛，你不去看，不去理会，它怎么欺凌得到你。网上骂我赞我的都有，我完全不理，管它干吗。

特约记者：那您认不认可“四大才子”这个说法？

倪匡：金庸那么光彩，那么出色，我的名字和他的名字放在一起，不知道有多高兴。

特约记者：您认识金庸是在 1961 年，您到香港的第四个年头？

倪匡：是在《明报》两周年①时的一个场合，有人介绍我和金庸见面，就这样认识了。时间过去快六十年，我记得很确切。我那时还不是《明报》的专栏作者，在一家很小的报馆副刊上面写小说写杂文。一批从上海来到香港的文人经常聚会，我那时小伙子嘛，也经常挤在里面，上海人讲的“轧闹猛”。有几次金庸也在里面，我也在人群中见过他。那时他已经很出名，小说写到《神雕侠侣》了。那是一本非常好的武侠小说，我非常喜欢读。

特约记者：根据公开的资料，金庸先生比您年长十一岁，按中国生肖来说大了近一轮，长一辈。你们之间从最初认识到而后逐渐熟识、友谊加深，相互之间称谓有没有变化？

倪匡：我就叫他金庸、良镛。叫金庸的时候多些，叫良镛的时候少些。他就叫我倪匡。名字是用来给人叫的嘛，不重要。不过有时候开玩笑会叫他“查老细”，“老细”是广东话里“老板”的意思。哦，还有一个上海籍的朋友叫他“帮主”——江浙帮的帮主。（大笑起来）开玩笑的，没有这个帮。我们一些朋友在一起开玩笑的时候多哎，正经的时候很少。

特约记者：你们交谈用普通话还是广东话？

倪匡：用上海话。我是宁波人，上海人一大部分是宁波籍嘛，我讲的普通话完全是上海口音。我们两个的广东话都不灵光，但是当上海话不能表达的时候，就用广东话替代。广东话比上海话丰富。

特约记者：金庸先生在公众面前说话是慢慢的，您说话语速很快，

① 《明报》创刊于 1959 年。

你们后来熟悉了之后怎么聊天？

倪匡：我讲话语速是快到极点，想都不想的，要是叫我慢下来我会口吃，就讲不来了。我跟他性子是完全不同的。不过，他跟我讲话时，我倒不觉得他慢我快。他的慢是在有些场合，讲之前要想一想，他跟我讲话没有顾忌，不用思虑，自然就快了。

特约记者：他确实做过一段时间您的“老细”，从1962年您开始在《明报》副刊连载小说算起。可以这样讲吗？

倪匡：我觉得报馆老板跟副刊的编辑之间好像相互不发生作用。我可以不听他的话，他也可以不听我的话。但他说得有道理的地方我会听，当我在《明报》已经写了两篇武侠小说，金庸说让我再写一篇，我正考虑是不是再写一篇武侠小说，他提醒我可以写时代背景是当代的时装武侠小说，主角会武功，性格特别一点。于是我开始写时装武侠小说，写到第三篇时，我说，加一点幻想好不好？他说好！于是我在第三篇才开始写成“卫斯理”系列科幻色彩的小说，一写就是几十年。

特约记者：当时香港的文学环境怎么样？

倪匡：很繁荣的。报纸很多，大大小小有几十家，每家报纸上都有副刊，副刊上都需要小说。我不知道读者的阅读程度如何，至少都认得字，可以看得懂情节。我自己写作，同时也是读者。

特约记者：您当时写作的志向是什么？

倪匡：很简单，没有变过，就是靠写作拿稿费。我初到香港没多久，无以为生。什么活都干不了，去染厂做杂工，收入低得不得了。我去投稿，稿费数字让我很满意，我就想这一行干得过，我就可以去写小说了。我也不敢说自己写小说胜出很多人，只是我除了写作之外没有第二种谋生的本领嘛。

特约记者：后来，您和金庸都成为几十年屹立不倒的流行文化偶像。

倪匡：那绝对不好这样说，我和金庸不能比的，不能相提并论的。我写小说也很好看，我如果写得不好看，不可能写几十年写几百本，我也不敢妄自菲薄。区别只是好看程度和他的比差很远（笑）。他小说写得那么好，包罗万象，他是真正的大师。大仲马、小仲马、莎士比亚怎么比得上他？差太远了。

特约记者：这话是开玩笑，还是您经过比较得出的结论？

倪匡：当然是认真的。我从小喜欢读书，从五六岁看几百字的小说到现在七十多岁，没看过比他的小说更好看的小说。而且写作只是他的成就之一，他除了写作之外，其他的本事也大得不得了，他什么都会做，报馆都会开。你就算给我一笔本钱我也办不了这个报纸。我早几十年就说过，“中国上下几千年，唯一能够发家致富的文人就是金庸”，就他一个，想不到还有别的什么人。孔子有个学生叫子贡，也许很有钱，但他是另外做生意的嘛，不是靠文字。中国历史上、恐怕世界历史上靠文字致富的只有他一个。

特约记者：金庸对您也有很高的评价，1983 年，金庸先生写过这样一段话来形容您——“无穷的宇宙，无尽的时空，无限的可能，与无常的人生之间的永恒矛盾，从这颗脑袋中编织出来。”

倪匡：哦，他是朋友捧场。他的副刊版面那么紧张，却能够让我长期写那么多的东西，当然他也是觉得我的东西过得去。

2

特约记者：你们交往多年，可曾有过分歧？

倪匡：我们都是很诚实的人，不过即使年轻时候也不像现在的年轻人这样意气，我们不喜欢争论，你保持你的见解，我保持我的见解，他写的社论里的观点，我在文章里表示反对，他也笑笑，我也笑笑。当然我们当面谈话很少涉及这些，都是在各自的文字里表达。曾经一位政治人物去世了，他在社论里写了他不少好话，我写文章表示不同意。他任由我发表，也并不删改。

特约记者：你们很像武林中的人物，只是比画两下，并不“过招”。

倪匡：也没有比画了，就是你打你的“降龙十八掌”，我打我的“梅花拳”。

特约记者：你们在一起比较多聊什么？

倪匡：聊武侠小说。他是一个包罗万象、深邃得不得了的一个人，他喜欢的东西之多，想研究想了解的东西之多……我只不过是他关于武侠小说的朋友当中的一个，他跟我大多数时间都是在讨论武侠小说，因为我从小就看，也很懂得武侠小说，一到香港一下子看到金庸的武侠小说，惊为天人。他更懂武侠小说，所以我们有聊不完的题材。每次见面和他讨论他的小说、分析情节等等，总是津津有味的。他的伴是很多的，有切磋围棋的朋友，有研究文学的朋友，还有研究历史的朋友，方方面面的博士朋友，教授朋友。我和他是在一个很小的点上交集。

特约记者：您给自己的定位是，和金庸进行武侠文学研究和探讨的朋友……

倪匡：没有那么伟大，不属于文学研究的范畴，也没有探讨那么紧张，就是聊天。聊天的朋友。

特约记者：上海交通大学有一位江晓原教授，他谈到您是这样说的，“倪匡是早期‘金学’的重要人物。一方面因为自己也曾写过武侠小说，另一方面因为他与金庸颇有交谊”（江晓原《金庸、倪匡与戈革——再谈〈挑灯看剑话金庸〉》）。

倪匡：我是“金学”的开创者，不是“重要人物”。没有我就没有“金学”了（笑）。我自创一联曰“屡为张彻编剧本，曾代金庸写小说”，哈哈哈哈哈，真开心。

特约记者：我看了您1980年写的十册《我看金庸小说》。感觉您品评人物的标准是“真”。

倪匡：对！这是第一条。

特约记者：您也按古典方式分了上上品、上中品、中中品等……

倪匡：我也不知道我学了什么人，或许是学金圣叹。

特约记者：您本身就是纯粹的“金迷”，小说人物都在你脑中，信手拈来，十分自然，但又似乎经过了十分纯熟的思考与比较。

倪匡：我不是天才，没受过很高的教育，认识的汉字不超过三千个。而且我有学习障碍的，今天学的东西，明天就完全忘记，没有持久的记忆。我只有很小时候学的诗还能背出来。我之前住在美国时，没事情做就背李商隐的诗，每天背一首，我想总有一天能背完的。哪想到今天背得烂熟的，明天就忘记。但我因为对金庸的小说太熟了，完全没有参考原书，那套书八万字，两个下午就写出来了。不管写得好还是坏吧，总算是开创性的一本。

特约记者：要不是这本书，也许金庸武侠小说仍然停留在消遣娱乐类。

倪匡：那我想不会。就算我不注意到，也迟早会有人注意到它们的好处。我最烦看到学者分析这个“不可能”、那个“不可能”，这是完全不懂武侠小说；武侠小说就是写“不可能”的事情，按常理发展的事情怎么会交给武侠小说来写呢?！我只能哈哈一笑了。

特约记者：您给金庸小说排了个座次，依次是，《鹿鼎记》《天龙八部》《笑傲江湖》《神雕侠侣》《雪山飞狐》《倚天屠龙记》《射雕英雄传》《书剑恩仇录》《连城诀》《侠客行》《飞狐外传》《碧血剑》《鸳鸯刀》《白马啸西风》。您所开创的对金庸小说文学深度的观察，到了上世纪九十年代以后，似乎被大陆一些高等院校的学者接续过去了，形成了大陆这边的“金学”热、武侠学术热。这里面有没有您觉得还不错的?

倪匡：有有有，有很好的，有非常好的。陈墨先生的大量关于金庸小说的文章写得好极了，叹为观止，要比我那些文章的角度好得多了。

3

特约记者：那么现在就要说到“曾代金庸写小说”、您给《天龙八部》代笔捉刀这段著名的轶事了。

倪匡：对对对对，真开心啊。讲到现在几十年了，还有人在讲。

特约记者：金庸在新版《天龙八部》后记中有言，“《天龙八部》于一九六三年开始在《明报》及新加坡《南洋商报》同时连载，前后写了四年，中间在离港外游期间，曾请倪匡兄代写了四万多字。倪匡兄代写那一段是一个独立的故事，和全书并无必要联系，这次改写修正，征得倪匡兄的同意而删去了。所以要请他代写，是为了报上连载不便长期断稿”。你把阿紫写失明了，据说让金庸很生气？

倪匡：没有没有，他就笑了笑，就去清理这件事了。而且我跟他说这个道理，按照我的推测，阿紫的眼睛是一定要瞎的，我只是提前一点而已。因为她不瞎眼睛，她没法子跟游坦之谈恋爱的。游坦之戴上面具是一个怪人，摘掉面具是一个极丑陋之人，他们怎么谈恋爱？一定是阿紫眼睛瞎了，看不见游坦之面貌了，才会和他在一起。金庸把阿紫和游坦之安排在一起，上面的情节已经铺垫了很多，就是准备到后来阿紫眼睛瞎掉之后再发展下去。结果他接过我续写的部分，没有让阿紫眼睛立刻复原，就一直沿着这个发展下去，跟我的预料一样。

特约记者：当时港台的武侠小说家之间互相捉刀代笔，这种现象普遍吗？

倪匡：至少我本人给所有的名家都捉过刀的，哈哈哈哈。我给古龙、卧龙生、诸葛青云、司马翎，都代笔过的，好玩死了。这有什么不可以，写武侠小说本来就是游戏行为嘛。我捉古龙的刀，根本没有人能看得出来。我写了很多很多。古龙在报纸上连载《绝代双骄》，半年多没有给报馆来稿，我只好一直续下去了，写了差不多四五十万字。他稿费我照寄给他，无所谓的。等他重新出现，我已经把他笔下人都写得死光了，小鱼儿都受重伤了，怎么收场？他一来就得去收场。

特约记者：除了您之外，金庸还请别人代写过吗？

倪匡：我想除了我之外，他心目当中没有第二人可以碰他的小说了（大笑）。是否现在社会观念有了变化，大家觉得捉刀代笔很严重？我们那时候一点没觉得有什么。只要作者和代作者双方同意就完全没问题。有些出版商找古龙写稿，要求很好笑，说你一旦断稿，一定要和倪匡讲好，他肯续才行。然后出版商又倒过来通知我，说现在古龙答应给我们写稿了，万一断稿，你肯不肯续？你肯我们就签约。我当然答应了，我不能坏人家买卖。只有一次我是拒绝了，是因为报馆老板讲话不好听，他说你续稿，我出的稿费与古龙一样，我骂道你知道什么，我的稿费一直比古龙的高。那时候我喝酒喝很多，脾气很坏，一言不合就要闹崩。

特约记者：您的稿费一直比古龙的要高吗？

倪匡：到后来，他的比我高一些。

特约记者：有人帮您代笔过吗？

倪匡：从来没有。我写稿很快的，一个小时可以写四五千字。

特约记者：金庸去世后，还有一位青年学子说，趁现在来得及，应有人给金庸作品作一详细的索隐考证，这个人选最合适就是倪匡。对这个说法，您有何评论？

倪匡：我想这位先生大概不写小说。小说是虚构的，除非摆明是隐射小说，否则小说人物与现实人物结合是很难的事情。很早就有人说我像金庸小说里的"老顽童"周伯通，可是金庸写"老顽童"的时候我还没有来香港，这是不可能的。而且我虽然不怎么守规矩，很顽皮，可是我和"老顽童"不像的啊，"老顽童"做事没有原则，我是有原则的。

特约记者：索隐论很流行。坊间流传《倚天屠龙记》里的六大门派围攻光明顶是影射当年《明报》与《大公报》的一场论战。很多人对小说感兴趣，忍不住要和现实联系起来。

倪匡：什么？我觉得不可能吧，这样联想，想象力很丰富了。还是保留看小说的乐趣吧。

4

特约记者：您跟金庸先生一起出去旅行过？

倪匡：旅行过很多次。我本身非常讨厌旅行，每次他叫我，我都是"不得已而从之"。他说去哪里就去哪里。他叫什么人就什么人。我跟他相交五六十年，我主动打电话给他不超过五次。都是他找我。他请我吃过无数次饭，我请他吃饭大概也不超过五次。

特约记者：您为什么事情打电话或请他吃饭？

倪匡：有一次，我最记得，花了些时间考虑要不要给他打电话，结果还是没有打。那是因为我发现他写的小说里有错漏，我想，啊呀，应该告诉他。后来又想，报纸已经登出来了，错了也没法子当时改正了。他是个很严肃很认真的人，知道自己这个错处会很痛苦，我何必增加他的痛苦，等到见面时再告诉他好了。反正读者看得出来的也不多。

特约记者：是一个什么错？

倪匡：是《倚天屠龙记》里金毛狮王谢逊与仇人成昆决战时，掉在地洞里打，打着打着忽然之间发生日食，天黑了。金毛狮王眼睛本来就瞎，他于是占便宜了。金庸写到，这一天是端午节，端午节“屠狮大会”嘛——你觉出问题来了没有？

特约记者：端午节……不会日食吗？

倪匡：嘿嘿嘿嘿嘿，你倒是很灵光，一下子看出问题在哪里。所有日食都是在这个月的农历初一。这是天体运行的规律。

特约记者：要让金毛狮王占便宜，就必须天黑，如果必须要发生日食，这个屠狮大会的日子就不能放在端午了吧？

倪匡：后来出书时还是放在端午，但另外想了个办法让天黑了下来。当天我若是打电话给他，他没办法改的。

特约记者：金庸先生懂那么多学问，倒是疏忽了这点天文知识。

倪匡：写小说都是急就章，哪里想得了那么多。我还写到过南极有白熊呢，卫斯理在南极杀掉一头白熊……咳！（笑）报纸连载小说，这种漏洞很多。后来出书都要改过来的。

特约记者：金庸武侠小说从五十年代到七八十年代已经在港台炙热，改革开放后又席卷到大陆，持续到今天，已经半个多世纪了。

倪匡：还会继续延续下去。他的小说真正是古今中外老少咸宜，一定会有人看下去，除非你不喜欢看小说。

特约记者：金庸先生去世后，很多人开始引用据说是他讲过的一句话——人生就该大闹一场，悄然离去。您怎么理解这句话？

倪匡：他也没有大闹嘛。我跟古龙稍微有点小闹，他根本没有闹过，他总是很严肃很认真，对于任何事情都是如此。他买个跑车，都开得那么慢，只超电车，哈哈哈哈哈。

特约记者：这一段我看到您在《倪匡论金庸》中详细写过，“金庸十分喜欢驾车，更喜欢驾跑车。最早，用过凯旋牌小跑车，后来，改驾积架 E 型。他驾积架 E 型之际，经常的速度是二十六哩。后来，又换了保时捷。保时捷跑车性能之佳，世界知名，到了金庸手中，平均驾驶时速，略为提高，大约是三十哩。曾有人问金庸‘你驾跑车超不超车’，金庸答‘当然超车，逢电车，必超车’。其性格中的‘稳’字，由此可见”。

倪匡：是是是，他很喜欢跑车，跑车很难驾驶，他还专程去学了高级驾驶，才能把这车开得很好。但学出来怎么样？还是开得那么慢。当然，你在香港也没法子开快车，那么小的地方，没一块马路是空的，但是三十哩也太慢了点。他不着急，安之若素。

特约记者：我看您很留意现在的文学作品，也读很多大陆的小说。据您看，未来的流行文化可能会是什么类型或什么主题？

倪匡：我只知道什么是好看的小说。小说只分两种，一种好看，一种不好看。好看的永远会流行，不好看的就是我捧捧你，你捧捧我。小说不好看怎么能叫小说呢？就像不好笑怎么叫相声呢？这是我从大陆相声节目里看来的，郭德纲说的。我告诉你，金庸很喜欢看小说，我看到好看的推荐给他看，他看到好看的也告诉给我。我最近推荐给他的几部小说，他都很喜欢。最近一部他说好看的战争小说，作者名字叫都梁，小说名字叫《亮剑》，写得好极了。还有科幻小说家钱莉芳的《天意》《天命》，还有盛颜的武侠小说《三京画本》，那是金庸之后最好的武侠小说了。还有一本很古怪的书，叫《弄堂》，讲弄堂里各种各样小故事，非常有生活，好玩极了，看得他哈哈大笑。这本小说全部用上海话写的，像我这样的老上海，也只能看懂八成，还有两成要猜的喔。

特约记者：和您聊天，一直在笑。有没有我未曾问到的问题？

倪匡：我起初唯恐你找错了人，因为如果要问很高深的问题，我不是最佳人选，我是很随便很马虎的一个人，没那么严肃。但你刚才不像在访问，像是闲谈，这是最好的事情。

（原刊于《收获》2019 年第 1 期）

私奔、家庭、认知、傲慢与报应

——《傲慢与偏见》的题外话

毕飞宇

我今天换一个打法，不去具体地分析作品。我们就围绕着《傲慢与偏见》这本书，说一些作品之外的题外话，有时候，围绕着一部作品，它的题外话也许更有意思。

题外话一　私奔

在《傲慢与偏见》里头，就小说的线索而言，有一条主线：达西和伊丽莎白的自由恋爱。在这条主线之外，有一个小小的枝杈，那就是莉迪亚和威克姆的私奔。我提醒大家注意一下，莉迪亚和威克姆是结了婚之后回到内瑟菲尔德庄园的。既然他们都结了婚了，奥斯丁为什么还要写他们私奔呢？

回到“傲慢”与“偏见”。不是《傲慢与偏见》这本书，而是“傲慢”与“偏见”这两个概念。简单粗暴地说，《傲慢与偏见》这本书的重点就是两个概念，一个是傲慢，一个是偏见。但是，小说不是哲学，它没有能力、没有必要对概念加以推导和辨析，它所擅长的是描绘。具体一点说，描绘人物；再具体一点说，描绘人物的性格、行为和命运。我说了，小说的主线是达西和伊丽莎白的自由恋爱，那么达西是什么性格呢？害羞而又善良。因为害羞，达西的行为缺乏准确的表现力，在他人的眼里，他的害羞类似于傲慢；伊丽莎白同样善良，却活泼，有失于轻浮和草率，这样的性格容易陷入偏见。概括起来说，《傲慢与偏见》就是这样一个故事——貌似傲慢的达西并不傲慢，伊丽莎白也消除了自己的偏见，“公主与王子最终幸福地生活在了一起”。

达西不傲慢，这是《傲慢与偏见》的主旨内容，是小说的内驱；另一半，也就是伊丽莎白的自我修正，她消除了偏见，这同样构成了《傲慢与偏见》的主旨内容，是小说的方向。

如何能体现达西“真的”不傲慢呢？伊丽莎白的妹妹，莉迪亚，她出场了。因为天性里的放荡，她和同样放荡的青年军官威克姆私奔了。达西在这个要紧的关头站了出来，作为一个体面的、高贵的富家子弟，达西丝毫没有顾及自己的身份，他东奔西走，花时间、卖力气，还出钱，最终让威克姆和莉迪亚结婚了，他挽救了伊丽莎白一家的声誉。通过莉迪亚的私奔，达西确立了他真实的性格：热情、乐于助人、体面、慷慨，还有谦卑。奥斯丁描写莉迪亚私奔的原因就在这里。通过这一个枝杈，《傲慢与偏见》的作者告诉她的读者：私奔是可耻的。补充说一句，《傲慢与偏见》写于 1796 年至 1797 年，1813 年出版。

那我们就沿着私奔这个话题继续下去吧。四十四年之后，也就是 1857 年，在英国的对岸，法国，一部堪称小说教材的伟大作品出版了，它叫《包法利夫人》。这本书写了一个叫艾玛的女人，因为受到浪漫主义小说的影响，她在婚后一直想做一件事，也就是私奔。艾玛很不幸，她的私奔没能成功，最终，她服毒自尽了。许渊冲先生的译本序言告诉我们，《包法利夫人》取材于现实，夏尔·包法利的原型是福楼拜父亲那家医院的实习生，他叫德拉玛。1837 年，德拉玛第二次结婚，他娶了一个十七岁的、名叫德尔芬的乡下姑娘，这个乡下姑娘可不是一盏省油的灯，她在婚后搞过两次婚外恋，1848 年的 3 月 6 日，德尔芬在倾家荡产之后，选择了自杀。

福楼拜就是以这个故事作为蓝本写成《包法利夫人》的。老实说，虽然我多次认真地研读过这部小说，这部小说究竟说了什么，我到现在都没有把握。也许这正是这部小说伟大的地方。虽然小说取材于一个“不道德的女人”，可是，透过《包法利夫人》，我们看不出福楼拜的立场，他极度地克制，耐着性子呈现。福楼拜最终留给我们的，是唏嘘，是喟叹，是一言难尽，还有荡气回肠。

干脆，我们就沿着私奔这个话题再说几句吧。1877 年，也就是《包法利夫人》出版后的第二十年，一部同样可以当作小说教材、同等伟大的小说出版了，《安娜·卡列尼娜》横空出世。我想说，《安娜·卡列尼娜》这本书的内容要比私奔宽阔得多，但是，我们不能否认，它很重要的一个内容和私奔有关，那就是安娜和沃伦斯基的婚外情。事实上，安娜的结局比艾玛惨烈得多，最终，不是砒霜，而是一列火车碾压了安娜激情澎湃的身体。

一口气说了三个私奔，一个重要的问题浮现出来了。这个重要的问题可以体现为孩子一般幼稚：莉迪亚、艾玛、安娜，她们是“坏人”么？

我们首先来看莉迪亚。在小说的内部，莉迪亚未婚，她私奔的男友威克姆也未婚，他们的私奔最多只是“没办手续”，问题并不严重。但是，在《傲慢与偏见》里头，奥斯丁清晰地告诉我们：莉迪亚是一个标准的“坏女人”，她和威克姆的存在只有一个作用，证明达西是一个“好人”。

艾玛的问题则比较严重。她已婚，还是一个母亲，她的情人可不是一个。艾玛是那种和“多名异性保持不正当关系”的女人。可是我们应当注意到，福楼拜并没有确立作者的道德高地，他没有审判艾玛，更没有宣判。我们这些做读者的固然不会认为艾玛一心想私奔而觉得她光荣，可我们这些做读者的也没有觉得艾玛想私奔就一定可耻。

安娜的问题同样严重。已婚，已育，丈夫疼爱，家境优渥。即便如此，她依然红杏出墙。如果我们是一个仔细的读者，我们会吃惊地发现，托尔斯泰不仅没有审判，相反，尽管安娜的丈夫卡列宁是受害方，同时也没有做错过什么，然而，我们这些做读者的还是不自觉地“站队”了，我们站在了安娜的这一边，我们觉得卡列宁虚伪，我们觉得他配不上我们的安娜。我们衷心地希望安娜幸福，最起码，希望安娜能够活下去。安娜死了，我们像失去了一位朋友。

如果道德审判是公平的，那么，刚才那个孩子一般幼稚的问题就很容易得出结论了：莉迪亚是“坏人”，艾玛和安娜是“更坏”的坏人。可是，道德审判极不公平。文学的“人设”，或者说，文学的阅读清清楚楚地告诉我们：莉迪亚是“坏人”，艾玛只能是一个“灰色的人”，而安娜则绝对“不是”一个坏人。

同样是私奔，评判标准的差距怎么就这么大呢？

我只能说，从 1813 年到 1877 年，短短的六十四年，小说的人物没变：女人，或者说，人类，他们在小说的内部私奔；作家其实也没变：他们始终站在人类文明的前沿，他们一直在关注人类的情感，尤其在关注人类表达情感的方法、方式。

——真正变化的是我们，是我们这些做读者的。严格地说，真正变化的，是读者所代表的人类的道德标准，或者说，文明的形态。人类的文明史在告诉我们，人类从没有权利选择自己的生活，发展到了可以选择自己的生活；人类从可以选择自己的生活，发展到有权利修正自己的生活，或者说，有权利选择更加符合我们意愿的生活——道德，作为人类生活的公约数，它从来就不是恒数，它是一个动态，它越来越有利于我们人类自己。

六十四年的小说史告诉我们——

小说在参与人类的文明史。小说在提醒我们，所谓的文明史，是一部从自我束缚走向自我解放的历史，是一部向人类的情感，尤其是人类的情爱致敬的历史。一句话：人类的文明史就是向着人类的内部驱动退让的历史。

我还想在这里谈一谈作者——小说人物——读者之间的关系。

作为小说的读者，我们非常容易产生这样的逻辑错觉：作者写出了小说人物，小说人物在影响小说的读者。就文学这么一个小系统来说，这个错觉可以成立。

问题是，没有一个人只生活在“文学”这个小系统里头，哪怕他是一个职业作家或职业批评家。人类真正的生活场域只有一个，那就是“文明”这个大系统。文明在推动文学，文学也在推动文明、作者、小说人物、读者，他们都具备了能量，在文明的驱动下，他们是互能的。他们彼此激荡、彼此推动、互为因果。作者可以通过小说人物推动读者，读者更可以通过作者去推动小说人物。

我想这样说，莉迪亚、艾玛、安娜，她们做了一件相同的事情——因为激情饱满，她们分别在1813年、1857年和1877年私奔，在本质上，她们是同一个人。然而，不同的文明形态让同一个女人变成了三个不同的女人。也许她们错了，也许她们和我们每个人一样，伴随着人性的贪婪和弱点，但是，正如诗人所说的那样，她们是“追求者”。文明，最终选择了“追求者”——这就是为什么莉迪亚是一个“坏人”，艾玛仅仅是一个“灰色的人”，而安娜则干脆就“不是”一个坏人。

所以，我在这里讨论的既是私奔，也不是私奔，我相信大家都懂的。

作为一个作家，我想说：有什么样的读者就有什么样的作家。

作为一个读者，我想说：有什么样的作家就有什么样的读者。

接下来的一句话是自然而然的：有什么样的文明就有什么样的文学，有什么样的文学就有什么样的文明。

题外话二　家庭

现在，我们拿起了一部小说，一看，它是从一个家庭的内部写起的。我们会轻描淡写地说：“喔，写家庭的。”这里头有它的潜台词：一部小说从家庭的内部展开，属于文学的“常规操作”。

《傲慢与偏见》所面对的就是一个家庭。丈夫贝内特，妻子贝内特太太，他们有五个女儿，按照长幼的次序，分别是简、伊丽莎白、玛丽、凯瑟琳和莉迪亚。《傲慢与偏见》所写的就是贝内特家的女儿找男朋友的故事。我们先不管找男朋友的事，《傲慢与偏见》是一部家庭小说，这个结论没毛病。

家庭，或者说世俗的家庭生活，作为叙事文学的叙事对象，它是什么时候进入小说的呢？老实说，我才疏学浅，我不能确定。但是，家庭，我说的是世俗家庭，这个如此普通、如此平凡的东西是从什么时候大面积地进入小说、从而变成小说的叙事主体的呢？这个问题的答案是现成的，文学史上有所体现。它的历史比我们想象的要短得多。

我们都知道一个历史常识，因为自由贸易，更因为商品化，十八世纪的英国走向了强盛。差不多在十八世纪的七十年代，英国出现了一批特殊的人物，也就是以范尼伯尼为代表的职业女作家，史称“蓝袜子”。“职业女作家”可不是我们的“专业女作家”，没有人给她们发工资，她们要走市场的。这就意味着一件事，“蓝袜子”写的是小说，也是商品。为了提升商品——小说——的销量，简言之，为了好卖，“蓝袜子”瞄准了世俗的、日常的家庭生活，尤其是世俗生活里头青年男女的恋爱与婚姻，这个是可以理解的。这固然是写作的策略，说到底也是商品的要求。

“蓝袜子”的文学价值并不高，这个自有定论，但是，这不等于说“蓝袜子”在文明史上就毫无意义。我们必须正视这样的事实，因为“蓝袜子”，世俗的、日常的家庭生活，就此大面积地走向了小说叙事的主体。某种程度上说，《傲慢与偏见》所走的也是“蓝袜子”的道路。因为T.S. 艾略特所说的那个“个人的才能”，奥斯丁把这一路的小说推到了一个前所未有的高度而已。

即使没有奥斯丁，我依然要说，普通的、世俗的家庭生活大面积地走进小说，彻底改变了小说的世界。

第一，世俗家庭生活的重点不在家庭，在世俗。世俗有一个同位语：去神。更进一步说，神，或者人神关系，让位给了普通人，让位给了世俗的人际关系。西方文学一直存在这样一个“剪刀差”，神的地位在一点一点地下降，人的地位在一点一点地上升。神——半人半神——（史诗）英雄——骑士——帝王——王公贵族——普通人——世俗生活里的普通人，大体上就是这样。这个次序是激动人心的——小说就此变成了一个完全开放的自由世界。道理很简单，“世俗家庭”包含了每一个人，这句话也可以这样说，小说就此涵盖了每一个人。它为后来的小说探讨人类的复杂性、丰富性、可能性提供了取之不尽的样本。世俗家庭无死角，人物亦无死角，小说就再无死角。从这个意义上说，即使没有奥斯丁，文学史上也会出现奥斯甲、奥斯乙和奥斯丙，谁也挡不住。

第二，小说大面积地描绘世俗家庭生活，直接影响了人类的审美。

在讲私奔的时候，我说，道德标准不是恒定的，它是一个动态。现在我们要涉及的是美学上的常识：审美的标准、审美的趣味也不是恒定的，它也是一个动态。用专业的术语来说，审美有一个“场”，场地的场。“审美场”从来都是一个伴随着文明形态而随时挪移的一个东西，你把凡·高的作品拿到达·芬奇的面前，你把罗丹的作品拿到古希腊去，那是能吓死人的。某种程度上说，文明的进程也是一个“审美场”不停漂移的过程。新的审美趣味的出现，通常是以挑战旧的文明形态作为起始的，而新的审美标准的确立，意味着文明形态转变的最终完成。大家只要考察一下三寸金莲和五四运动的关系，这个问题就会一目了然。

小说描写的对象自然也是审美的对象，世俗家庭大面积地走进小说，它会带来一件事：世俗的生活、世俗生活里的每一个普通人，就此进入了审美的范畴。这可了不得，是文明史上的一件大事，我甚至想说，是文明史的一次飞跃。没有文艺复兴，尤其是没有启蒙运动，单纯依靠文学和艺术其实是做不到的。说到这里我估计我会受到质疑，你看看古希腊雕塑里头的人体，普通人和普通人的家庭生活早就是人类的审美对象了。同学们，那其实是一个假象。那不是人，是神。在人类的童年时代，古希腊人只是按照人的样子在表现神。没有对神的巨大热忱和虔诚，尤其是，没有对神的浩瀚无边的耐心与谦卑，那些“人”不可能是那样的。许多人都说，古希腊艺术是“写实”的，我们东方是“写意”的，在我看来，古希腊固然不是“写意”的，其实也不是“写实”的，是“写神”

的——那个怎么能叫作“写实”呢？和“实”一点关系都没有。在今天，我们可以用3D打印机分毫不差地拷贝一个人的躯体，我想说，科学问题另当别论，就艺术创造而言，这样的“写实”狗屁都不是。

小结一下，当世俗的普通人和普通人的日常生活变成我们的审美对象的时候，文艺复兴和启蒙运动才算最终完成。家庭，这正是我要说的题外话二。

题外话三　认知

如果我们仔细，我们会发现，一部《傲慢与偏见》，它真正的主旨不在傲慢，而在偏见，严格地说，在消除偏见。我这样说自然有依据，因为达西从来不傲慢，是伊丽莎白“以为”达西傲慢。

我们先说小说的男一号，达西。这是一个出身高贵同时还有钱的公子哥，在小说的第一部分的第十章里头，达西和伊丽莎白第一次见面了，是在一个舞会上。我这么说吧，一个来自深圳的富二代或者富五代，他来到了偏远的小山村，参加舞会来了。舞会一直在演奏斯特劳斯的圆舞曲，突然，音乐换了，变成了大秧歌。来自深圳的富家子弟走到村姑王翠花面前，说：“翠花，你是不是很想抓住机会跳一曲秧歌呢？”

——大家不要笑，我在此说明一下：除了人名和音乐的名称，我刚才所说的这句话是从《傲慢与偏见》里头原封不动地实录下来的，是小说里的原话。达西的这句话里头有三个关键词：很想，抓住机会，秧歌。我们来替翠花想一想吧——你的话太傲慢了，什么叫“很想”？什么叫“抓住机会”？什么叫“跳秧歌”？你大爷！你以为我们乡下人只会跳秧歌？姑奶奶就是会跳也不和你跳！你凉快去。偏见就此产生。

既不是傲慢也不是偏见，那么，《傲慢与偏见》这本书到底写了什么呢？是一个人如何从偏见当中走出来、获得符合实际的认知。简言之，获得“真”知。

为了把话说清楚，我们来回顾一下《傲慢与偏见》的情节，也就是事态的发展脉络：

达西来到了乡下——乡下姑娘伊丽莎白以为达西傲慢——伊丽莎白对达西产生了偏见——伊丽莎白和舅舅去湖区旅游，意外来到了达西的老家，通过大管家雷诺兹太太的嘴，伊丽莎白知道了，达西从小就是一个品性优良的孩子——伊丽莎白的妹妹莉迪亚私奔了，她的舅舅加德纳出面了，挽救了莉迪亚——加德纳舅舅说出了实情，挽救莉迪亚的不是自己，是达西——伊丽莎白发现自己过于轻浮，她对达西的认识是错误的，是偏见——伊丽莎白最终接受了达西的第二次求婚。

这一回顾，问题清晰起来了，《傲慢与偏见》表面上是一部恋爱小说，骨子里，它是一部有关认识论的小说。这句话也可以这样说，奥斯丁描绘了一个有关认识论的故事，虽然她不是一个哲学家，虽然她未必真的思考过“认知”这个哲学问题。

重求真，重实证，重认知，重反思，这正是我要说的第三个题外话。

老实说，从文化心理上说，《傲慢与偏见》太欧洲了，甚至于，太英国了。它的文化基础或者说哲学基础是标准的英国式的，这一点尤其体现在求真这个层面。

关于求真，东西方是有区别的。哲学家邓晓芒先生系统地研究过这个问题，依照邓晓芒先生的说法，西方和东方在文化心理上都有“求真”的需求，然而，在方法上却又有所不同。前者的“求真”具有死心眼的性质，就是“真”本身，真就是真实，真就是真理。为了“真理”，一切都可以不管，“吾爱吾师，吾更爱真理”。A 就是 A，老师说 A 等于 B 也不行。东方人也求真，“真”很重要，但是，另一个东西也重要，那就是认知主体的态度，你必须“诚”。换句话说，东方的文化心理看重的不只是“真”，更是“真诚”。“精诚所至，金石为开”，这句话非常关键，“金”和“石”究竟是怎样的，这是西方哲学的重点，甚至是唯一的重点。东方的关切则有所区别，它不局限于“金”和“石”，而在当事人的态度。只要我们修身、养性，高度地忠诚，“金”和“石”的问题就不再是问题，它自己会“开”。有一句话我们都很熟悉：“只要关系有，喝什么都是酒。”换句话说，只要两个人都以诚相待，态度对了，酒固然可以是酒，水也可以是酒，可乐和橙汁都可以是酒。“喝什么都是酒”这句话是一把钥匙，可以打开东西方文化的区别。在“关系有”这个先决的态度面前，A可以是B，也可以是C，甚至D。换句话说，“真”与“真理”往往取决于我们的需要，它可以商量，随时都可以移动——这是我对邓晓芒的转述，如果有误，错在我，不在邓先生。

好吧，现在，达西不是一个傲慢的人，伊丽莎白怎么办？是一味地坚持自己，还是反思、勇敢地修正自己？奥斯丁的意思很简单，伊丽莎白有能力反思自己和修正自己。用《傲慢与偏见》的小说情节来说，就是伊丽莎白承认自己对达西“有偏见”，同时接受达西的求婚——在这个故事情节的背后，有一个巨大的东西，那就是实证。

我想这样说，虽然《傲慢与偏见》这本书不见得有多好，但是，它只能来自欧洲，甚至，只能来自英国。这个是由“求真”的文化背景决定了的，中国人不可能写这样的东西。我们的“求真”大多具有口号的意味，遇到具体的事情，尤其是“认知”，那是可以通过“做工作”这样一个特殊的途径来解决的。

对奥斯丁来说，“求真”的问题为什么如此重要呢？因为它牵扯到个人的幸福——如果认知出了问题，或者说，出了问题之后不知道反思，不能够勇敢地修正，美好的婚姻就错过了。相反，如果能获得符合实际的认知，那就可以获得美满的姻缘——这话是不是真的？我们不讨论，反正奥斯丁就是这么想的，她的小说也就是这么写的。

题外话四　傲慢

现在的问题是，要想让伊丽莎白修正偏见，自我革新，可以有许多路径。比方说，让伊丽莎白误以为达西“生活作风”有问题，或者说，让伊丽莎白误以为达西偷了东西——通过故事的发展，它一样可以达到让伊丽莎白纠正“偏见”这个目的。那样的故事更劲爆、更具可读性。男人的缺点多了去，为什么奥斯丁会抓住“傲慢”不放呢？老实说，用

“傲慢”来推动故事，这样的故事其实不好看。关于傲慢，这正是我要和大家探讨的第四个题外话。

我想谈两条，那就是，文化背景和时代对一个作家的影响。

首先我要说，一个作家，无论他具有怎样惊人的、颠覆性的才华，依然会受到文化背景的影响，正面、侧面或者对立面。这个背景起码有两个方面：一，社会；二，家庭。社会文化的影响是共识，可我想强调的是，家庭文化，就“影响的力量”而言，它的作用也许更大。我们应当注意到，奥斯丁出身于一个牧师家庭，这样的家庭强调道德、在道德上偏于保守主义，这个说得通。同样，因为家庭内部宗教氛围的缘故，这样的家庭对于“傲慢”和“谦卑”有着不同于常人的敏感与侧重，这个不仅说得通，更可以理解。

另一个就是时代。《傲慢与偏见》写于1796年至1797年，也就是十八世纪的世纪末，它是工业革命如火如荼的时代。而事实上，工业革命是一个粗略的说法，一般来说，它起始于十八世纪的五十年代。但是，有一个时间点是关键的，那就是1785年。这一年发生了一件大事，联动式蒸汽机正式投入使用。不要小看了这一台机器，它对人类生活的影响是革命性的。是它，给工业革命带来了异乎寻常的加速度。

可是，有一点我们不能忽视，在《傲慢与偏见》的开头，宾利和达西是坐着“四轮马车”来到乡下的。这是英国的乡村，我们尚未看见工业革命对它的影响。可以这样说，如果简·奥斯丁再晚上十几年或者几十年，在小说的开头，来到内瑟菲尔德庄园的也许就不再是马车，而是汽车或火车，如果是那样的话，这部小说就彻底不一样了。补充一句，《傲慢与偏见》出版于1813年的11月，就在十一个月之前，那个即将书写“最好”和“最坏”时代的伟大作家，他刚刚来到人间，他是狄更斯。

另外的一点我们必须同样不能忽视，奥斯丁写作《傲慢与偏见》的时候，卢梭和伏尔泰离开这个世界也才二十来年。所以，我想这样说——工业革命加速了，奥斯丁却没有做好准备，她尚未进入新的时代；启蒙时代远去了，奥斯丁的精神依然停留在那里。

启蒙运动，这是一个无限庞大的话题，谈论它我力所不能及。但是，就小说的内容而言，《傲慢与偏见》笼罩在启蒙运动的思想光环里头，这话我们可以说。启蒙运动起始于英国，中心却在法国，在法国发展，在法国壮大，然后，再一次波及四周，《傲慢与偏见》是启蒙思想在小说内部的具体体现，这话我们也可以说。

扼要一点说，启蒙运动的中心思想其实就一句话：争取世俗生活的幸福。如果一定要文雅一点，也可以换成康德的说法："用人的眼光看人。"

那么，究竟是什么东西在影响我们"用人的眼光看人"呢？宏观地说，两个：宗教和封建。启蒙运动就是摒弃"宗教教义"和"奉天承运、皇帝诏曰"。如何才能摒弃呢？还是借用康德的说法，我们要"勇敢地使用我们的理性"。通过"勇敢的"理性，正确地认识自然、正确地认识社会，用"自然的法则"和"社会的法则"去替代"宗教教义"与"皇帝诏曰"。只有这样，人，才能成为"人的目的"，才能够告别蒙昧，才能够走向"明亮"。启蒙就是明亮，就是世俗的幸福。

那么，《傲慢与偏见》这本书到底说了什么呢？具体说来，追求爱情，获得美满的婚姻，这和启蒙运动的精神——"争取世俗生活的幸福"——高度地契合。如果你们允许，我想这样说，《傲慢与偏见》就是一部关于启蒙运动的"主旋律作品"。

刚才我们说到了启蒙运动的几个关键词：理性、法则、明亮、幸福。这个是哲学意义上的，那么，把启蒙运动的精神换成接地气的说法，另外的三个关键词就出现了：自由、平等、尊重。

——自由，每个人都必须是自由的；

——平等，每个人都必然是平等的；

——尊重，人与人之间只能是相互尊重的关系，人不可以傲慢与自大，每个人都不可以做人上人。

《傲慢与偏见》写的是自由恋爱，不是包办婚姻，所以，自由在这里不是话题，免谈。但是，平等、尊重，这个就必须面对了。亲爱的达西先生——你自己觉得你和我是不平等的？——你居然在我面前傲慢？——NO。

故事就此产生。奥斯丁选择了傲慢，这又有什么可奇怪的呢？

题外话五　结草与衔环

现在，利用最后的一点时间，我再来说点其他的题外话，我们先来看看奥斯丁所描绘的四对恋爱吧。

第一对，简和宾利。这是一对符合各种道德标准的好青年，他们体面、优雅、礼貌，最终，他们幸福地生活在一起；

第二对，伊丽莎白和达西，这是一对同样体面、优雅、礼貌的好青年，然而，他们有瑕疵，有缺点，经过自我修复和自我的更新，他们保持了优点改正了错误，他们自然也应当幸福地生活在一起；

第三对，柯林斯和夏洛特，他们自私、阴暗，但总体上还是好人，他们生活在一起了，但是，无聊，窘迫，可以过日子，却说不上幸福；

第四对，威克姆和莉迪亚，这是一对问题青年，男的卑劣，女的放荡。在达西、舅舅加德纳和舅妈加德纳太太的帮助下，他们虽说结婚了，但是，生活非常不幸，即使伊丽莎白不停地救济，他们的生活也是入不敷出的。

可以总结了。简单地说，奥斯丁是依照这样一个逻辑线索来完成这部小说的——品性好的、做好事的人有好婚姻，品性不好的、做坏事的人则没有好婚姻，尽管在现实生活中这样的因果关系并不成立，但是，《傲慢与偏见》确实就是这么一个思路，这是一部以道德规劝为目的、因果报应为特征的小说。

说起因果报应，我们也许会非常开心，因为我们中国人很讲究因果报应，我们的文化心理里头有这个东西，我们的文学心理也是这样的。你们去把冯梦龙和凌濛初的《三言二拍》找出来统计一下，你们很快就会发现，因果报应的故事占有相当大的比例。

说起因果报应，我们也许会有这样一个结论，因为佛教强调因果，尤其强调轮回，是佛教导致我们产生了因果报应的文化心理。实际上不是这样，我们“因果报应”的基因在佛教来到中国之前就有了。

在我们的汉语里头，最能体现“因果报应”精神的，是一个成语：结草衔环。

我们先说“结草”。这个典故来自《左传·宣公十五年》。公元前594年，晋军和秦兵在辅氏（今天的陕西大荔县）交战，晋将魏颗与秦将杜回厮杀。难分难解之际，魏颗突然发现一个老人用草编的绳子套住了杜回，杜回被魏颗俘虏了。

为什么会出现这么离奇的事情呢？有原因。晋国大夫魏武子有一个爱妾，叫祖姬，她没生孩子。魏武子生病的时候对儿子魏颗说，我死了，让祖姬改嫁。到了临死的时候，老先生却改口了，说，我死了，让她殉葬。没想到，在父亲死后，魏颗没有执行父亲的临终遗言，他让祖姬改了嫁。魏颗认为，父亲临终前已经糊涂了，糊涂话不能当作遗嘱来执行。

晋军胜利的当天夜里，魏颗做了一个梦，他梦见了祖姬的父亲，祖姬的父亲告诉了魏颗实情。这个实情就是，因为魏颗做了好事，他救了祖姬的命，他从祖姬的父亲那里得到了福报。

“衔环”的典故则来自南朝吴均的《续齐谐记》，说东汉的杨宝在九岁的时候救了一只黄雀，一百天之后，黄雀飞走了。当天夜里，来了一个黄衣童子，告诉杨宝，说：“我是西王母的使者，是来谢谢你的。”表示感谢的礼物则是四个白环，这四个白环可以确保杨宝的四代子孙位列三公。后来，杨宝的儿子杨震，孙子杨秉，曾孙杨赐，玄孙杨彪，他们都做到了太尉。

同样是因果报应，我的问题是，《傲慢与偏见》里的因果报应和中国式的因果报应有没有区别呢？如果有，区别到底在哪里呢？我愿意把这个问题留给大家，我个人认为，这个问题特别有意思。

以上内容都是个人的一些浅见，是《傲慢与偏见》的题外话。因为切口比较大，不少话题实际上超出了我的能力，我也很勉强。不妥当不正确的地方恳请大家批评指正。

（原刊于《收获》2019年第2期）

在春天哭泣

李修文

大雨过后，春天来了，我先是看见河水变得异常清澈，鱼苗被水草纠缠，只好不停地翻腾辗转，可是，一旦摆脱水草，它们就要长成真正的鱼；一群蜜蜂越过河水，直奔梨花和桃花，我便跟随它们向前奔跑，一直奔到桃树和梨树底下，看着它们从桃花到梨花，再从梨花到桃花，埋首，匍匐，大快朵颐，间或张望片刻，似乎是在怕被别人知晓了此处的秘密；而后，不经意地眺望，群蜂都将被震慑——远处的山峦之下，油菜花的波浪仿佛从天而降，没有边际，没有尽头，不由分说地一意铺展和奔涌，如此一来，蜂群就像是醉鬼们远远地看见了酒厂，全都如梦初醒，赶紧上路，赶紧要自己早一点彻底醉倒，不如此，岂不是辜负了山河大地的恩宠？

我就继续跟着蜂群往油菜花地里奔跑，没跑几步，我便看见了正在争吵的和尚和诗人：和尚是哥哥，已经出家了好几年，可是，一年四季里，用他自己的话说，除了念经打坐，他就没有哪几天是可以不用担心那个不成器的弟弟的，所以，只要有点空，他便要往家里赶，好让自己知道，那不成器的弟弟，到底吃饱了饭没有；那弟弟也是荒唐，高中毕业之后，一心要做个诗人，既不安心种地，又不出门打工，甚至连诗也没有写出来几首，终日里好似游魂一般，绕着河水打转，绕着田埂打转，转着转着，他便忍不住哭了出来。有一回，下雨的时候，他正在哭泣，恰好遇见我。“多美啊！”他哽咽着，让我去看雨幕里的麦田，“你说，要是有人看见它们都不哭，那么，他还是个人吗？”

可是，我只有十岁出头，目睹着雨水和麦田，我必须承认，眼前所见，千真万确是美的，但我还不至于为它们落泪，往往是局促了一阵子，我也只好羞惭地跑开，但我不会跑得太远：怀揣巨大的好奇之心，我会远远地找一处地界躲避起来，再看着他哭泣、奔跑和仰天长啸。

一如此刻，油菜花地里，蜂群们已经早早抛下了我，消失在了我一辈子也数不尽的花朵之中，我便在潮湿的田埂上坐下，去偷听和尚与诗人的争吵——和既往一样，和尚先是耐心劝说诗人，莫不如跟自己一起剃度出家，总好过没有饭吃。诗人却说，吃上饭只是一件小事，他的大事，是要等着诗从地里河里树林里长出来。和尚气不打一处来，再去愤怒地质问诗人：写诗到底有什么用？诗人动了动嘴角，告诉和尚，万物自有灵，所以念经打坐也不会帮助一株油菜长得更繁更茂，那么请问，念经打坐有什么用？话已至此，和尚忍不住要殴打诗人，终于未能伸手，却一眼看见了我，我还未及闪躲，他倒是拖拽着诗人一路小跑着来到了我的跟前。

转瞬之后，当着我的面，那一对兄弟竟然打起了赌，口说无凭，以我为证：哥哥念经，弟弟念诗，如果我觉得哥哥念的经好听，弟弟现在就跟着哥哥去出家；如果我觉得弟弟念的诗好听，哥哥从此再不多说一句，任由弟弟继续不成器下去，但有一条，弟弟念的诗，得是自己写出来的，而且，是现在、立即、马上写出来的。或许是好奇之心还在继续，也或许是以为见证这一场赌博能够加快自己的长大成人，仓促之间，我竟懵懂着点头，眼看着和尚就在我对面盘腿坐下，刹那工夫，天地之间竟然变得异常安静，蜂群们发出的嗡嗡之声远远地退隐到了听力所及之外。

多年以后我才知道，油菜花地里响起的念诵，不是别的，正是《地藏经》——那一段让人失魂落魄的念诵之声啊，一时如雨丝擦过柳条，欲滴未滴，其下流淌的河水也只好驻足不前，等待着它们的加入；一时又如在夜晚成熟的豆荚，欲绽未绽，黑黢黢的身体里正在制造小小的雷霆，却又被月光惊吓，一再推迟着彻底的暴露；慈悲音和喜舍音，云雷音和狮子吼音，少净天与遍净天，大梵天与无量光天，这些经书里的命名与指认，我至少需要二十年后才能少许明白它们究竟身为何物，但它们又全都在念诵里早早示现，化作了少年眼前清晰可见的一景一物，它们是：报春花和油菜花，石榴树和苹果树；它们是：穷人摘下了豌豆角，瞎眼的人望见了火烧云。是的，它们几乎是大地上的一切。而那和尚仍然闭目，念诵还未停止，我的狂想便继续奔流向前，那一段让人失魂落魄的念诵之声啊，先是变作了半梦半醒的喜鹊，慵懒地鸣叫了一声，一枚果实便应声出现在了花朵上；而后，它又变作了夏天里的稻浪，风吹过去，稻浪们不发一言，沉默地去绵延去起伏，像是受苦人忍住了悲痛，但是，所有的酸楚与哽咽，都将在稻穗与稻穗的碰撞中得到久违的报偿。

真好听啊。那和尚早已结束了念诵，我却迟迟陷落在一座被光明环绕的山洞里无法脱身，张了张嘴巴，好半天也说不出话，对于我的迷醉，那和尚显然心知肚明，甚至不等我的评点，他便赶紧去吩咐诗人来念一首他自己写的诗，这首诗，必须是他自己现在、马上、立即写出来的。诗人愣怔了一会，终是不服气，下定了决心，跳下田埂，拨开一株半人高的油菜，再拨开另一株比他还高的油菜，踩踏着脚底下湿漉漉的泥巴，反倒像个去意已决的求法僧，倏忽之间便消失不见，就好像，过一会，待到他从油菜花的背后现身，他定然会手捧真经一般捧出他的诗。

作为一桩赌局的见证人，哪怕诗人不见了，我自然也不能随意离开，所以，我便老老实实地继续在田埂上坐下，偷偷打量着近处的和尚：弟弟毕竟是他的心头肉，哪怕只离开了一小会儿，他就忍耐不住，跟了上去，没跟几步，叹息一声，掉转了步子，和我一样，在田埂上坐下，闭目，却没有念经。这时候，黄昏正在加深，满天的火烧云像是在突然间窥见了自己的命运，说话间便要从天空中倾倒下来，再和大地上金黄色的波浪绞缠奔涌，一路向前，最终，它们将在夜色来临之前奔入山丘与山丘搭成的巨大熔炉——我正恍惚着，那和尚却已不耐烦，站起身，在田埂上来回打转，直至踮起脚尖往前眺望，可是，弟弟的身影一直没有出现，他也只好强忍着怒意重新坐下，再次闭上了眼睛。

直到天黑之前，由远及近，油菜花地里终于响起了窸窸窣窣的声响，差不多同时，我跟和尚都是腾地起身，等着诗人现出身形，然而，他久久未能推开密不透风的油菜们跨上田埂，这时候，和尚便再也忍耐不住，拨开油菜们，一把拽出诗人，劈头就问，你的诗在哪儿呢？还有，写不出就写不出，你哭个什么哭？听见和尚这么说，我便往前凑近了一步，借着一点微光，我终于看清楚，真真切切地，诗人的脸上淌了一脸的泪。沉默了一会儿，诗人还是承认了，他确实没有能够写出一首诗，然而，只要不让他出家，一直待在这里，或早或晚，他会写出诗来，只因为，地里河里树林里迟早会长出诗来，到了那时，诗就自然会从他身体里跳出来，好像刚才，油菜地西北方向的深处，他刚刚在一条小河边站定，立刻就忘记了这世上的一切，甚至忘了写诗——美，他只见到了美，他唯一能够想起的，也只有美；一看见美就在眼前，一想到美就在眼前，他的眼泪，便再也止不住地涌了出来。

可是，这都没有用，再多的口舌也都枉费了：那和尚，早已下定了决心，使出了全身力气，牢牢将诗人控制在了自己的手中，使得他根本无法挣脱出去，而后，拖拽着他，连村子都不想再回，一意向东走，只因为，东边二十里地外便有他的寺庙；没走出去几步，那诗人拼了命站住，指着我，跟他的哥哥打商量：哥呀哥呀，我再跟你打一个赌，就让他，这个小孩子，去我刚才去过的地方站一站，你看他哭不哭，他要是不哭，我愿赌服输，再跟你去当和尚，好不好？

我吓了一跳，但是，某种渴望却又滋生了出来，说到底，下意识里，我可能还是希望这场赌局不要就此草草结束，所以，当那和尚不耐烦地听完弟弟的话，转头问我是否愿意去他弟弟说到的那条小河边去站一站的时候，我竟然痛快地答应了。这么一来，那和尚当然也不好再多说什么，也可能是为了让他的弟弟彻底死心，于是，他便拖拽着弟弟重新在田埂上坐下了，而我，就好像战场上得了命令的送信小卒，一刻都等不及，飞也似的钻入了油菜与油菜之间，再朝着西北方向狂奔，没跑多久，我就听见了河水发出的哗哗流淌之声。

遗憾的是，我根本没有哭：春天的雨，说来就来，当我在河边站定，之前隐隐约约的月光在迅疾之间消失了，我抬头去看，天空中，浓墨般的云团正在吞噬月亮，随后，四下里变得暗淡，我便什么也看不清了，这时候，一阵急雨又当空而下，即使我在最高大的一株油菜底下躲定了，雨珠携带着寒气落下，我的脸上，脖子上，仍然还是只觉得凉飕飕的；但我不能轻易辜负了诗人，在高大的油菜底下，我耐心等待着急雨止住，等待着月光重新照亮眼前的一切，可惜的是，过了一阵子，急雨虽说停止了，月亮却再也不肯出来，眼前四野仍然全都是黑黢黢的，我一遍一遍睁大了眼睛，终究什么都看不见，而寒意还在继续加深，渐渐地，我冻得打起了哆嗦，最后，实在没办法了，我只好空抱一颗辜负之心，重新狂奔，回到了和尚和诗人的身边，再告诉他们，那在我脸上淌得到处都是的，是雨水，并不是泪水。

到了这时候，那诗人，再也不好多说什么，抢先一步站起身来，沉默地往东走，那和尚也终于安了心，不再管弟弟，反倒走近了我，问我，是否需要他将我送回村子里去——此时此刻，和尚，诗人，还有我，我们何曾能够想到，哪怕诗人自此确实出了家，但是，几年之后，寺庙被拆，这两兄弟还会还俗做起小生意来呢？我们又何曾想到，再过了十年，那和尚，那诗人，竟然会变成名震一方的兄弟企业家呢？可是，彼时之我，只清楚地知道一件事：我对不起那个沉默着大踏步往前走的人，因此而更加羞惭，更加小心翼翼，所以，面对和尚的询问，我竟慌乱异常，连连摇着头，仓促之下，还未等他多说几句，我便躲得远远的，随后，朝着村子的方向，我又再次狂奔了起来。

然而，我却并没有真正离开，跑了一会儿，我干脆径直跳下田埂，重新跑进了油菜花地，然后，往回折返，因为跑得太快，油菜的枝叶扑面而来，就像一条条鞭子正在抽打我的脸，尽管如此，此前的记忆却是越来越清晰——我甚至清晰地记得，我曾经在哪一株油菜底下躲过雨：是的，巨大的羞惭之心让我无法回到村子里去安然入睡，我还想故地重游，再去试一试，机缘到了，我是否也能像诗人一样，在小河边迎来一场真正的哭泣？

终究没有用。天空里，虽说月亮正在死命摆脱云团的纠缠，但还是无法再现它的端倪，我愣怔着朝四下里环顾，仍然一无所见，可是，和之前不同，此刻的我心意已决：无论如何，我都要像那诗人一样，在小河边站定，看清某种我一无所知但却一定近在眼前的秘密。如此一来，我反倒不再焦虑，天上也没有再下雨，我便干脆离河水更近一些，席地坐下，苜蓿的香气，油菜花的香气，更多不知从何而来的香气，全都缭绕在我的周边，我的身体便生出了酥软之感，再加上不时有鱼群跃出水面，发出噗通之声，我竟好似一个听着木鱼的敲击声打盹的小僧，不知不觉就睡着了。

命定的时刻，是在黎明时分，其时，一条大鱼从河水里腾空而起，又重重落下，就像一场敲打般令我惊醒了过来，刚一睁眼，铺天盖地的美便不由分说地奔涌到了我的身前，早于沉醉，震惊提前将我牢牢地裹挟——那美啊，它分明是一只蹲伏在天地之间的猛兽，霎时间就要一口吞掉我：月亮当空高悬，鱼肚白正在来临，池塘和村庄，树林和田野，茫茫雾气既遮盖了它们，又穿透了它们，雾气里，桃花和梨花，油菜花和苜蓿花，那些白与黄，那些紫与蓝，好似一颗颗柔顺却又不被驯服的心，若隐若现，却从未停止过迫在眉睫的跳动；那美啊，它分明还是眼前这条并不宽阔的河流：如果沿着这条河流往南走，我将依次看见鱼群、刚刚长成的荷叶和天际处绵绵不绝的群山，要是往北走，我还将依次看见泵站、被藤蔓爬满的篱笆和前几天才播下的稻秧，最后，我将看见我的村庄，是的，那里住着不少受苦人，这些人没吃上过什么饱饭，也没有几件好衣裳，但是，每年春天，雨水充足之时，好歹会有一条河流起死回生通向他们，这条河流终会将他们与稻秧、油菜花和更多可能的收成联结在一起，所以，他们虽说在受苦，但他们也有指望。

母亲，不自禁地，我想起了母亲，不止我的母亲，而是村庄里所有人的母亲。这时候，一阵零星小雨穿过我头顶的云层，先是若有若无，其后又淅淅沥沥，而我却不以为意，反倒仰着面，淋着雨，自顾自地去想着母亲：我们的母亲们，她们多穷啊，可是，就像缝纫之时被尖针扎破了手，又像生火做饭时喉咙里呛了烟，所有的穷，她们都将吞咽下去，既不可怜自己，也不对人说起一句，而后，再去穿针引线，再去生火做饭，多像此时此刻眼前的一切：荷叶，油菜花，田野，群山，所有近在眼前的物事与机缘们，自打来到这世上，你们也受了苦，你们甚至会荒芜、腐烂和消失，但是，时间一到，你们仍然会清清白白地现身，哀怜着我们，庇佑着我们，一如我们的母亲——也许可以这么说：你们，就是我们的母亲？恰好在此时，母亲的呼喊声在田野上响了起来，那呼喊声尽管微弱，却足以令我战栗，因为那并不是所有人的母亲，那是我一个人的母亲，是啊，她正在寻找我，可是，来不及呼应她，只是听见了她的第一声呼喊，巨大的酸楚便降临了，猝不及防地，我的眼睛里便涌出了眼泪。

是的，我哭了。在我脸上淌得四处都是的，除了雨水，还有泪水。

只是，对不起母亲的是，在哭泣中，我并没有穿过茫茫雾气跑向她，反倒向东而去，渐渐地离她越来越远：当此之时，我满脑子里想着的，除了被和尚劫持而去的诗人，竟然再无其他。对，我一心要追上他，告诉他，在他站立过的那条小河边，如他所愿，我哭了。

时隔多年之后，我还清楚地记得那场春天夜晚的奔跑：泪水涌出，使身体变得轻盈，而月光迟迟不肯消退，哪怕天光已经大亮，它仍然当空高悬，像是在提醒我，昨日里的赌局至今还没有完结，只要找到诗人，告诉他，我真的哭了，这样，我便在这一夜里真正地长大成人了。如此，哪怕当我好不容易跑出油菜花地，来到一条比此前那条小河宽阔出许多的河流边上，平日里的浮桥也不见踪影，我都不曾有片刻犹豫，而是径直卷起了裤腿，在刺骨的河水里盘桓了好半天，这才踏入了另外一片看不到头的油菜花地，我知道，当我跑出这一片油菜花地，尽头处，便坐落着和尚的寺庙。

时隔多年之后，我还清楚地记得那一座被油菜花环绕的寺庙，只是，出乎意料的是，当我上气不接下气地赶到寺庙里去，却并没有见到诗人弟弟，也没有见到他的和尚哥哥，原因打听起来倒也简单：这座寺庙，其实只是一座更大寺庙的下院，为了不让弟弟反悔，昨夜里，那和尚哥哥回到寺庙之后，只是简单收拾了几件行李，赶紧就继续押送着弟弟去了距此一百多公里外的上院，也就是说，一时半会儿，我恐怕再也不会有见到那诗人的可能了。当我打听清楚了诗人的下落，就像被一盆冷水浇淋得全身透湿，在寺庙外的田埂上，我颓然坐了好半天，眼看着身前的花枝与花枝被风吹动，又看见蜂群们嗡嗡鸣叫着越过我的头顶，辜负与歉疚之感便像油菜花的香气一般变得越来越强烈了，只是，那时的我还没想到，不久之后，我就要离开我们的村庄，前往更加广大的世界里去生活——等我再见到诗人，已经是在二十多年之后了。

二十多年后，又是春天，为了给一部注定无法完成的长篇小说搜集素材，我去了一趟四川的新津县，实话说，置身于新津县的乡野之间，许多时候，我都误以为自己是重回到了幼时的村庄：当我行走在一块接连一块的油菜花地边上，不自禁地，浓重的今夕何夕之感，动辄便令我恍惚得不知所以，但我早已不是那个在油菜花地里发足狂奔的少年，现在的我，一旦察觉到某种追悔之意袭上身来，又或者，一旦对自己发问何至于此时此地，下意识地，便要赶紧去找到喝酒的地方。

这一晚，我从一个镇子里出来，夜幕之下，远远地看见了一处农家乐，一想到手里的长篇小说注定无法完成，心底里顿时涌起了借酒消愁之念，二话不说就进了那农家乐。正是仲春时节，院子里开满了桃花梨花，虽然夜雨不时降下，但也近似于无，所以，在桃树梨树的底下，照旧坐满了觥筹交错的男男女女。我避开喧嚷，找到一处僻静之地，点了酒菜，一个人兀自喝了起来，没过多久，便有了微醺之感，在微醺里，我去打量周边的食客，猛然间，不过偶一举目，我竟差一点失声叫喊了起来——是的，二十多年之后，我再一次见到了诗人。当然，现在的他早就不是一个诗人，而是变成了著名的民营企业家，因为他的著名，我自然也听说了他的不少近况：他的哥哥，因为喝酒喝得太多，伤了肝，终于无救，好几年前就死在了肝移植的手术台上，如此一来，他反倒变得更有钱了，于是，他便开始在四川一带投资兴建好几个特色小镇，但是，不知何故，资金链断裂了，为了把特色小镇建起来，他只好回到家乡去高息揽储，好几年都是拆东墙补西墙，终究没有用，几年下来，小镇一直没有一座能够建好，为了躲避家乡的债主，他只能常年待在四川，根本不敢再踏入家乡的地界一步。

诗人显然也喝多了，和我一样，他也是一个人坐在僻静之地，桌子底下全是喝空了的啤酒瓶，看起来，他暂时不会再要服务员上酒了，而是埋头，嘿嘿地笑着打手机游戏，有好几回，他笑得无法自制，差点从椅子上栽倒在了地上。借着酩酊的醉意，我想了一会儿，没有忍住，还是端起酒杯走向了他。

时间太久了，诗人根本已经不记得我了，所以，眼见我在他对面坐下，他可能以为我是他的某个债主，霎时间大惊失色，站起身来就要走，趔趄了好一阵子，醉意太深，他又迈不动步子，我一伸手去拉扯，他便只好乖乖重新坐下了。到了这时候，我才看清楚，他的脸上有好几处伤，全都在结痂，也不知是被人打的，还是喝多了在地上摔的，还有，他的眼睛里全是血丝，看上去，就像是几天几夜都没有睡觉的样子。为了让他定下心来，我赶紧告诉他我是谁，他却还是茫然看着我，全然记不起，如此，我便径直对他说起了二十多年前的那个夜晚，直到这时，我才对他说：二十多年前的那个夜晚，我的确哭了。

天空里突然响起了一阵清脆的雷声，雨水伴随雷声瞬间变得密集起来，桃树梨树底下的男女们纷纷来到我和诗人近前的屋檐下躲雨，一时之间，我和诗人的身边变得吵吵嚷嚷，但是，尽管如此，诗人还是如遭电击，是的，他想起了我，一个劲地，张大嘴巴看着我，也说不出话来。沉默了好半天，他才问我，他是不是欠了我的钱，我连说没有，他又问，他是不是欠了我哪个亲戚的钱，我再对他说没有，他这才稍微放了心，愣怔了一小会儿，他伸出手，端起了我的酒杯，又将酒杯里的酒一饮而尽，那酒竟然使他变得清醒：再看了我一小会儿，猛然站起身来，三步两步就消失在了男男女女当中。

面对诗人的夺路而去，有那么一刹那，我多少有些觉得愕然，但是，很快我也就想明白了：此情此境，如果我是他，不掉头就走又能如何呢？也罢，也罢，我便端着空酒杯，回到了自己的酒桌前，却发现我的酒桌正在被服务员收拾打扫，见我又回来，服务员连声跟我说着对不起，也罢，也罢，我便也就没再喝下去，结了账，出了农家乐，上了门前的省道，淋着雨，想要回到此前的镇子上去。

在省道上，越往前走，农家乐的灯火就变得越黯淡，但是我知道，雨水正在浇淋的，除了我，还有我身边全无边际和尽头的油菜花地，在夜晚里，一棵一棵的油菜，它们认祖归宗，停止了起伏和涌动，全都变作了世间命运里最温顺的那一部分。所以，即使身在酩酊之中，又走在雨水之下，我也觉得心安理得，因为此刻不是别的，千真万确的，它们其实是我的命运正在显现的时刻。只是，我没想到的是，没往前走多远，我又碰见了诗人——此时的他，正好从省道南侧的油菜花地里钻出来，看见了我，却只当没看见，飞快地从我身前跑过，又钻进了省道北侧的另一片油菜花地，刚刚钻进去，他就摔倒在地，挣扎了好半天，始终陷在泥泞里站不起身来。

我只好跳下省道，去油菜花地里搀他起来，没想到，他却毫不领情，见我走近，他竟然号啕一声，哭了出来，又挥舞着拳头让我滚开，一句一句，他的嘴巴里一直在胡乱地叫喊着什么，而我却听不清，最后，实在没办法了，我使出了全身的气力，就像当初的和尚哥哥，牢牢将他控制住，再将耳朵凑到他的嘴巴边，好在是，雨水也变小了些，我终于听清楚了他的胡言乱语，却原来，他是在说：现在的他已经不是他了，而是变作了十岁的我，十岁的我啊，一定不要就此停下，一定要跑过眼前的这片油菜花地，追上他，要他写诗，不要他出家。

从天而降的雨水，还有全世界的油菜花，你们是否能够告诉我这是为什么呢？——几乎就在我听清楚他的话的同时，巨大的酸楚降临了，猝不及防地，我的眼睛里涌出了眼泪，现在好了：他的脸上，我的脸上，全都是湿漉漉的；我也分不清楚，他的脸上，我的脸上，那淌得到处都是的，哪里是雨水，哪里是泪水。

（原刊于《收获》2019 年第 3 期）

血之源

——《风过草原》续篇①

熊育群

一

进入霄南，脑海里浮现加格达奇的那个早晨，街道上不见人影，半夜三点小城就被太阳照耀。大兴安岭，漫长一夜，火车从北往南没能走出这条巨大山脉。

霄南是广东鹤山市龙口镇的一个古村落，东南绕村的龙口河，从西江流入南海，随大海潮起潮落。村口古码头的大榕树遮天蔽日，四面池塘汪洋一片，潮湿的空气让榕树悬空的气根猛长。

鹤山与加格达奇，不同的两个世界，一条隐秘的血脉正在将它们连接，指向大兴安岭的一个山洞——嘎仙洞。

那是九年前的夏天，我从漠河一路南下，穿越中国北方

① 熊育群《风过草原》刊载于《收获》2012 年第 4 期。

的大版图，由黑龙江、内蒙古、河北，直到北京，小兴安岭、大兴安岭、呼伦贝尔草原，燕山山脉、华北平原……都是大地理，草原辽阔，山脉低缓，河流岑静，大湖白亮，人烟稀少，世界只在青与蓝中交替。嘎仙洞的出现使得一次漫游变得目标明确——在现实与逝去的时空里，寻觅一个民族迁徙的足迹。

嘎仙洞是一个原始的山洞，藏匿于茫茫大兴安岭中。1980 年的一天，洞口岩壁上发现了一篇石刻祝文，它是一千五百多年前刻下的。那一次刻石行动，记录在《魏书》中：太平真君四年（公元 443 年），中书侍郎李敞被北魏皇帝委派，前来寻找山洞，并祭祀祖先。他们走了四个多月，行程达四千五百多里。祭祖是学习汉人的做法，用了马、牛、羊三牲供品，场面十分隆重。

石刻祝文的发现，确定了嘎仙洞就是拓跋鲜卑祖先居住生活的地方，也是他们大迁徙的出发地。一场长达三百年的迁徙，鲜卑人从原始森林的狩猎到草原的游牧，再到中原的农耕，伴随着生存方式的巨大改变，他们从一个没有文字、靠刻木纪契的原始部落，成为中原的统治民族，先后建立了燕、秦、凉、魏等十二个政权，特别是北魏统一了北方中国。汉族人三千年累积起来的文明，仿佛一夜间，他们就进入了。这是一个怎样的文明历程呢？这一历程肇始之地就在这个山洞。而这条迁徙之路正是我南行的路线。

山腰上的山洞，巨大的岩石拱起，洞口向着峡谷敞开，视野开阔。山坡上草木繁茂，遍地开着金莲花、马下芹、百日红、百日紫，颜色绚烂。

祖居之地、祭祀重地被发现了，嘎仙洞却没有鲜卑人的后嗣来祭祀。走进山洞，如此荒凉、冷清，不见一炷香火，像洞中深处的黑暗，我感受的是一种生命的空寂。一个曾经强大的民族早已消失在历史时空中。

走出洞口，眺望山脉与森林，想象带领拓跋鲜卑走出山洞的酋长拓跋毛，“聪明武略，远近所推，统国三十六，大姓九十九，威振北方，莫不率服……”，一切遥远得像是传说。

二

十年了，一个来自岭南的人孤独地寻找自己的祖先。他坐了四天四夜的火车，跑到了加格达奇。无人为他记下这一笔。他曾经站在洞口眺望，心情远比今日的我复杂，那是一种血脉的回响与呐喊。

那年夏天，一场雷雨将一位年轻女子赶到了他的诊所。来者眼睛四处张望，看到墙上悬挂的执业医生的名字，她的脸上掠过一阵惊喜。在确认眼前的人就是医生后，她好奇地问：你们怎么从大兴安岭来到这里了？被问者一脸疑惑。这个叫李曼华的女子却很兴奋，她是广西民族大学的学生，正在研究民族历史。她说，你的祖先是鲜卑人，来自内蒙古的呼伦贝尔，是从大兴安岭的林海雪原中走出来的。

医生名叫源可就，他是霄南村人。这个村的人都姓源。他们常常会疑惑：为何世上只有他们姓源？

无独有偶，在香港中文大学读书的源月霞，上历史课时，老师对她说，你的祖先是鲜卑人。源月霞感到惊奇，老师怎么知道自己是哪里人？她以为鲜卑是地名，便去图书馆查找。源月霞在香港出生，她的父亲早年从霄南村移居香港。平日与人交往，她的源姓常被人写成袁，人家还质疑她是不是写错了，因为没有听说过姓源的。

旅居香港的源国振听到消息，回到了霄南村，找出压在柜底一百多年的《源氏大宗族谱》。他打开包裹的油纸，反复阅读，仍然读不太明白，于是，打电话给珠海的同学源荣枝，让他回来一起解读。也是巧合，《源氏大宗族谱》从台湾传回来了一部。源氏人决心搞清楚自己的身世，他们成立了一个源氏历史文化研究会。

古老的族谱是一条时光隧道，谱写着一个家族的血脉流程，它一直抵达源氏的始祖——鲜卑族南凉国王秃发傉檀的幼子——源贺。

源可就的生活自此失去了平静。他去找村里的老人询问，埋首族谱，在祠堂里察看古旧的字画、雕花、对联，在古巷和古城墙间寻寻觅觅……他寻找着自己身世的蛛丝马迹，得到确证之后，他走上了祖先的迁徙之路。

源氏迁居广东鹤山的始祖叫源潜夫。公元1273年，他带着三个儿子和一个同父异母的弟弟源学海，从西江大雁山上岸，最先定居于云蓼，后来迁到楼冲。楼冲是片沙滩地，常遭洪水，于是搬迁到了霄南，后来又迁至鹤城，最后还是迁回了霄南，一住就是七百四十多年。

鹤山之前源氏的祖居地在珠玑巷，源氏人在此生活了一百多年。再之前，则要追索到南宋建炎年间，临漳与洛阳的源氏祖先会合，从洛阳分两路南下，鹤山源氏的祖先沿着运河往东南方向走，走到了应天府，又改乘船，经山阳到达高邮、泰州、扬州一带。金兵南侵，他们随皇室继续南迁，到达江西的上饶，再经抚州、吉安、赣州，从大庾走梅关古道翻越南岭，落脚广东南雄珠玑巷。

寻根就从珠玑巷开始。源可就组织源氏族人来到了南雄。

珠玑巷是珠三角广府人共同的祖居地。祖先们都从中原迁徙而来，到达的时间相差并不远。当地文化局局长把寻找源氏居地的他们带到了祠堂旧址，源姓人生活过的“大社头”。他们还帮源可就找到了相关的资料……

嘎仙洞进入源可就的视野是在三年后，源可就寻根的视线由此望向了鲜卑人遥远的源头。这段历史源氏族谱并无记载。源可就要找到祖先最初出发的地方，找到鲜卑民族的孕育地。他关了自己的诊所。香港亚洲电视台得知源可就去寻根的信息，派了记者同他一起上路。

出了加格达奇火车站，源可就找到一家寿衣花圈店买了香烛，到水果店买了家乡的水果香蕉，他要以自己家乡拜祭祖先的方式来祭奠他们，希望祖先的灵魂得到安息。

大兴安岭即便孟夏，树林里风一吹，哪怕穿了罩衣，身上也感到阵阵凉意。一年里，植物生长的时间只有三个月。冬天温度降到零下四五十度。对比四季如春的岭南，这里的生存环境无疑是严酷的。祖先在这样恶劣的环境里生活，源可就对他们生出了敬意。在寻找祖先南迁的原由时，他首先想到了气候。有人研究了鲜卑南迁与当时的气候关系。《后汉书》记载，公元46年北方发生严重干旱和蝗灾，“草木尽枯，人畜饥疫，死耗太半”。同时，北方频下大雪，大雪厚达丈余。在如此恶劣的气候下，鲜卑无法生存而被迫南迁是可信的。

鄂伦春民族博物馆馆长田刚听说拓跋鲜卑的后人前来嘎仙洞祭祖，感到十分惊讶。过去也有一些前来嘎仙洞的人，自称是拓跋鲜卑的后人，但都没有根据，多是附会。源可就是有证据的，他的到来令田刚无比兴奋。这是田刚任馆长以来第一次见到拓跋鲜卑后人。

田刚领着源可就登上洞口石级，打开围住洞壁上石刻祝文的铁栏门，指着一行行已经模糊的文字，一句一句给他讲解。因为石刻祝文的出现，可以断定过去的大鲜卑山就是现在的大兴安岭，而非从前认为的外兴安岭或贝加尔湖一带。

源可就在洞中点燃香烛，在一块大石上摆好供果，烧了一叠纸钱。他双膝跪地，合掌于胸，深深弯腰拜祭。这一刻，他觉得祖先的灵魂来到了自己身旁，离他很近。两千年的岁月只是意念中的阴阳之隔。

离开大兴安岭，源可就踏上了祖先南迁之路。他穿过呼伦贝尔大草原，来到海拉尔和满洲里。

千里草原，他一路陷入了沉思。一步步挨近了满洲里拓跋鲜卑人的墓地。

旷野无人，车上没有祭品，想到草原上也许能找到鲜花，他在路上拦车询问。一个面包车司机告诉他，前面就有。很近，三十公里路。草原上的花很小，源可就问他花是大还是小的。对方答黄色的。再问有没有大一点的，司机说，有，单子梅。

不知道单子梅是什么颜色的花，源可就最希望采摘到白花或者黄花，找到单子梅时才知道它是紫红色的。

源可就在草原上疾走，四处寻觅，手中小小的黄花渐渐积成了一把。紫红的单子梅也采到了。单子梅有枝杆，花朵大一些。

一千多年里，源可就是第一个来祭祀鲜卑人的后人，面对陌生又空荡的大草原，他胸中涌起一种忧伤与惶惑的情感，他相信自己的用心祖先是会看到的。寻觅花束走得出汗了，他脱了罩衣，一会儿下坡，一会儿上坡，草地在他的眼前起伏、抖动，一股荒野之气弥漫，他体会到了祖先走过茫茫草原的艰辛。

这处墓场建成了鲜卑古墓陈列室。挖开的棺木埋在地下两三米深处，上面罩了玻璃。一具完整的人骨，头向北，脚朝南，头骨下有一条条小辫子。尸骨头对着的地方是他祖先迁徙的出发地嘎仙洞。脚对着的地方，是他要迁往的方向。源可就献上一束花，向尸骨三鞠躬。望着森森白骨，他发起了呆……

时空相隔，缈远迷茫，源可就真切感受到没有这些先人，就不会有霄南村的后人。这里无疑是源氏人生命的一个源头。源氏族谱不能缺少这一段历史，他要把它补写进去。

三

鲜卑源于东胡，出现于秦末。他们在大兴安岭过着游猎生活，男人伐木、打猎，女人驯鹿、采野果、做家务，劳动成果按户平均分配。

进入草原，他们开始逐水草而居，鲜卑迅速分散为多个部落。拓跋毛五世孙拓跋推寅南迁到“大泽”落脚。大泽位于现今内蒙古翁牛特旗科尔沁。拓跋推寅的八代孙拓跋诘汾再度向西南迁徙，走到了匈奴莫顿发迹的阴山。

拓跋诘汾儿子众多，他死后，幼子力微继位，长子匹孤被冷落。不久，匹孤率领数千人马离开阴山，西迁到了河西走廊一带游牧。他们发展壮大后，以河湟流域的西平、乐都与河西走廊武威一带为活动中心。匹孤的八代孙秃发乌孤在公元 397 年建立南凉王国。而力微的后代拓跋珪于公元 386 年建立了北魏王朝。秃发与拓跋，同一血脉的两个分支，相同的读音不知为何变成了不同的文字。

公元 414 年 6 月，南凉被西秦所灭。凉王秃发傉檀投降，一年后被毒死。太子虎台被杀。外逃的子孙，保周、破羌兄弟俩逃到了河西走廊的北凉，后又投奔北魏，分别被太武帝拓跋焘封为张掖公和西平侯。延和三年秋天，破羌随拓跋焘征讨北部山胡，因功召见，赐姓源。迎讨北伐的南朝宋军时，破羌战功显著，拓跋焘再赐他名“贺”。从此，破羌以源贺名彰于世。

源贺转战东西，为北魏统一北方立下汗马功劳，他撰写的《十二阵图》成为重要军事著作；出牧地方颇有政声；太武帝被奸臣杀害，他统领禁军平叛；献文帝卒，他坚决站在冯太后一边，交帝玺于五岁的孝文帝拓跋宏。孝文帝改革，特别是施行鲜卑与汉民族融合的政策，使得北魏不断发展壮大。

源氏家族从此繁盛显赫，在魏、齐、周、隋、唐成为望族。家族血脉从源贺开始，传至唐代，源氏有名的人物达八十余人，进入《魏书》《北齐书》《隋书》《北史》《旧唐书》的有二十多个，如源延、源怀、源绍、源子雍、源延伯、源子恭、源纂等北魏名将名臣，北齐大将军源彪，隋时源文宗、源师、源雄等，唐代源贺七世孙源乾曜为唐玄宗宰相，霄南源氏从他的血脉下传。《全唐诗》收录源乾曜诗四首。源乾曜曾孙源寂以诗与刘禹锡、白居易、张籍等唱和，留下佳话。源氏家风素有口碑，源贺的遗训成为源氏家训，传至今日……

四

失传的家族史一旦赓续，霄南村人明白自己的身世后，就再也按捺不住了。他们寻根问祖的愿望强烈萌动起来，一场二十多年的漫漫寻根路从此拉开，一百多人次走上了祖先的迁徙之路，行程数万公里。

源氏历史文化研究会向江西、贵州、重庆、湖南、湖北各地发出了寻亲信，寻找可能存在的源氏族人。然而，没有得到期待的回复。会长源荣枝向几十个县的地方志、博物馆、文物局打电话，询问有没有源氏，得到的也全都是否定的回答。

2006 年 5 月的一天，源荣枝又在网上浏览，发现了一个叫源书旭的人，家住河南方城县东厂坡村。他立即搜寻方城县的地理位置，马上找到方城县地方志办公室电话。接电话的是一位姓白的主任，他告诉源荣枝，方城确实居住有源姓人，他答应帮忙联系，并约好下午三点，要源荣枝在家等电话。

源荣枝等啊等，感觉四个小时等待的时间好漫长。他一直处于亢奋状态，午休也不能入眠。三点整手机响了，源荣枝手颤抖着按下接听键，一个洪亮的声音传了过来，他们互相问候后，对方说："我是源贺的后代源家大院的源书旭，你也姓源吗？"

源荣枝屏住呼吸，一时说不出话来，声音颤动着，哑哑的低沉的回答："对！我也是源贺的后代，哎呀，可找到你们啦……"他激动得眼里溢出了泪花。两个从部队转业地方的人，喊操似的，说话声越来越大，几乎喊起来了。源书旭浓浓的河南口音让源荣枝感觉既陌生又亲切。一个小时不知不觉就这样过去了。

十天后，源荣枝和源景林、源景新赴方城"探亲"。汽车到达方城县车站已是晚上七点多钟。源书旭兄弟俩早已等在车站。出口通道上，一个中等偏胖的魁梧男子，源荣枝与他目光一遇，彼此就认定了对方。源荣枝迎了上去，问："你是书旭兄弟吧？"对方忙说："是，是，我是源书旭。"他们一下紧紧抱在一起，激动得哭了起来。

源书旭喃喃地说："我们找你们找了几百年啊！今天终于找到了！"他突然想起什么，松开手，说："你姓源吗？水源的源呀。"源荣枝答："是。""请把你的身份证给我看一下。"源荣枝掏出身份证递给他。源书旭看着看着，说："没有错，没有错，是兄弟！源贺的后代。"于是，他们又拥抱在一起。

旁边的人看到两个大男人又是抱又是哭，不知道发生了什么事情。看热闹的人把出口堵塞了，后面的人大喊：前面让路，让路。他们让到了通道边上。源荣枝发现身份证不见了，四处寻找，不见踪影。最后，发现粘在自己的鞋底上。

第二天，他们来到了东厂坡村。全村过节一样，二十几个人夹道迎接，把霄南三位贵客迎到一座大院里。村里的长者一个个拥抱他们，每个人无不热泪盈眶。东厂坡人慨叹，寻找源氏家族几百年了，洛阳、郑州找过，山西的大槐树也去找过，一点音讯都没有。

院子里两张大桌，摆满了糖果花生。柴火灶里，正飘出饭菜的浓香。

源荣枝看着青砖青瓦的老屋，房屋矮小，短的檐小的窗，沿院墙堆着玉米棒子，院子里种了花花草草，笼子里关着鸡鸭，河南乡音绕着耳边说个不停，本是完全陌生的地方，却有一种奇妙的熟悉感。

源荣枝一心想了解东厂坡族人生活得怎么样，有什么家族的痕迹没有，有没有祖先传承下来的东西。村里没有祠堂，有人找出了一个明代纯铜的马镫，有人找出家训。源荣枝捧在手上细看，家训跟霄南村一样，只是表述有些不同。他感慨祖先一路迁徙，什么都可以丢下，唯独家训不会忘记带上路途。

一位参加过解放战争的老革命讲起东厂坡村的历史。他们的祖先因为与父母顶嘴，负气离家出走。一对箩筐挑着两个孩子，从洛阳方向走出来，往南一直走到了方城。起初他们做药材生意，儿子孙子也跟着做，生意一直传承下来，成了家族生意。现在北京有源太恒开的源氏春源堂，还开办了一家国际中医研究院。

春源堂在嘉庆七年创办，清代时家族生意达到顶峰，开设了很多家中医药铺。鸦片进入国门后，家道因子弟吸食鸦片而败落。为了拯救家族，族人在离县城约二十里路的地方买下一块地，举族离开县城，脱离鸦片场所，迁到了乡下。这就是东厂坡村的来历。村里现有源氏后裔三百多人。

翌日，依依话别，又是泪眼婆娑。源荣枝一行三人要去洛阳。

洛阳是源氏必去之地。源氏先人生活过的地方有平城（大同）、洛阳、临漳、长安等地，洛阳始终被视作家族的中心。源氏家族自公元494年迁到洛阳，渐渐成为世居洛阳及周边郡城的大家族。他们在此生活了六百多年。一部分族人随北齐政权迁居现今河北临漳，但他们仍以洛阳人自居。隋唐特别是唐代，源氏有人在朝廷任要职迁居长安，但无论多长时间，他们仍视洛阳为家乡。族人认同洛阳为他们离开西平后的共同故乡，死后都要归葬洛阳北面的邙山祖茔。

在洛阳，源荣枝打电话联系上了洛阳姓氏研究会会长姬传东，告诉他去邙山祖茔祭祖的想法。姬传东说，邙山不是一座山，是一条大山脉，在洛阳的北面，沿黄河南岸绵延一百多里。不知道祖茔的位置，怎么去祭祖？

茫茫山岭何处是祖茔？走一趟邙山还有意义吗？

三个人上了路，来到一片山地前，不知道这里是不是邙山。问路人，对方好奇地看着他们，反问他们要去哪里。源荣枝说，邙山，有坟墓的地方。那人手一挥，到处都是。

踏着一片薄阳，走在低矮的丘陵间，果然到处是乱葬坟。田野上，不时出现一座孤峰一样耸立的皇家陵墓。祖先的墓地在哪里呢？黄土地，青青的小麦，高耸的杨树，零星的屋舍，远处隆起的山包在视野里延伸，一种怅惘的情绪强烈笼罩。他们停下脚步，向着烟蓝色的远方遥遥祭拜。

姬传东知道他们一无所获，便推荐他们去洛阳古墓博物馆。

源荣枝在博物馆说明了来意，工作人员十分热情，不但不收门票，还主动带着他们去看北魏皇帝的陵墓。这是一座建在地下按原大仿建的北魏皇帝陵墓。入口有两条石狗，狗脸拟人化，造型有些狰狞。源荣枝疑惑地问，为何陵墓没有用狮子？馆员解释，鲜卑人是不用狮子的，他们是游牧民族，草原上居无定所，只有狗能把死者灵魂带回到亲人身边去。

第二次再去洛阳，源荣枝听从古墓博物馆馆员的推荐，打算去新安县的洛阳千唐志斋博物馆。他事先做了很多功课，从网上买到了《隋唐墓志辑绳》，从书中发现了源氏祖先的墓志。这次寻根，霄南有十八人报名参加，身患绝症的源沃珠也报了名。组织者劝他不要去了，他发火："你们不应该阻止我行孝嘛，这可能是我最后一次机会了。"他坚持让弟弟陪着来。方城东厂坡村一对年轻夫妻也加入了他们的行列。

中巴车进入新安县时下起了小雨，通往博物馆的路正在维修，副馆长柳海峰闻讯特地开车前来带路。

千唐志斋博物馆收藏有一千多块墓志，一块块嵌在地下墙壁上。源氏先人墓志收藏了十二块，有男有女，男性的五块属唐代，一块属北宋，其中有唐朝刺史源光乘、北宋尚书兵部郎中源护。

源氏后人寻根寻到了博物馆，这样的事情在馆里还是第一次发生。博物馆以非常隆重的礼节接待他们。柳海峰亲自为寻根团讲解。他们一个个墓志查找。

源光乘的墓志出现了，墓碑特别大，标明了出自邙山墓园。寻根者一拥而上，头碰到了头，大家忘了痛，眼睛都盯着源光乘的名字，一双双手不停地抚摸，有人开始流泪、哭泣。参观的游客不知道发生了什么事情，也拥了过来。

源沃珠“嘭”地跪了下来，他百感交集，一边摸着墓志，一边流着泪。他把此行当作自己最后一次行孝。他的生命已经走到了最后时光。回霄南不久，源沃珠就去世了。

在博物馆后山，举行了一场祭祀仪式，上面是“鹤山源氏洛阳寻根团”的横幅，下面竖着一块五米宽二米高的红色绸布，绸布上用黄色字喷写了源光乘、源护等六位先人的名字。香烛、纸钱、纸扎莲花、苹果……长长的鞭炮在雨中炸响。祭祀者头发淋得滴水，谁也没有动。一个千年心愿今日得偿，所有人进入冥想，思绪绵绵，既欣慰又感伤，还有些许生命的迷惘、惆怅……

源沃珠说：“一千多年来我们源家无人来拜祭过，我为祖先上几炷香圆了个心愿，这一辈子我满足了。”

馆长知道源氏祖茔所在地，在邙山北麓靠近黄河的一个地方。寻根团一路找去，那里已是一片工业开发区，到处是水泥马路和工厂。望着成片的厂房，寻根者个个都是失落的眼神……

又是一年春天，源氏族人的寻根在向着时光深处推进。他们获悉西宁市人民政府正在修复南凉虎台遗址公园。这个遗址是西宁城西区的一座土台，它极可能是南凉王国建都西平时期，第三代君王为太子虎台修建的阅兵台。源氏族人经多方联系，最后，西宁市政府同意他们参加虎台遗址公园开园仪式，并进行寻根祭祖活动。

霄南村近湖源公祠楹联写有：“发源由北魏，晋爵纪西平。”以前霄南人不知道“西平”是什么意思，现在明白西平就是现在青海的西宁，源贺就出生成长在那里。他八岁那一年，虎台太子被西秦王杀死，源贺跟着哥哥保周从西平逃到了北凉。源氏家族在长达二百年的时间里，视青海西平、乐都为故乡，对它产生了浓烈的乡愁。

4 月，西宁市园林局向霄南村源氏恳亲团发出邀请函。

4月底，源氏恳亲团一行十九人抵达西宁。源氏族人举着绣有“源”字的族旗，拉起“南凉后裔源氏寻根团”的横幅，进入会场。源荣枝代表源氏家族发言。他们在三王像前献上香烛纸钱、挽联，鸣放鞭炮，全体成员肃立于族旗下，向塑像三鞠躬，环绕三王一周。最后，将族旗、《源氏大宗族谱》、《源贺列传》影印版、《南凉后裔今何在》文章以及霄南村的一些照片，赠送给公园古代民族融合文物展览馆。八十一岁的源可森激动地说：“今天我把祖先找到了，百年之后，我也来这里陪伴他们。”源荣照说：“我们找到了根，真正找到了自己的故乡，把寻根的梦变成了现实！”

寻根团第一次来到了日月山，看到了青海湖和高原牦牛。

源荣枝想起五岁那一年，他跟爷爷放牛，下雨了，爷爷把他拉到蓑衣里，跟他说，听说我们的祖先是鲜卑人，在很远很远下雪的地方。他现在跑的地方都是冬天下雪的地方，离霄南已经很远很远了，有的地方甚至终年积雪。他耳边不时响起爷爷的声音，感觉自己正在走向祖先。

到祖先生活过的地方寻访——这个愿望一经萌动，就成了源荣枝余生的追求。

他去甘肃张掖寻访的那一年，得了急性肝坏死，医生说最多再活两个月。这时他想到了保周、源贺两兄弟。回到村里，得到族人同意，他在荷塘边种了两棵榕树，称他们为兄弟树，就是为了纪念保周和源贺。保周晋爵张掖王后，乘手中有兵之机，企图复国，于是公开叛乱，被拓跋焘派兵剿灭，得了个“穷迫自杀，传首京师”的下场。

源荣枝来到了张掖，他打上一辆的士，围着张掖转了一圈。车到东面一个山包下，他叫停车，让司机等他一下。他爬上了山头，放眼眺望眼底山河。太阳正在下山，一团残云裹着夕阳徐徐降落。天地一片玄黄、凄凉，很快变得昏暗……

第二天他去了博物馆。寻寻觅觅，保周的痕迹什么也没有找到。

又有一次，他从青海到了西安，直奔青龙寺去，为的是寻找源寂的蛛丝马迹。源寂当年就在青龙寺出家。他出使新罗时，刘禹锡以《送源中丞充新罗册立使·侍中之孙》相送：“相门才子称华簪，持节东行捧德音。身带霜威辞凤阙，口传天语到鸡林。烟开鳌背千寻碧，日浴鲸波万顷金。想见扶桑受恩处，一时西拜尽倾心。”源寂出家为僧后，郎士元、薛能等人仍与他唱和，薛能写了《赠源寂禅师》《夏日青龙寺寻僧二首》。

青龙寺是佛教八大宗派之一密宗祖庭。唐时为佛教真言宗祖庭。现时仿古建筑保留着唐代风格，重檐高阁，气势不凡。遗址博物馆更是气魄宏大。源荣枝找到住持，打听源寂的情况，住持不知道源寂，反找他寻求材料。

与源荣枝一样，旅居加拿大的源志藩经常回国寻根。他根据自己找到的材料，写了《鲜卑遗民　源氏源流》一书。2016 年，他来到了大同。这里是源贺当年投奔北魏的地方，古称平城，是当年北魏的首都。源贺投奔北魏直到去世，都在平城度过。北魏迁都洛阳是源贺去世十五年后。源贺死后陪葬于金陵。金陵找寻不到，源志藩却找到了琅琊康王司马金龙的墓地。原来司马金龙是源贺的女婿，源贺女儿钦文姬辰跟他合葬在一起。

找到源贺女儿这是源氏家族的大喜讯，源志藩激动得打电话到霄南，全村人都很兴奋，大家奔走相告。他们又开始酝酿着组团去祭祀……

五

霄南是个水乡，池塘成片，水系相连。夏天莲花曜村，荷香十里。先人们从福建运来了花岗石，铺出一条条巷道，疏挖了一条护城河，建城墙、修祠堂，用水磨青砖精心砌出一栋栋饰有雕花栏杆的小楼。他们将村名取作坚城村。

坚城村四方城墙以东西南北四个大门与外通行，西北方为正门，面朝南凉故国方向，源家人称其为迎龙闸。大门形似洛阳白马寺门楼。村的布局仿南凉国都乐都城。他们挖一方一圆两口井，唤作日月井，为的是不忘青海的日月山。

鹤山有民谣唱：嫁女嫁霄乡，霄乡好地方，出门石板路，夏秋鱼米香。

我曾三次进入霄南村。两年前第一次进村时见到了源可就，他已是七十岁的老人了。看亚洲电视台拍他嘎仙洞之行的片子，那时他还是半百之年。抱了一份好奇，明知道鲜卑人北魏时期就开始汉化，北齐时源师曾被后主高纬的宠臣斥责为“汉儿”，所谓“泼墨汉家子，走马鲜卑儿”，霄南不可能还保留有鲜卑人的特征，但我心里还是期望有所发现。

村口出现了镬耳山墙、红灰色筒瓦的岭南建筑，期望被兜头浇了一盆凉水。珠玑巷南迁的北客早成了广府人——岭南文化的主体之一。散落于珠江三角洲的村落，尽管村落里的人来自中原不同的地方，但他们都有一个共同的祖居地——珠玑巷。几乎所有的族谱都指向了这个共同记忆。也许正是基于构筑祖先的共同记忆，一个民系得以形成。源氏后人也不能例外，他们首先是广府人。

走进霄南街巷，初一看，它与周边古村落没有太大差异。第一个出现的人是个中年妇女，我不能确定她是不是源氏后人，直到男人出现，我观察他们的脸，黝黑的皮肤，凸额凿齿，这与广府人的面部特征并无太大区别。

村中心的房屋与村口有些不一样，老房子檐短窗小，青砖的人字山墙，墙顶无檐，只有盖瓦，麻石门套，大门出檐也很短，隐约可见四合院的影子。石板巷麻石直铺。顿时感觉到一种北方干燥的尘土味。这样的建筑从黄河一带往北都是如此。窗小在北方是为了御寒，在岭南据说是为了守住家财。

只有祠堂是珠三角典型的宗祠建筑。最先进入视野的是乐隐源公祠，面阔三间，两进一天井，抬梁与穿斗式混合构架，石柱石梁的前廊，硬山式屋顶，碌灰筒瓦，屋脊、筒瓦笔直，屋脊上高高的灰塑雕花博古脊，堆砌了博古头、仙鹤、凤凰、鸳鸯、金鲤、麒麟、荷花，寓意鸳鸯戏水、丹凤朝阳、麒麟赐福、鱼跃龙门等吉语。宗祠楹联写道：“华胄开东粤，明禋祀北平。”全村这样的源氏宗祠有九座。村里曾发现源西平堂牌位、北魏太武帝题写的“与卿同源”的大匾。西平堂就是源贺，这个始祖神位是屋主“文革”破四旧时从垃圾堆偷偷捡回来的。

霄南村由霄乡和南安两个村合并而成，人口不足两千，有超过一半的人口从这里迁去了江门、广州、佛山、南海、顺德、乳源、新会等地；也有迁去香港、澳门、台湾的，人数很少，但彼此来往密切；有下南洋去海外谋生的，到了新加坡、越南；民国初年有人远迁到了日本、美国、加拿大、澳大利亚、英国等国。霄南源氏加上河南方城的总数大约四千人。从霄南走出去的源氏后人看到族人寻根的信息，纷纷回到霄南。他们大多出生在海外，有的娶了洋媳妇，有的嫁给了洋人，有的是混血儿，从没有回过家乡，但他们都有一个源姓的中文名字。他们走进源氏祠堂，以家族祭祖的方式，给祖先神位供果、上香、叩头，聆听长者解读祖训。

站在乐隐源公祠广场上，前面和侧面是宽阔的莲塘，岸边榕树以纵横交错的根系疯一样生长，四季常青。想到"厥土昏冥沮洳，谋更南徙"，鲜卑嘎仙洞的祖先做梦也想不到，自己的子孙会迁徙到南海之滨，更想不到从这里，又迁徙到了地球的各个角落。

在霄南村居住的人并不多，不少旧屋空置。我打电话给源荣枝，他在深圳刚做完一个大手术，谈起源氏家族的事情，他强撑着，直到我们说完了，他才告诉我病情。在珠海见面时，他又做过一次小手术，我见他身体虚弱，他才说出了实情。当时他正忙于写源贺传记的事情，搜集了大量资料。我们在村里见面，是我第三次来霄南，他与人合作的源贺传已经出版，我与广东的散文作家们在村里找到了一栋可供写作的老屋。

中秋节他邀请我来霄南过节。村里大摆筵席，家家盛情邀请亲朋好友一起相聚。源氏族人有豪放之风，大碗喝酒，大块吃肉。他们特别喜欢吃牛肉，霄乡曾经是广东有名的牛市，他们把当天剀的新鲜牛肉放入火锅涮了吃。源氏后人还发明了一种甘和茶，这种凉茶在华南和东南亚风行了一百多年。

乐隐源公祠广场，晚上村民们搬来了桌子，摆上了鸡、月饼、水果等贡品，男女老少穿着盛装来到广场。他们不是为了赏月，而是为拜天神烧番塔。八点，点燃了鞭炮。鞭炮声中，族长上香、敬酒，宣读祭文，祈求天神赐福，保佑源家五谷丰登，家族平安，兴旺发达。人群跟着族长向天神三鞠躬。

音乐响起，族长开始点番塔。番塔用砖砌成疏眼筒塔，高四米，塔底放了干柴。大火中有人把青毛竹、盐、鞭炮投入塔里，砰砰嘭嘭的爆炸声里，火星溅起、腾飞，飞向天穹。人群手拉手围着火焰又唱又跳。他们唱《敕勒歌》：“天苍苍，野茫茫，风吹草低见牛羊。山寂寂，水殇殇，纵横奔突显锋芒……”这习俗或许与鲜卑人祭天或烽火台有关，还与萨满教有关。

春节、端午、中秋三大节日霄南村都要祭祖，师公歌婆唱歌酬神。村里有土炕式的大床，族人睡觉喜欢裸身，喜欢喝茯茶式的饮料，语言有不少倒装句。以前“起学”有叫开笔礼的习俗。天未亮，父子打着灯笼提着装有纸笔墨和红糖的藤荚，踏着月光，来到源氏宗祠，举行拜孔圣人和启蒙老师的仪式。孩子爬梯上神台敬神，每爬一级吃一只角仔，寓意步步高升。返学也打着灯笼，家长将灯笼拿回家中大堂挂起来，要让它自己熄灭。

源荣枝请了郑州大学文学院的院长，给族人讲授源乾曜的诗歌创作。那天，乐隐源公祠广场坐满了人。人们鸦雀无声，听得全神贯注。讲授者激情奔放，洪亮的声音回旋在祠堂上空。这些以耕种养殖为业的人，平生第一次接触诗歌，听得似懂非懂，但肃穆又认真的神情，是对祖先对文学的虔诚敬意。

我感到意外的是，今年元旦，霄南青年与孩子穿的衣服、跳的舞蹈大不一样了。他们在寻找祖先的服装。霄南把大兴安岭鄂伦春人戴的鹿角皮帽拿过来了，把鄂伦春的服装作为重要参考，他们研究设计鲜卑民族的服装。这些衣服模仿了鄂伦春，也有蒙古族风格，还看得到青海少数民族服装的影子。黑与白的长靴，靴上图案似曾相识。胸前、头顶长串的饰物，有珍珠、珊瑚珠、玳瑁珠，这些又是西南少数民族喜欢佩戴的饰物。帽子既有蒙古族的尖顶式，也有云南少数民族特别是哈尼族、撒尼人的平顶帽。服装让人想到这些民族之间隐秘的关系。孩子们梳起了小辫，戴上五彩串珠，系上金腰带。他们穿着这些五颜六色既熟悉又陌生的服装，围着广场起舞，像草原上的节日，一张张相迎的笑脸，似乎是霄南人又不似霄南人了。这一刻，霄南村变得有些异样……民族的记忆正在重构。这是政府旅游开发的目的，还是村民的愿望？或者，共同的需求正在改变着霄南。

二十年的寻根路改变了霄南。当地政府帮助改造了东湖公园。整治村容村貌，重修了乐隐源公祠。建起了源贺纪念公园，雕塑了一座源贺铜像。源氏祖训被中纪委选入“廉史镜鉴”。村里建起了鲜卑历史展览馆、村史民俗文化馆和冰心奖儿童图书馆。石器、木棺、桦皮器、骨器在霄南出现了；撮罗子式的方形帐幕，驯鹿的皮帽，桦树皮制作的弓袋、箭囊、壶形器、罐形器和“圆牌”，珠饰、骨镞、骨扣、骨饰、骨鸣镝、骨弓弭、骨刀把……或以仿制品，或以照片，在霄南出现，人们对此不再陌生。

这一刻，我在沉思。拓跋焘派李敞去嘎仙洞祭祖，那是公元 443 年。源贺公元 423 年来到平城，祭祖这一年他在平城已经生活了二十年。作为太武帝的重臣，祭祖队伍从平城出发，又是史书大事，古代国之大事在祀与戎，筹划与送行，不可能没有源贺的身影。鲜卑人第一次回到嘎仙洞，到嘎仙洞重现天日，源氏是鲜卑出现的唯一后人。

源可就孤身一人前来祭祀，与当年浩浩荡荡的祭祀队伍，落差之大，多少历史的兴衰藏匿其中！同样是首祭，意义虽有不同，但都重大，可供品味的东西实在太丰富了。前后两次都有源氏参与，首祭之时正是源氏之始。时间仿佛就在源氏的瓜瓞绵绵中展开。时光里的波澜壮阔，时光里的永恒瞬间，时光里的兴替交织、沧海桑田，时光里的迁徙，时光里民族的融合……一部历史的活剧就在天南地北、在一个家族的命运起伏中演绎！

堪可告慰的是，鲜卑人的香火仍然得到了延续。当年的那场大迁徙，在遥远的岭南找到了历史的回音。它回响的时空是这么壮阔、浩荡和悠远。

2019 年 2 月 15 日

（原刊于《收获》2019 年第 3 期）

我和彭小莲

王安忆

彭小莲于六月十九日走了，距今不足月余，就要写她，不免遽急。现如今，时间的流速加紧，记忆和忘却的周期变得短促，所以，趁余音未消之际，写下一些文字，或可延宕印象，让我们和她再相处一阵子。

就在今年春节，导演许鞍华专程来上海看她，回程登机的车路上，许导问道：你和小莲应同属“红色贵族”吧！我迟疑了，如何向一个香港人解释内地特有的社会划分？略作考虑，回答说：作为国家新政，“红色”大致无误，但以贵族论，我父母的级别不够高，小莲家倒是够了，但极早受到贬斥，所以，她大概也不能同意。

《他们的岁月》里，有一个细节，写到父亲彭柏山小说出版受阻，缘出沪上某新四军出身的作家筑坝，她母亲分析人事，大意为，新四军作家里，茹志鹃很正派，必不是她！看到此处，不由松一口气。这心情很复杂，不是说怀疑母亲做落井下石的事，然而，历史翻手为云覆手为雨，没有什么恒定的价值，所谓知识分子，其实是虚妄的生涯，谁保得住一向正确呢？从艰困世事走来，得这评价称得上知己了。日后我和小莲不论怄气还是吵闹，终没有崩掉，是因为此，又不完全是，人与人相处，彼此不背叛的基本原则之外，还需要更多的内容。

上辈的渊源，我知之不多，曾经见两个母亲私语，说些什么就不清楚了。上世纪八十年代初，彭小莲和同学陈凯歌来家里找母亲，想必带了她母亲的话。那是我第一次看见彭小莲，之前听说传闻，在她家那片街区，似乎相当知名。恰巧，我在《儿童时代》杂志社的同事，与她住同一幢公寓楼，描述她和造反派叫板，“文革”后恢复高考，又以朗诵排名第一，高分进入北京电影学院，离开插队多年的江西农村。那一次来，便是就学期间，他们想改编我母亲新写的小说《草原上的小路》，还是别的什么，已经模糊了。彭小莲的形象则很清晰，她光彩照人，言语活泼，表情生动，相形之下，陈凯歌则是讷言和腼腆的。我没有加入谈话，时而进，时而出，或者远远坐在一边。他们偶尔看我一眼，也没有搭话的表示。年轻人都是骄傲的，尤其是我们，在那年代里，称得上天之骄子。父母，即便如彭柏山，压顶之绝境，竟也平反昭雪，子女们重见天日，脱离苦海。倒不定是衣食的苦楚，但世态炎凉，绝非普通家庭能够体会。

初次面晤这么过去了，接下来的事情就有些吓人。几年以后，我从父母家搬出，住一条杂弄里，缩在公厕后的小单元房。一日下午，门敲响了，那时候，大多人没有电话，常是不告而至。打开门，面前站着彭小莲，我都不怎么认得她，更没有过照面说话。只见她满脸焦灼，眼睛里发出热病般的亮光。我们脸对脸站了片刻，她就从我身边挤进房间，说道：我一整晚没睡觉！我让她坐，她坚持要站，牛仔裤一高一低挽起在小腿上，仿佛经历了长途跋涉。我说什么事情嘛，有话好好说。她坐下了，迅疾又弹起，就在这不停的坐下弹起之间，总算搞明白了发生的事情。概括说来，她拍摄完成的电影《女人的故事》，没有通过审查。因为什么理由，是她没有重点说，还是我忽略了，也许，审查卡住从来是电影生产的常态，不值得细究。总之，没有通过的情节很快淹没在她言语的滔滔洪流中。彭小莲的叙事往往偏离主线，进入旁支，拉也拉不回来，而你很快放弃主动的企图，顺流而下，那里又是一番风景，天地重开。她沉浸在拍摄过程的追溯，如何选角，演员的出身来历，气质形貌；如何采景，地理位置，历史沿袭，文化隐喻；镜头的运转，机器的摆位和角度；后期的剪辑——剪辑也是了不得的，一格一格胶片看过去，看过来，分解，拼接，排列，组合——结果是，不通过，她又跳起来！远兜近绕，回到现实主义主题，意识形态批判，文艺体制革命，生产力突破生产关系……讲述让她平静下来，逐渐坐定，暂时搁置这具体的遭际，面向更加浩瀚的——电影世界，她架起腿，开始上课。列举经典，介绍现代，向先进学习，与同代人携手，可是，困难啊！启动又一轮怒骂，但不在《女人的故事》，而是《盗马贼》，同学田壮壮执导，堪称传世之作，结果，不通过！倘有一日，内部放映，你必须看！时间倏忽过去，天已向晚。如她所说，一夜无眠，持续至此，又一个白昼没消停，却看不出倦意来，能量真是惊人。

隔日，她又出现了，这回是通过传呼电话，通知上影厂试映间放映《盗马贼》，要我去看。愤怨交集中的顺嘴一说，竟然记得。我一门心思写小说，她那些人和事与我很陌生，实话实说，还有些怕她。做电影的人有点"疯"，劲头上来，挡也挡不住，于是，好言拒绝。这一段就又结束了。

上世纪八十和九十年代，我们分外忙碌，各有各的奔头。天地人和，万物生长，历史做好各种准备，就看我们的造化。也经历坎坷，可年轻人都是鲁勇的，又被时代宠惯，忘乎所以，看不见隐患生成，正积累成因，从量变走向质变。仔细算起，我们再一轮往来，已经到两千年以后。她邀我看新片试映——《假装没感觉》。写过《他们的岁月》的人，难免背负"宏大叙事"的使命感，从故事主述人角度出发，也可归入彭小莲青春往事体系，"成长"是又一份现代性使命。可是，令人意外，故事表现的是市井人生家常伦理。不像小莲的气质——作家阿城称之"共和国气质"，倒是朝着上海上世纪三四十年代左翼电影靠拢，比如《万家灯火》，比如《乌鸦与麻雀》，这样说也许有攀附的嫌疑，但小莲后来不是拍了《上海伦巴》，还有最后的《请你记住我》！我们不能简单理解为向前辈致敬，更可能是寻找中国电影发起的源流，那里有着一些本质性，但是被特有的社会历史绕过了的价值。演员孙海英和吕丽萍在之后的电视剧《激情燃烧的岁月》，开一路气象，推算时间，是否可认作从这里起步？看完电影，她听我评价，移近机器，拍摄录像，立此存照，抑或作宣传的用途。虽然事先并没有预告节目，但我也没有抗拒。事情大约就从这里开头，演变成始料未及。

这时候，她筹拍《美丽上海》，让我看剧本，提些建议。在马可波罗面包房的咖啡座，主创团队到齐，可见出诚意和决心。过后，我即去台北文化局的驻市作家计划，临行前，小莲来电话，说《美丽上海》的制作方调派一辆车和司机，供我台湾期间使用。我很好奇，问：为什么制作方要给我这份福利？她说：因为你是我们的艺术顾问。我说：谁告诉过我做你们顾问？她说：我现在正告诉你。我说：谁又告诉你的？她勃然怒起：我好容易替你争取到身份，还有一份报酬！这实在太荒唐了，我再也按捺不住：谁让你去争取的，谁要你们的钱！电话两头都气得要死，我发狠道：你要是敢在卡司上落我的名字，就别来找我！结果是，她放过了我。我呢，继续和她讨论电影。我们曾经为电影起名，叫“上海相思”，我至今以为这名字不错，可投资方非要叫“美丽上海”也没办法。不知不觉中，电影行业改了规矩，谁出钱谁说了算，电影就是烧钱的艺术。我们再度邂逅谈论艺术，一不小心就扯到内幕消息、八卦新闻以及人事关系，景象其实已经凋敝。她在投资方那里吃饱气，撒到我头上：你看你，要是答应做顾问，就可以帮我说话！我明白她拉我入伙的用心，生出点歉意，可是，谁知道她们行当的青红皂白呢！我们写小说是个体劳动，由自己做主，完成以后交付出版社，也就是到生产终端，才与社会发生关系。即便退回，放在废纸堆里，损失不过是自己的劳动时间，在转化利润之前，一分钱不值。而他们，真金白银下去，收不回来，谁来买单？真有些胆战心惊。

彭小莲常说：还是你们写小说好。于是，她也写小说，在没有剧本没有投资的空隙里，这种空隙越来越多，让人惘然。对于做电影的人，小说太安静，因此也就沉闷了，它缺乏直观世界的辉煌灿烂，尤其在这样退让的处境里，怀着不得已的心情。在特质上，她和小说还有点隔阂，多少缺乏常情，也是遭际所致。没有正常的家庭和社会生活，分崩离析中自生自灭。彭小莲有一股蛮横的生命力，丛林生存原则，要不怎么能活下来？而小说却是世俗的性格，普遍性的人生，象形出发，到形而上。所以，我觉得凡虚构的写作，不是这里，就是那里，总归不大像，显得手足无措。但是，一旦进入纪实，便开闸放水，一泻千里。《他们的岁月》写得真好，和刘辉合作的《荒漠的旅程》也是好。现实中已然发生的人和事，潜在地规定了轨迹，就像河床收纳水流。出于同理，她的纪录片也好过故事片。我还喜欢她关于电影的文章，从实践出来的认识不同于单纯纸上谈兵，可窥见制作中的关节，由她写来，透露出迷人的乐趣，就知道她喜爱电影喜爱什么。那么，拍不了电影，嘴头上过过瘾也好。

《他们的岁月》中，有一处令人感触，曾经有一段时间，她们家住进一个警察，担任监视的任务，朝夕相处，混熟了，老保姆还为小警察介绍婚姻。这是一个小说的题材，我说，她果然写成小说，却不如原型的生动，她自己也觉得不能倾尽其意，于是，又写成电影剧本《童年往事》，最后的未完成，永远定格在文字里。

这一回，我答应了她，所谓艺术顾问，就是上一条船。我们心里都明白，计划实现的可能几等于零，题材是个问题，资金是永远的问题，受众是“人民名义”的问题。郑大圣的新作品《村戏》，在上影厂的一个纪念日活动放映，开场几分钟，身后几个女性观众便发怒声：什么东西，这么难看，《我的前半生》多么好看！她们可以不喜欢，可以声讨，可以离开，事实上，也果然离开了，奇怪的是，何苦那么生气？就好像受了侮辱。大众的精神生活有效地被娱乐驯化，很难介入一点点异质的成分。

就是这么一个无望实现的东西，我们却谈得最多。是不是有一种心情，即将化为乌有，就让它在词语里活一会儿。有时几个人一起，有时候我和她单挑。常去的华山路上的夏朵花园，下午茶的时间，中午饭未结束，再过些时，晚餐又开始上客。被安排在角落里背光的一张小桌，开一盏台灯，拼吃一盘松饼。台灯插座的接触有毛病，稍一震动就灭了，然后再亮起。小莲说话又激动，拍桌子跺脚的，那台灯一亮一灭，仿佛灵感的闪烁，很是好笑。这些琐细的场景还在眼面前，转瞬已成往事。

去年上半年，我们同在香港驻校。她在科技大学，我在中文大学。地图上的距离并不远，但是一个海角，一个山头，走动起来颇费时间和脚力。因签注事，她又频频回内地，原以为可以时常见面，最末只吃了一顿饭。餐桌上，刚开话题，我告诉她，飞机上看一个电影《老兽》，不错，还没来得及说哪里不错，她就迎头拦断："老男人的春梦。"接着劈头盖脑一顿斥骂，再也插不进嘴。我吃她排揎不是一次，心里总有些气，也总说服自己，她小时候受太多苦，让让她算了！单凭"让"并不足以容忍，还是有更重要的地方在吸引我，最终没有与她拗断。

事情在这里加紧节奏，简直猝不及防。在香港的时候，替许鞍华导演做剧本，她们互相慕名，却没有见过面，居中作伐，说好要聚，却没有聚成。直到我们各自结束课业，返回上海，剧本也到细作的阶段，许导时不时飞来督工。第一次约，刚坐齐，小莲接到电话，起身去接，久不回来，终于回来，即宣布有急促的情况，必须赶赴。此时，菜也上了，就站在桌边搛几筷她点的"农家小炒"，匆匆离开。后来知道，电话是她的主治医生打来，报告检查结论，紧急出台治疗方案，刻不容缓。第二次约，她来了，哑着嗓子，一餐饭从头到尾都在咳。也是后来知道，这是她靶向治疗的头一天。第三次，是和张济顺碰头。张济顺的公婆，李明和天然，是父辈的新四军战友，建国初始便在上影厂演员剧团工作，等小莲电影学院毕业进厂，就做了新老同事。张济顺与我曾经同届全国政协委员，将旧时的发小重续上联系。这一回小莲又不来，说人在南京。还是后来倒推，正值化疗的高峰。最后，美国的朋友传来她的病状，如此转折迂回，叫人气急交加。《收获》的肖元敏，我们共同的责任编辑，相约去探望。问她为什么将事情瞒得铁紧，她说不愿意打扰朋友。我说，你知道吗？从别人口中得到实情，我是介意的！两人都掉了眼泪。自后，我们再没有停滞往来、阻隔消息，是我与她之间，接触最频密的日子。

这一段过得十分惶遽。处在逆境，彭小莲一如向来的鲁莽与勇进，和通常意义与疾病斗争有所不同，我觉得，身体对她仿佛是一个客体，供她驱策，使用，甚至奴役。有一次，我，她，还有北京的高力力，《大阅兵》的编剧，这两个人都是在事业上升时候去美国深造，学成回来，换了人间，先进已成后进，这就是发展中的中国。我们三人在兴国宾馆院子里乱走，天黑下来了，几处灯光，几处楼阁，春风拂面。和彭小莲也有过和煦的时刻，可是，惊悚一幕又发生了。她向我们讲述手臂的疾患，医生为检验臂丛神经有无损害，竟然建议电击。不知这方法出自何典，有无先例，她呢，欣然接受。这一对医患算是一路货，一个敢做，一个敢当。

她的暴烈不足为奇，令我惊诧的是，在这疾风骤雨的形势之下，彭小莲保持着格外的清醒和冷静。她桩桩件件地处理身后的琐细，枝末到将她的香港交通卡“八达通”交到我手里，去港时好用。卡套里还有一张科技大学的游泳卡，照片上的人，活生生的，真是恍惚啊！所有的善后中，她顶重视的是公证，她托我做这件事，而我心里不情愿。我等待奇迹发生，奇迹也已经发生了。春节刚过，全脑放疗，她挺过来了；静脉化疗，也过来了；三月下旬，许导去看她，回来给我短信：“小莲很痛苦，但气势还在。”说得太准确了！可她执意要做，谁拗得过她？其时，因声带压迫，发音微弱，形势逼人，不能再拖了。那一日，她单独在公证室录音录像，久久不出来，我们在外面等得心焦，帮不上忙。某些事必须本人亲力亲为，比如签字，她手臂沉重，握笔困难，还要写繁体字。我说：好了好了，将就点吧！她说：习惯了，怎么办？因晚上有课，只得提前离开，肖元敏和她大姐继续等待。晚上，她来一条短信，告诉事情完成，说，幸亏你走了，否则，我就要大哭！可不是吗？两个女人在公证大厅相拥而泣，多少的狗血！这份公证，是为了遗赠帮助过她的人。我说她没常情，自觉有责任教她。有时带去些点心，叮嘱说要是不吃，就送给制片崔建华，她一日三餐在人家里吃，太叨扰了。这回，她很听话，“哦”的应一声。其实呢，她并不像我以为的那样人事懵懂，心里有数的，不是出于世故，而是感情。还有很多潜质等待我去了解，可是时间不够了。做完这些，自己和自己的较劲也到了尽头。彭小莲终年差一周六十六，无论怎样，长过她父亲彭柏山的五十八岁。

2019 年 7 月 13 日上海

（原刊于《收获》2019 年第 5 期）

异乡者宋琳

陈东东

一

上世纪整个八十年代，宋琳都住在上海的华东师范大学，先是在中文系读书（从 1979 年开始），接着留在系里任教（从 1983 年本科毕业开始）。他在校园的事迹，后来被人写进文章，去回忆那所谓“诗人的好时代”。其中毛尖（当初听过他的课）的一篇让许多人津津乐道，提到宋琳“从学校前门走到后门……他要跋涉一上午，路上得遇到多少姑娘多少诗人，目标得多少次被延宕被改变”！九十年代初期，宋琳离开中国，开始了他概括为“体验到的不仅是孤寂，而且一定还有不在家的游魂感、时差感、晕陆感”的“漂泊”，除了巴黎，他以法国外交官家属的身份，还在新加坡和布宜诺斯艾利斯待了好几年，去过的其他地方则来不及历数……于是，他“多少次被延宕被改变”的“跋涉”，也就出现在了世界各地。到现在，宋琳也仍然随身携带着他的散漫、迂缓和迟误，仍然热衷于为自己订制窘急促迫赶紧的情境，这似乎一直都没怎么改变。只是，年代与际遇迭更，由他自认为的“风向星座”气质造就的那个日常生活里的诗人形象，看上去已很不一样。就像他诗歌语言的节奏和速度，前后仿佛一贯，其语调和声音，说出的话语，却大为不同了。

初中二年级，十二三岁，宋琳就已经在写。他1959年出生于厦门，小时候住在闽东一个叫“七步”的山村，由外公外婆带着，十岁以后才跟两个哥哥一道来到宁德蕉城（闽东地委所在地），生活在了父母身边。有一天，他读到父亲写的诗，宋琳说：“那是我生命中的一次重大发现。”而当他也在写诗的长兄宋瑜（笔名余禺）将他的第一篇诗作拿给父亲看时，得到了好评，“这样我就决定当一个诗人了。”可以说，他写诗自有家学渊源，诗歌属于他出身的一部分。一写起来，他“像中了魔一样，脑子里只有诗”。他以同学的名义投稿，读中学时就有诗作发表在县文化馆的刊物上，大学二年级（1981年），他在温州的《春草》杂志上“第一次正式发表”了一首诗。他自撰的《宋琳写作与文学活动年表》则写着：“1982年6月，在《萌芽》杂志发表处女作《捏泥团的盲姑娘》。”

1981、1982年，我在上海的另一所师范大学读书，只不过刚刚动了写诗的念头。那时候我就听说了宋琳这个名字，而且没有像有些人初见这个名字那样，把他误认为女诗人——那时候，他已经在上海的大学生诗人圈子里出名，已经参与创办华师大的夏雨诗社，做第一任社长，已经是方兴未艾的青年诗歌运动的一方代表。1986年4月，我在上海诗界探讨“城市诗”创作问题的一个会上，第一次见到宋琳。远远坐在最后一排，听不清他在讲些什么。还好不久会就散了，宋琳摆脱拦住他说话的一堆人，挤过来握手，神采英拔，而又逊敏，郑重其事，样子有点像康泰扮演的卢嘉川。他显然非常忙，一转眼就又朝别处“跋涉”去了。

于是我手上有了一些诗作的打字油印稿，那是宋琳和他的大学校友张小波，以及曾就读于复旦大学的孙晓刚和李彬勇，致力于去写的一种叫作“城市诗”的篇什。到了1986年10月间，《诗歌报》和《深圳青年报》举办中国诗坛“现代诗群体大展”，宋琳起草了《城市诗：实验与主张》，作为这个流派的“艺术自释”，其中说：“那种不是产生于逃避而是产生于向往的孤独，便是城市诗得以出现的心理肇始。”我曾凭此猜想，何以一开始，他们“城市诗”的调性会是颂歌式的。写那个“艺术自释”之后二十年，宋琳在回答关于“城市诗”的提问时又说：“试图通过写作营造一种迥异于田园诗的氛围——很大程度上得益于只有上海这座大都市才能提供的经验和视野……”不过我想，不同于（比如我这样的）打小在上海弄堂里长大的人们，从乡下（七十年代中期读完高中，宋琳也照例去了农村插队）考进华东师大，隔着一道学院的围墙，宋琳获得的上海体验、上海经验，跟绞缠在都市生活里的市民化日常会有很大区别，其视野的观看点，也不免是校园的。

不过，在1986年“现代诗群体大展”的七十多份“宣言”或“艺术自释”里，《城市诗：实验与主张》最令我注目，觉得它才是真正先锋和实验性的，涉及我当时也很感兴趣的诗人、诗歌跟上海这座奇特都市的关系，而且以一种正经面对而非回避逃逸的态度，给出了一个写作方案。不过对那些写下的“城市诗”，我却一直不太喜欢，大概因为操作方案要求“在语言上表现出看上去混乱和无序的状态”造成的实际效果，再就是那种效果里不禁绽露的校园文艺腔兼大学才子腔的夸饰。1987年，“城市诗”合集《城市人》出版，收宋琳诗三十五首，可能是宋琳留存下来的全部“城市诗”。据说，“以后，每次谈起那个时期的诗歌，宋琳都露出厌恶的表情”。他曾检讨那些诗是“病态的、焦灼的、固执己见的，时不时还做着太空漫步”，并称一些诗里“那种自渎的语境属于我的‘地狱一季’，我庆幸没有在里面逗留太久”。宋琳后来又说：“从福州乡村考大学来到上海，我的城市感性中有大量属于‘震惊’，我表达了这种震惊。”另外，他认为，那时候“被当作学院才子之流，是过于自负了”。

在“城市诗”的写作方案里，宋琳即自称“大学才子”。回顾在华东师大的那段诗人生涯，宋琳觉得，自己以及诗友“由于受女生崇拜，难免染上才子习气”。而那种“受女生崇拜”的氛围，很奇怪，据我所知，在八十年代的上海高校里，唯有华东师大才那么浓郁。像毛尖讲的那样：“校园广告栏上都是和文学有关的讲座，大小社团也都文艺腔……使得对里尔克动情的女生后来都有一段和校园诗人的莫名恋情。”那时候的华东师大，像上海的一个前卫亚文化边区，在中文系执教的先锋批评家李劼、先锋小说家格非，虽毕业了仍自行驻校的先锋诗人张小波，从略似窑洞的宿舍房间走出来，都很有气象；夏雨诗社、苑草小说社、太阳河批评社，有点抗大鲁艺的意思；夏雨诗社竟然还配了个腰鼓队般的朗诵队，让诗歌声浪时时振荡校园的空气。而宋琳绝对是中心人物，枣园明灯似的明星，在其间，如他抒写被视为华东师大精神源泉的那条校河时描述的那样：“游荡着，容貌和气质／像年轻的神……”（《丽娃河》），其感召力，用我听到的一个对他的编派大概能表明——格非说：要是宋琳讲一声“我喜欢温柔的”，第二天，全华东师大的女生就都那样了……要是他真在校园里游荡，就真会因为频遭问候讨教乃至纠缠而无限“延宕”和“改变”。

所以，他还是更愿意待在寝室里“不受时间束缚”地睡眠，然而总有人上门，他就挣扎着起来，像他的同班同学朱大可说的，“用沾满眼屎的惺忪面孔，对准来客歉疚地微笑”。这是被假想为“年轻的神”的大学才子的日常风范，宋琳说那时候“我总是深夜才开始阅读或写作，书从不读完，诗常写过即扔……我的宿舍常有耗子出没，床下袜子几乎找不到成双的，废弃的手稿满天飞”。作为青年诗歌运动的一个重要根据地，各路诗人大概都去过他那间乱糟糟的青年教工宿舍。我头一回去他那儿是在 1987 年 10 月下旬，上海作协刚刚又开过《城市人》的讨论会。

我一直没搞清楚那个房间是否归宋琳独用，因为每次去，即使夜深，都碰见不少人，而且有些人并不像找他有什么事，只是在一边做自己的事情。我很佩服宋琳在乱哄哄的场合也能写东西，为了赶《夏雨岛》出刊，有一次，他竟然一边写，一边就让等在边上的女打字员把有待完成的那首（或那些）诗打到蜡纸上，“不觉间已通宵达旦”。他那儿更像个公共场所，一个汇集和交换各种信息的地方。我去那儿除了找他玩，也为了见见又有到访的诗歌江湖上的什么好汉，翻翻又有寄来的诗歌江湖上的什么民刊。我们也交换互借书籍，宋琳藏书不多，但总有奇货。某个下午我到他房间，几个人围坐着正议论如何才能一读《查泰莱夫人的情人》，因为听说，湖南人民出版社出了这部小说（1986年12月，用的是民国时期饶述一的译本）又被收回。我注意到，座中宋琳脸上，掠过一个莫测高深、捉摸不透的得意笑容。很巧，这时有人送来了一个给宋琳的邮件，厚厚的、已经破损的大信封上印着湖南文艺出版社的字样，宋琳接过，用揭开谜底的口吻说："《查泰莱夫人的情人》！"我们正待欢呼，却见他从大信封里抽出的，是一本高中数学复习资料……于是，带着巨大的心理落差，大家开始议论，那本禁书是在邮路的哪个环节被调包的。

宋琳常把我带到华东师大后门的小街，那儿乱糟糟的程度，跟他的寝室般配。许多小馆子简陋腌臜，热气腾腾，据说可以用华东师大食堂的饭菜票付账，其中一两家，是夏雨诗社的诗人们常聚的地方，在那儿，也总能碰上各地串联过来的诗人。啤酒、水煮花生和毛豆，地沟油炒菜，话题却有点高端，当然最后会以嚎叫般的朗诵、嚎叫般的歌唱和嚎叫般的嚎叫收场。这时已是子夜，夏雨诗社的大学生诗人们要想回去睡觉的话，须翻进后门再翻进宿舍楼的窗户，有那么几次，宋琳干脆就率领他们坐以待旦了。有一天，杭州诗人梁晓明来上海，在我家安顿好，晚上九点多，就跟我一起去华东师大找宋琳玩。或许想提升招待的档次，宋琳没带我们去后门，而是去了校园里一个叫大家咖啡馆的所在，看起来灯红酒绿的，它由大学生承包经营，才开张不久。喝罢仿佛用苏州河底的淤泥煮成的黑咖啡，第二天我就胃出血了，还晕了过去。参与抢救的梁晓明说，刚弄醒我，我的第一句话就咬牙切齿：宋琳的咖啡……这以后我落下了咖啡恐惧症。

宋琳说自己"八十年代的精神气质的确是'波希米亚式'的"，他在华东师大的生活形态更是那样。这涉及他对自己"大学才子"之外更深刻的异乡客身份的确认。他那时候又编辑油印过叫作《归宿》和《盲流》的诗刊，尤其《盲流》这个刊名，正指向城市的异乡者。他认为，"恢复高考后我们这些外地来的大学生恐怕是'文革'后最早的城市盲流，尽管是合法的，却没有任何优越感。"这跟自认"大学才子"的优越感放在一起，是否会形成扭曲？要是看看宋琳高考之前的经历，你会发现，他基本就身处异地，当他说“在上海，一个外地人差不多就等同于盲流”的时候，我想是带着他自身经历的。他也谈到这对他诗歌写作的影响：“自从读了《荒原》，我受到很大的震动，原先诗中明朗的调子变得灰暗起来，这另一方面可能与我的家事变迁有关，我精神抑郁，患有严重的失眠症，艾略特帮助我找到了一种自我的新途径。”“城市诗”方案里的排除个人情感或反抒情，便从艾略特的“非个性化”那里借了点东西，并且，“大学新才子……他们的操作方式因为来自天性的反叛和来自智力的超前的双重作用带来明显的文化亵渎倾向。”——在 1986 年 12 月的一篇短文里，宋琳如是说。而异乡者的履历和心态，将自己确认为盲流，“波希米亚式”的精神气质和状况，也推波助澜——就像宋琳在那篇短文的结束处所说：“操作方式和感知方式最终决定于生存方式。”

也是在那前后，关于自己的诗，宋琳写过这么一句话，印在了唐晓渡、王家新编选、1987 年出版的《中国当代实验诗选》上：“我的所有诗作展示着一个序列，它不是风格的终极，从自恋走向自渎，从自渎走向自灭，是我唯一的宗教。”要是看他从宣传海报诗风到“太阳照常升起　吉鸟夺路而逃 / 剩下的人——他们累了合起了眼帘”(《星球坠落（诗剧）》）的“城市诗”进程（“城市诗”之前，宋琳初到华东师大，还有过一个写得“很美、很田园、又有点忧伤”的阶段），大概会觉得那句话足可以将其把握。然而，很明显，宋琳“城市诗”之后的写作，刚好背叛了他所声称的“唯一的宗教”。

二

1988 年秋天，宋琳向我出示他的一首新作，《仿佛走在去大马士革的路上》。我从这首诗里读出一些故事，读出亦真亦幻的爱情、诱导和誓约、离经叛道和理想主义。我没去追究，可能也觉得不便追究此诗本事，我感兴趣于他把故事放进扫罗 / 保罗被照耀、降服、倒空、翻转和归正的圣经故事框架里——不知由于怎样一个“仿佛走在去大马士革的路上”

的契机（看来，其本事并非不值得追究），他用这首诗宣告令我大为惊喜的变换——我只能将它解释为一次重大的诗歌改宗。宋琳从自己“唯一的宗教”里出走了，他的幡然，还真有回飞的样子。

这首诗分成八节，每节三行，限于篇幅，在此不录。在我看来，呈现出来的这首诗的形态正是它最大的意义，一改宋琳之前“在语言上表现出看上去混乱和无序的状态”，也一改“城市诗”不怎么分节和参差排列的样子，它开始归向诗行取齐、诗节均衡、诗形整饬的诗式。这种在诗歌外观上的秩序化，成为之后宋琳诗歌的基本样貌，它们跟他之前写的那种诗，跟在八十年代新诗潮里频繁出现的（被徐敬亚在《崛起的诗群》里重点提及的）“随意地划分着段落，哪里有什么固定的分节、字数和韵脚”、“外在束缚都在一往直前的情绪辐射中纷纷飘落”的那种诗大异其趣。而这又何止于趣味，宋琳自己就说过（在表示“我的写作原则就是把诗写好”的时候）：“很难把观念和趣味分开”，“趣味即美的感受力”。自此，他倾向于去建立仪轨和规则的现代汉诗写作，他诗歌的声音，有了全新的品质。

稍稍探究就能发现，他的新声音，颇多来自对“诗歌作为文化聚集的古老魔法，将有可能被类似‘后主义’的理论方法逼上不归之途”的“深有忧虑”，转而去“偏爱‘反复其道’的回归诗说”。在或许对闻一多、卞之琳讨论和实践过的“建行”有所呼应，“看好”“参差均衡律”“此一路向”的背后，是宋琳“意识到人们可能夸大了新诗和古诗的差别”，而欲“将新诗与旧诗的对峙转换成取法”。“新诗的变形记之后，现在是该上演还魂记的时候了。”许多年后他说，“我自问，回到汉语的本位……发现一条贯通古今的诗性逻辑之链，以彰显当代诗之幽微，必非断臂立雪而后有所为乎？”断臂立雪，又一个明志改宗的故事。

在一个访谈里，在回答关于九十年代中国当代诗歌走向的提问时，宋琳曾突兀地说：“1988 年是我极为颓废的一年……”回想起来，我对他所谓的“极为颓废”，却没什么特别的印象，我也不知道这跟他在这一年的写作转变是怎样的关系。是否那时候，他自省了“诗人身上才子气似乎还太重，多少妨碍了精神的开阔”？还是那时候他益发感到“生活可以粗糙，诗艺则需日益精微”？反正，近两年前（1986年12月）他在一篇短文最后所写的那种状况——“为什么而写他们不知道。他们明白：动作就是最终和全部的意义”——已到了清算的时候。后来，在一篇明显不是一时一地完成的《备忘录：一份诗学提纲》里，宋琳自引两句诗：“蝴蝶迷乱的过渡在须臾完成，人却需要更多的劳顿（《庭园劳作》）。”接着说，“但写作作为生命裂化的‘最后的举动’是一种献祭，去成为意味着把自己交出去，也意味着与技巧合一。”这话蛮可以用他另一篇文章里的一句话评述，是“从八十年代的反英雄回归到诗歌精神的英雄主义，写作作为个人救赎在此向度上重新确立了心灵合法性”，“动作就是最终和全部的意义”，正在变换为“将精神空间的拓展这一时代的潜在要求与诗的形式改造结合起来”。如他所言：“诗歌从集体狂欢之后的失语转向稳健的个人心灵叙事，表面看来是修辞策略的调整，其实语言内部已发生了深刻的变化，某种坚实的东西正在出现。”

接着是写于1989年的《漫步玫瑰长堤的午后》。它由二十个诗章构成，每章四行，那种用数字标识的规整和序列感几乎是刻意的，为了强调和巩固朝“建构形式”“复归”的方向性及在这一“观念”上的“突破”。这里录其最后一章：

20

我久久注视一具花下的遗体，
明月当空，埋葬掉多少旧我。
旧我的玫瑰将被这个下午熏黄，
让我怀抱你，消失在青野之乡。

除了讲述诗中故事，宋琳也仍在讲述诗的故事，“埋葬掉”“旧我”“旧我的玫瑰”“熏黄”，当然也指涉诗歌意趣、思维、方式的告别与更新。在两方面，这首诗跟《仿佛走在去大马士革的路上》要讲的都是同样的故事。而我愿意把“让我怀抱你”（“旧我的玫瑰”），“消失在青野之乡”读作宋琳曾经声称“走向自灭”的一个回声，就是说，他曾经以不信任、破坏性和未来感为主导的诗学（实验），并非全遭遗弃——在另一种姿态、另一个维度的“怀抱”（不妨说，那一样是实验性的），或许将会有另一种姿态、另一个维度。而“青野之乡”，是已经被预见的“诗人在返乡的冲动中规划新的诗学版图，架设起语言的测量仪，并划定感受力的界域”。

《仿佛走在去大马士革的路上》写道：“我们的爱坠向死亡。”《漫步玫瑰长堤的午后》写道：“爱是死亡的美丽的使者。”尤其在后一首诗里，爱和死亡更多缠绕，更加弥漫。写于1990年底至1991年3月的组诗《死亡与赞美》，则全然以爱和死亡展开诗章。爱和死亡，那是诗歌母源，诗人之所以起而歌唱的生命激情和原始冲动，当宋琳转而“偏爱‘反复其道’的回归诗说”，在“变形记之后……上演还魂记”，他在主题和题材上的直取诗之核心，实在是相得益彰的有意为之。彼得拉克体十四行诗可说是专为抒写爱情而发明，也被认为最适合抒写爱情；用这种诗体，里尔克又写下献给奥尔甫斯的杰作，使之亦成为用爱的歌唱向死亡招魂的专门诗体。宋琳用二十五首貌似彼得拉克体的十四行诗组成《死亡与赞美》，可以想见他欲达成诗质与诗式若合符节相一致的用心。他感叹过当代诗“没有可公度的形式”作为参量，“没有哪一种共同信仰……可以皈依”，或许，从外语诗嫁接而来的现代汉语十四行诗，勉强能算一种“可公度的形式”，宋琳拿来应用（尽管并未严格遵照格律），大概也意在标举其“理念完成于形式的尺度”之主张（《诗话三章》）。

当手握住鸟的影子，手飞翔
而尺度又把手握在它的手里

（《死亡与赞美》之五）

“一种对重返精神原乡的诗歌写作的期待，已然要求诗人们超越日常生活的散漫无序……”当然，要紧的是“在一个急遽变化的时段里对复杂的内心生活的浓缩性处理”。其“重塑语言的诗性品格”的前提，是“忠实于内心的感受”。过了将近二十年，在一次演讲时宋琳谈起《死亡与赞美》，提到写这组诗之前“海子和骆一禾的相继去世，在诗人们中间进一步强化了幸存的意识”，继而历史舞台变化，迫使诗人们“必须调整语言策略”。“当时，”宋琳说，“死亡这个强迫性的主题占据了我精神的主导方面。‘我们对死亡的道理所知不多／正如对事物本身的困难所知甚少／……深深陷入失败，恸哭。’这是我那段时期的情绪基调，失败感强烈。是的，那是一种理想破灭后的失败感，它普遍地笼罩在知识分子身上……”

上海法领馆在安福路一个剧院里做了一场勒内·夏尔主题的演出，只拉开一半的幕布、长笛、贵妃榻、优雅深彻的灯光配合声音冲穆的朗诵，有几个段落在舞台上的呈现则很有爆发力。那场演出是宋琳约我去看的，虽然我跟他都不懂法语，却都很受用，被深深地感动。看演出时，宋琳边上有个法国姑娘，时而会为他翻译，演出结束后宋琳介绍说她是华东师大的留学生，叫赖丽莉，有四分之一中国血统。没过多久宋琳开始写《死亡与赞美》，完成后标题下有三个字“——给丽莉”。1991 年 7 月初宋琳来信，告诉我他和赖丽莉小姐结婚了，带着那封信，我到南京西路的梅陇镇酒家参加他的婚宴。几个月后他去了巴黎。

这出于“个人原因”，宋琳说：“当时的环境对我确实很不利，几乎没有别的选择。”这也是“去履行任何普通人都可能有的家庭义务——就我的初衷，这不容我考虑对诗歌写作的利与弊”。但他立即就从诗人的角度设想了这件事情，“想想流亡与诗人命运的关系：中国历史上第一个诗人的身份获得确立的同时，流亡便与诗人结下了不解之缘，或者说流亡便选择了诗人……没有哪一代中国诗人能够免除那潜在的威胁”。如果说诗歌属于他出身的一部分，那么这时候，他要将他异乡者的命运跟诗人的命运合一。

《保罗·策兰在塞纳河》，应是他到巴黎不久写的诗，它有一种紧迫感，开头时语速和节奏偏于促急，渐渐才放缓，而且像是来不及讲究“建行”，干脆就用了连行诗体——实则就他差不多同时在《野蛮人的自画像》里所写的“内心一滴血／把我向虚无的星空放逐”的感受，就他邑叹“死后漂过”的保罗·策兰并以之自况，这一散漫化的诗体反而是讲究的，正好传达从诗的第一句开始就在传达的罔知所措——“这是不可避免的失语：一个人，在外邦。”——

保罗·策兰畅饮塞纳，越喝越渴。他喝着黑暗，从局部到全部的黑暗；他喝掉最后一个词的词根。

……你也尽数把耻辱还给了犹太人，让他们继续流浪，挨打，寻求着拯救。

漂啊，从塞纳到约旦，从巴黎到耶路撒冷。保罗·策兰用眼睛喝，用他自己发明的喝法喝，一个人畅饮着来自天国和地狱的两条河。

他的眼睛睁开在我们的眼睛里。他说：“当上帝叫我喝时。”

宋琳在塞纳河边体验到他跟策兰的同一，要让策兰在他身上继续。于是，“漂”也是睁开在他眼睛里的词，“犹太人”也是这样的词。他讲到过策兰一首诗的题记：“所有的诗人都是犹太人。”这句话来自茨维塔耶娃，宋琳对之很有感触：“犹太人没有生活的家园……整个犹太民族的历史就是流亡的历史，流亡就是他们作为一个族群的特殊命运……”而同样，“诗人携带着整个民族的流亡历史，也携带着自己身上苦难的记忆流亡”。1997年，在法国一个诗歌节期间，当他随口对西川说“在国外，一个人就是一个种族”的时候，他大概不免想到了策兰引用茨维塔耶娃的那句话；在塞纳河畔，当宋琳“用眼睛喝”“以其空间的暧昧诱惑到处都向你敞开着……同时又虚幻得不知其涯际”的巴黎的时候，“漂”和“犹太人”这两个词，很可能被用来强调其自我意识，要他也“用他自己发明的喝法喝”。

宋琳自述在巴黎的日子：“我在巴黎第七大学读过书，断断续续地在私立学校教过书，做过导游，也在书店里打过工。但很长时间里都处于失业状态，经济来源主要靠妻子的薪水。我对自己这种不事营生的状态既庆幸又颇内疚……”他还讲起过初到那几年较困难时候的一些细节：“在一小段兴奋期过后，尤其是长子出生后，我的精神状态越来越差……

支离破碎的夜晚、不断的噩梦使人精疲力竭，不知何时开始，我脑子里出现了种种奇怪的幻觉……我极度敏感，觉得自己受到监视，遇见警察时我的目光带有挑衅性，有时乘地铁我故意逃票，以获得某种心理满足。有一次在移民局办证……女办事员故意刁难我……结果我的自我防卫意识被激发得过了头……”而他的应对便是写作，“大量写诗……尝试超现实主义的自动写作法，一周内写五百行诗，差点儿崩溃”。宋琳还透露，实际上他去看过心理医生。

他写了首《写作狂》，可以视为他那时的自画像，而它也让人从中省想，何以“‘连贯性崩溃’在生活和写作两个方面同步发生”，诗人却能够“活下来而不发疯”。

三

写作狂

是的，有时这就是他的形象
在疯狂的速度中经历狂喜
把自己埋入时间。在夜的

履带下面，想象那头颅的镰刀
割倒一束束无用的文字
偶然地，他拾起一个比喻

怀着暗室里摄影师的细致
工作直到天明。面容散逸
仿佛一张日常经验的底片

从模糊的记忆药水中显现
白昼的白，黑夜的黑

从老人冲洗出远逝的童年

这里一个斑点正逐渐成形
多出的部分很像灵魂，当它被放大
蚊子的哭声也提高了分贝

欲望是动力，方式是卫生
假托，暗示，意义加减法
但命名太拥挤，谎言失去对立

有时候这个角度是恰当的角度
像一则过去时态念出的台词
又一次，死亡将他冲洗

讲述诗中故事的时候，宋琳无不在讲述诗的故事；《写作狂》反过来，它首先讲述诗的故事，却又讲了那么多诗里诗外的故事。据说张枣对这首诗很感兴趣，觉得“找到一个恰当的词与显像的过程颇为相似”，并认为“诗人都是写作狂”。后来在一篇诗学论文里，张枣写道：“写作狂作为一种姿态，是迷醉于以词替物的暗喻写作的必然结果。中国当代诗歌正理直气壮地走在这条路上。”解救之道或即在于“以词替物”，以“暗室里摄影师的细致”“拾起一个比喻”并为之工作——也就是说，一种“恰当的角度”“方式是卫生”的“迷醉”，除了能抵御自动写作法之类（“头颅的镰刀／割倒一束束无用的文字”）造成的“崩溃”，也抵御着施加报复的流亡日子造成的“崩溃”。“在这种情况下，”宋琳自己说，“写作的确成为治疗或自救的行动”。“拾起一个比喻”或“以词替物”，实则是在用诗歌唤醒和唤起事物，宋琳知道，“诗歌在召唤事物的同时也在此一召唤中现身，词与物通过向对方移位而创造了在场……物的沉沦有待于词的拯救……而获得新的生命”。

“偶然地，他拾起一个比喻 // 怀着暗室里摄影师的细致／工作直到天明。”当初读到这几行，我立刻想起了李贺：“每旦日出，骑弱马……背古锦囊，遇有所得，书置囊里……及暮归……即从婢取书，研墨叠纸足成之。”其写作狂的程度，搞得李贺的母亲很生气：“是儿要呕出心乃已耳!”在暗室里，摄影师将“遇有所得”的底片影像“药水中显现”，做的已经是后期工作了，之前他得要充分地“用眼睛喝”。宋琳完成于1999年的《多棱镜，巴黎》，首先就完成于“用眼睛喝”（四个字像是对“渴望”的译写）：“观看或冥想，带着原始欲望”……这首分为十四章的长诗是累积起来的，它有个雏形，即组诗《生活在陌生人中间》。早于这首长诗，宋琳已写过许多关于巴黎场景的诗，摄影师的视觉因素在其中起着很大作用。可以想象，宋琳这个时期的方式，常常正是将“遇有所得”之所见“置囊里”，再于“暗室里”“细致／工作直到天明”。

在《多棱镜，巴黎》第十章，宋琳写道：

但你终究是一旁观者——看
你介入世界的最佳方式

“终究”，那是辨析之后的口吻。实则不待辨析，宋琳很快就体验到了，一个来自中国的诗人“漂”在西方，其文化、宗教，尤其语言上的孤独和隔绝感，会达到怎样极端的程度。拿来跟诸如茨维塔耶娃或策兰这样的流亡诗人，跟宋琳自我比拟的“犹太人”境遇相比，可以说简直不是同一回事儿。自认“终究是一旁观者”，一方面确切说出了他的状况：无从参与进处身其间的这个异域；另一方面，也引出后接诗句，从如此处境找到“看”这一“介入的最佳方式”。“旁观者”确定“细致”的“摄影师”“用眼睛喝”的工作方法：把所见的纳入诗。

而这何以是他“介入”的“最佳方式”？隔开几行宋琳写道：“看就是变化。看不见的／成为预感潜入不安的肉体。”他提示的正是朝里的纳入向度——让世界经由看“介入”内在。看带来的变化，尽管可能不发生于被看见或“看不见的”外面世界，但的确会“潜入”“旁观者”的“肉体”（而内在的变化，“终究”属于世界的变化）。《写作狂》的说法是：

“仿佛一张日常经验的底片 // 从模糊的记忆药水中显现。”“看”会在宋琳的“摄影师”“暗室”里起作用。

2009 年，写作《多棱镜，巴黎》之后十年，他已经又回到中国。宋琳有一份追究和追认式的笔答，《域外写作的精神分析》，再早五年，宋琳有过一封给大哥余禺的信，它们像是八十年代那个“城市诗”写作方案之后，他写下的又一个写作方案。实则，宋琳从巴黎开始的域外写作，所写也往往是一种“城市诗”，但除了诗歌观念和趣味已大为不同，虽然同样是异乡者，在心理距离、文化参照等方面，上海和巴黎给予宋琳的感受也是大为不同。巴黎这座城市，他认为，“你必须与它面对，才能处理它”，然而巴黎又让宋琳觉得“每一步都会走失，每一步都是彷徨”。所以他改本雅明的一句话说：“巴黎教会了我观看的艺术。”“看 / 是你介入世界的最佳方式”作为其写作方案的一部分，联系着宋琳的如此感觉和感想。写作逆向处理其观看，“写作自身成了穿越无数‘未知之地’的内心的旅行，它是内敛的、自我指涉的且无归宿的”。“从积极的意义上说”，他把这样的写作视为“‘从这人世返归自身’的一次历险”。

有着“流亡的基本形象”的宋琳，并不喜欢当代语境里“流亡”一词的泛政治化，他在写给余禺的信里说“个人流亡的方式远不止一种”，他觉得其“‘诗人之言’理应超越‘政治家之言’”而“与广阔的人类生活结合在一起”。当他把自己的写作位置放在“用眼睛喝”的“旁观者”那里，以“看 / 是你介入世界的最佳方式”，他也把自己从被动的“流亡”和“漂”的境遇，进展到了“积极的”“历险”和主动的“漫游”。然而，在《布拉格的漫游者》一诗中，他写道：

应该受到诅咒的事物还少吗？
却在无聊和游荡中度过了又一天。
水边激动的思绪追踪着写作，
唉，何处才是词语的家园？

跟李贺每天“旦日出，骑弱马”游荡的差别在于，宋琳的“无聊和游荡”，有如荷尔德林在《漠涅默辛涅》里所写：“身处异域他乡／我们几乎失去了语言。”（在给余禺的信里，宋琳特意引了这两行）“何处才是词语的家园？”正指向诗人对母语的乡愁。

他有一次说：“我在域外的所有写作可以用两个字来概括：客愁。我觉得客愁这个词比乡愁更接近异乡人的精神状态，乡愁是有方向性的，客愁则未必有，正如漂泊总有结束的时候，流亡则渺无尽期，因为流亡感是更为内在的无皈依感，是精神上的无家可归。”也许，以写作“穿越无数‘未知之地’的内心的旅行”是漫而游之，但其中并非真的仅仅只有客愁。当“思绪追踪着写作”，问起“词语的家园”，就会有漫游者诗人泛起乡愁——将“词语”当作“家园”，无疑是一种精神上有方向性的皈依感——他写给张枣的《秋日林边眺望》，在“两个人，两个游魂，／漂泊在各自的异乡。……交换阅读含辛茹苦的诗章”之后写道：“让我们重新考虑乖戾的乡愁，／让拧紧的时间得到治疗。”

“漫游的诗人是母语的携带者，失去母语之后又能做什么？当母语在非本土语境内沦为‘没有意义的符号’，你能体验到的孤独是双倍的，因为这必定也是母语的孤独。”处境在于，能够凭信的唯有母语，所以，对母语乡愁的“重新考虑”，成为域外写作方案最注重的方面。在宋琳看来，仅为了克服孤独和失语症的“治疗或自救行动”式写作是“远远不够的，我们这批离开中国的诗人，必然要去承受一种写作的天命，自觉地建立起一种与本土和传统的对话”。是流亡和漫游的遭际，强化了他之前已有所践行的“汉语本位”“反复其道”的回归诗说，宋琳甚至认为，离开故土本是为了更好地认识故土、描述故土，游魂更能够深入母语的语境。除了“一个汉字的热”属于“滴下心形的乡愁物质”（《客中作》），源头精神、原初之地、血脉传承、文化积层、历史记忆、诗歌招魂术、韵府旧花园、无可挽回的消逝、无从缅怀的失乡、“睡梦中／辨认着朦胧的祖国”（《瞻眺三章》），一样样也都是，都给予皈依感和回溯追摹的方向性……《写作狂》说：

从老人冲洗出远逝的童年

宋琳说："在城市中游荡的波希米亚式的生活方式，在我抵达巴黎之后才有更深的体验。"他曾在《途中速写》里，写他因乘错车而不得不在完全陌生的德国城市曼海姆终夜游荡的经历：

没有伴侣，没有投宿地，
绝望的时刻！错过的犹闪烁在远方

这正是流亡处境的缩写。不过，有惊无险，也许因为他诗中那句"我有避邪咒，急急如律令"。而宋琳的避邪咒，我想，一定是母语的。还好，他去过一些比较有意思的地方，追踪他诗歌的标题，会发现《记于南太平洋一座小岛的逸事》《布列塔尼》《在嘎呐克人的部落里》《比利牛斯夜车》和《博登湖》等等，抒写它们，他用了轻快、亲切和清朗的声调。

1996年夏天，宋琳有阿尔卑斯山之行，在一个叫阿尔当卡的小山村，他"体验到一种原始的、宁静的诗意，唤起了早年乡村生活的记忆"。他认为这对他有着特殊意义，写下了《水壶》《致小村庄阿尔当卡》等好几首诗。《水壶》写道：

从水壶中的黑暗到躯体的黑暗，
是浑然不觉间来临的夜。

……

现在只有水壶在独自歌唱，
……
……它也在呼唤我的嘴唇，

……

我熟悉孤寂中的欲望之渴，

倘若我出门，它或将伴我远行。

《水壶》要解决“渴”的问题——刚到巴黎不久，宋琳就写了策兰的“越喝越渴”。“越喝越渴”，据说是宋琳在华东师大课堂上的名言，劝男女学子别为了欲望饮鸩止渴。它也指向“夸父与日逐走……道渴而死”的神话，带着水壶远行，那么“用眼睛喝”“越喝越渴”“道渴而死”的事情可能就不会发生，这样的远行，也将改变“与日逐走”。宋琳这首诗对夸父形象的改写，在将近二十年后又有交待，《长得像夸父的人》说：“由于他的慢，太阳也慢了下来。”那也是对他在《多棱镜，巴黎》写下的“我需要的是从冲刺中慢下来／从深度的治疗中恢复歌唱”的交待。对于“用眼睛喝”的“越喝越渴”，阿尔当卡之夜的黑暗是一次阻断，小山村里这把“水壶中的黑暗”被饮入“躯体的黑暗”，宋琳去设想“少被关注”的“隐逸一路”。这在《致小村庄阿尔当卡》的开头就有体现：

我即将回到忙碌的人群中

句式跟叶芝《茵纳斯弗利岛》的第一句完全一样。叶芝说：“我就要动身走了，去茵纳斯弗利岛。”宋琳反转过来——他是从隐逸之地开口说话。他问：“庄子和逍遥，难道不是大多数隐逸诗人共同向往的境界吗？”并定义说，“逍遥即拯救，而不是其反面。”所谓“‘庄子苦心于救世而放胆于为文’，乃因‘世之溺于功利’而不知返久矣”。“越喝越渴”即属于“不知返”，而“知返”，恰是宋琳写作方案的又一要点。他最近还在说：“成为新的隐逸派，‘不事王侯，高尚其事’（语出《周易》），以便在语言中自处。”在阿尔当卡，宋琳忆及原初之地，引起的仍然是母语的乡愁。流亡以漫游为形态，漫游能够逍遥，皆因找到了“在语言中自处”之便。

在闹市的一条僻静小街，

经营起我个人的荒芜的田园。

四

1998年5月，我收到宋琳来信，说他“离开了法国迁到新加坡，来此已经五个月，原因是丽莉在法国驻新加坡大使馆找到一份差事，会在这儿居住四年”。宋琳明显不喜欢新加坡，信里说那儿：“有浓厚的殖民地色彩，居民多数是华人。人们在热带植物的浓荫中，在漫漫长夏里生活着，没有四季的更替轮回，除了人会衰老外，几乎感觉不到时间。”他诗里出现这样的句子：“闷热的下午仿佛比一生冗长。// 计数时日如今已不太需要，/ 一种死亡，硬面包一样的死亡 / 难以下咽。”(《老人》)

他信里还说：“为了改变慵懒的恶习，我给自己安排了一些写作计划。”可是我听张枣讲了个故事，才知宋琳在“几乎感觉不到时间”的新加坡，往往沉迷于更加“不受时间束缚”的睡眠。有一天张枣打越洋电话找他，还特意卡在新加坡的午前时刻，那头接电话的是个菲佣。“宋琳呢?”张枣问。“老爷在睡觉。”这让在德国过得含辛茹苦的张枣很气愤：“把你们老爷叫起来!”“老爷要生气的。”菲佣挂了电话。从此，宋琳被大家尊称宋老爷。

新加坡的好处是离中国近，方便回来。九十年代末，上海已经是另一个上海，宋琳还在用出国前的那本通讯录，拨出去找那些老关系的电话一个都不通。原来他小本子上的七位数号码，早都已经升八位了。等到旧友和一些过去的学生、前夏雨诗社社员带着今非昔比的名片、体形和气场，赶来请宋琳吃饭、洗脚、蒸桑拿，真有点神奇，依然从前声调、从前姿态、衣着也仿佛从前的宋琳，能够把他们很快挽回进依然华东师大的氛围。有一次他们请宋琳K歌，包房里只有我和宋琳什么歌都不会唱，于是他们说，一起陪宋老爷唱他熟悉的电影《铁道游击队》插曲。那支以悠缓抒情开始的歌的确适合他，不过，等宋琳跟他们全都目光炯炯盯紧屏上字幕，齐唱到疾速铿锵有点恶狠狠的“我们扒飞车那个搞机枪，撞火车那个炸桥梁”的时候，我感觉，宋琳才重现于他的八十年代。

他写了《外滩之吻》：“我想起大学时代，从黄昏开始 / 恋人们就倚着江堤接吻。”他重订了《上海的一条河》：“疯狂地，我跳入这颜料中游泳／（我现在要求的一切不是凭才能），／一直游到两河交汇处的外白渡桥，／再赤裸着上来，如被逐的亚当。”初到巴黎时，他写策兰“漂啊……一个人畅饮着来自天国和地狱的两条河”，跟他此时在上海“游到两河交汇处”放在一起读，恍惚间他好像画了个什么圆。

更感人的一首是稍早写给朱朱的《城墙与落日》：“在自己的土地上漫游是多么不同……伸手触摸的是滚烫的山河。”诗很具体地写了和朱朱一起在南京访旧怀古的情境，无比振奋：“我用全部的感官呼吸二月……快步走向一树新雨的梅花。”

读到“快步”二字，我就替朱朱高兴，因为每次我跟宋琳在一起，他优雅的迂回、细致的萦曲，都会把人折磨得半死。有一天我和他去苏州木渎玩，当天还需赶回上海，然而一下火车，刚望见北寺塔，宋琳就走不动了，满眼秋波，细细打量，还招呼了一个从小巷出来的苏州小青年指指点点，赏析眼前景色达半小时之久！过后我问他小青年是谁，宋琳说不认识……等我们到木渎，都快傍晚了，他还是很周详地把所有的去处都“用眼睛喝”了一遍。后来我读到宋琳的《木渎行》，才知他认为“也许我们真该在这里住下来，／再也不必从某个海外，／借乡愁的望远镜不停地眺望”。

宋琳深知自己患拖延症有多么严重，所以会在小本子上画表格，把旅程中每天的事项填好，显得计划安排井井有条的样子。有一回，将近二月底他来上海，电话里说要待好几天不着急见面。可是第二天一大早，他突然就来了我家，进门举着他的小本子对我说：“东东，我发现我少掉三天时间，2 月 28 号以后直接就 3 月 1 号了，我安排在 29 到 31 号的事情都只好压缩……”

我在想，少掉三天对宋琳也未必真是什么烦恼——就在那次，我问他：“你在新加坡还要住几年啊？”宋琳认真地看着我，说了一个很准确的天数（比如四百十七天）。很可能，只有囚犯才会把距离自己出狱的天数记那么清楚。少掉三天，就提前了三天。宋琳漫游的下一站是遥远的阿根廷，去那儿的原因跟几年前去新加坡一样。2001 年 9 月，他去了拉普拉塔河畔的布宜诺斯艾利斯。

上海小说家王安忆有一次谈起她父亲所来自的新加坡："我觉得新加坡的繁荣与发展是以一种丧失为代价的，就是诗意的性格——它以丧失诗意为代价，这么小一个地方，处境那么复杂，它必须要理性，不理性没办法。"不知道宋琳对新加坡有否同样的感触，这感触会不会正是他不喜欢甚至有点儿忍受不了新加坡的原因？宋琳向我描述过新加坡那种乏味如蒸馏水达到专制程度的洁净：下雨天在大街上走了一路，鞋面上竟然不会沾上哪怕一丁点小小的泥尘！相比新加坡——又何必相比，绝对来说，阿根廷尤其布宜诺斯艾利斯，其诗意的性格是多么丰满！猜想起来，仅仅因为可能经过的每一个街角都曾被博尔赫斯的言辞塑造，其诗意对宋琳就已经足够，何况，比如说，那儿的遥远，那种遥远本身，就深藏和生长着无限诗意。

宋琳在布宜诺斯艾利斯写下的最有意思的诗作，是《博尔赫斯对中国的想象》。在漫游到南美的时候，坐在阿根廷的某扇窗前，用博尔赫斯的口吻和方式写一首诗，也许像一个规定动作；但是我想起初到巴黎的时候，宋琳感受到他跟保罗·策兰的同一，十年后他仍在"漂啊"，他的笔法和兴致，则已经更愿意仿同博尔赫斯，其间态度的转化，颇多意味。关键是，宋琳经由博尔赫斯的想象，想象了自己漫游的返归，尽管"徒步丈量世界、作为K的原型的竖亥"在这首诗里面仍然很触目，但是从对古旧中国诸多事物的缅怀之中，最后浮现的，是"与布宜诺斯艾利斯的一个铜门环对应的/上海石库门上的另一个铜门环"。

《在拉普拉塔河渡船上对另一次旅行的回忆》有同样的意旨，从正在其中的一条河想起过去的一条河，"赫拉克利特感叹过，孔子感叹过"，时间现在企图返归时间往昔，宋琳"沉思着，试探着将要抵达的对岸"。

2003年上半年，他到北京青年政治学院教书，下半年再去阿根廷，之后，他设法用更多时间居住在北京，没过几年，干脆就长居北京了。2005年5月，宋琳在北京改订完半年前在法国圣纳泽尔写下的《断片与骊歌》，这是《死亡与赞美》和《多棱镜，巴黎》之后他的又一件大规模作品，分行体与连行体穿插，排下来有三十多页，出成了单行本。

它从漫游的眼前所见回顾漫游之初的流亡，更回溯记忆，突入童年那个叫“七步”的小山村场景。接着，如在呈现“七步”片断之前就已经说的，“现在，你来到你的位置——词语漂泊物”——诗继续进展诗人作为“词语漂泊物”的那些流亡／漫游故事，诗的形态，也保持着“词语漂泊物”的形状或没有形状。当这件散布在纸上的作品把宋琳过去的经历择要剪辑，以不了了之，宋琳大概也借此向他那段艰辛的流亡／漫游生涯告别。当然，《断片与骊歌》也有预告，“你知道抵达无非是更远的出发”，实际上他还要“从头开始久远的叙述”。

还未完全回国定居之前，他写过一首《掌上轶事》，讲述在哥本哈根一个印度人给他看手相：

这一切之后，你将回到
故乡的省份，过起幽居的生活。
对于以前未做后来做了的事情，
你多少能感觉满意。
……

这像是一幅未来自画像，或小本子表格里有待实行的计划安排。宋琳“在自己的土地上”的新一轮（或几轮）“漫游”，正仿佛“回到／故乡的省份”的努力，为了寻觅考察一个可以“过起幽居的生活”的地点，他去了那么多地方，这也只需看他这时期许多诗题提到的各种地名就能了解。以十足博尔赫斯的腔调，宋琳说：“密林中游人踩出条条小径，……我们踏入任何一条，／总会被引向更多的分岔。”（《忆香山》）他猜想，“也许一个隐居者的庇护所，／就该设在江南。”（《木渎行》）不过2010年以后，宋琳从北京迁往“过起幽居的生活”之处是云南大理，他自称“避居乡野”。“又一个外乡人站在感通寺的山门外，通报自己餐风饮露的姓名”（《大理州的微光》之《仓山》）。2017年我去大理，有一天午后（估计他已睡醒）到他那里，宋琳提议我们各抄一首自己的诗交换手迹。他抄写了《同里或暮年》送我，其中说：

在同里，我不做异乡人
闭口不谈昔日的远游

大理或即同里，他的江南。“过起幽居的生活”这种理想，在小山村阿尔当卡即已被宋琳盘算，其“隐逸一路”，当然要追溯到陶渊明那儿，而桃花源传说的神话原型则更早，比如在《山海经》里便有端倪。那的确是文化情意结之类的东西。住到大理后宋琳曾说：“持介入现实的态度并不妨碍在个人生活中选择隐逸，在目前的条件下，隐逸乃是一种不得已，是独善其身的不合作，是不和众嚣的悠然自处。隐逸主要指归源的生活方式及逍遥的内心状态，而不是权宜之计的生存策略，真正的栖居之地乃是纯真心灵这唯一的庇护所。”

然而据我观察，宋琳在大理能躲过朱朱描述的那种北京“黄昏焦虑症”——“有两三个饭局等待着他，而他不假思索地全答应了，当钟点临近，他在书房里开始喃喃自语：‘要是他们能合在一起就好了’……”——却又会遇上“酩酊而／遍地锦绣的下午”的另一番热闹：亦真亦幻的“七八个乡绅相互拱手，揖让，／谈笑酷似旧时代的鸿儒……”（《雨后双廊的下午》）

确定长居国内，宋琳就更具体地处身在了中国当代诗歌写作的现场，要去面对和处理的，也会不同于他流亡／漫游在外碰到的问题。“诗人与时代的关系”、“诗歌跟现实的对称”之类，迫使诗人去面对，从而思虑探究，以写作交出回答——这本就是诗歌题材，但在当代中国，也许，它们要显得峻急许多。宋琳捻出杜甫的“随时敏捷”和桑塔格的一句话“每一个时代都应为它自己重新启动一项精神计划”，并认为“诗歌要在现实之上建立一种更高的秩序”。于是，针对颇为时髦的诗歌必须“介入”（插入两者之间干预其事）的话题，宋琳要说：“诗的介入不同于一般的政治行动，它更多的是一种象征行动，它的目的是为世界塑造灵魂。”所以，“介入现实不止于对当下事件做出回应，回溯往昔，对历史在人的记忆中的心理沉积进行考古式挖掘，从而还原真相或许是更艰巨的任务，更需要耐心与时间”。

他写了《脉水歌——重读〈水经注〉》，进入这部古代地理著作，宋琳的漫游不仅往复于回望里深邃的空间，也探向了幽远始创的时间。“我移动，像山海经中的测量员”，他要是并不能测量尽“曾经有过的精神完整性”，是否可以获得指引呢？——

旅者，你该向视域外搜寻
在倾听中配制魔咒的力量
你也该知道源头的涓滴原本弱小
逆流而上即与那一脉活水为邻
梦想的颠踬也是生活的颠踬
当大河上彩虹横绝远空

读《脉水歌——重读〈水经注〉》的时候，我想起宋琳《读〈水经注〉》里的句子：“一个人，一条河。”“源头是谜，它的譬喻也是谜。”宋琳写了许多条河，却唯有2007年他专门写那首《丽娃河》所咏的“一条几乎不能称之为河的河”，才或许是其“源头”，或许是其“譬喻”：“沿着岁月的弧形弯道，缓慢而持久……”那次，2007年春天，为纪念夏雨诗社成立二十五周年，八十年代华东师大的许多骨干校园诗人及基干文艺青年，从世界各地齐聚回来，呈现类似重返老区、不忘初心的感人场面。业已白发飘飘的宋琳，也白衣飘飘，穿过华东师大校园的确只花了不到十分钟，但从靠近后门的宾馆大堂走到大堂尽头的餐厅，还是颇为欣慰地“跋涉”了将近一个多小时。他带着回到家里的松弛感和主场感所表现出来的乐意忙碌，很让我感佩，那是在其他任何场合都难见到的。

过了一年，2008年春天，古镇同里的一个诗会之后，几个诗人去了太仓，晚上在一间歌厅包厢，宋琳于黯淡迷幻的灯光效果里领唱邓丽君的《但愿人长久》，我和张枣、贺中等等一起帮腔，正当情绪被调动起来、大家沉浸在“此事古难全”的怅惘之中时，张枣扯我一下，笑着黑了一句：“你看，宋琳还是学校团支书风度……”

又两年，张枣病逝，宋琳写文章叹羡："张枣最善逃，他身上的精灵一旦被抓住一个，就幻化作另一个。"据说有一晚他想起张枣，痛惜不已，就大哭起来，哭着哭着，慢慢睡着了。

（原刊于《收获》2019 年第 6 期）

房紫笔下的张爱玲

黄　恽

当今这个时代，张爱玲已经成为一种文化现象，文坛内外都有一批“看张”的人们，参与着每一次对张爱玲“文墓”新的发掘和整理。作为其中一员，我前几年写过一本《缘来如此》(福建教育出版社)，集合了我对张爱玲、苏青和胡兰成三人之间的离合因缘的探求，由此深知新的发现已经困难重重，但功夫不负有心人，上穷碧落下黄泉的搜求，给了我发现遗珠的机会。它来自一本1944年1月创刊的《淮海月刊》。

在徐州编辑、南京出版的《淮海月刊》是一本罕觏的刊物，存世量稀少，曝光率更鲜。这本由中共地下党员高汉发行的刊物，诞生在汪伪政权的末期，郝鹏举任职淮海省主席的时期(省会徐州)，共出刊八期，里边刊载张爱玲作品一篇《谈画》，也是最早刊载此文的刊物。为什么远在徐州的刊物，会出现张爱玲的文章呢？我有幸看到了这本杂志的其中几期，其中有一篇署名房紫的特稿《徐州·南京·上海》，揭示了《淮海月刊》与张爱玲的特殊关系。

房紫在文中记述了他作为杂志编辑者，受高汉的委托到南京、上海两地向作家约稿的经过，此行目的是："六月中旬，预订了南京上海之行，看看文化界的空气，再想请几个人写一点文章。"这个访问，为研究者提供了一份1944年初夏张爱玲的珍贵记录。

这里集中谈谈房紫与张爱玲的两次见面。

初访张爱玲

房紫在南京见了胡兰成、池田笃纪和樊仲云，然后和胡兰成夫妇（胡兰成、应瑛娣）一起来到上海：

> 火车带了一天梅雨把我运到上海，车中与胡夫妇谈天说地，却也免除些寂寞。

第四天（六月廿六日）的上午去看张爱玲：

> 终于挺了腰按照地址去找，事先胡与张有一个联络，一路走着，一路想这样有过接洽大概总能好些。
>
> 到了静安寺赫德路旁找到了那所公寓，一走进去，电梯门锁着，这就有意思了。从一层爬到六层，天热，自己到上海患了轻性的痢疾，精神渐次不济，亦只好听其如何地走到第六层，我在门口足足休息了五分钟吧，抹去了额上的汗才叩门进去。在沙发上坐下来的时候，眼睛似乎昏黑得一塌糊涂，话说不出口，这似乎有些难为情。
>
> 我向来不十分善于词儿，在气急败坏的情形下话当然更说不出来。忽然自己又想到在这年头应付人本来是件哭笑不得的事，不能不克服自己的弱点，于是乎竭力镇静了一下，但最后仍有半晌呆着。
>
> 主人坐在我的对面，很安详地等我启口。文学者也许比凡人更灵

感一点，似乎观察出我的毛病，他（她）先笑盈盈地说了：× 先生从徐州来吧？很挤？这公寓现在的时间还没有电梯，走上来很觉得累？

我还是看了他（她）半晌，没有说得出适宜的语（话），最后迸出来：徐州来，车上挤。请指教罢！

如此又沉默了一下。看看屋子的情形，有两张很好的油画，一幅是航轮的尾部，一幅是人物，后来知道是他（她）母亲的作品。会客室很宽广，简洁而清静，几乎全部可以接受空间的光线。

×× 先生你府上哪里？

他（她）看我不说话，又发问了，这有些像姐姐在问从远方回来的弟弟的口吻。

××，上海下去第一站就是。

那你的普通话说的（得）不错了？

在外面走惯了，北方话也逐渐会说些。

最后我请她写稿，请她指教，出乎意外的她都应允了。

就这么不在（到）二十分钟吧，看看自己的任务完了，起身告辞。

这是房紫初访张爱玲的记录，两人还是第一次见面。房紫带着初见女作家的尴尬和爬楼的疲累，见到了像姐姐一样的张爱玲。张爱玲当时住在赫德路的公寓六楼。赫德路即现在的常德路，公寓原名爱丁顿公寓，现名常德公寓，是张爱玲住得最长久的公寓，建成于 1936 年，由一位意大利建筑师建造。这幢公寓有电梯，却并不是整天都开，所以把房紫累到话都说不出。作者观察到，张爱玲的住所客厅很宽广，里面挂着她母亲的两幅油画，给人的感觉是简洁而清静。张爱玲对作者很亲近，像邻家姐姐，对约稿一口答允，或许是因为胡兰成的面子吧。

和胡兰成谈张爱玲

告辞了张爱玲，作者又回到胡兰成的寓所，于是有了一大段关于张爱玲的谈话——

到胡先生寓所，一见他，惊异地问我：有这么快？不到一刻钟吧，谈了些什么问题？

我把气急败坏的情形说了一遍。

他忽然大笑起来，笑完之后，很浓地对我说：有一次，上海有几个“作家”联袂去看张爱玲。他们走了六层楼已经把全身力气消耗完了，谈话的时候，他们把态度故意弄得很自然、漂亮、大方。约摸连讲了一刻钟罢，把一些大道理都搬了出来，张一句话也不说，只是含笑看着他们，招待他们。……这样一来，“作家”们觉得空气不对了，逐渐萎缩起来，弄得非常尴尬。自此以后，他们就有裹足不前之势。

不过，这六层楼之对付我真也不免冤枉呀？

这自然有些对不起你，恐怕这时恰恰没有电梯。不过，拿这事来对付一些扭扭捏捏的人倒是好的。

第二天上午一早我见胡先生，他又特别说：张爱玲说很对不起你，不过你的话似乎太少了，她以姐姐的姿态来招待你！

她的年纪不是看样子比我大一些么？

你几岁？

二十五。

恐怕她仅有二十三吧！

我微微一怔。过后又想到这空气之下有好些是“多愁善感”的，在中国产生这样的女性原是不足道，有好些女青年的作为与行品使世界任何一国开明的人物要感到万分的惊奇。

——她读书在香港大学，出身是北京附近的一个小村庄里，父亲是前清的官吏……

房紫记录胡兰成对张爱玲的介绍，恐怕有些隔膜，出生在北京附近的一个小村庄里的是她的爷爷张佩纶，河北丰润，前清官吏也是指张佩纶而不是她的父亲张志沂。张志沂生于1896年，恐怕来不及在1911年前做清朝的官吏。

胡兰成口中讲的几个“作家”去看张爱玲的故事，很可能是指几个作家爱惜新进作家名声，前来规劝她不要附逆不要给汉奸报刊投稿不要和附逆文人来往（讲大道理）而受到张爱玲漠视的事情。张爱玲一贯远离政治、远离是非、葆有自我的态度令人印象深刻，那是还只有二十三岁的张爱玲。

再访张爱玲

再访张爱玲原约在吉士林咖啡店，结果仍改为张爱玲的寓所。房紫写道：

第二次见张爱玲，是在中午。原约定吉士林咖啡店，有一个主要的客人要相见，为了吉士林装修内部，在门前等急了，就与胡一道拥进公寓。

这一次胡为了主客有病，特意要开电梯工人开了电梯上去，就省时省力得多。

这位客人是奇异的人物，“工愁善病”，起初还不肯来，后来我再四敦促她，才算与胡张见面了。

病得很凶吧？妳（你）不愿意人家干涉妳（你），现在人家却偏要来干涉，真是对不起！胡首先在沉默中打开说话。

她只有浅笑，没有说话。

有张爱玲与她谈话，虽很少几句，也有特别好的情调。

我告诉张，有一篇《烬余录》给她译出刊登于《大陆新报上海版》。

说些很小的事。

听说妳（你）有肺病么？妳（你）光注射维他命B是不够的，我有“卡尔辛”的针药，那是德国的货物，现在恐怕买不到，我送妳（你）一些吧，如果注射的成绩很好的话，可以全部送给妳（你）。胡忽然说起来，写一纸片，要我到他的寓所要来送给她。

在如此空气下，客人也不能无动乎中，表示了感激之意，于是大家分手。

谈话的时候，大家说到病的问题，胡先生说自己害病，倒马马虎虎，看到朋友害病，忧愁就特别厉害。

我接上去说：我也似乎有如此的感觉，自己病得怎样厉害也并不在乎，人家害病看见了就急坏！

你倒很不自私！张说。

这是再访张爱玲的经过，很奇怪地出现了一个有病的女性主客，没有点明姓名，很费猜详。这个女客是房紫再四敦促而带来的，也许算是张爱玲的“粉丝”吧。其间房紫讲到“给她译出《烬余录》刊登在《大陆新报上海版》”一事，也是奇怪。按张爱玲的《烬余录》写于香港，目前可以查阅到的中文版（应当是张爱玲自己写的）是发表在 1944 年《天地》第五期，后收入张爱玲的散文集《流言》。此前不知道还有一个别人（看行文，译者似乎就是房紫）译出的中文版刊登在《大陆新报上海版》。鉴于房紫在 1944 年 6 月前并不认识张爱玲，且与胡兰成也是第一次交往，那么《烬余录》的英文稿自然还有一个初刊的文本，房紫见到后译出。兹简单梳理如下：

初刊的英文文本——《大陆新报上海版》的翻译文本

《天地》的中文文本——《流言》的中文文本

这应该算是张爱玲研究上的一个新的发现。

再与胡兰成谈张爱玲

再访张爱玲之后，房紫与胡兰成还有一次关于张爱玲的对谈：

最后一次见到胡，他说起《新东方》第九卷第四、五合刊版上张爱玲的一篇《自己的文章》，他说，这文字写得很好；因为李健吾在别的刊物上发表了一篇论张爱玲小说的文章，张似乎有些儿反应，写下来了，不过这文字的主题还是向一般大众说的。

我把送来的《自己的文章》读了，觉得里边有需要节录下来的：“强调人生飞扬的一面，（中略）……更喜欢苍凉。……”

作者认为：上面节录的一段，正是她的自供，大家看着这个新人的发展吧。

这一段和胡兰成谈张，又出现了难解的问题：大家知道张爱玲的《自己的文章》是针对《万象》上迅雨（傅雷）的评论文章《论张爱玲的小说》而作的回应，这里却说是李健吾的文章，是作者误记还是胡兰成提供了错误的信息，弄成了李健吾呢？还是真的还有未曾发现的李健吾的一篇文章呢？更多的可能是房紫对张爱玲的情况不太熟悉，所以写文章的时候误记为李健吾了吧，毕竟当年李健吾写戏演戏导戏，在沪上很是活跃。

邵洵美对张爱玲的评价

房紫的《徐州·南京·上海》还为我们提供了“桂冠诗人”邵洵美对张爱玲的评价，这是相当珍贵的记录。

房紫与胡兰成一起拜访了邵洵美，在谈话中，房紫记录了邵洵美对张爱玲的评价：

邵忽又说到张爱玲的文章，他口口声声说张的文章比他自己还要写得好，说她有前途，有无限止的材料可以写，可以与中国的名作家“共入不朽”。他搬出许多外国作品，外国作家来与张比较，我不懂西洋文学，所说的名字都记不起了。

“共人不朽”！这恐怕是我们所知当年文坛上对张爱玲最高的评价了。邵洵美文学品赏眼光之佳，令人惊诧，他对张爱玲的期许完全符合张爱玲的历史定位。

作者房紫其人及《淮海月刊》

《徐州·南京·上海》的作者房紫，是个陌生名字，很明显是个化名，似乎也没有再出现过。不过，从行文中还是有点线索，这里略作钩稽。在文章的前面，他写过这么一句：

> 徐州的出路，向北到北京，向南到南京；如果两京是两极，那末徐州正是一个中心点，也许我们是江南人之故，总有心属江南的偏见；两极同时跑一趟为不可能，人固成问题，旅费也成问题，结果还是先到南方，再到北方去。

徐州历来是江淮之地，而作者自称江南人，非徐州土著可知。那么，他到底是哪里人呢？在初访张爱玲时，有这样的对话：

> 张：×× 先生你府上哪里？
>
> 他（她）看我不说话，又发问了，这有些像姐姐在问从远方回来的弟弟的口吻。
>
> 我：××，上海下去第一站就是。
>
> 张：那你的普通话说的不错了？（。）

上海下去第一站！当年上海只有沪宁线铁路通往南京，由于火车有快车慢车之分，每个班次停靠容有不同，所以上海下去第一站，可能是南翔、安亭、昆山甚至苏州。房紫是江南人，没有疑问。

再看他的岁数，在与胡兰成的对话中，他说过自己的岁数是二十五岁，还是个初出道的文学青年。

《淮海月刊》于 1944 年 1 月出版，总出版十期，开始几期版权页上编辑及发行人都是高汉，发行所有两处：徐州庆云路东一三五号，南京琥珀巷四十一号。高汉的公开身份是淮海省宣传处长，隐秘身份是中共地下党员。《淮海月刊》自第七期至第十期发行者和编辑者均改为淮海编译社。房紫的《徐州・南京・上海》刊载在该刊的第七期，因为第四期及第八、九期无缘看到，房紫到底是谁，至今还是个谜。

（原刊于《收获》2020 年第 1 期）

宝玉之梦

张清华

崪兮直上，忽兮改容，须臾之间，变化无穷。

——宋玉《高唐赋》

一

店主的蒸锅上渐渐冒出了热气，粟米的香味依稀飘着。这无所事事的青年顾盼了一会儿，把他的马拴到马桩上，嘴里不停地长吁短叹着，倚着门框坐下来。此刻正有一位慈眉善目的长者，坐于旁侧的席榻之上，一副鹤发童颜之相。问他：年轻人，何故叹息啊？他说：唉，老丈见笑了，看这三春将尽，人生苦短，想做的事情做不成，故有感慨啊。

老者笑道：理解理解。不过我有一物，可以解忧，未知年轻人愿意一试否？说着，他从怀中掏出了一枚枕头，小巧而精致，放在席榻之上，说：你躺下试试。

年轻人一将头挨到枕头上，登时安静下来，不久便发出了轻轻的鼾声。他睡着了，进入了那老者早已设计好的梦乡。梦自然是程序化的，老者有一个古老的软件，专治那些多有梦想却困于现实之人，他们的幻想症所带来的痛苦。

事情发生在公元八世纪的前半叶，记于又几十年以后。只不过，故事发生的时候是“小邑犹藏万家室”的开元盛世，那时大唐是世界的核心，四方幻想的天国圣土；而这作者记下此故事的时间，已是安史之乱之后，一个略显凋敝颓圮，而时有兵灾的中唐时期了。那小伙在梦中经历了一番极尽曲折的富贵荣华，醒来时终于明白，他自己所苦苦困厄的人生志向，不过是一场转瞬即逝的幻梦。而那一时刻，锅灶里黄澄澄的粟米尚未蒸熟，惟有空气里飘来的馥郁香气。

这便是有名的《枕中记》的故事，也是中国人凡妇孺皆知的“一枕黄粱”成语的来历。故事中自然有作者——这位叫作沈既济的中唐才子，他的万千感慨。他写的是一个人的梦中经历，但寓意的，是家道与国运的盛衰成败与无常变化。

但这复述显然还不够精细，借用弗洛伊德的说法，作为“愿望的达成”，此梦之繁复和生动，之延宕与周全，真的非同一般。而且那写法，故事的构造与章法，在唐人的众多“传奇”中，又属“梦叙事”的经典之作。这给了后世中国的小说以很大的影响，甚至于稍稍敏感一点的人，大概都能从中看到一个《红楼梦》的粗糙原型——由“黄粱一梦”到“红楼一梦”，只是颜色稍稍变了一下，故事的核儿并没有变，做梦者从姓卢的穷书生，到富家子弟的贾宝玉，都是“假捏出名姓”的虚构人物，而故事则是丰富且颓伤了许多。

当然，沈才子的细节叙述功夫，也堪称一流。

那梦中究竟发生了什么？我们还得回溯一番。却说那年轻好奇的卢生，一将头挨到了瓷枕之上，便觉得那枕上有个发光的洞口，引他进得其中。朦胧间，他觉得自己的服饰装束变得鲜丽起来，越来越像是一气质男。很快，他娶了清河县的富家女，容颜那一个俏丽，怎不叫人欢喜；接着，他金榜高中，被皇帝封官渭南做了县尉；不久，因为表现良好，又升任监察御史；几经升迁，他实现了兴修水利、为民造福的夙愿，因为施政和治理有方，又官至京兆尹；不久吐蕃进犯，河西告急，玄宗命他为御史中丞兼河西节度使前往平乱。他自然不负众望，冲锋陷阵，杀敌无数，为国建功立业，勒石居延山，官封户部尚书兼御史大夫。

然这仕途并非一帆风顺，老沈的故事讲得一波三折，有足够耐心，而这位吕翁的法术也足够高明，想尽办法要让年轻人体验个够，不到极致决不罢休。

却说位高权重的卢生终于引来了妒恨，遭宰相谗言，他被贬为了端州刺史。顷刻间，人生冷暖，世态炎凉，让他好不悲戚凄惶。然未及三年，皇上又召他还京，令他和肖嵩、裴光庭两位权臣共为宰相，执掌朝堂大权。卢生敢不效命，夙夜在公，令行禁止，凡十余年，被人称为贤相。然而，又有同僚诬他图谋不轨，遂重陷囚牢。此时他终于明白，这功名利禄不过是浮云神马，飘忽难定，便对妻儿哭诉道：咱家本在山东，颇有几亩良田，当初我布衣破马，但并不致饥寒。为何要死心眼儿，走这坎坷歧路的仕途？眼下我多么希望回到当初，心甘情愿好好地当那个穷小子啊。

说着他便拿刀来抹脖子，老婆孩子连忙劝阻，好歹留了性命，但终被流放千里之外。又几年，皇上终于又想明白，这卢生是冤枉的，不止令其官复原职，还加额外恩宠，加封为燕国公。此后一切顺遂，凡五十余年，熬得妻妾成群，儿孙绕膝，更兼良田千顷，宝马无数，所生五子皆有出息。

按说故事讲到这儿，可以收尾了，因为这是所有才子佳人故事，励志成人故事，皆大欢喜的人间喜剧故事共同的结尾方式。但是我们这讲故事的人很清楚，明白这是在“说梦”，而梦终究是要醒来的，于是便有了后面的一节：

> 后年渐衰迈，屡乞骸骨，不许。病，中人候问，相踵于道，名医上药，无不至焉。将殁，上疏曰：“臣本山东诸生，以田圃为娱。偶逢圣运，得列官叙。过蒙殊奖……”诏曰：“卿以俊德，作朕元辅，出拥藩翰，入赞雍熙。升平二纪，实卿所赖，比婴疾疹，日谓

痊平。岂斯沉痼，良用悯恻。今令骠骑大将军高力士就第候省……犹冀无妄，期于有瘳。”是夕，薨。

卢生欠伸而悟，见其身方偃于邸舍，吕翁坐其傍，主人蒸黍未熟，触类如故。生蹶然而兴，曰：“岂其梦寐也？”翁谓生曰：“人生之适，亦如是矣。”生怃然良久，谢曰：“夫宠辱之道，穷达之运，得丧之理，死生之情，尽知之矣。此先生所以窒吾欲也。敢不受教！”稽首再拜而去。

正所谓“曲终人忽散，食尽鸟投林”，这话极尽委曲，是说卢生几经沧桑浮沉，而垂垂老矣，病中愿辞官回家，且将就木。而皇上恩荣有加，命左右侍奉，以期尽早康复。然末日终要来临，在死时卢生骤然惊醒，“恍惊起而长嗟”，难不成这是一个梦么？此刻，坐于旁侧的吕翁笑道：人生之宠辱得失，全部的过程，想必你已尽行体味，还有什么不满足的么？这卢生思悟良久，知道这是前辈对他的教育，遂恍然大悟，千恩万谢而去。

此乃是“黄粱一梦”佳话的完整版，直可以作为“红楼梦”的潦草前世了。看官留意，此中虽没有径直描述“春梦”的情景，然“人生如梦”之说，非此梦又何解也。更兼“后庭声色，皆第一绮丽”云云，不已暗示出相似的内容了嘛。那繁华落尽、梦醒来时的怅然与失落，便与春梦相比，又有何异？

还有一点，后来据说有科学验证：人在梦境中的时间感受会“变慢”和加长，长度大约是现实中时间的五倍。但从此文中看，岂止五倍，便是五万倍也不止。但不论多少，它是世人之梦想皆不及也的人生极致的一个缩微版，则是确定无疑的了。

二

话休烦絮。在弗洛伊德的理论到来之前，中国人早已喜欢做梦，且在诗中写梦，包括写春梦。这可以追溯到楚顷襄王时的宋玉，该生颜值既高，更兼曾经师从三闾大夫，故长于辞赋，曾深得楚王赏识。他的《高唐赋》中，即叙述了游于云梦之泽的“先王”，在山水行宫中的一次艳遇。云有梦中姝丽，“自荐于先王枕席”，并曰“妾乃巫山之女”，王自然闻之大喜，且“因幸之”。看官，这宋玉是属于闪烁其词，而我等若未脑残的话，照常理也能明白这说的是什么。想那楚王，带着随从侍妾、宠臣护卫们一大堆，浩浩荡荡巡幸云梦山水，见那万千气象的壮阔，能不浮想联翩？或许是长夜酣眠，也许是午间小憩，想来也是山珍野味一时吃多了，梦中出现了陌生女子，相与交合，多有缠绵。而当他醒来之时，则怅然若失，难以忘怀，一时把不住心绪，便将梦中之事，吐露给了御前秘书小宋。

为王者哪有戏言？这小宋岂敢怠慢，肯定忽悠了先王一顿，把些花言巧语，将这南柯一梦说得天花乱坠，不可方物，王上听了自然也满心欢喜。而此刻，他见顷襄王问起山中变幻莫测的云雾，便又拿出这一前尘旧事来讨其欢心。按照弗老师所说，这不过就是男人的一个“遗精之梦”，实在是难以示人，只因在王家，便成了佳话，要让这御用写手拿来大书特书一番。你说好不好玩？

有了这一出，才会有《红楼梦》中的第四回的“梦游太虚幻境”一节。你道这文学传统在哪里？史上随处可见，但若没有宋才子异想天开的这番表述，何来《石头记》中的那幽曲备至的千古绝唱？小宋的华章中如此写道：

> 去而辞曰：“妾在巫山之阳，高丘之阻，旦为朝云，暮为行雨。朝朝暮暮，阳台之下。”旦朝视之，如言。故为立庙，号曰朝云。

这“云雨”的隐喻，八成也是出自这里，未经考据，不敢肯定。但世界上大约只有中国人才会把一件事说得如此隐晦，若翻成外文，不加解释，老外们如何能够听得懂？还有“朝朝暮暮”云云，都是云里雾里。然这就是文学，它那点儿使命，就是把直白的话说得你一头雾水，一脸懵懂罢。这一切，想来都与这汉代的文风有关，从楚辞里发育出这么一个怪物，滔滔不绝，一腔废话，像蝌蚪般繁殖出的词语，花哨绮靡到匪夷所思的地步。

也诚如晋人有个叫挚虞的，在《文章流别论》里所批的："夫假象过大，则与类相远；逸辞过壮，则与事相违；辩言过理，则与义相失；丽靡过美，则与情相悖。"句句说中汉代文章的毛病。当然，要声明一下，吹毛求疵不是我们的目的，是要把这"说梦"的繁复与绮丽的传统，稍稍作个梳理，仅此而已。

自然还有更好玩的，博陵崔护的故事就更为感人，且直接和直白，如春风化雨，燕语呢喃。自然也还是那唐朝之事，他的《题都城南庄》一诗，在笔者看，才是一朝春梦的典范写照——照弗氏的说法，应该如同一场"白日梦"。只不过被后人传奇化，敷衍为"因专情而获妻"的故事。"去年今日此门中，人面桃花相映红。人面不知何处去，桃花依旧笑春风。"平心而论，这首七绝，或许在韵律上并不属十分讲究者，但浑出天然，属于那时期典范的"口语诗"。《全唐诗》中，这位曾官至御史的崔护只存了六首，其他几首皆不曾为世人所记，惟有此篇，短到如少女的裙子，朗朗上口，胜过万千合于"四声八病"之律的雕琢之作。

但这些都属题外，怎见得该诗就是一"春梦的写照"？看官想，这"桃之夭夭，其华灼灼"，自《诗经》中来，本就是吾先人一种极深刻的经验，桃花盛放时那热烈与忧伤，它那短暂的灿烂中，隐含了多少盛年有期又人世无常的设定，故惹人叹息，叫人伤怀。不然又何以有古人的惜时之说，黛玉的葬花之辞？这崔护自幽燕苦寒之地，远道来至都城长安，赶考之余，在闲暇春日，来到郊外的一个村落踏青寻春，猛可间，瞥见了断垣茅舍之中，矮墙之下，有一树盛放的灿烂。他停下马，立住脚，恍惚看到那院落中闪过了一瞥惊鸿，一个桃花般的笑靥恍了一下，等他再定睛看时，一切全不见了。他想，也许那只是幻觉，不然怎么会倏忽不见？设想这读书之人，不可能悖着礼数，伸着脖子唐突上前探问，人家少女更不可能痴痴地盯着一个路人，去忘情越礼地睁着大眼滴溜溜放电。唯一的可能便是，人家害羞地走开了，而他则呆呆地望了一会儿，有点不情愿，却也没来由驻足，怅怅地离去了。

显然，春行骤然变成了惆怅，目击变成了受伤的相思。这多情的家伙弄不明白，他究竟是真的看到了一个含情脉脉的少女，还是只看到一树灿烂的桃花，是一次真正的目击，还是一个不经意的幻觉？他终日无法释怀，辗转难眠，于是就吟出了这首短章。

这或许就叫特定的环境，特定的心境，特定的人事，是一刹那的邂逅，在年轻的身体中引起的肾上腺素的激增，幻觉中发生的生化反应罢了。然有好事者，他死后数十年的一位叫作孟棨的，在他的一部文人笔记小说里，接着这首诗的意境，完成了一个浪漫的故事。这本笔记叫作《本事诗》，其中所记录的，大概都是本朝骚人的诗歌故事，相信都属于道听途说加"合理想象"，攒述而成的。他关于崔护的故事是这样写的：

> 博陵崔护，姿质甚美，而孤洁寡合。举进士下第。清明日，独游都城南，得居人庄，一亩之宫，而花木丛萃，寂若无人。扣门久之，有女子自门隙窥之，问曰："谁耶？"以姓字对，曰："寻春独行，酒渴求饮。"女入，以杯水至，开门设床命坐，独倚小桃斜柯伫立，而意属殊厚，妖姿媚态，绰有余妍，崔以言挑之，不对，目注者久之。崔辞去，送至门，如不胜情而入。崔亦眷盼而归，嗣后绝不复至。及来岁清明日，忽思之，情不可抑，径往寻之。门墙如故，而已锁扃之。因题诗于左扉曰："去年今日此门中，人面桃花相映红。人面只今何处去，桃花依旧笑春风。"后数日，偶至都城南，复往寻之，闻其中有哭声，扣门问之，有老父出曰："君非崔护耶？"曰："是也。"又哭曰："君杀吾女。"护惊起，莫知所答。老父曰："吾女笄年知书，未适人，自去年以来，常恍惚若有所失。比日与之出，及归，见左扉有字，读之，入门而病，遂绝食数日而死。吾老矣，此女所以不嫁者，将求君子以托吾身，今不幸而殒，得非君杀之耶？"又特大哭。崔亦感恸，请入哭之。尚俨然在床。崔举其首，枕其股，哭而祝曰："某在斯，某在斯。"须臾开目，半日复活矣。父大喜，遂以女归之。

像不像《搜神记》，或后世《聊斋》中的某一篇？此文出自《本事诗》之《情感第一》篇。这孟棨，大约也有“梦境再现”的冲动，只是他专偏于“痴人说梦”，而非精神分析罢。文字起先是凄美，后则狗尾续貂，落了皆大欢喜的俗套。足够像一篇二流的小说。大意是，崔护进京赶考，起初未曾得中，清明时节游于南郊，忽见一草木葱茏的院落，想进去讨杯水喝，款款间走出来一妙龄少女，皓齿明目，殊为可人，端与他一杯水。他见少女貌美如花，便把言语来撩拨，不想女子并不接话。遂怏怏地离开，之后再无法忘怀。及至次年清明再来探访时，却见门扉紧锁，不觉十分难过，遂在左门上写下了“人面桃花”一诗。又过了些天，顺道再来，却闻院中有哭声传出，一问方知，这家女子读诗思人，一病不起，已断气多时了。其父说出原委，并责备这书生害了他的女儿。崔护闻其言，追悔莫及，将少女抱于怀中，痛哭不已，他想随少女而去。不想少女闻其声，居然慢慢苏醒过来，惊喜不已的父亲遂将女儿嫁与崔护，成全了一段绝美姻缘。

后又有人虚构了这女孩的名字，唤作“绛娘”，诸般描写更是齐备。但有一点是共同的，便是符合中国人讲故事的模型，被鲁迅讥嘲过的“大团圆”结局。

其实行内人都知道，这崔护在史书上属生平不详者，当年写此诗的诸般情境，并无人知晓，一切都是后人附会虚构而成。此诗在笔者观之，不过就是一个幻觉的渲染，一个无意识中美好的错乱。弗洛伊德在《作家与白日梦》一文中说得分明，“心理活动会创造出一个未来的情景，它会代表着人物愿望的实现，这种东西就是白日梦”。只是他举出的例子稍显俗气了，一个穷小子在去某公司就职的路上，会产生出被雇主赏识的幻觉，他在想，自己某一天会成为那企业不可或缺的重要角色，最后会被雇主的家庭接纳，“娶到了这家年轻漂亮的女儿”……这个叙事曾在万千童话或民间故事里出现过，现在又按捺不住地出现在他的无意识中。

想来中国古代大部分的故事，都是类似的套路。且不止在中国，连歌德读了中国的《好逑传》，也在联想日耳曼人的故事，它们之间是如此的相似，因此他幻想，一种所谓的“世界文学”或许就要出现了。还有俄国的理论家巴赫金，他在讨论古希腊的一种小说的时候，就概括了这样的套路，“一双青年男女是在年轻貌美的时候一见钟情的，中间经过了无数磨难，最后依然是在年轻貌美的时候终成眷属”。这些，大都属于白日梦的范畴了。

然而这并非全部，在文学的世界里，不止有白日梦，更有真正的春梦，有为精神分析学家所说的“色情梦”。只是通常情况下，他们碍于伦理或是面子，不便或不愿轻易和盘托出罢了。“人似秋鸿来有信，事如春梦了无痕”，苏东坡说得妙，这梦中的人与事，不可照直了说，须经闪烁其词，语焉不详，搪塞以“难以尽述”之类，方能够得体地绕过去。

三

磨叽了这么久，终于绕到了正题，我们要说一说这个不服的，他不惧尴尬，不惮污名和误解，定要用繁花似锦的笔墨，讲述一段最难示人的“隐情”，而且要淋漓尽致，用了百般的迤逦曲笔，绚烂隐喻，把一件事儿放大得无以复加，真可谓古今一人。

这牛人自然不是别人，就是化身为多个名号，一会儿充作空空道人，一会儿自称悼红轩主，一会儿又变成了文抄公，或是“石头哥”的曹公雪芹。他这会儿正袒露心迹，把生命中最珍贵的秘密，平生头一回的梦境，原原本本毫无保留地告诉我们。

单表这一日，由宁国府的长孙媳妇，即贾珍的妻子尤氏邀请，贾母一行由荣国府前来赏花。但就在午时席间，她那宝贝孙子宝玉突生困倦，“欲睡中觉”，老太太溺爱惯了，便令好生照看。这时贾珍之子贾蓉的媳妇可卿说道，老祖宗放心，“只管交给我就是”。看官注意，这话说得得体却又暧昧，怎见得有如许无分内外的亲近？叔叔与侄媳之间还隔着辈分呢，所以先来正房安顿。可是这人小鬼大的宝玉，却不愿意看正房中那劝学励志的“燃藜图”，更见不得那“世事洞明皆学问，人情练达即文章”的对联。在成年人看，这不过些应景之说，怎见得非要较真？但在宝玉，是势同水火的俗规陋条。因此上“纵然室宇精美，铺陈华丽，亦断断不肯在这里了，忙说：‘快出去，快出去！’秦氏听了笑道：‘这里还不好，往那里去呢？要不就往我屋里去罢。’”宝玉听了自然正中下怀，便连忙答应。

请注意，在笔者的阴暗心思中，这宝玉此时正有成人难以觉察的鬼胎——他一直在暗恋着这成年的女人，或者说是做着一个与秦氏幽会的“白日梦”。他很想有机会与她单独亲密相处，只碍于礼数，不便说透，故前番刻意挑刺儿，最终实现了寝于秦氏卧房的目的。

可是接着一个嬷嬷说道：“哪里有个叔叔往侄儿媳妇房里睡觉的礼？”这仿佛是“撒旦式的提醒”，表面看是禁忌，是礼制和规矩的强调，实则是充满不伦信息的暗示。照弗老师的意思理解，礼数的不合正是吻合了这白日梦中“检查制度”的警示，但它的作用，是故意引人“往歪了想”，是要让接下来的一切，变得更加复杂和幽曲，而且更悬。眼看好事就要黄掉，幸而可卿解围，为他辩护道：“不怕他恼，他能多大了，就忌讳这些个？”勿要小看这话，它借了年龄之说，将宝玉“未成年人”的身份作了清晰认证，便解除了辈分之别和男女大防的沟壑禁忌，同时又格外暗示了他们之间的亲近。这便为宝玉接下来的做梦，准备了恰切的条件。

这可是有史以来，中国文学中“春梦书写”的经典篇章。我无法不先行强调一下，没有哪位写作者能够像他这样，用了“教科书”般的笔法来叙述一个梦，哪怕是精神分析学诞生以来的现代主义、意识流文学中，也没有如此天衣无缝，合乎释梦理论的经典叙述。

我们且看看，这宝玉睡梦之所以发生的条件。

> ……来至秦氏卧房。刚至房中，便有一股细细的甜香。宝玉此时便觉眼饧骨软，连说：“好香！”入房向壁上看时，有唐伯虎画的《海棠春睡图》，两边有宋学士秦太虚写的一副对联云：嫩寒锁梦因春冷，芳气袭人是酒香。

案上设着武则天当日镜室中设的宝镜，一边摆着赵飞燕立着舞的金盘，盘内盛着安禄山掷过伤了太真乳的木瓜。上面设着寿昌公主于含章殿下卧的宝榻，悬的是同昌公主制的连珠帐。宝玉含笑道："这里好，这里好！"秦氏笑道："我这屋子，大约神仙也可以住得了。"说着，亲自展开了西施浣过的纱衾，移了红娘抱过的鸳枕。

于是众奶姆伏侍宝玉卧好了，款款散去……

各位，这春梦是有条件的。生理卫生的教科书上，是教导青少年入眠之时，一不要吃太饱，二不要盖太厚，三是睡前不要胡思乱想。而这宝玉恰好相反，借了这信息丰富的软环境，要达成他"见不得人"的愿景。空气中有刺激嗅觉的甜香袅袅，墙上挂着唐寅的性感绘画——虽然不是春宫画，但也是一个憨态可掬了无防备的性感女子，睡于一树灿烂的海棠花下。那对联虽然略有些冷艳，但也是寓意暧昧，可以诉诸飘忽的联想。

关键是，接下来，曹老师干脆用了"现代主义"式的夸诞，"修辞的过剩"，甚或"能指重复"的种种策略，一股脑儿把主人公的处境和情绪，营造得淋漓尽致，弄得那小小的空间里溢满了性感的暗示。怎见得是武则天的宝镜？又哪里来赵飞燕的金盘？分明是夸张和"过剩想象"；还有这经手安禄山，又伤了太真乳的木瓜，分明是刻意的诲淫故事。想是这曹老师野史读得多，把些添油加醋的想象，都按到宝玉头上，也是执意要凸显他的人小鬼大，遂把些有的没的，都撺掇来了。还有公主用过的器具，红娘西施们用过的贴身之物，等等，搁如今俱是"狂欢式的叙事"了。

当然，还有可卿的一句看似戏言，实则亦是不可或缺的暗示之言，"我这屋子，大约神仙也可以住得了"。神仙既住得，那么自然可以是超脱世俗的，什么越礼合规，统统不在话下了。这一方面是从叙事的关节上，接通了接下来警幻仙子出现的机缘，同时也为宝玉和可卿的梦中相会，释放了真真假假的烟幕弹。

还有更要命，也是更实际的，便是教科书上所说的三忌：先说吃，肯定是太饱的，由老祖宗领衔赏花，宁府上下肯定是大摆筵席，侍奉周全的；二是那盖的，自来也够厚，这可卿的贴身之物不止暄软暖和，更兼携带了那温馨的肌肤之香，其舒服熨帖，自然无以复加；还有第三，这睡觉之人，也一定有诸多联想，有意识的和无意识的，敢想的不敢想的，肯定是忽忽悠悠，飘飘荡荡，一如那《高唐赋》里所描述的，“上属于天，下见于渊”，正不知有多少销魂处。更兼逢这三月之时，阳气上升，万物所发，也更在少年心里，那潜滋暗长的生命原力，如何能够压抑得住。

接下来便是宝玉的那梦，作者在讲到这儿的时候十分节制，只说“难以尽述”，笔者自然也无法在这儿大加发挥，若那样，便显得居心不恭了。我只能说，此地无银三百两，此处无声胜有声。曹老师以“迷津”中之万丈深渊横亘，下有海鬼夜叉索命的可怕景象，来惊醒梦中之人，应是再恰当不过的了。且十分关键的是，最后他喊了一声“可卿救我”，把那现实中的可卿吓了一跳，因纳闷道：“我的小名儿这里从无人知道，他如何得知，在梦中叫出来?”看官，这一关节设置，可说妙极，一则将梦中的可卿与现实中的可卿，通过一个物化的事实，连接了起来；另一方面，也再度强化了这个梦的心理意义，即“重叠”与“替换”，“道德检查”与“愿望达成”之间的奇妙纠结。

说再多大约都无益处，东坡早都说过，“事如春梦了无痕”，此种经验往往是清晰又含混，一般人会选择“刻意遗忘”，尤其个中还有不伦或是非法性质，更会令做梦者感到恐惧。然这是小说，作者势必要将所谓的“虚拟经验”与“现实经验”做一番对证才是，所以才又安排了宝玉和袭人之间的“偷试”。真是妙极，在笔者也只能说，难以言喻。它验证了梦中之假，却也反过来证实了现实之无趣，那草草了事的一番勾当，与刚刚梦中的万千缱绻美妙，如何能够相比。

四

美国人哈罗德·布鲁姆在《文章家与先知》中曾说：“与弗洛伊德一

样，克尔凯戈尔是伟大的色情讽刺家，这两个伟大头脑的相通之处也仅在于此。”这个布鲁姆是牛人，他的话必须当真，“然鹅”，两个精神气质如此相去霄壤的人，怎么会搁到了一起呢？我猜想，他大概是想说，在对人的本能的认知和分析能力上，他们都是天才。因为他们不惮于世俗道德的压力，将所有被假象遮蔽的东西，被伦理精心包装过的东西，尽行戳穿了。

从这个意义上，他们是色情讽刺家，但他们所讽刺的，可不是色情，而是通过对性和欲望的准而且狠的解读，讽刺了所有对隐秘世界的压抑、掩饰与包装，以此打开了那个更为真实的世界。他们相似的禀赋仅在于，他们是“伟大的头脑”，且是以“精神的解剖刀”来对付一切的，这把刀所向披靡，再结实和牢固的装具在它们面前，都给挑筋剥皮，“露出了皮袍下面的小”。

说到此，便禁不住为我们的先人感到惋惜，有如此多有意思的梦，却没有一位弗洛伊德式的理论家来解梦。当然，中国自古多的是道德家，不太可能容许这种专事戳穿的人，去做揭画皮的文章。所以时至今日，笔者也只好拾人牙慧，假模假式，用偷来的“X 光机”来做点“安检”或是“透视”罢。我这里也是黔驴技穷，别无他法。

我的问题至为简单：曹雪芹是不是伟大的“色情讽刺家”？如果是，那么他是在讽刺什么？

“伟大头脑是相通的”，弗老师早就说过了，想来他们是被时间的荆棘隔在了两个不能相遇的早晨罢，一个是“杨柳岸晓风残月”，正不知今夕何夕，此生何人；一个是巴黎或维也纳的黄昏，是想求解如何打开这人间最难捉摸的黑匣子。但他们所想的，其实还是同样的问题。这梦中装有人生的全部秘密，只是在中国人这里更难说破——似乎也可以说，但总是被道德家们层层包裹，连那“关关雎鸠”的叫春声，也硬要扯成“后妃之德”的正派话语。这叫曹老师如何不恼，他要用他自己化身的这个俗物，用了他与仙子的对话，来揭破那许多东西，告诉我们，这饮食男女，无非是造化自然所赋予，没有什么要遮遮掩掩的。因此，他若是讽刺家，首先要讽刺的就是这个“装”字：

尘世中多少富贵之家，那些绿窗风月，绣阁烟霞，皆被那些淫污纨绔与流荡女子玷辱了。更可恨者，自古来多少轻薄浪子，皆以“好色不淫”为解，又以“情而不淫”作案，此皆饰非掩丑之语耳。好色即淫，知情更淫。

是以巫山之会，云雨之欢，皆由既悦其色、复恋其情所致。吾所爱汝者，乃天下古今第一淫人也！

若真是有一屎盆子、黑帽子的话，那么他首先是扣到了自个儿头上，天下人所鄙视和咒骂的这“淫”字，舍我其谁更适？这就足够磊落，惟有自黑，以身说法，以身试法，方才显出勇气，也有服人的资格。不过，听话听音儿，傻子也知道，仙子在这里将他说成是“第一淫人”，必是有反讽之意的，是借了“警幻”之语，来给予这钟鸣鼎食锦衣纨绔之家中唯一“不装逼”的人，以一个合法和正当的说法。不过，这话也把“宝宝”吓了一跳，他还不过是个乳臭未干的黄口小儿，哪里就敢冒担这天下之大不韪的“淫”字？所以要来争辩。于是警幻便又改口，给此字加了个前缀，改为“意淫”，且假以其先辈之托，让其早日明了尘世人间的这点事儿，先“醉以美酒，沁以仙茗，警以妙曲”，再示以男女，不过如此尔。早些体悟便早些觉醒，直白些说是“早死早托生”，说得雅一点，便是“先以情欲声色等事警其痴顽”，再使其“跳出迷人圈子，入于正路”。

这大约就是中国人独有的“辩证法”了。想来警幻仙子是将“上帝”和“撒旦”两个角色一身兼任了，“警”为上帝，“幻”为撒旦——置换一下，便是“空”为佛陀，“色”为业障，然佛法又云“空即是色，色即是空”，这车轱辘话能把人弄得云里雾里。简单点，就是吾人所领受的那点古已有之的辩证思维，不警怎知道为幻，无幻又何以为警？故让这引人堕落又叫人醒悟的仙子，变成了集二者于一身的合法代表。若是《圣经》中，必不会有这般谈论，它是用了撒旦的话语，捅破了亚当和夏娃之间的窗户纸，让他们受了蛇的诱惑，先食了树上的智慧果，然后知晓了男女之事，随后，主才将他们赶出了伊甸园，让他们从此饱受“原罪”的折磨。

显然，东方和西方，是属于各有各的路数，各有各的结局，而文化本是一种结构，好与坏、优与劣总是生长于一起，难论出高低贵贱的，我们不能掉到这种陷阱里。

诸位，我们再回到这梦，究竟是要表达什么，这梦中之人到底是在想什么，我们必不能回避。

那么事情就简单得很，他梦见的无非是肉身中，最简单和低级的那点儿东西罢。可是曹老师之孜孜以求，要说的又究竟是什么？我想无非是：一、只有承认饮食男女这点事，才是认知生命真谛的第一步；二、一旦勘破这生命奥妙，也无非一个幻灭的“空”字。从来无一物，何假拂尘埃？第一步，他是俗人和真人；第二步，他又是高人乃至圣人。

显然，曹老师是中国人中最了不起的“色情讽刺家”，了不起之处就在于，他亲自编造了这个梦，这些话，但又并不相信，他是用了真正的反讽，用了“说梦”之方式，揭破了人世间这一切的虚虚实实，真真假假，形形色色，是是非非。

你难道没有看出，从宋玉到曹雪芹，从《枕中记》到《红楼梦》，这中间的一脉传承么。这春梦所构建的，是生命本身的真实和虚无，所反讽的，则是世俗的富贵浮云与无常。曹之所以被认为是“集大成者”，是他将中国文学中这些边边角角，不入正统的玩意，用了一个梦中梦的构造，一股脑儿地套叠于一起，来了一个“大观”或是“汇编”罢。其实叙述的窍门和关节，前人也都已预备了，就看你善不善于学，会使不会使。而曹老师的确是汇古今于一勺的高手，把这一羞答答的传统，“作”到了无以复加的极致。

当然我还要画蛇添足，所谓“全书纲要”之说，在笔者看，绝非单指十二钗等的曲子词的展示，那些长长短短的句子所喻示的诸般人物的经历与命运，更在于这春梦本身的无限寓意。以在下观之，它是《红楼梦》之主旨的若干“同心圆”中最核心的一个。这“一晌贪欢”的春梦，同一个人一生的经历，同一个家族的盛衰，同几大家族的存亡成败，同一段历史的因缘际会，同天地间洪荒与繁华的交替，历史的春秋大梦之间……不过是大小之别，若论经验的性质，却是大致相同。所以，他们是若干个“套娃式”的同心圆，其中最小也是最核心的一个，便是这一机巧无限的春梦。

它之于《红楼梦》有多重要？无论怎么说都不过分。没有这个“原点”的辐射与弥漫，整部书的主旨和架构，压根儿便无从附着，无以附丽了。

五

凡梦都是要醒来的，醒来以后怎样，如何让人物回到现实，便是个问题。反过来，若要这梦显出意义，须要写出梦醒之后解梦的过程。这曹老师之所以是古今小说的第一牛人，这件事上亦最见得功夫。设想，宝玉醒来，梦中的诸般情景登时化为了泡影，惟有一个后果会令他尴尬不已。这便是待他“起身解怀整衣，袭人过来给他系裤带时，刚伸手至大腿处，只觉冰冷黏湿的一片”。袭人乃宝玉贴身之人，自不必作多解释，两人手上做个动作，便有默契了，但筵席上众多老幼，须要应付一番。随后，袭人趁众丫鬟不在的时候，取了一件“中衣”与他换上，此时便又出现了一个敏感的私密时刻。

宝玉的隐秘世界，已然门户洞开了。当袭人审问，他便只有如实招来的份。但这袭人坏就坏在非要问，“是哪里流出来的”，宝玉便“只管红着脸不言语”。那袭人直瞅着他笑，颇有点以大欺小的意思，瞅得宝玉羞惭中亦生出一股不可遏制的坏水来。

> ……说到云雨私情，羞的袭人掩面伏身而笑。宝玉亦素喜袭人柔媚姣俏，遂强拉袭人同领警幻所训之事，袭人自知贾母曾将她给了宝玉，也无可推托的，扭捏了半日，无奈何，只得和宝玉温存了一番。

若说小说的叙述逻辑，真是流水行云，妙不可言。这是“由意到淫”的关节之处，前番是梦，这会儿才算是现实，“意”终于接地，变成了“淫”。现实印证了梦境，梦境又演化出了现实，真是天衣无缝。不过，若换一角度，我们再从内里逻辑看，这梦中的“意淫”和现实中的“实践”，又是大体一致的，那就是，女人的主动诱惑总是在先，男人的色欲不过是对女性“教唆”的回应。试想，若不是袭人执意追问，宝玉何以会生出与她“温存一番”的冲动来？这男人的优越与女人的“贱”字，真是跃然纸间了。

既说到此，也就无须为圣人讳了，在男女之事上，即便曹老师是古今第一情圣，但他的男权主义无意识还是根深蒂固的。也是笔者今儿喝了点酒，便大着胆子拽出了一个词儿，叫作“男权主义的色情幻想”。其实说白了，也是“意淫”的白话翻译，是专指男人的那点优越感和小心思的。想那曹老师，半生汲汲于对淫滥之人事的警觉与反思，末了还是免不了会落了窠臼。在他看来，只要是宝玉想要的女人，没有得不到的，得是正常，得不到便是悲剧了。他想得到黛玉没有成，便成了痛断肝肠今生无法接受的败绩。除了这一命中憾事，他是要什么就有什么，想怎么样便怎么样的。

这当然也是实情，中国传统社会本就如此，没有一夫一妻的婚姻制度，也就没有专情平等的男女伦理，我们自然也不能要求人家会操着无产阶级的爱情观。但实情如此，我们该反思的也还要反思，否则在谈论这些情节和人物关系的时候，便会政治不正确。

一切似乎又回到了原处，我们好像很难像警幻仙子那样，不吝人间妙语高度评价二爷的人品。你瞧瞧，这小家伙不过才刚刚发育，懵懂间就已惦记了这么多人，表姐表妹，侄儿媳妇，通房丫头，一副包揽天下一个都不能少的德性，等到成年了，那还了得。幸而曹老师不是兰陵笑笑生，他让我们的主人公及早地勘破了这人间色相，出世成仙，而不是像西门大官人那样，沉湎声色犬马，纵欲而暴亡。

这么一说，就又出来个谱系——“从《金瓶梅》到《红楼梦》”。其实前人早已说过，古今世情小说的集大成者，莫过于此两部杰作，而且前者为后者师，也是没有问题的。但我们换个角度看，将两部小说搁到一块，刚好又应了弗老师所说的那个意思，“文学是力比多的升华”。两部小说都以“色欲”为故事之基，叙事之本，但一浑一素，一污一洁，根源尽在于“升华”程度的不同。前者是“力比多”直陈得多，后者则是差不多都处置“升华”了。差别很微妙，色都归了空，但在宝玉是主动和体悟出了空，而西门则是执迷不悟而至于空，前者是得道，后者则是业报。那是不一样的。

但这也没有什么可得意的，你道这男权传统是那么容易规避的么，这古往今来的男人之梦，在关于女人的问题上，都是自私卑怯无有例外的。女人的美丽不仅必须，而且还危险，所以因欲而召之即来，又因怕为祸水而挥之即去。所以“汉皇重色思倾国”，从春秋时的妲己褒姒，到汉代的飞燕貂蝉，再到大唐的媚娘与玉环，无数的女子，无不是男人掌上腰间的玩物，又是千金一笑祸国殃民的灾难之源。

我不想举出太多负面的例子，便是文学史上最为正面的样本，也同样不能免俗。我要举是最近的——距笔者故乡不足百里，那位清代的野老，淄川蒲家庄的柳泉居士，号称短篇小说圣手的蒲留仙。他那些号称“明神道”“托旷怀”的搜神谈鬼故事，固有种种寓意杂多涵纳丰厚的好处，但在“意淫”这件事上则不输任何人。大凡他所造的故事，多是魑魅魍魉、牛鬼蛇神之类，然一旦与人交集，总不过是男女关系，而一般情况下，男为人，女则为鬼为狐；男为书生，女则为鬼狐变来的人形。模式一般也很固定，书生正于灯下苦读，忽然门“吱呀”一声开了，凉风中闪进来一女子，问是谁，便会自称是邻家女也，会主动向那困倦的书生递出秋波，敞开心怀，奉献一切，且不要任何回报，不用书生负任何责任，他只要享用就好。

但这一切只是显示了女人之贱，欲火不起男人之身，而总在女人这边。主动诱惑是固定的戏码，男人只是配合。但接着这后果就来了，不久该书生就病了，因为那鬼狐家的女子虽然美丽而无成本，却是阴气重，专门吸精，坏人阳气的。

举几个片段，各位一看就明白。

> 半夜，董（生）归，见斋门虚掩，……以手入衾中探其温否，……竟为姝丽，韶颜稚齿，神仙不殊。狂喜……（《董生》）

> 王九思在斋中，见一女子来，悦其美而私之。诘所自，曰：“妾遐思之邻也。……”王益佩之，遂相欢持。居数日，迷茫病瘠……（《董生》）

> 凤阳一士人，负笈远游，……妻翘盼綦切。一夜才就枕，纱月摇影，……有一丽人，珠环绛帔，而入。（随后是丽人携士人妻前往寻夫，及见面，却独与士人相狎——引者按）少间，丽人伪醉离席，士人亦起，从之而去。……猥亵之状，尽情倾吐。（《凤阳士人》）

> 尚生，泰山人，独居清斋。会值秋夜，银河高耿，明月在天，徘徊花阴，颇存遐想。忽有一女子逾垣来，笑曰：“秀才何思之深？”……自此临无虚夕。（《胡四姐》）

> 一夕（顾生）独坐，女忽至，笑曰：“我与君情缘未断，宁非天数。”生狂喜而抱于怀……（《侠女》）

这“居数日，迷茫病瘠”，便是男权主义的鬼胎所致，你得人家好处，倒不思回报，有点什么风吹草动的，还要归罪于女方。这与千古以来那不绝如缕的祸水故事，自是一脉传承。当然，批评男权终非我这儿的使命，我们只是捎带分析这梦境的来历和性质罢，别无他意也。

想来留仙先生也是一“伟大的色情讽刺家”了，但与曹公比，讽刺谁，批评什么，他似乎还要更暧昧些，“书中自有颜如玉”的老故事在他这儿很少被翻出新意，而要数“男权主义的色情幻想”，他老人家倒可以称得上是有过之而无不及。

六

或许我故乡的农人们，才是不折不扣的“色情讽刺家”，他们的直接和直白，粗鄙与粗暴，倒比文人的酸文假醋好玩。他们的话语总是直接诉诸身体和器官，通过将生殖活动非法化，或是将色情想象污名化，以此来表达有名或无名的怨气与幽默，愤怒与快乐。当然，恕我省略不具，因为实在是太粗陋不堪了。

忽然就想起了故乡的一个故事——且让我用这个真实的故事来作结，或许它能让我把宝玉式的梦境，再找一个现实的版本，或是把“男人之梦”历史化，让前面这番不着边际的议论，最终接接地气。

这是四十多年前，二十世纪七十年代的故事。对我们来说，或许这就是历史的馈赠了，这贫瘠的年代最富有的不是别的，而是故事。在笔者的故乡，有个青年叫作“腊月”——请原谅我用了化名，想必他不会看到这篇文字，也不会对号入座。腊月比我大五岁，是村里唯一的“文青”。那时我们还不知道什么是文学青年，环境如此封闭，哪里会有这等奢侈。只知道他疯疯癫癫，被村里人看作一个不正常的同时又不一般的角色。

腊月有一个正式的名字，因姓白，或许应叫作“白生”。他生于村里唯一的雇农之家，其父在新中国成立前确属房无一间地无一垄，后来分得了田产，也娶了老婆，生下了清一色五个儿子。按出生月份一字排开，分别叫作二月、四月、五月、十月、腊月。说来这家人或许有外族血统，生得极白皮肤，几近于白化病一般，骨骼也奇清高大，面相不俗；唯一的毛病是嘴巴两旁有奇怪的皴裂，像是虎斑纹，且都有严重的鼻炎，每个儿子的鼻子下面都挂着两根浓绿的鼻涕。惟这老大腊月，脸上干干净净，生得俊朗白皙，颇有些书生风度，每每让村里的人另眼相看。

白生上初中时，不知错了哪根筋，居然爱上了文学。但初二时他便被其父勒令辍学了，因为是老大，须帮家里干活，方能养活他那众多吃干饭的兄弟。然而辍学未能让他真的出工出力，这家伙常年蹲在家里，据说在“写东西”。老百姓自然不解，正不知他到底是个什么货色，便有议论纷纷，有人干脆说这孩子中了邪，得疯症了云云。有一阵子，我的叔叔很神秘地告诉我，说白生写了个长篇小说，名叫《湖畔激浪》，你知道吗？我那时还上小学，不足十岁，只看过一两本红色小说，所以懵懵懂懂觉得很惊异，居然还有名有姓，但并不知道这到底意味着什么，只是对他充满了敬意。

后来有一年春季，上五年级的我，忽然看见一辆绿色的吉普车开进了村子，街上顿时一片骚乱，我看到穿小黑袄的白生，被两个穿白色制服的警察押送着进了他的家。矮小逼仄的院落里一下挤满了围观的人。从门缝里，我看见警察在与村书记交待白生的事，大概是，他出门一个多月，不曾参加生产劳动，也未曾请假，照当时的法纪这叫作“流窜犯”，须以判刑论处。但念在他出身雇农，又属初犯，便押送回村里，交由村革委会管理。那时我听见村书记在大声质问白生，到底出门干什么去了。

白生说：“我是采风去了，我写东西，需要采风。”

莫名其妙的书记大怒，说，什么采风，我看你是“财疯”。

尚不懂事的我们更没有听明白他们说的是什么，还以为他是说“裁缝”呢。

后来又发生了另一件事，我的同桌小玉出事了。小玉是我班上最漂亮的女同学，时年大约十二岁，她发育早，生得高挑，桃花般粉红的脸蛋，小胸脯已有点胀鼓鼓的。我们这些乳牙未退的小孩子，当然什么也不知道，只朦朦胧胧地觉得人家好看。麦假里，她的父母在打麦场上加夜班，她独自睡在家里，居然被白生强暴了。第二天一早，我们又看见了那辆绿色吉普车，这次是真的把白生押走了。

一晃三年过去了，已经早到了改革开放的年月，服刑期满的白生回到了家，并没有像有人预言的那样，会报复小玉家。那时我也已考上大学去了省城，村里的事情就渐渐知道得很稀薄了。恍惚听说后来白生娶了小玉，这令我非常吃惊，因为毕竟他们是仇人呵，怎么会有这种方式？再后来，我每次还乡，都试图把这件事搞清楚，但总是忘记了。

直到多年后，白生和小玉的孩子考上了某重点大学的中文系，那一年他们来京城送孩子，我才趁着酒意，当面将事情问了个明白。原来，那白生不过是喜欢小玉，那晚独自在家的小玉隔着墙对他说，她自己在家很害怕，他便悄悄窜到隔壁，与小玉玩耍了一会儿，疲劳中睡倒在了她家的土炕上。后来他梦见自己和小玉好了，不知不觉抱着她，裆间也流出了尴尬的液体。但就在那时，早上回家的小玉父母恰恰看到了这一幕，不由怒火万丈，告诉了村支书，便有了后来白生吃官司的一幕。

然而实情是，白生根本没有强暴小玉，小玉依然是标准的处女。她的父母后悔一时糊涂，做了报案的傻事，让白生吃了官司，他们的女儿则坏了名声，再没法嫁得出去。等到白生刑满释放，还是这一双难兄难妹最终成了眷属。

中间有多少故事，都是难言的唏嘘了。我再看人家这孩子时，果真是生得俊美，真个传承了父母的优秀基因，遂叹息了良久。说，这也算是人间奇遇，和小说一般的悲喜剧啊。

倏忽想起，那谜一般的长篇小说，是否真有其事，便问他。他说，从来没有写出过一个字，“只是在做梦。”他发出了尴尬的笑。倒是人家早熟的女儿说：“我爸爸青年时代的文学梦，好像从来就是个传说。”小玉也笑了，似乎还有着当年绰约的影子。而今是她的女儿再现着她曾有的青春美丽了，她只是笑着，似乎有一点尴尬，也有一点羞涩。毕竟岁月已经宽释了所有，他们所经历的风风雨雨，却奇迹般地造就了这样一个家庭。如今他们过着一个小镇手艺人的生活，白生以木匠为业，兼以雕刻和烙画为生，在故乡算是小康以上了；而这昔年的小玉，我童年的伙伴，也是衣着得体，风仪犹在，露着一份满足的笑容。

那一夜，我也做了一个梦，梦见了童年的小玉，她住在白兰花盛放的花丛中，一袭白色的婚纱，貌美如花。而娶她的不是白生，而是童年的我，我娶她时的聘礼，是一部新出版的长篇小说，小说用红缎带包着，非常漂亮，封面上用耀目的蓝色书写着四个大字：湖畔激浪。

（原刊于《收获》2020 年第 1 期）

书生校长

袁　敏

要有良好的社会，必先有良好的个人，要有良好的个人，就要先有良好的教育。

决定孩子一生的不是学习成绩，而是健全的人格修养。

——蔡元培

引　子

2018年，我在《收获》推出知青专栏“兴隆公社”，其中有一篇《乡村教师》，写的是半个世纪以前，为北大荒农村孩子们奉献青春的一群知青教师。

文章发表后，传播的速度和广度完全超出了我的想象。之后不断地有人来和我探讨乡村教师的话题；也有不少热心的读者，主动给我提供当下仍在乡村从教者的新的采访线索；一家著名的大学出版社社长深夜给我打电话，希望出版《乡村教师》一书。

为什么半个世纪前的一群知青教师，在偏远蛮荒的北方农村展开的乡村教育，会在五十年以后的今天，依旧散发出不灭的光彩？为什么当时代进程已经跨入高科技、网络化，中国教育的各种条件和硬件设施早已今非昔比时，还会有这么多人怀念那些曾经在茅草棚和田间地头给孩子们上课的乡村教师？中国大地的版图上，还有多少像当年的兴隆公社一样边远、落后的穷乡僻壤，睁着一双双渴望读书的眼睛？那儿的乡村教育是不是至今还停滞不前？当今天的精英教育越来越成为无数家长疯狂追逐的梦想，争先恐后地往孩子身上砸钱时，还有多少具有奉献精神和教育情怀的老师，能不为名利所动，不被钱财驱使，真正为广大中国乡村基础教育，为中华民族最底层的基石，奉献自己最温暖的爱心，坚守一个老师最神圣的职责？

当这些问题一个接一个地冒上来时，我终于明白，从我采写《乡村教师》开始，我的心已跌落在中国贫困落后地区千千万万个孩子们中间，我的目光再也无法离开中国乡村教育这块阔大深广的土地。

2019 年 9 月 9 日，中华人民共和国七十华诞前夕，也是第三十五个教师节到来的时候，中共中央宣传部为贵州省台江县民族中学校长陈立群颁发了“时代楷模”的荣誉证书。一时间，中央和地方媒体密集地报道了这位曾经是发达富裕地区浙江省名校校长的感人事迹。

早在 2001 年，陈校长就率先在自己时任校长的长河高中创办了浙江省第一个“宏志班”，尝试分出一部分学校教育资源，为那些家境贫寒、面临失学，却学习努力、成绩良好的孩子，开辟一条提供优质教育的绿色通道。这个“宏志班”，一办就是十几年，培养了一批又一批贫困的农村孩子。

陈校长退休后，又婉拒了多家学校的高薪聘请，在同是当老师的妻子陪伴下，不远千里，来到贵州黔东南贫困地区，在一所百分之九十以上都是苗族孩子，教育基础相当薄弱的台江民族中学担任校长。而他开出的唯一条件就是：分文不取。

好评如潮中，也混杂了一些不同的声音：

不会是沽名钓誉吧？如今这年头，还有谁会放着白花花的银子不要，跑到那么贫困偏远的地方去受罪？

当年在浙江创建第一个“宏志班”的，就是这位陈校长，“宏志班”火了，他这个创建者依旧默默无闻，不甘心呗！是否想再折腾一把，重新扬扬名！

退休了，找个山清水秀的地方玩玩，修身养性，何乐而不为？还捎带教育扶贫，做公益了……

怀疑嘲讽也好，调侃揶揄也罢，当我听到这些声音的时候，心里滚过一阵苍凉。曾几何时，我们的社会变得这么功利，人心变得这么冷漠，追名逐利似乎很正常，无私奉献反倒让人觉得不可思议。

也许不该责怪这些质疑者，因为在生活中，我们确实见过一些不太真实的先进典型，让老百姓对“劳模”“楷模”这样的光环人物，有时候难免敬而远之，总觉得他们身上贴着某种时效性的政治标签，雾里看花，遥不可及。

与能够见到的种种公开报道相比，我更相信自己的眼睛。

采访陈校长的想法，就是那一刻冒出来的。

一

辗转打听到陈校长的手机号码时，我并没有贸然拨打。

我知道陈校长一定很忙，追逐他的全国各大媒体早就蜂拥而至，报道他先进事迹的文章也已经连篇累牍，我一个普通的写作者，凭什么让他接受你的采访？

我在微信中输入陈校长的手机号码，抱着试试看的心理，搜索他的微信号，并加了他。加他时，我介绍自己是作家。

微信发出后，我其实没有多大信心，如今作家太多了，陈校长这样一个正被大众瞩目的“时代楷模”，恐怕不会随便接受一个自称“作家”者的微信。

没想到陈校长很快就回了我的微信：袁作家好！

我首先注意到陈校长的微信头像，既不是本人潮拍，也不是虚拟头像，更不是许多人常会采用的卡通漫画、四季花草、自然风景之类，而是一张破烂木板房的照片。

我将照片放大，仔细端详了半天。

照片中的木板房摇摇欲坠，门就是一个长方形的空框，窗户是一根根木条钉起来的，没有玻璃，透着宽大的缝隙。黑乎乎的屋顶上，颤巍巍地支着一个白色的圆盘，像是电视天线，这大概是唯一还能和当下联系起来的标记了。

这是什么房子呢？陈校长为什么用它来做自己的微信头像？我将照片拷到电脑上，进一步放大，终于在碎鱼鳞一般的黑瓦屋顶下，看到一块带字的木牌，上面写着：小江村农民文化技术学校。

陈校长的微信头像，是一所破烂不堪的木板房：贵州省台江县小江村小学。

原来这是一所学校。我无法想象，今天的乡村，还会有这样破败的学校！

我不由地想起自己为采写《乡村教师》，走访北大荒农村时，看到那些正在消亡的乡村小学，曾经拍下一张据说晚来两天就要被扒掉的茅草棚小学校照片，和眼前陈校长这张微信头像中的破烂学校何其相似！

我似乎隐隐体悟到，陈校长用这张破烂的乡村学校照片做微信头像时，某种感伤的心境。

我将自己写的《乡村教师》一文，用微信发给了陈校长，并在下面写了一段话：

这是我去年发在《收获》杂志的文章，请陈校长指教！

明年我将继续在《收获》开中国教育话题的专栏。你离开学军中学后，选择去贵州贫困山区支教，而你当年在杭州市长河高中创办的“宏志班”，也影响和拯救了一批批上不起学的贫困孩子。我很想知道，作为一个中国教育改革的践行者，你做过数个中学的校长，你任校长时间最长的长河高中，原本地处浙江最富裕的区域萧山；而你退休之前最后一任校长岗位，是位于杭州市中心的名校学军中学，这两个学校的生源，大多来自家境比较好的家庭，可你为什么却一直关注贫困生这个群体？又为什么要在退休以后，放弃安逸生活和高薪聘请，远赴边远的西部，去贵州一所少数民族中学再当校长呢？

这一次，陈校长并没有马上回复。

直到第二天下午，陈校长才发来第二条短信：

我在贵州黔东南苗族侗族自治州台江县民族中学，国庆节不回杭了，都在学校。如果你有时间，就来苗寨实地看一下吧。不要坐飞机从贵阳转，直接坐高铁到凯里南。

短信末尾，陈校长发了一个握手的表情。

我松了一口气，虽然陈校长没有正面回答我的问题，但他让我去台江苗寨看一下，还细心地告诉我最佳路线，显然是同意了接受采访。看得出，陈校长是一个注重细节的人。

我当即订了赴台江县最近的高铁票：杭州——凯里南。

看了一下行程时间，七个多小时，比我想象的要快多了。祖国交通的日行千里，高铁的四通八达，拉近了杭州和西部的距离。

正当我暗自庆幸，贵州黔东南其实并没有想象中那么遥远，陈校长还是可以常回家看看时，我却了解到，几年前，陈校长已经下决心要去天下苗族第一县的台江支教，出任台江民族中学校长，可就在出发前不久，竟发生了一场因距离而引起的“生死时速”事件，陈校长差一点就到阎王爷那里报到了。

那是2016年七月中旬，盛夏酷暑，陈校长回临安老家看望母亲。想到母亲已经九十多岁高龄，自己若真是远赴西部贵州，那可就是山高水长，路远迢迢，母亲要想见儿子一面，可就难了。对母亲十分孝顺的陈校长，希望趁自己未离开时再多陪陪母亲。

在老家的一天晚上，陈校长突然觉得小腹剧痛，肚子肿胀，人憋得喘不过气来。这种情况以前偶尔也有过几次，但从来没有这么剧烈地疼痛，所以他也没有太放在心上。而这一次，病势来得突然而凶猛，发作时间恰恰又在他下决心放弃家门口的高薪聘请，准备去千里之外的台江县担任中学校长的关键时刻。冥冥之中，是否上天也在给他暗示：人生苦短，不要再给自己太大压力！

临安毕竟是县城，医院小，医疗水平不高，陈校长决定驱车赶回杭州，尽快找大医院检查、确诊、治疗。

从临安到杭州的距离不到五十公里，正常情况开车也就一个来小时。可陈校长的老家坐落在天目山支脉的大山褶皱深处，离临安县城还有半个多小时的山路。没有公交，更别说打车，除了自驾，晚上根本没有别的交通工具。陈校长只好等小腹剧痛稍稍缓解，匆匆和母亲道别，自己开夜车，走山路，穿过临安县城，上了绕城高速。

没想到前方发生车祸，高速公路上车子排起长队，一动也不动。就是这样几十公里的距离，生生让陈校长无法插翅飞到杭州的大医院。腹部的疼痛又一阵阵袭来，肚子憋得像是马上就要被撑破，有一阵，陈校长甚至觉得，自己已无力和时间赛跑，会不会就这样死在路上？

就在陈校长几乎绝望的时候，一位交警发现了面色苍白、大汗淋漓的他伏在车窗口，似乎很难受的样子。

交警问明情况后，很人性化地让他从应急车道掉头，从龙坞出口下高速走国道，这才在半个多小时后赶到浙二医院滨江分院。

紧急检查救治后，陈校长暂时脱离了危险，但因为病势很凶险，浙二医院滨江分院不敢大意，又将他转到市中心的浙一医院，继续住院治疗了将近半个月，才将陈校长真正从死神手中拉了回来。

这一场生死时速的惊险事件，一下子让杭州和贵州黔东南千里之遥的距离清晰起来。原本非常支持陈校长赴西部支教的妻子，面对丈夫可能出现了问题的身体，内心开始动摇。临安到杭州，几十公里的路程，突然发病时，尚且难保及时就医，贵州台江那么偏远，丈夫毕竟已到花甲之年，千里迢迢跑到贵州支教，生活上能不能适应暂且不说，这个岁数，难免有个病痛，让人如何放心得下？

而陈校长却从自己这次发病、命悬一线的惊魂一刻中，得出了逆向思维的相反结论：越是落后偏远的地方，医疗、教育的资源越是匮乏，自己个人的能力很有限，但若能在有生之年为改善西部落后的教育做一点事，生命会更有价值！

陈校长让我不要坐飞机从贵阳转道，而直接坐高铁到凯里南，他是不是同样也在寻找最佳的路径，缩短富庶东部与荒凉西部在教育上的距离？

火车上的七个多小时，我一直在脑海里想象和勾勒陈校长的形象。

我曾经在一篇报道中看到陈校长对记者说：我一不炒房产，二不炒股票，既不是特级教师，也没有正高职称，我不会去争这些东西，我到现在住的还是政府照顾的经济适用房，但我写作出版了十六本关于教育的书。

这是一位书生校长。

二

到台江县民族中学的时候，陈校长已经站在学校教学楼前的台阶上迎候我。

他很安静，身材修长，气质儒雅，一副灰框细边眼镜的镜片后面透出的目光，有几分蒙眬，带点超然，带点莫测，和我想象中的书生校长形象十分吻合。

没有常规的热烈握手，也没有客气的寒暄套话，陈校长只是静静地站在台阶上，指着学校对面的一片商品房高楼对我说：看到校门外的那条河了吗？很美吧？我刚到学校的时候，这条河看不见，被一片商品房挡住了。

陈校长声音不高，语速缓慢，似乎不是那种叱咤风云的人，但又让你觉得，只有最自信的人，才会这样超然物外地说话。他不在乎你的回应，或者说，他压根儿就没有想做一个被采访者。他沉浸在自己的思绪中，似乎有许多想要倾吐的话，他没有等你提问的意思，他并不想跟着你的采访思路走。他有各种层出不穷的想法，这些闪光的想法，可能在平时的教学管理中，没有太多表达的机会，又或许他害怕这种灵感闪现会稍纵即逝，所以，他可能需要说话的对手。

果然，还没等我看清楚学校对面的河，陈校长就继续沿着自己的思路说下去了。

我走马上任之初做的头几件事情，在旁人眼里看来，似乎都和学校的教育管理风马牛不相及，甚至有人觉得，我这个名校校长挥出的头几板斧也不过尔尔，抓的都是鸡毛蒜皮的小事。

我刚来的时候，就是站在这个台阶上，看学校四周的环境和远处的风景。校门口那条河叫翁里河，河背后的山叫狮子岩，山上有大炮台、东山寺，山后有文昌阁，这所学校山环水抱，是藏风聚气之地啊！

可是，在许多人眼里，钱是第一位的，商品房赚钱呀！房子盖在风水好的地方，更能赚大钱！所以，翁里河两岸一幢幢商品房拔地而起。原来翁里河这边也都是在建的商品房，挡住了学校的视线，学生们看不到河，也看不到山，看到的只有水泥森林。这怎么行呢？

视野决定人生高度，鼠目寸光的人不可能走得长远。我立刻向政府有关部门反映，任何一座城市，河流都是宝贝，沿河通常都是绿地或者步行道。如果没有这些商品房，让学生看得见绿水，望得见青山，那该多好啊！

拆掉翁里河两岸已经建造完大半的商品房，还学校一片清静之地，让学生们看得见绿水，望得到青山！这么重大的决定肯定会触及一些人的既得利益。

我的意见理所当然地遭到了许多人的反对，尤其是房产开发商，怎么肯让即将到手的白花花的银子付诸东流？

这时候，台江县政府下决心改变当地教育面貌的雄心和力度显现出来了。有关部门出面和开发商协调，态度非常明确：挡什么也不能挡学校，这片楼盘必须拆！政府态度一强硬，开发商气势立刻软下来。很快，翁里河南岸靠近学校这边的在建商品房就被拆除了，穿城而过的翁里河，又在学校门前静静流淌。而远处的狮子岩，也毫无障碍地将满腹苍翠之气渗进校园，那种清新和湿润，是滋养禾苗成长的甘露，虽然看不见、摸不着，却是大自然无声的馈赠。

许多时候，人类都把这种馈赠漫不经心地丢弃了！我要把它捡起来，那是宝贝，人和自然之间的精气神不能割断。

陈校长说这些话的时候，学校对面玉带缠腰一般美丽的翁里河，在阳光的映照下，反射出变幻跳跃的色彩，远处苍翠的群山，像暗绿的剪影，沉入雾霭无沿的天边。

一个文质彬彬的书生校长，新到一个陌生的贫困县、陌生的落后中学，上任伊始，就有这样强硬的气势，敢于砸开发商大肆揽钱的聚宝盆，促使政府下令推倒很快就要竣工的商品房，这得有多大的胆魄和勇气啊！

更令人感佩的，是台江县政府改变地区教育落后面貌的雄心，他们把教育作为全县工作的重中之重，影响到学校发展的一切，必须让步！这也需要气度和胸怀。

看来台江县政府和对口帮扶台江县的国家部委扶贫工作小组一起联手，从千里之外的杭州挖来陈校长，并不是一时心血来潮，而是一种高瞻远瞩的眼光，扶贫先扶教育，这才是关系到子孙后代的千年大计！

当我向陈校长说出自己的感慨时，陈校长脸上闪过一丝复杂的表情，虽然一掠而过，但还是被我捕捉到了。

果然，陈校长略微停顿了一下，讲述了一件令人惊愕的事。

2017年年底，学校来了广州一家银行的人，县里一个部门的头儿陪来的。这个人上来就掏出一份打印好的合同递给陈校长，要他在上面签字。

陈校长一看合同，大吃一惊，居然是要把他们的学校抵押给银行，以此贷一大笔钱。县里陪来的人还在一旁说，陈校长，签字吧！这个钱县里等着要用。

陈校长说，你们没东西抵押了，竟然要把孩子们上学读书的学校抵押了，这不是让国有资产流失么？这是败家呀！万一学校有个三长两短，学生去哪里上学呢？

陈校长把合同扔还给对方，斩钉截铁地说，学校和学生比天大！这个字我不能签。

县里来的人和广州那家银行的人面面相觑，脸色很难看，却又无可奈何，最后只好悻悻地走了。此事后来不了了之。

陈校长说的可能是题外话，和他来台江民族中学后做的头三件事似乎没关系，但我从中感受到，陈校长来台江县民族中学担任校长，并非一帆风顺。什么地方都有利欲熏心的人，什么时候都有人干伤天害理的事。陈校长的敢作敢为，勇于担当，会不会遭人嫉恨，被人暗中报复呢？

听说陈校长来台江以后，一直住在人武部的招待所，这不禁让人产生某种联想。听了陈校长的题外话，我更急于知道，陈校长做的第二件事，会不会更加惊心动魄？

学校教育，做的都是细碎平凡的事，哪来惊心动魄？我做的第二件事，就是改造学校的食堂、厕所、宿舍。校长还管吃喝拉撒？有点婆婆妈妈，对吧？我不这么看。

我到学校的第二天，台江县四套班子的主要领导赶到学校开会，欢迎新校长上任。

我不会客套，也不会搞新官上任致辞表态那种虚头巴脑的花枪。欢迎会上，我开门见山，说话直冲要点：第一，校长是管理学校的，全县就我们一所普通高中，今后与学校教育有关的会议，我来坐半天；无关紧要的会议，我能否不参加？第二，我搞教育很自信，但我最不擅长的是行政、基建、化缘、讨钱，我的时间、精力若是花在这上头，改变学校教育的落后面貌，就是一句空话了。

县委领导很干脆，当场表态：第一，你有会议豁免权。第二，有事直接找县委书记和县长，不算越级。

有了这两把尚方宝剑，我开始大刀阔斧。

民以食为天，吃是头等大事！

我曾经写过一篇文章，题目叫《花与根，血脉相连——解决“留守儿童”问题的根本办法在于“留守父母”》。

改革开放给祖国带来了翻天覆地的变化，物质的富裕，科技的进步，都给老百姓带来了生活品质的提升，相对落后的西部，也得到了全社会的眷顾和国家政策的扶持。但是，伴随着城市化进程的快速推进，大量的农村青壮年劳动力外出务工，使广大农村产生了一个特殊的未成年人群体——留守儿童。

2016 年 11 月，民政部、教育部、公安部联合在全国范围开展农村留守儿童摸底排查工作，据不完全统计，目前全国农村留守儿童数量为九百零二万人，90% 以上分布在中西部省份。这几年，留守儿童的整体数量虽然有所下降，但是隔代监护和无人监护的比例却在持续上升。

贵州作为劳务输出大省，留守儿童的问题尤为突出。在号称“天下苗族第一县”的台江县，调查统计发现，各初中小学的留守儿童比例为 43.9%，而台江县民族中学留守孩子的比例更是高达 46% 以上，几乎占全校学生数量的一半！

从小没有父母在身边的孩子，尤其是在缺乏母爱的环境中长大的孩子，大多没有安全感，而没有安全感的人，很难发展出对他人的信任感，而一个从小就不信任别人的人，怎么会爱他人、爱国家、爱世界？他们甚至都不会爱自己！

有一位学生在一篇记叙父母的作文中写道：在家里，邻居都说我有了上顿没下顿。自从父母去深圳打工以后，家里空荡荡的，墙角堆着他们曾经下地干活的工具，却再也看不到他们的身影。地上到处都是脏衣服，乱七八糟的书籍、锅里的饭菜已经发霉，死在碗柜下的老鼠还等着人将它埋葬……一切都失去了秩序。爸妈说过年就回来，我想说，回来了就不要再走了，每次打电话听到你们的声音我就想哭。

还有一位女同学，父母离异了，瞧不起女孩子的父亲根本不管她，而母亲为了供她上学去了广州打工。有一次她病了，高烧不退，去医院打点滴。我去医院看她，她表示输完液就赶回学校参加晚自习。我说，傻孩子，生命重要还是读书重要？她回答说，一样重要。我说，生命只有一次，落下的功课可以等病好了以后慢慢赶。没想到她眼泪马上就下来了，她说：我不想再过妈妈现在过的生活。

这样的孩子在台江民族中学太多太多了！面对这样的孩子，我真的很心酸。

这些外出打工的父母，初心都是想改善家里的物质条件，使孩子们过上更好的生活，更加安心地读书，今后可以改变自己的命运。但他们没有想到，在亲情与物质之间，孩子们其实更渴望父母的爱和陪伴。只不过大多数的孩子都不会把内心的渴望告诉父母，他们只是忍着、想着、期盼着。

我想把孩子们缺失的父母的爱，尽可能地带给他们。在我看来，最能体现家庭温暖和亲情的，不就是饿了，端给孩子一碗滚烫的粥，冷了，递给孩子一件御寒的衣么？你让孩子们吃好了、住好了，他们就会感到温暖，把学校当成家，才能有动力好好学习。

说出来你可能不相信，我刚来的时候，这所拥有三千多师生的中学，只有一口锅烧菜，到了就餐时间，排几十分钟的队还买不上饭菜，是很平常的事。食堂里污水遍地，老鼠蟑螂乱窜，灶台上，电线上，哪哪儿都是黑压压一片片的苍蝇，密密麻麻，层层叠叠，看着都瘆得慌。我第一次走进食堂厨房时，傻了，直想吐，这么脏的地方做出来的饭菜，你怎么吃得下去呢?

学校一层楼只有一个厕所，还没有门，男女不分，进里面解手，外面都看得见。上高中的男女生都快成人了，却连最起码的尊严和羞耻心都无法受到保护。学校经常断水，有时候一断就是四五天，厕所全部瘫痪，下水道堵塞，臭气熏天。

住宿条件就更差了，一间宿舍要住几十个学生。

我下决心一定要解决吃和住的问题，首先从厨房、厕所、学生宿舍的改造开始。一个食堂变三个食堂，一口锅变六口锅。原来开会听报告的阶梯式大教室，砍了，用来改造成宽敞明亮的食堂操作间，食堂就餐区重新粉刷一新，又买进来一批新的餐桌椅，一看就清爽舒服，让孩子们吃饭有个好心情。

学校的房子很紧张，要想改善学生的住宿条件谈何容易。但是，住宿条件不改善，学生休息不好，睡眠不够，学习怎么可能会有精神?正在长身体的孩子，睡觉和吃饭一样重要。我一面向县里政府部门打报告，申请建造学生宿舍的经费，一面挖掘现有学校用房的存量资源，合理调配，挤出几间原先行政办公用房，改造成带独立卫生间的学生宿舍，让孩子们陆续搬了进去。

我提出能不能去参观一下学校的食堂和学生宿舍?陈校长欣然带我去了食堂操作间、就餐大厅，还有高中年级的学生宿舍。

食堂操作间宽敞、亮堂，没有苍蝇，也不见垃圾污垢，虽然谈不上现代化，但一切都很井然有序。

就餐大厅窗明几净，白桌蓝椅，赏心悦目。因为不是就餐时间，我没能看到具体的菜品，但空气中飘来的饭菜香味，我还是闻到了。

学生宿舍也很干净整洁，每个房间看上去有二十多平方米，摆六七张高低铺，睡十二三个孩子，还有放衣物的柜子，条件也是相当不错了。

我问陈校长，你说你不擅长行政基建，化缘讨钱，可你做的这些吃喝拉撒的事情，不都是这个范畴么？而且还做得那么好！

陈校长无奈地摇摇头说，那不是逼的么！不把这些基础工作做好，人心是散的、冷的，你要把人心聚拢、焐热，就得从吃喝拉撒的小事情做起。何况这个年龄段的孩子们正处在生长发育的关键阶段，我这个当校长的没法不操心啊！

那你做的第三件事情是什么呢？我问。

我做的第三件事，就是调来学校建卡立档的贫困孩子名单，开始一家一家地进行走访，深入了解这些孩子的家庭现状。全校三千多名学生，来自建档立卡的贫困户的目前有一千一百七十个，还有部分来自低保户和相对贫困家庭，加起来有一千六百八十名左右，占到全校学生的一半以上。

这几年，几乎所有的双休日和节假日，我都在走访这些贫困孩子的家庭，到目前为止也才走了不到两百个家庭。这些家庭都分散在各个偏远的山寨，有时候一天只能走访一两户人家。记得有一次走访一位高一的同学家，我先开了一个多小时的汽车，再转乘烧柴油、屁股上冒黑烟的小机动船，穿过一条弯弯绕绕的河，大约也得近一小时。上岸后，再徒步走半个多小时坑坑洼洼的泥路，才到这个同学家。这就是一个学生上学的路。有的同学家里的房子四面漏风，用泡沫塑料、包装盒马粪纸或者木条钉的墙，根本挡不住风霜雨雪。这样的贫困户数量太庞大了，根本走不完。

有人问我，为什么要花那么多的时间和精力，走访这么多学生家庭，若把这些时间和精力用在改善学校教学上，不是更能立见成效么？

我说，我要去感受我学生的生活环境和成长经历。一个人的生活环境对他的成长经历影响很大，而经历即人，我不了解一个人，我怎么教育得好他?

有一部美国电影叫《斯坦福监狱》，我不知道你有没有看过?

这部电影是根据真实事件改编的。故事发生在二十世纪七十年代初的斯坦福大学，一个教授召集了一群大学生志愿者，进行了一场关于人类行为的研究试验。教授将志愿者分成两伙人，一伙人扮演监狱狱警，另外一些人则扮演囚犯，在二十四小时内开始模拟监狱里的日常生活。实验结果证明，扮演狱警的人在模拟监狱的情境中，开始变得有暴力倾向，而扮演囚犯的人则预谋造反。试验不久就被叫停，但其研究结果却令人骇然！许多年来，这个“斯坦福监狱试验”一直为人们所关注，也引起了广泛的争议。我记得电影中有一句台词很经典：经历即囚徒。事实上，人在什么样的环境中经

“人类道德的基点是爱心和责任感”，陈校长的座右铭，刻在台江民族中学校园的墙上。

历什么样的生活，就有可能变成什么样的人！

现在许多贫困家庭父母双双外出打工，长年累月不回家，孩子形同孤儿。爱的缺失，使得这些孩子不知爱为何物。他们心地冷漠，感情贫乏，缺乏自信和安全感，对人充满戒备；有的家庭双亲离异，孩子跟着隔代老人生活，这些年龄大、没文化的祖父母辈，根本无法给予孩子学业上的指导，心理上的抚慰，更不用说给孩子规划人生；还有的家庭认为读书没用，也换不来钱，便让孩子们放弃上学，带他们一起外出打工，尤其是女孩子，想坚持读书更难，在当地苗寨，十几岁的小姑娘早早嫁人，更是司空见惯。

在台江人民医院，我曾经遇到一个十六岁的辍学女孩，这么小的年纪，却已经是两个孩子的母亲。我看到她时，她正在求医院为她肚子里发育不良的第三个孩子做引产手术。由于没有人为她签字，医院也没法为她手术。我当时就想，这女孩的父母呢？

许多家庭缺少基本的生活费，平时过日子就靠到地里刨食，孩子一上学，就算学校给他们减免了学费书费，他们还是连买饭菜票的钱都拿不出来；有的家庭本来就穷得缺衣少被，孩子去上学住校，要从家里拿走一条被子，对全家人来说，都是一个很沉重的负担。

每次走访这些贫困家庭，看到生活在这样家徒四壁环境中的孩子们，我都心酸无语，我会几百、上千地给这些家庭留下钱，有时我也会买来被子、衣服和其他一些生活用品送去。我以前的工资和现在的退休金虽然不高，但多少有些积蓄，家里人听我讲述这里贫困生的困难，也经常会给我一些资助，这些钱我几乎都这样陆陆续续散尽了。可我知道，那只是杯水车薪，根本解决不了那么多贫困家庭的问题。

“贫穷”与“教育”，形成了一个打不破的恶性循环，越贫穷越不重视教育；越不重视教育越贫穷。最终，“落后”成了中西部地区的标签，那些贫困的孩子，成了永远需要帮扶的对象。

苏联著名教育家苏霍姆林斯基曾经说过：“对一个家庭来说，父母是根，孩子是花朵。”根深扎在泥土里，花朵才能常开不败，根若离地拔起了，花朵还能不凋谢么？

俗话说：救急不救穷。如果不能让这些贫困地区的孩子们通过读书、上学，学习文化知识，从而真正改变自己的命运，谁也救不了他们！

陈校长的话让我震撼，也促发我思考。

国家对贫困地区的扶持力度和财政倾斜一直在逐年加大，社会各界人士对贫困地区的捐助也是有增无减，为什么贫穷落后的地方依旧贫穷落后，农村教育资源仍然匮乏，乡村学校还在持续凋败？

我曾经在短信中问陈校长，为什么你一直关注贫困生这个群体？

现在我知道了，陈校长到台江民族中学担任校长以后，离贫困生这个群体更近了，他一如既往坚持不懈地走访那些贫困家庭，其实并不仅仅是对这些家庭嘘寒问暖，他更关注的是这些家庭的生长环境会给他们孩子的成长道路带来什么样的影响！他更想了解、研究和探索的是，乡村教育如何从贫困教育开始做起，因为贫困生最大的群体在乡村，而中国教育最底层的基石也是在乡村，只有解决贫困教育，才能真正改变贫困生这个群体的综合素质，中国的乡村教育才能有希望。

三

上世纪九十年代，我在北京一家经济类报纸主编副刊，同时承担地区经济版的采编工作，有机会随一个国家部委报刊的记者团去云南滇西北采访，那是我第一次走进真正的老少边穷地区，也是我近距离接触贫困乡村孩子们的开端。

记者团在云南中甸的香格里拉大山里，遇到了一群牵马的藏民，他们候在崎岖的山道旁，等着给想骑马进山的游客牵马引路。记者团大约七八个人，而牵马的藏民有十几个人，显然粥少僧多。他们争先恐后地扑上来，拽拉我们上自己的马。同行的记者都想挑选那些毛色光亮、个头健壮的马匹，但说实话，和这些衣衫褴褛的藏民一样，这些马匹几乎也都是瘦骨嶙峋，毛色暗淡，一看就是营养不良的样子。于是其他人便纷纷选择看上去高大一些的牵马人。

突然，我在人群中发现了一个大约只有七八岁的小姑娘，她身上的藏袍脏得几乎已经看不清颜色，一双裂着口子的破胶鞋沾满泥巴，她的头发却很精细地编成一根根细细的麻花辫盘在头顶上，辫子里还扎进了红布条，闪闪烁烁，像佩戴了头饰一样。女孩虽然瘦小，面黄肌瘦，但一双大眼睛很清亮。她牵着一匹深棕色的马，马腿很细，但马鞍很干净，还绣着花。她没有像其他藏民一样扑上来，而是在一旁静静地看着我们。

我走上前问女孩叫什么名字？为什么小小年纪不去上学，却出来给人牵马？女孩的汉语很流利，她告诉我，她叫吉玛，今年八岁，因为家里穷，没有钱送她上学，周边也没有学校。两岁时，父亲生病去世，母亲靠养几头奶牛养活爷爷奶奶、她和弟弟。她很想上学，但她知道不可能。她出来牵马拉游客，就是想挣钱补贴家用，给妈妈减轻一点负担。

我选择坐上了女孩的马。

我骑在马上，看着前面这个瘦小女孩单薄的背影，心中很是不忍。这个年龄的女孩，正应该坐在窗明几净的教室里读书，而她却过早地挑

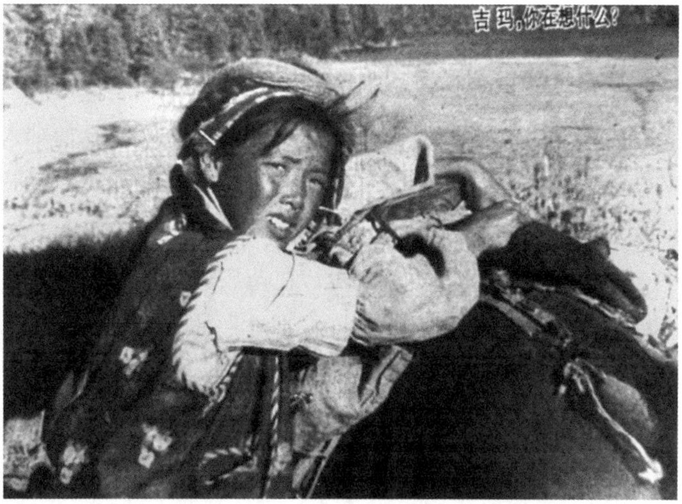

多少年来，我一直没有忘记那个马背上的女孩——吉玛。

起了沉重生活的担子。

那次采访回来，我写了一篇文章《马背上的女孩》，发在报纸副刊上，还配发了一张自己抓拍的吉玛在前面牵马时蓦然回首的照片，照片上那双清凉的眸子里一闪而过的忧郁和冰冷，很长时间都无法从我心中抹去，那不应该是一个七八岁小女孩的眼神。

记得报纸大样出来送审时，总编问我：为什么不放地区经济版？我说，我以为这是一篇记叙散文，不是新闻，放地区经济版好像不太合适。总编说：我们国家还有很多贫困地区的孩子上不了学，政府有责任啊！领导很少看副刊，放在地区经济版上，看到的几率会高一些。

那篇文章当时因为时间关系，来不及倒版，最终也没有放到地区经济版，但总编说的那一番话，我始终没有忘记。

二十多年过去了，我不知道当年在云南中甸香格里拉大山里遇见的那个马背上的女孩，以后的命运有否改变，但我知道，像吉玛一样，因为家庭贫困而面临失学、辍学的孩子，在许多边远贫困的乡村依旧存在，而其失学、辍学背后的真正原因，恐怕不仅仅是“贫穷”二字可以解释的。

陈校长说了两个例子作为对比。

其中一个例子，听着让人心酸，却有更多的感奋；而另一个例子，让人在感奋后，却留下更多的心酸……

在台江的苗寨村子里，这是一户普通得不能再普通的家庭，父母生了五个孩子，三女两男。唯一与别的家庭不同的是，别人家大部分不让女娃上学，而这户人家的父母虽然也是文盲，却对男女一视同仁，他们把五个孩子全部送进了学校。

五个孩子上学需要的花费，在苗族人眼里是一大笔钱，这笔钱靠刨土坷垃是刨不出来的，外出打工是唯一的出路。孩子小的时候，父亲先是在湖南矿山挖煤，后来又长期在广东东莞、汕头一带打工，活重、钱少，要想攒下钱供孩子上学，就得自己省，吃最差的饭菜，抽最劣质的烟。父亲长期营养不良，总咳嗽，一咳就像老烟枪射连珠弹似的，止不住。后来咳血了，去医院查，肺癌晚期。想治病，没钱，硬撑着，拖了没多久就去世了。

家里没了男人，顶梁柱就塌了，五个孩子面临辍学。

文盲母亲不想孩子今后再过像自己一样的苦日子，她狠狠心丢下孩子，远赴广东打工。没文化的中年大妈，进不了工厂，只好干最辛苦繁重的体力活。第一份工作是在饭店里当洗碗工，干活时间长，挣的钱还少。后来有人告诉她，砍甘蔗一天能挣一二百，砍得速度越快钱挣得越多。但这活太苦，一般人干不了，在甘蔗地里挥刀砍蔗的大多是越南妇女。母亲想，只要能多挣钱供孩子上学，苦点不怕！母亲去了甘蔗地，和那些皮肤黝黑的越南妇女一起砍甘蔗、捆甘蔗，扛起整捆的甘蔗装车。时间一长，母亲的脸上手上都是深深浅浅的疤痕，有的是刀扎的，有的是甘蔗叶刮的。砍甘蔗的时节一般都在年末到来年春天，母亲为了多挣钱，连续几个春节都没有回家。等到母亲再回到家时，五个孩子摸着妈妈粗粝的手，扑簌簌地掉眼泪，劝妈妈不要再去砍甘蔗了，他们可以不上学，干活挣钱养活自己。

母亲第一次对五个孩子发脾气：谁敢再说不上学，谁就不是我的孩子！说完这话，母亲也哭了，看着五个泪流满面的孩子，母亲答应他们，再回广州打工，不去砍甘蔗了，另找一份轻松一点的活。

这里的苗族女人，一般男人去世，女人就跑了，但父亲死了六七年了，母亲没有跑，也没有再嫁人，她只有一个心思，那就是供五个孩子上学，把他们培养到大学毕业。

母亲后来托同乡帮忙，进了汕头一家玩具厂，虽然还是做杂工粗活，但每月能给五个孩子寄两千元钱。可是，两千元对五个孩子来说实在太少了，尽管学校给他们减免了部分学费，但还有很多用项要支出：吃饭、书费、买作业本、添置生活用品，等等，平均到每个孩子的四百元钱，还是很拮据。

老大是男孩，觉得自己应该早点挑起家里的担子，减轻母亲的压力，但他知道不能不读书伤妈妈的心，所以初中毕业后，他没有再上高中，而是选择了上职高，现在贵阳一所汽车技术学校上学。可以看出，老大在为自己可以早点工作挣钱做打算。

老二、老三、老四都是女孩，老二已经读高三，成绩虽然平平，但是特别懂事。老三读高一，老四上初一，最小的弟弟读小学六年级，几个孩子成绩都还可以，尤其是老四，每回考试都是班上前几名，而且兴趣广泛，羽毛球打得很棒，还是班上的体育委员。

陈校长在走访贫困学生家庭时，了解到这几个孩子的困难，便对他们格外上心。

老二作为姐姐，她的心比其他几个孩子都重。她平时很寡言，和周围的同学接触也不多，喜欢一个人独处。

细心的陈校长留意到，姐姐晚上几乎都不去食堂，也就是说她一直不吃晚饭，问询之下，才知道因为几个兄弟姐妹都住校，一人一条被子带到了学校宿舍，家里只剩一条被子了，周末如果大家都回家，只能五个人合盖一条被子。十七八岁的孩子早已发育成人，懂得了害羞，虽说是亲兄妹，也不能钻一个被窝呀！更何况一条被子也盖不住五个人的身体。姐姐心重，想省下晚饭钱，积攒起来给家里再买两条棉被。

陈校长的心颤抖了，多懂事的孩子呀！小小年纪已经明白了“长姐如母”的道理，想对这个家承担起一份本该母亲承担的责任。陈校长立刻掏出自己的钱给姐姐买了饭菜票，告诉她，以后每个月他都会给她买饭票的钱，晚饭一定要吃，正是长身体的时候，没有一个好身体，怎么有精力好好读书呢？

后来，陈校长又自己掏钱买了三床厚被子，周末亲自送到郜家兄妹家里。

这是一个真正家徒四壁的破板房，唯一还能称得上家具的就是靠墙的一张大木板床，但床的一个角已经折断，是母亲最后一次离家前，用粗麻绳一道一道给扎紧绑好的。虽然五个孩子一起睡上去，床还是会有些摇晃，但毕竟还是撑住了。

陈校长对老二说，你母亲很不容易，你这个做姐姐的要体谅你的母亲。你和你母亲的关系不仅仅是母女，你们要过成闺蜜，要让你的母亲有个情感出口，有个地方可以说说话。

老二有些茫然地看着陈校长，没太明白校长这话的意思。妈妈远在广州打工，自己除了偶尔给妈妈打个电话，听听妈妈的声音之外，怎么可能和妈妈多说话，电话费那么贵，饭都吃不饱，还有钱老打电话吗?

陈校长其实很清楚老二茫然的眼神背后是怎样无边的空白，留守少年儿童常年在情感上的缺失，使得他们中间很多人不知爱、不懂爱、不会爱，而一颗没有爱的心灵怎么可能去爱别人呢？贫困地区的教育，最大的难题恐怕不是解决孩子们物质上的困难，而是解决他们心理上的问题。许多学生精神上较为懦弱、胆小，学习动机单一，你很难走进他们的内心。要帮助他们走出来，会是一个漫长的过程。

送去的三床雪白蓬松的厚棉被，堆放在灰蒙蒙的床上，像点燃了白炽的灯，昏暗的木板房顿时明亮起来，给这个家带来了温暖和阳光。

可是，陈校长心里很清楚，他送来的被子，只能暂时给几个孩子御寒，要想把孩子们心焐热，让他们感受到社会的关爱，逐步建立自信，绝非短时间就能做到的事。而鼓励他们好好读书，掌握更多的文化知识，才可能使这个家庭真正摆脱困境。

相比部家五兄妹身处贫穷却没有放弃上学，令陈校长颇感欣慰，与此同时，一个名叫藕的女孩的经历，就不能不让他感到心痛了。

藕是一个美丽的女孩，皮肤很白，眼睛很亮。她性格开朗，在班上人缘很好，但更让陈校长欣赏她的，是藕在学习上表现出来的灵气，远在大部分同学们之上。每次考试，全年级一千多名学生，藕总能考前几十名。有一次期末考试，藕考了年级第二十六名，这样优秀的成绩，让陈校长对她寄予了厚望。

然而，就是在这样一棵读书好苗子的身上，竟发生了让人意想不到的事情。

那是一次平平常常的考试，铃声响了以后，同学们鱼贯进入教室。

发考卷的时候，监考老师惊讶地发现，藕的课桌上堂而皇之地放着一部手机。

为了防止学生考试时作弊，学校曾三令五申：严禁将手机带进考场。

藕将手机带进了考场，当然是严重违反了校规，但令老师不解的是，藕并没有偷偷摸摸把手机藏起来，而是公然放在课桌上，当老师走到她身边时，她也没想遮蔽手机，不让老师看到的意思。

遗憾的是，监考老师显然没有从藕的反常行为中发现端倪，也没有注意到藕神思恍惚的异样，他没收了藕的手机，并严厉批评了她违反校规的行为。

藕自始至终没有说一句话，既不解释，也不认错，就这样沉默着。

当同学们开始默默答题做试卷时，藕突然站起身离开了教室。

监考老师很生气，他想不通，首先，藕的学习成绩那么好，这样的测验考试，对她来说是小菜一碟，她完全没必要作弊，为什么要将手机带进考场呢？第二，虽然自己严厉批评了她，那也是履行监考老师的职责，并没有不让她继续考试，她怎么说走就走了呢？这也太任性了吧！

监考老师没有追出去，考场是他的岗位，他不能擅自离开。但他心里希望，藕能回来。

然而，直到考试结束，藕都没有出现。

第二天，藕没有来上学。第三天，藕依旧不见踪影。

陈校长很快就知道了这件事情，他敦促藕的班主任尽快想办法找到藕，劝她回学校。陈校长心中有一种不祥的预感，他觉得藕突然离开学校出走，恐怕不仅仅是因为考试带手机挨了老师批评这么简单。

没想到，藕的班主任还没有找到她，手机上却突然收到一张照片，照片上正是失联多日的藕。

藕戴着巨大沉重的银饰花冠，花冠两边银翘冲天，脖子上戴的银项圈和胸前戴的银锁，奢华中闪着寒光，一条刺绣精美的百褶裙古色古香，但这身行头穿在藕的身上，却显得那么沉重，有一种压迫感。

照片下面是一行让班主任震惊不已的字：藕不回学校了，她嫁人了。

事情很快就汇报到陈校长这里，他的心像被人狠狠地剜了一下，疼极了。陈校长想起不久前，他还将自己写的书《寄语青春》送给藕，藕当时穿着校服，一脸青春明媚的模样。她才十七岁呀！完全还是个孩子，正是读书学知识的年龄，而且藕的成绩那么好，考上大学是没有任何悬念的事，她未来的人生之路本可以有多种可能，为什么突然就嫁人了？

陈校长心情沉重地思考了很久，还是亲自给藕发了一条短信：已经发生的一切，都是客观存在了，只希望你能够回到学校来继续你的学业。你是一块读书的好料，将来会有不一样的人生！

藕知道自己踏上的是一条不归之路，她没敢给陈校长回信，而是给自己的班主任发了一条微信：替我谢谢陈校长的关心，也许我的决定是人生的一大错误，但我已经回不了头了。

我问陈校长，学校有否进一步了解藕为什么会突然结婚？仅仅因为监考老师批评了她带手机吗？事发之后，学校有没有追踪事件背后的真正原因？你在自己谈教育的著作中一再提到，“要唤醒学生的心灵”，你也不断地强调，“教育的目的不仅是传授给学生知识，更重要的是培养健康而灵动的生命、活泼而智慧的头脑、丰富而高贵的灵魂、健全而完善的人格”，像藕这样一个成绩优秀的学生，却因心智的迷惘，人生观、价值观的缺失，而走上人生弯路，这是否比那些因贫穷而辍学的孩子更让你感到痛心？手机女孩的事件，在偏远落后的西部，恐怕并不是仅有的个案，这是否从某种程度上说明了，我们目前的教育，更多关注了学生考试成绩的高低，忽略了孩子健全人格的培养，长此以往，后果会不会令人堪忧？

当我问这些问题时，陈校长一直沉默着。看得出，藕的失学嫁人，是陈校长心中无法言说的痛；这样的打击，对陈校长来说也是难以承受的。陈校长其实心里比谁都清楚，自己远赴贵州山区，来台江民族中学担任校长，绝非仅仅是为了扶贫支教，他对中国教育的现状和改革，一直以来都有着自己深刻的思考和独到的见地，他不想夸夸其谈地说，只想脚踏实地地做，他的研究和探索，从来就没有停止。

陈校长始终没有正面回答我的问题，虽然他没有直接解开我的困惑，但他拿出两本书送给我，一本是《我的教育主张》，另一本是《宏志教育的兴起、发展与迁移》。

我接过这两本书的时候，看到了陈校长眼镜背后深沉幽远的眼神，那是一种能穿透人心灵的目光。我想，陈校长大约不希望由自己这个身历其中的当事人，来叙述和评判手机女孩为什么突然嫁人，而是希望我这个旁观者，用自己的眼睛和头脑去追踪事情的来龙去脉，找出背后的真相吧？

《我的教育主张》这本书清晰地在封底上印上了陈校长的十条教育主张，每一条似乎都很浅显，但细细琢磨，又很深刻。我注意到了其中的第三条：教师要管好自己的嘴。面对问题，没有从源头背景上进行深入分析，就不可能真正走进学生的心。

我决心自己去寻找答案。

寻找手机女孩的过程比预想的要艰难，藕显然不希望再和以前的同学老师有任何联系，她离开了家，换了手机号，谁也不知道她去了哪里，整个人就像人间蒸发一样。

陪同我一起采访的媛媛姑娘是个大个儿北京妞，快人快语、性格爽朗，却心细如发；她丈夫小万是个很有血性的苗族汉子，虽少言寡语，但其实心里特别有主意。他俩让我别着急，他们可以通过藕身边的同学和朋友慢慢打听藕的情况。

小万是他们村子里第一个考上大学的人，也是第一个走出苗寨、留在北京创业的人。小万在大学里接触了计算机，迷上了编程，后来遇到了媛媛，彼此都觉得很投缘。

小万和媛媛一起联手创业时，住的是老鼠吱吱叫的地下室，干的却是新潮前卫的互联网，是较早踏入我国互联网领域的先行者。当年他和媛媛的小微企业开发的 WebOS，引起了互联网大佬们的注意，但由于年轻气盛，他们错过了几次原本可以进入财务自由的机会。后来，经历了大起大落以后，他们的心态变得平和，最终接受了一家互联网公司伸出的橄榄枝。

小万后来又加入了一家公司总部在贵州的互联网公司，杀回贵州做大数据。这位生长在贵州黔东南的苗家汉子，太想为改变自己家乡的落后面貌，尽一份自己的力量了！

贵州做大数据有很多得天独厚的先天优势，但还是缺少一个最重要的因素——人才。如果吸引不到人才，培养不出人才，那么一切都是空想。

而小万加入的这家公司非常务实，是一家真诚和充满责任感的公司，作为当时仅有的贵州籍成员之一，小万觉得回贵州支持总部的发展，是他的义务，也是他的责任，更是他的使命。但是，对于带着一个即将要上幼儿园的孩子，要踏上穷山恶水的陌生地的媛媛来说，却是莫大的牺牲。媛媛没有犹豫，义无反顾地跟着小万来到了贵州。

小万公司招聘了大量贵州本地人，在招聘过程中，小万对那些家境贫寒却自立自强的年轻人给予了更多的关注。小万不仅希望为自己的家乡培养出具有现代化科技知识和本领的新型人才，更期待在许多人眼里贫穷落后的西部能凭借互联网的天梯，登上飞速发展的时代列车。

陈校长在讲述手机女孩学习好、成绩优秀时，我相信，小万很可能已经把藕纳入了自己的人才版图，甚至很快就会把藕吸收到自己所在的公司实习。

我之所以不惜笔墨，插入了一段介绍小万和媛媛，看似与手机女孩风马牛不相及的文字，是因为听陈校长讲述手机女孩的故事时，我从静坐一旁倾听的小万和媛媛的眼中，看到了他们和陈校长一样痛心的眼神。

寻访藕的过程中，有个村民对我说：多少年来，这里的苗家女孩基本都是不上学的，苗家人认为，女人该做的就是两件事情：一是干活、二是嫁人，生儿育女。既然如此，读书有何用？即便有少数家庭的女孩上了学，中途辍学的也很多。因为苗寨穷，外边的姑娘很少有人肯嫁进来，本村本寨的女孩儿乎稍稍发育，胸脯刚刚耸起来，就会被周围的男人惦记上。当地青年男女几乎没有什么文化娱乐，传统的自由社交活动便花样百出，被称为“游方”“踩月亮”“跳花”等等的这一类以择偶为目的的聚会频繁举行，男欢女爱，成了苗家业余生活的主要内容。苗寨里，十四五岁嫁人的女孩有的是，十七八岁的姑娘拖儿带女，更是稀松平常。

像藕这样读到高二的女孩，在苗族村寨里可以说是凤毛麟角，成绩那么优秀，一千多人里能考到二十六名，那更是人中龙凤。离考上大学只有一步之遥的藕，因为带手机这样一件看似偶然的小事，竟然离校出走，并且很快地结婚，这很不正常。

媛媛猜测，很大一种可能，那就是藕怀孕了。一个十七岁的女孩子，遇上这种事情，心中必然害怕，她不知道向谁倾吐自己的秘密，更不知道和谁商量自己该怎么办。于是，神思恍惚的藕，心乱如麻，慌中出错，不小心将手机带入了考场。

媛媛的猜测，让我的心揪了起来。直觉告诉我，陈校长的沉默，学校老师的回避，藕身边的同学王顾左右而言他，十有八九可以证实，媛媛的猜测并非空穴来风。

等我在小万和媛媛的帮助下，通过藕的亲戚，了解到藕的一个最要好的闺蜜的电话，费尽辗转周折，终于和这个女孩联系上时，事情很快就真相大白了。

那一次参加学校高二年级的期末考试时，藕其实已经怀孕快三个月了，粗心的父母没有发现，同寝室的女生也没人觉察，老师更是被蒙在鼓里。但越是无人知，藕的心理压力越大，因为这个秘密完全要她自己扛，没有人可以和她分担。

那天考试，藕迟到了，进考场时，也忘了交出手机。她压根儿没想作弊，否则她不会堂而皇之地将手机放在课桌上。所以，当监考老师批评她时，她心里又委屈又难受，一下子觉得自己在老师和同学们眼中的形象坍塌了，要是大家知道了事情的原委，她还有什么脸面在这个学校里继续待下去呢？

让她怀孕的那个男人比她大几岁，早就不上学混社会了，也没有固定工作。藕自己都没有想明白，自己怎么就糊里糊涂和他有了孩子。

藕失联以后，陈校长和学校老师多方打听和寻找，他们给藕打电话，藕不接；发短信，藕不回。后来陈校长知道了藕怀孕的事情，他对藕的父母说，不管藕发生了什么事情，学校都不会责怪她，希望藕生下孩子后，回学校继续读书。她还年轻，未来的道路还很长。

然而陈校长的期盼和等待最终还是破灭了。

藕生下孩子后，和自己的男人、公公、婆婆一起去了福建，男人在一个家具厂做临时工，公公婆婆做点小买卖，而她自己就完全成了一个哺乳的少年母亲。

藕知道自己已经不可能再回学校，曾经有过的憧憬和梦想，只是一朵刚刚开放就凋谢的花，花儿落在泥土里很快就会腐烂、消亡，谁还会记得它也曾点燃过一个女孩向往新生活的心呢？苗家女人祖祖辈辈就是这样嫁人，生儿育女，度过一生，自己不过是走了一条寻常人的路罢了。

藕的闺蜜最终也没有告诉我们藕的联系方式，我想这大概也是藕本人的意思。看来她想切断自己的过去，像一粒尘埃一样，消失在茫茫人海。

藕的闺蜜发来的最后一条短信是：不要再找藕，她又怀孕了。

我掰指算了一下，藕今年应该是十九岁，却要做两个孩子的妈妈了！

一条本可以扬帆远航的小船，还没有起锚，就折戟在干涸的沙滩上，令人扼腕叹息！

与藕相比，邰家五兄妹是幸运的，他们有一个胸襟、见地都与众不同的母亲。丈夫死去多年，她没有跑路嫁人，却远赴广东辛苦打工，就为了供五个孩子上学读书。

而与邰家五兄妹相比，藕的不幸，父母显然无法推脱责任。女儿在自己的眼皮子底下怀孕已经近三个月，他们却谁都没有觉察。

陈校长说过一句话：扶贫先扶志，首先要扶家长的志。看来他是有感而发，他在现实生活中看到了太多生而不养、养而不教，对自己孩子不负责任的父母。

与之相比，邰家五兄妹的母亲，是令人敬佩的。虽然她自己没文化，却有培养孩子上学读书的志气和担当，五个孩子也从母亲身上学到了自强自立的精神，都能发奋读书，没有一个辍学。

藕的事件出来后，陈校长从中看到了苗家女孩面临的困境，他率先垂范，花费更多的时间和精力关注学生的心理问题，同时号召各班的班主任和任课老师除了抓好教学之外，大家都要尽可能地主动和孩子们交朋友、谈心，及时了解他们的思想状况，尤其是要更多地关注像郜家五兄妹这样的贫困生，其用意之一，就是要尽最大努力，来杜绝像藕这样的悲剧再次发生。

我又想起陈校长《我的教育主张》中的第三条：教师要管好自己的嘴。面对问题，没有从源头背景上进行深入分析，就不可能真正走进学生的心。

陈校长没有从自己嘴里吐出关于藕当初为何离校出走背后原因的任何一个字，但他的沉默，却促使我追根溯源，渐渐走近一个花儿一般年轻的生命。而当我走近了，我才明白，个体的经历，其实能在某种程度上折射出群体的命运。藕的人生遭际，何尝不是一些贫穷落后地区的女孩，至今依然面临失学悲剧的缩影？

愚昧造成了贫穷，贫穷又遏制了教育，而教育的荒芜，不仅让上一代的愚昧蚕食着下一代的心灵，也让上一代的贫穷，继续向下一代延伸。

陈校长沉默的背后，显然隐藏着更深沉的思考。他不是那种愿意滔滔不绝阐述自己观点的人，而是一个静默的智者，善于在细微末节处发现问题，从问题中寻找根源，进而深挖出形成根源的土壤，思考和探索如何从源头上改变土壤的成分。

四

陈校长在他的著作《我的教育主张》前言中写道：

学校教育，一头挑起民族的希望和未来，一头挑起千百个家庭的幸福与期待。置身其中，我时常问自己，教育是什么？为什么教育？怎么去教育？

亲临课堂，关注学生们的每一堂课，对陈校长来说，是一件很平常的事情。

陈校长的这部书出版于2015年，而其思考、总结、撰稿显然更早，且必然经过了一段漫长的时间。成书时，陈校长还没有赴贵州支教，但他辗转多所中学任校长，最后一直做到杭州著名的中学——学军中学的校长，眼中流过多少高分学霸尖子生，而最后真正成才，能为国家做出贡献的有多少？能为社会付出爱心的又有多少？

但如果不以“分”取人，我们还能用什么样的方法让人相信这世道的公平？招生录取过程中的暗箱操作、营私舞弊现象屡禁不止，说明“以分取人”要比“以权取人”“以钱取人”相对公平。

但问题来了，在以分取人的思维导向下培养出来的孩子，高分低能的有之，自私冷漠的也有之；脆弱怯懦的有之，狂妄自大的更有之。试想一下，如果一个孩子缺少对生命的认知（一遇到挫折就产生轻生的念头，近年来学生自杀的新闻屡屡见之于报端），没有梦想的能力（自己将来想做什么都不知道，许多人在报考大学时，甚至不会填报志愿），不懂得保护自己（做了博士生，依然被骗拐卖；成为访问学者，仍被人骗奸杀害），不知道爱人与感恩（一切以自我为中心，认为自己得到的一切，全都理所当然）……这样的孩子，即便门门功课都考第一，又能怎么样？

陈校长说了一件很触动他的事。那是他来台江民族中学担任校长不久，他让新入学的高一同学在各自班级的教室后面做一面“愿景墙”，写下自己三年高中的愿景。陈校长当时的想法很简单，就是希望唤起同学们心中的梦想，让梦想给这些没有走出过大山的苗家孩子插上飞翔的翅膀。没想到，孩子们写下的愿景让他久久无语：有的希望考上一所好大学；有的期待外出打工的爸爸妈妈能早点回家；还有的盼着自己能多多挣钱，天天吃肉……而让陈校长印象最深刻的一张愿景书上写的是：我想娶一个老婆回家。

不能说孩子们的愿景不对，也不能怪同学们的愿景太过世俗平庸，一个人能拥有什么样的目标和理想，从根本上来说，受到家风的影响。台江民族中学的孩子们大多来自贫困的苗族家庭，父母没文化，全家是文盲的占绝大多数。

陈校长虽然到了退休年龄，从学军中学校长的岗位上卸任，但他对中国教育的思考和探索实践并不会因此而停止。他之所以放弃百万年薪的民办学校邀约，而毅然来到贵州出任台江民中的校长，是希望自己许多未尽的思考，有一个继续探索实践的舞台。他不是不爱钱，但钱与育人者的情怀相比，分量太轻；他不是不顾家，但家与用教育培养民族基石的责任相比，他只能对自己的亲人心怀歉疚。教书育人几十年，他的生命已无法和教育分开。

藕的失学，在陈校长心上刻下了深深的伤痕，但也从某个角度印证了他的教育主张的正确性：教育如果不先培养和健全学生的人格，学习成绩再好，也不知道自己为何而学，更无法成为国家的栋梁之才！

郜家兄妹的经历也让我明白了，陈校长持之以恒地关注平民百姓，致力于改变贫困群体接受教育的现状，他不仅是想让贫困的孩子有学上，有书读，更希望他们懂得，上学读书是为了什么，如何才能真正地用知识改变自己的命运！

从当年创办浙江省第一个“宏志班”，先后招生十二届，让近千名寒门学子在辍学的边缘重返校园，人生从此扬帆起航；到花甲之年远赴西部扶贫支教，使一批批贫困的苗家孩子走出大山，考上大学，陈校长从教之路上的脚印一直很清晰。

这条路的尽头在何方，我不得而知，也无法推断，因为陈校长的脚步远未停止；但路的源头在哪里，回眸望去，一目了然。那个并不遥远的小山村，其实一直就静静地坐落在那里，爷爷的根、父亲的魂、母亲的心，都在那片浓密的山林中；儿时的梦想、童年的屈辱、少小的立志和自强，都在那条石阶山路上……

陈校长说起自己的家，说起爷爷和父母对自己人生的影响，眼里满是深情：

我奶奶家是浙江临安板桥镇豆川村远近闻名的大地主，之所以闻名，不是因为财富，而是因为乐善好施。

爷爷善良，总想着行善积德，为村里人做好事。

那时候，村里人去山外没有路，唯一一条石阶山径，下山时还得走过一顶小石桥。村里人平时肩挑手提，担谷子到镇上碾米，挖点山货出村子卖钱，拿自家养的鸡鸭下的蛋进县城换点油盐酱醋生活用品，这顶小石桥是必经之路。

有一年雨季，山洪暴发，小石桥被冲塌了。小桥一塌，村里人去山外的路就断了。爷爷就动了为村里人架桥的心思。他花钱买来厚厚的青石板，凿得周周正正，自己亲自带人架桥。没有水泥，就将糯米煮烂，捣成浆汁，加入河沙、黄土、羊桃藤汁和匀，做成灰浆，用这种糯米灰浆涂抹砖块、塞嵌石缝，黏合效果极强，比现在的水泥还坚固呢！爷爷去世好多年了，但他修建的这顶桥还在，村里人走过这顶桥，就会想起我爷爷，念叨他的好。

我爷爷叫陈挺生，桥旁边现在还有村里人为他竖立的石碑，上面刻着《挺生桥碑记》，最后一句话是：义善可风，勒石为记。

到了我父亲这一辈，那条唯一的石阶山径，就跟不上村民们频繁的进进出出，来来往往了。“要想富，先修路”，父亲懂得这个道理。

他下决心带领村民们修建一条宽阔点的沿山公路。临安二十多个乡镇，上百个村子，豆川村修建公路是比较晚的，一则因为穷，二则因为封闭、落后，父亲是附近几个村子里倡议开山修路的第一人。

尽管爷爷、父亲为村里架桥修路，还做了其他很多好事，但我们家的成分依然有点复杂。

父亲有一个异父同母的哥哥，是国民党最后一任乡长，这自然也是黑五类的重要依据。父亲虽然是长工的儿子，却从生下来就烙上了地主家的身份，尤其是他肚子里头有点墨水，这就很可疑，起码不可能是贫下中农。

其实，我父亲肚子里的那点墨水来自共产党。

解放前，村子里来了一个苏北的教书先生，姓杨，穿着长衫马褂，在村里小学堂教书，中英文都教。杨先生平时就住在我们家，每次国民党临安党部开会，都会派人用轿子恭恭敬敬来抬杨先生。

爷爷去世好多年了，但他修建的这顶桥还在，村里人走过这顶桥，就会想起我爷爷，念叨他的好。

父亲那时候就意识到，读书人有文化，就能受人尊敬。虽然父亲早过了上学的年龄，但他想跟杨先生学文化。杨先生也很喜欢父亲的聪明机灵劲儿，平时只要一有空，他就会教父亲读书识字，讲一些历史上的八卦掌故，很随便，很亲切，不讲究。

后来新四军来了，杨先生才亮出自己真实身份。原来，文质彬彬的教书先生，居然是新四军浙西情报站站长。

这样一来，总跟着杨先生学文化的父亲，仿佛也成了共产党的人，先是当了共产党的乡长，后来入了党，又当了乡供销社主任。

父亲智商高，情商低，性格刚烈，脾气耿直，遇事不会妥协，糊里糊涂得罪了人，自己还不知道。上世纪六十年代初，父亲就被精简下岗，“文革”中又被作为阶级异己分子揪出来批斗，奶奶也被挂上地主婆的牌子一起陪斗。

我那时候还是小学生，老师对我说，待会儿批斗你父亲、奶奶，就要看你的阶级立场了！共产党的乡长，政府的干部，精简下岗也就罢了，怎么还一夜之间就成了阶级异己分子了？小时候想不清楚这样深奥的问题，但一个孩子的自尊心和自信心受到巨大伤害以后，对他的一生都会产生重大影响！是我奶奶在全家厄运降临时，依然处变不惊，照样能幽默达观地看人世间的众生百态，她相信世间的起起伏伏，都抵挡不住岁月的变迁轮回。

虽然奶奶的淡定气势，让我的腰杆也不知不觉地挺直了起来。但父亲奶奶被揪斗后，我上学还是遇到了问题。尽管我成绩很好，考试总是第一，但一个阶级异己分子和地主的后代，有什么资格再读书呢？我小学是在家门口上的，村里的乡亲们不会歧视我们，可是初中要去镇上读，家庭成分就成了巨大的障碍，我被挂了起来，成为一个“备读生”。

所谓备读，其实就是无书可读，因为读不了书，家里就让我去放牛。看着原先成绩远不如我的同学都去镇上读中学了，而我却因为家庭问题无法升学，成了一个放牛娃，心里的滋味就别提了！

我的苦闷无法和家里人说，那会增添他们的难受，我只有和天说，和地说，和山说，和树说，它们不会回应我，倒是我放的那头牛懂我、和我亲，牛眼睛里流出的温情和良善化解了我心里的怨恨。

夏收夏种双抢时，村里开社员大会作动员，就在我家对面的小学校开。学校要写决心书表态，老师学生也要积极投入双抢，来找我写；大会开始了，找不到一个能流利读决心书的人，最后还是叫我代表学校上台去读。我一个备读生，上不了镇上中学，但在村里，乡亲们还是把我当作小秀才、文化人。

我姐姐比我大十岁，早就辍学了。夏天正午日头晒得很，姐姐怕我小小年纪放牛，吃不消中暑，就来替我。我那时候也知道心疼姐姐了，知道她家务重，我想为家里再分挑一点担子。除了放牛，我还和二哥一起去耕地，早上四点天蒙蒙亮就出发，为了节省来回走山路耽误的时间，晚上就睡在小学校里。小学校蚊子很多，我和二哥就用晒谷子的篾席卷成筒，钻进去睡在里面，蚊子就咬不到了。小孩子觉沉，有时候睡过头，牛会在一旁"哞哞"地叫，唤我醒来。醒了，我就牵着牛，沿着田埂往地里走，我从不骑在牛背上，我心疼我的牛。

放牛娃的生活虽然只过了半年多，却在我生命中留下了刻骨铭心的记忆，那是一个渴望读书却没得读的孩子揪心的痛。

多年以后，当我自己成为一名老师、校长时，我最大的愿望，就是不让自己小时候渴望读书却没得读的那种痛，在今天的贫困孩子身上重演！

我在长河高中担任校长期间，创立了浙江省第一个"宏志班"，首届招收了五十三名家境贫寒、面临失学的穷孩子。

可能别的中学校长更看重并下力气抓的，是升学率、高考分数上线座次、重点大学和名牌高校录取排名，但我心里更想做的事情，是把那些因为贫穷面临失学的孩子找回学校，让他们继续有书可读。贫困学生中其实不乏聪明的学生，许多人很有才华，但就是因为家里穷，上不起学，无奈离开了学校，这对他们不公平。

现在好的教育资源大多集中在大城市，好学校招收的生源，也是家境好的居多，那些贫困的孩子不是没有学习的能力，而是缺少机会，我想为这样的孩子们提供一个公平竞争的舞台，给他们搭建一把成材的梯子。

我在长河高中前后一共招收了十二届近千名“宏志班”学生，他们几乎个个都很努力，珍惜来之不易的学习机会，刻苦、发奋，成绩优秀，近千名“宏志生”全部考上大学，百分之六十以上进入一本，百分之二三十上了北大、清华、复旦、浙大等名牌高校，毕业以后，就业情况也都很不错，有的同学还自己成功创业，大部分“宏志生”的人生命运，可以说是完全改变。

我退休离开长河高中以后，“宏志班”一直继续办着，“宏志”精神已经深入长河高中老师和同学们的心间，这是最令我感到欣慰的。

仔细想一想，从当年创建“宏志班”，并且一办就是十几年；到今天不远千里赴贵州贫困山区支教，陈校长一生其实都在做一件事情，那就是：改变贫困落后地区的教育，让贫困的孩子有学上，用知识让他们从精神上站起来，活得有尊严。

我不敢说陈校长这些年来一直坚持在做的事情，是在倡导和践行陶行知先生近一百年前就提出，近年来却被我们许多人所遗忘的“平民教育”理念，但陈校长的目光更多地投注在中国乡村，投注在贫困落后地区，投注在平民和穷苦孩子身上，却是显而易见的。那些因为贫穷而面临失学的孩子；那些因为闭塞、落后，即便上学读了书，也不知为何而读的孩子，成了他心中放不下的牵挂。他在退休之后再次出征，踏上贫困西部的土地，出任苗族穷孩子扎堆的台江民族中学校长，恐怕也是这个动因。他想通过自己的努力，让优质的教育资源走进祖国西部，让“宏志”精神在这里发扬光大，让教育公平的梦想早日实现！

我请求陈校长给我提供一份长河中学历届“宏志班”的学生名单，可能的话，再选一些有代表性的优秀典型，告知联系方式，我想采访这些可以说曾经是最底层的平民孩子成长的人生经历，从中寻觅陈校长走过的教育足迹，印证我的推断和结论。

然而，陈校长一直没有正面回答我的请求，最终也没有给我提供名单。

我能够感受到陈校长的内敛和低调，他只希望眼下能够安安静静、扎扎实实地当好台江民族中学的校长，声名和荣誉，对他来说没有任何意义。关于长河中学“宏志班”的创立和十几年来的坚持，在陈校长看来，只是自己从教经历中一桩很平凡的事情，不值得过多宣扬，而那些一度面临失学，被“宏志班”改变了人生命运的孩子们，虽然大多都很优秀，但他们前面的路还很长，陈校长或许更希望他们不被打扰，而是靠自身的努力，默默前行。

我非常理解和赞赏陈校长的淡泊如水，但目睹当下中国教育的越来越商业化；所谓的精英教育，被许多家长奉为圭臬；日益严重的各种追钱逐利，泛滥校园……我们的国家太需要像陈校长这样不为名利、只为情怀的教育工作者了。

五

再次采访陈校长，是在他的办公室里。

我问陈校长，你的微信头像是一座破烂不堪的木板房，这么破烂的学校怎么还没有被拆掉呢？你用这张照片做微信头像，有什么特殊的含义吗？

陈校长说，你不是第一个问我这个问题的人。看来这样破烂的学校在人们眼里恐怕已经是出土文物了。你既然到了这里，应该去看看这所学校，类似这样的学校，台江有，其他贫困地区也有。

陈校长从电脑里调出小江村小学的照片，放大，那座破烂的木板房，

霎时占据全屏。

我是在刚到台江，走访贫困村寨时，发现这个小学校的，据说这房子已经有六七十年历史了。“小江村农民文化技术学校”的牌子，还是上世纪五十年代挂上去的。后来村子里的孩子多了，要建自己的小学校，村民们就将这所农民学校改建成小学了。

如今大半个世纪过去，从这个破木板房的小学里走出一茬又一茬的孩子，但小学校的校牌始终没有换。是舍不得这块风雨飘摇几十年的老校牌？还是没有人想起来应该将“小江村农民文化技术学校”的牌子换成“小江村小学”？无人知晓。

我当时一看到这所破烂得不能再破烂的小学校，心就被深深地震撼了！朗朗的读书声透过木板的缝隙传出来，我从门缝里看进去，看到孩子们手捧书本，每个人脸上的神情都很专注。小学校一共有两间屋子，一间是孩子们上课的教室，另一间就是解决孩子们吃饭的地方了。我去的时候，有老师在里面做饭，虽然是很简单的饭菜，但热气腾腾的。

下课的时候，我将自己带去的苹果、点心、糖分给孩子们，看到孩子们雀跃地接过去，开心地吃着，我也很高兴。

这样一个破烂的小学校，依然有一群坚持在这里教学的老师和快快乐乐上学的孩子，他们脸上的笑容很阳光，贫穷并没有让他们变得卑微。

我用手机拍下了这所小学校的照片，并立马换下了自己原来的微信头像。以后，每当我遇到困难时，就会看看这张照片，激励自己，面对这样破烂的学校，看看坚守在这里教学的老师和读书的孩子们，你还有什么理由后退吗？

可是，两年前，这所从解放初期就诞生，风雨飘摇陪伴过几代孩子们的小学校被撤销了。

学校最后一拨十几个小学生，都被合并到乡中心小学去了。乡中心小学离村子很远，来回要走几十里地，孩子们虽然还不到能生

家访途中，陈校长告诉两个从未走出过大山的女孩：外面的世界很大。

活自理的年龄，爹妈也只好咬咬牙让孩子住校，否则，孩子即便起早贪黑，上学还要迟到，若碰上刮风下雨，容易着凉生病不说，路上还有各种安全隐患。

有两个孩子因家中原因无法住校，其中一个女生，发育早，快一米七了，因家中老人有病，需要她照顾，原来家门口有学校，虽然破，但她还能边兼顾家务边上学，学校撤并以后，她没法去路远的乡里上学，又不愿意弃学，只好到附近的幼儿园去，让幼儿园的老师抽空给她上课。而另一个男生已经上六年级了，幼儿园老师教不了，只好弃学了。

这所学校废弃后，我没有再去过，怕去了看着难受。房子没有人气，很快就烂了！听说有人几次提议，要把这所名存实亡的小学校拆了，但村里人就是不肯拆。我特别理解小江村村民的心情，几代人上学读书都在这座木板房里，虽然学校现在破得摇摇欲坠，但里面有回忆和念想啊！村里人说，没准哪一天，小学校里又会响起朗朗的读书声呢？从前，村里人只要走过小学校，就都会停下脚步，

听听里面传出来的朗读声，从木板缝里看看孩子们手捧书本专心的样子。村民们觉得，那是一种享受、一种安慰，因为自己的孩子们在里面上学，这给他们带来一种希望。

可是，现在这所小学空了、死了，再也听不到孩子们读书的声音了。其实，空了、死了的，又何止一所小学校呢？大量的农民工进城打工以后，农村出现了许多空心村，小江村也一样，守着好山好水的这么一个村子，基本也空了。

我对农民工进城打工现象有三点总结：1. 对社会而言，发展了城市，荒废了农村；2. 对教育而言，关注了少数，落下了多数；3. 对家庭而言，度过了当下，输掉了未来。

也许我说这话重了一点，但你若是能真正沉到中国乡村中去看一看，你就会觉得我的话并非危言耸听。我之所以多年来一直关注贫困教育，从当年创建浙江省第一个"宏志班"，到这几年在贵州苗乡这所条件落后的民族中学当校长，就是希望能为那些贫困生做一些力所能及的事情，让他们在家门口也能享受到优质的教育资源，也能有机会登上可以公平竞争的舞台。

我决定去实地走访让陈校长念念不忘的小江村小学。

媛媛和小万自告奋勇地开车陪我去。车子蜿蜒在盘旋向上的公路上爬行时，小万打开了车窗，清新的空气裹挟着满眼的翠绿扑面而来，蓝天上的白云追着我们的车轮一路同行。

当我们路过一个名叫登鲁的苗族村寨时，被四周的美景吸引，忍不住停车下来观赏。碰上一位美丽的苗族姑娘，顺便就向她打听去小江村怎么走。

姑娘听说我们是来采访陈立群校长的，高兴得跳起来，她告诉我们她和她的表妹都是陈校长的学生，邀请我们一定要到她家去做客。她说今天正好是重阳节，苗家人很注重这个节日，几代同堂都会回到家中，她的表妹也会来，可以一起和我们一起聊聊陈校长。

盛情难却，我们就和这位苗家姑娘去了她的家。我们到的时候，姑

娘家里果然已经满满当当坐了一屋子人，一看就是老少三代同堂。看到我们进去，满屋子的人都站起来，热情地邀请我们入席，好像我们并不是贸然闯入的陌生来客，而是和他们亲如一家的自己人。

姑娘和她的表妹亲热地坐在我的身旁，抢着和我说她们眼中的陈校长，自从陈校长来到台江民族中学以后，学校面貌大变，同学们学习热情也一下子高涨，最主要的是，原来许多同学都不知道自己为什么读书，而陈校长来了以后，大家的学习目的渐渐清晰明朗起来。表妹还给我读了陈校长写给学生们的一副对联：

立足苗疆，寒窗苦读，读天读地读未来。
放眼世界，发奋求知，知己知人知天下。

姐妹俩都已经从台江民族中学毕业，先后考上了中专，一个在遵义读护校，另一个在贵阳读幼师。她们都走出了大山，不会再像苗寨里那些世世代代只会走一条路的女人，嫁人抱娃。她们一个将来会进医院，治病救人；另一个则会教孩子识字、读书、学文化，未来的人生已然和在座的自己的妈妈、奶奶、姥姥们截然不同。

当知道我们急着要去寻找已经废弃的小江村小学时，姐妹俩拉着我们走出屋子，指着对面山坡上一座色彩鲜艳的三层小楼告诉我们，那是村里的小学校，她们俩都是从这所小学毕业的。

早先这所小学只有一到四年级，是一所初小，只有几十个学生，五六个老师。有一度村里也有人提出把小学拆了，在这里建一座金丝楠木木雕厂，村子周边的山上有很多金丝楠木树，做金丝楠木木雕生意能挣大钱。这个提议一出来，就遭到全村人的反对，大家说，拆什么也不能拆学校，学校是孩子们的天！后来学校不但没拆，反而得到一家企业的赞助，扩建了。现在学校已经有五六年级，是一所真正的完小了，教师也扩充到十几个人，而且都是大专以上学历，持有教师上岗证的。以前只有语文、数学、体育三门课，现在音乐、美术、自然、科学等等正规学校该有的课，这所小学校全部都有了。不仅村子

里的孩子能继续在家门口上学，连附近村子里的孩子也有不少到这所学校来上学呢！

听着姐妹俩兴奋的介绍，看她们脸上洋溢的骄傲神情，我内心也觉得欢快起来，看来，乡村学校并不都是在凋敝和衰败，也有像眼前这所五彩小学这样兴旺和健康发展着的，关键是要看当地的政府和掌握话语权的当家人，对发展乡村教育的重视程度。

我更急迫地希望去找到已经被废弃的小江村小学，内心期待着有一天它也能像眼前这所五彩小学一样死而复生，重新焕发光彩。

等我们几经周折，终于找到小江村时，日头已经开始悄悄向下走了，斜射的阳光落到发暗的小学校上，鱼鳞般的黑瓦屋顶反射出一层白光，屋顶和板墙衔接处，那一个白色的圆盘闪烁着耀眼夺目的银辉，给这座黯淡破败的小木屋洒下了星星点点的光亮。

四周很安静，没有看到村民。小学校那裂着粗大缝隙的门板上挂着一把锈迹斑斑的铁锁，我无法进去，只能从门缝里朝里看，里面乱七八糟地堆着一些破旧的课桌椅，能看出这里曾经是学校的，就只有墙上那块小黑板了。

我站在小学校前面的空地上四下环顾，才发现这其实是一个操场，两边有篮球架，绿白两色的球架杆和球篮框颜色依旧鲜艳，像是刚刚新刷过油漆。球架下有麻布遮盖着一堆东西，我掀开一看，里面居然有篮球和羽毛球拍。

我想象着这里曾经有着孩子们奔跑、跳跃、打球、投篮的欢快身影和笑声，如今却是静悄悄一片萧条。

突然，我发现自己的身后不知何时冒出来一个小小的身影，剃着光头，光着脚丫，一件显然是大人的衣服套在身上，罩住了他的膝盖。小孩弯腰低着脑袋，像是在地上寻找什么东西，背后的小学校和连绵的大山和小孩孤零零的身影，形成了巨大的反差。我在心里叹息，不知道这个小小的孩子，今后去哪里上学，他脚下的路又在哪里。

我在心里叹息，不知道这个小小的孩子，今后去哪里上学，他脚下的路又在哪里。

此时我再打开微信朋友圈，找到陈校长微信上那座百孔千疮的小学校，似乎突然明白，陈校长为什么要将这张照片设置成自己的微信头像了。

（原刊于《收获》2020 年第 2 期）

古城图里的气息

南　帆

未到山西之前，没有听说过祁县。那天在祁县见到悬挂在墙上的古城图，心中顿时肃然。密密匝匝的大院落铺排在方形的城池内部，纵横交错，均衡稳定，俨然天圆地方。传统大院落的建筑风格显示出对大地的尊重。欧洲的哥特式尖顶高耸峭拔，隐含了弃绝世俗的精神颤栗；众多大院落如同一片相互牵连的藤蔓植物安详地铺展，与厚实的泥土融为一体。

我的祖先曾经在山西生活过吗？不知道，那是很久以前的事情了。他们是不是像传说的那样来自山西洪洞的大槐树，脚小趾的趾甲神秘地分成两瓣？然后从山西迁到了河南，再从河南辗转到闽地？我见到的一批山西人大约二十世纪四十年代末入闽，他们的子女是我的同学或者朋友。解放战争奠定胜局之后，大批北方的干部南下接管地方政权，闽地的相当一部分干部来自山西，从属“长江支队”。他们很快嵌入这儿的生活，生儿育女，共饮闽江水。这些山西人说一口脆生生的普通话，过年的时候包饺子，而且在饺子上浇了些醋，好吃极了。儿时嘴馋，免不了在家里念叨这饺子的味道。母亲听到了，登门到山西籍的同事那儿拜师，可惜学艺不精，饺子皮常常没有合拢，煮出的一锅饺子总是要破两三个，饺子汤里稀稀落落地漂浮着一些菜馅。

好吃不过饺子。用过了饺子之后，沏一壶酽茶可以清心养脾。当然要喝武夷山的岩茶，醇厚而甘爽。我在祁县获知的消息是，渠家首先将武夷山的岩茶运到山西。渠家于明朝的洪武年间落户祁县，渠家的第十二代子弟渠文浩二十来岁就到武夷山贩运茶叶；乾隆年间，他的孙子渠同海的茶叶生意已经扩展到内蒙古的包头。祁县渠家大院的一间屋子门口镶着一面小牌子，牌子上有四个字：“武夷·下梅”。屋内的墙上几幅线条简洁的壁画，画的是炒青、揉捻、摇青、发酵、烘干等几道制茶工序，大约是再现武夷山茶农的劳作；屋子的中央是一辆牛车、一辆手推车的雕塑模型，上面堆满了一包一包的茶叶，牛车后面的人挑一副担子尾随而行。这肯定是当年渠家茶商风尘仆仆地到武夷山贩运茶叶的情景了。

武夷山脉如同矗立于闽地北部的一道屏风，丹霞地貌，山势奇峭，溪流纵横，云雾缭绕于峰峦之间，是茶树生长的好地方。西汉时期，武夷岩茶已经初具名声，宋元之后大盛，许多人听说过“大红袍”。由于一套特殊的发酵与烘焙秘技，武夷岩茶味足韵长。一盅入口，齿颊留香。我曾经到武夷山一个年轻的茶农家里品茶，顺便看一看他收藏的紫砂茶壶。宾主坐在一张长长的茶台面前，浅浅的一盅岩茶异香扑鼻。斟茶的时候，主人表情庄重地说：“请记住这个味道。”他的茶舍倚山而建，粉墙灰瓦，窗外绿树杂沓，日子过得很惬意。他家的岩茶名声在外，价格居高不下。他甚至表示，拎一麻袋的茶出去，可以换一辆汽车回来。明清时期，武夷山的下梅村是热闹非凡的茶市。这儿一些大宅院的主人是茶商，下梅村的邹氏最负盛名。

来到祁县之后才知道，大量武夷岩茶从下梅村运载到这里，重新包装之后远销蒙古、俄国。这一条崎岖的茶道居然长达一万三千多公里。离开武夷山之后有一段水路，然后是肩挑马驮，牛车与骆驼是更为强大的运输工具。万千辛苦地抵达祁县仅仅是行程的前半段，行程的后半段更为长远，沿途是如刀的寒风与鹅毛大雪。哪一位首先把茶叶称为神奇的东方树叶？不得而知。然而，是晋商把神奇的东方树叶运到了遥远而寒冷的北方。蒙古草原无边无际，马背上那些剽悍的骑士弯弓射雕，回到帐篷吃过了肥腻的羊肉，眯起眼睛喝一壶热茶是莫大的享受。元代的时候，武夷岩茶已经成为贡茶。天高地阔，一队骆驼和马匹如同剪影出现在地平线上。等待已久的茶叶终于来了，晋商让北方记住了武夷山的味道。

南方山高水险，北方天寒地冻，可是，贪图安逸是挣不到钱的。山西那些晋商就是在吃苦耐劳之中兢兢业业地置办家产。渠家来到祁县的第一代始祖渠济的发迹从肩挑买卖开始。多少辛苦钱才能建起渠家大院？一代又一代的积攒。鼎盛时期，祁县的渠氏宅院四十多座，抬头低头都是渠家的房产，人称“渠半城”。渠家大院是十七代子弟渠源潮的住宅。这是一个罕见的五进式穿堂大院。尽管院子的门面不算宽敞，但是，照壁、门楣、窗棂、柱础装点了形形色色的砖雕、木雕和石雕，内容多半是古代吉祥如意的典故。我熟悉的许多南方大院子往往有一个大厅堂。进了大门绕过屏风，多半有一个长石条铺设的天井，天井背后是宽大的厅堂与前后厢房。南方大院子架构舒朗，通风透气。渠家大院的天井狭长，中央一口大鱼缸，两侧分别是一排佣人或者学徒居住的砖房。主人的卧室之中，一个大炕占去了很大的面积。北方的冬季，室内保暖不易，房间小一些更为自在。山西多风沙，二楼并不住人，而是当作库房使用。如同这一带的许多大院，渠家大院也是青砖灰瓦，屋内的各种木制构件因为时日湮久而开始发黑，整幢房子显得低沉稳重。我忽然觉得，这种格调与晋商的坚忍、厚重、沉稳彼此协调。

票号钱庄曾经是晋商的杰作。这是金融行业了不起的革命，一批山西人不声不响地成为金融领袖，以至于平遥、太谷这一带的几家票号拥有影响国家经济命脉的实力。这些山西人并没有陶醉在票号理财的算盘声中，他们一转身又看上了茶叶。山西不产茶，但是，茶叶是一单大买卖。从东南沿海到蒙古、俄国，他们的视线掠过辽阔的地域，很快从漫长的地理距离背后嗅到了潜伏的商机。尽管置身农业社会，但是，过人的精明及时地形成富有远见的商业判断：茶叶的贩运隐藏了巨大的利润。采购、销售、加工、运输、建立异地商号、防范一万三千多公里的茶道可能出现哪些风险；许多票号钱庄兼营茶叶，“茶票庄”应运而生——多数农民还按照寒来暑往、春耕秋收的时令季节规划一亩三分田地的时候，晋商心目中盘算的是另一种经济空间可能遭遇的问题。远见和气魄很快获得了丰厚的报偿，他们提前在农业社会内部设计了一个小小的商业社会。

很长一段时间里，生意人的精明并不是传统文化赞赏的品格。“君子喻于义，小人喻于利”，“义利之辩”是儒家文化之中众所周知的命题。耻于言利，君子的使命是秉持大道，学而优则仕，满腹学问的大儒登上朝廷做官去。可是，谋求利润是生意人的天经地义。能不能当一个儒商？逐利的时候仍然“义”字当先。渠家的长裕川茶庄遗留一册《行商遗要》，强调的生意经是以义制利，诚实守信，“德行篇”的第一句即是“为商贾托天理常存心上，不瞒老不欺幼义取四方”。茶庄的伙计人手一册《曾国藩家书》，“拙诚”“笃实”“坚忍”“勤俭”也是生意人必须历练的品德。长年累月地奔波，文绉绉的“子曰诗云”是背不下来的，儒家“修身齐家治国平天下”的信条只能转化为一些通俗的格言。渠家订立严格的家规约束子弟，譬如“不许娶妾，不许嫖娼，不许抽大烟，不许赌博，不许以势侵人，不许借外债”，等等。手中有了几文钱，慢慢地开始忘乎所以，为富不仁是巨大的陷阱，当家人必须未雨绸缪。渠家大院的雕梁画栋之间没有多少风花雪月的文字点缀，悬挂的一些匾额多半训诫后人行善积德、知书明理，例如“善为宝”“学吃亏”“慎俭德”“读书乐”等等。

在商言商，行善积德并非桌面上的堂皇说辞，而是必须记载到钱来货往的账本之上。渠家大院现今还可以见到竹篾篓捆成的茶柱，内装茶叶一千两。古代十六两为一斤，一捆茶柱约为31.25公斤。然而，渠家发货的茶柱往往多出几十两。风干物燥的季节，长途贩运的茶叶可能减少一些重量。渠家自觉地承担这些损耗，多出几十两不会让当地的商家吃亏。祁县的茶庄多以“川”为名，例如“长裕川”“长盛川”“长顺川”等等。“川字牌”茶叶具有很高的信誉。蒙古、俄国地区不识汉字，人们习惯用手摸茶叶的包装，手指放得进“川”字形成的三道杠，这种茶叶就放心地买下来。很多时候，“义”字当先获得了“利”的回报。这是“义利之辩”的又一层含义。

从东南沿海延伸至蒙古、俄国，来自祁县的晋商气魄非凡地为茶叶部署了一个宏伟的商业规划。然而，这个规划开始实施的时候，农业社会的面目突然暴露出来了——这个规划只能由骆驼、马匹、牛车和挑夫一个脚步一个脚步的行走完成。没有铁路、长长的列车和集装箱卡车，更没有互联网的网购。残阳斜照，晚风呜呜地掠过空旷的戈壁，孤寂的行走哪儿是尽头？农业社会的特征是，双脚从未离开土地。

我曾经幼稚地认为，北方那些擅长行走的居民已经悉数移居到南方了。魏晋之后，中原战乱频仍，众多北方士族横跨半个中国，陆续迁至南方定居。闽地多为来自河南的姓氏。这些人的躯体里隐藏了说走就走的基因。此处不留爷，自有留爷处，他们之中的相当一部分甚至飘洋过海，游荡到东南亚一带。到了山西才明白，晋商是真正的行走一族，一双大脚走遍天下。

那么，又到了出门远行的时刻吗？正月的大戏演过了，十五的元宵吃过了，居家只能是短暂的一瞬，日复一日的不尽乡愁才是行囊之中的秘密收藏。紧赶慢赶，风雨兼程，一路向南，不能错过武夷山的春茶收购。清明时节雨纷纷，异乡羁旅欲断魂。往北就是“走西口”了。传说之中的“走西口”悲怆而深情，是一个交织着饥馑、眷恋、背井离乡、风沙之中跋涉和餐风露宿的故事。“哥哥你走西口，小妹妹我实在难留，手拉着哥哥的手，送哥送到大门口。哥哥你走西口，小妹妹我有话留：走路要走大路口，人马多来解忧愁……”过了雁门关，出了“杀虎口”，荒野茫茫，岔路分歧，往左还是往右？人们脱下鞋子扔向空中，落地的鞋尖朝哪个方向，就向哪一条路走去。然而，祁县贩运茶叶的商队路线清晰，方向坚定。漫长的旅途，骆驼和马匹不紧不慢地迈进，货包散发出幽幽的茶香，是不是还有清脆而寂寞的铃声？寒风也罢，骄阳也罢，一年四季，沙漠草原，不变的是缓重的步履。他们先是到了呼和浩特，然后向北向西，穿过蒙古大草原进入俄国，过新西伯利亚、喀山，最终抵达莫斯科、圣彼得堡。商队不会迷路。对于生意人来说，利润绘出了最好的地图。为什么茶道越来越长？前面又来了一单生意，那就再走一程吧，入了这一行就得不辞劳苦。

可是，所有人的心中还存有另一条始终不变的路线，路线的终点是祁县那一块黄土，是建筑在那一块黄土上青砖灰瓦的大院。卸掉了茶叶，骆驼与马匹的背上换成了皮毛、羚羊角、麝香或者俄国的毛毡、银制品，回家的路线已经如此熟悉，所有人的步履都轻快了许多。宿鸟归飞急也罢，长亭连短亭也罢，家是一个有人等待的地方，那儿有父母的笑声与妻儿的眼神。破门而出，纵横江湖，敢于冒险是晋商的文化性格，但是，挣到了钱就要一文不少地拿回家。四海为家仅仅是酒桌上一句豪迈的词令，叶落归根，土地的羁恋才是农民的本色。即使拥有一个庞大的商业帝国，家仍然是一个不可代替的圆心。的确，土地、房子、亲人、祖坟，这才是天长地久。一辈子的财富聚敛又是为了什么？盖起大院子，镂上精美的纹饰，挂上楹联字画，置一堂昂贵的红木家具。用不完的钱存入票号，或者藏匿在卧室大炕角落的一个暗道里。茶道上的一次往返大约数年，晋商的大部分时间抛在了路上，几趟的生意就会让一个懵懂的少年成了中年。待到心安理得地享用这种大院落的时候，主人多半已经熬成了一个又咳又喘的老头子。不过，这又有什么关系？坐在太师椅上看一看账目，听一听孙子们的嬉闹，然后悠闲地吸一袋水烟，这不就是功成名就的享受吗？

跨出渠家大院，似乎并未从往事陈迹之间脱身。漫步在祁县的老街，这儿是乔家大院，那儿是何家大院，一个茶庄，一个银号，高墙深院，飞檐翘角，门楼与砖缝之间仿佛还凝结了当年的马嘶牛哞，车声辚辚。这时，历史不再是悬挂在墙上的那一张祁县古城图，而是浮动在身边的气息。

（原刊于《收获》2020年第6期）

追忆沈虎雏先生

张新颖

一

与沈虎雏先生通信始自1997年，2005年以后联系多起来。那年《沈从文精读》出版，我寄上两册，他有较长的回复：

> 感谢赐赠内容丰富的大作，我和家人充满兴趣一篇篇拜读，另一本《沈从文精读》给了龙朱哥哥。
>
> 让我感到欣慰是您对父亲“并未有意识地作为文学而写下的大量文字”的关注与重视。我一九八〇年回到北京时，破旧行李中有个小纸箱，保存着父母“文革”前后给我的信，其中偏偏父亲规劝我怎样面对冲击挫折，最重要的几封，由于担心遭查抄肆意曲解上纲，被我毁掉了。打开小纸箱时，心中的懊恼使我倍加珍惜这种不可再生的材料，那是在一间屋，几个月前父亲从这

里搬入新居，地上犹积存着厚厚的垃圾，清理它的时候，我顺手把一切有父亲文字的纸张收拢，不意竟有一整箱，从此开始了保护、收集、拼接、识别、整理的漫长岁月。

观察父亲生前未刊载文字首次发表后，读者和学界的反映、解读，很有意思。最早是《抽象的抒情》，一九八九年发表，“照我思索……”那两句话则提前于一九八八年他去世后写在遗像下，曾被许多人注意，各报刊文章引用时抄错的大有人在，而研究者多比较谨慎，除了凌宇在《风雨十载忘年游》中谈过对两句话的理解，相隔较长时间也少见对此文的研讨。其次一九九二年《别集》那一批，一九九六年《家书》那一批，最近是二〇〇二年《全集》的出版，两年前就听说有的朋友已通读完全部三十二卷，但像您《精读》那样较全面关注遗稿的研究，我还是第一次见到（也因为读书太少）。

我没有资格评论您文章的学术价值，但私意以为，《精读》把“魇”系列散文、呓语狂言、土改家书和作者的文物研究事业联系起来，分析他精神世界演变脉络，大量涉及书信及其他文字材料，路子合理。这些材料正如曹雪芹所说“……都云作者痴，谁解其中味?”能够幸存下来并与读者见面，本来就是留待解人，所以我要感谢您的研究工作。

（二〇〇五年十一月二十二日）

沈从文巨量的未刊文字，何以保存得下来呢？有两个关键点：

一是“专案组”。“文革”初起就查封了大批资料，可以想见，如果没有查封，多次混乱的抄家就足以尽毁。“专案组”代为“消毒”，烧掉了一部分，毕竟还剩下很多，几年后形势变化，发还给本人。这算是有“罪”之“幸”，“专案”之“功”吧。

二是沈从文家人有这个意识。沈虎雏面对父母搬离后旧屋地上的垃圾，这个情景可谓“惊险”：稍不措意，那一整箱父亲的字纸就散在垃圾中被清除了。倘若如此，《全集》就不会是后来的规模，沈从文作品的完整性将大大受损，尤其后半生，会有大块的缺失。

这个情景中的时间点，也颇有意味。1966年，沈虎雏、张之佩夫妇离京，随企业内迁到四川自贡；1980年，夫妇回京，调入北京轻工业学院任教，自此开始搜集、整理父亲的资料。后来与虎雏先生聊天，提起这个时间点，他不无感慨：如果再晚一点，这项工作就会困难得多，有些事情恐怕就来不及了。那时父母都在，父母的不少朋友也在，单就来往书信的征集来说，就相对容易些。

从那时起到去世，这项工作他整整做了四十年——《全集》之后，还有十七年的“补遗”。

如此投入心力，那么留心观察材料分批陆续公开之后的反应，就是很自然的了。虎雏先生对《沈从文精读》这本书的热情和肯定，实与他自己念兹在兹的关切紧密相联。

他的信，信息丰富而都切己，那时我还没有见过他，却真是如见其人。现在我把其中一些抄录出来，也正为存其信息。里面有一些对我奖饰的话，我不做删除，这自是不免招惹借他人之口抬高自己之讥，也无所谓。我还没有轻浮到对自己心里没数。

沈从文一百一十岁诞辰那年，我做了一个演讲，虎雏先生读到演讲稿，来信说：

> 谢谢您请马睿先生寄赠的《文景》。
>
> 我和老伴轮流拜读新作，之佩认为：
>
> “读二〇一二年十二期《文景》杂志刊登张新颖老师的《沈从文与二十世纪中国》讲演后深受感动。为什么一个从未见过沈从文的教师，能够对沈从文的作品及其人格，有如此深刻的理解，能从沈从文研究中脱颖而出，带来一股清新的风？答案只有一个：踏踏实实的做学问，堂堂正正的搞研究。”
>
> 我惊奇发现，这篇“讲演”和您与刘志荣老师的那篇“对话”，标题竟一字不差！因此又重读了一遍，有意思的是，没有重复感。“对话”随两位老师的思路跳跃展开，自由活泼灵动，一扫论文常见格调，又大角度触及两位研究者的新思考，新见解。这次回看，才

发现“对话”被单独纳入“拓展阐释的空间”第一编，是相当贴切的。“讲演”的叙述经过提炼，重新组织、扩展，梳理清晰，读来感到是另外一篇阐释更加深入的作品。

父亲谈“有情”和“事功”那封家信初次发现时，我就被深深打动，预感到将是人们理解父亲的重要材料。那时“抒情考古学”汪曾祺先生已说过，还没写进文章。七年前读您和刘老师讨论“有情”和“事功”，就令我很感动。又过几年，见到王德威先生《有情的历史》，更让我震撼。对严肃认真研究父亲的学者，我们都深怀敬意。

（二〇一二年十二月二十二日）

两篇相隔七年的文章用同一个标题，在我，是有意为之；被虎雏先生注意，倒有点出乎意料。再一想，他一贯认真细致，也就不奇怪了。

信中说到王德威老师《有情的历史》，这是他又一次提及，两年前他寄我贺年明信片，特意写上一笔：“近读王德威先生《有情的历史》，印象不同于大陆一般论述。”

二

2013 年 7 月，我写完《沈从文的后半生》初稿，即传电子稿给虎雏先生，请他看看有无事实、材料方面的出入。二十天后，他传回稿件，上面仔细做了标注，又附加一封长信，逐条解释。他一一列出笔误、不确、不妥之处，巨细靡遗，特别见出务求精确、一丝不苟的性格。录全信如下：

张新颖老师：

很高兴拜读您新作。《后半生》在引文数量和覆盖广度上空前，为读者提供丰富出自传主的文字表述，以及相关的旁证史料，传记可信度和保真度，相信能得到认可。

和引文呼应，作品在很多地方，对传主精神活动的演变发展，有精彩的归纳解读。如写一九四九年的大转折过程。又如前面关注到“针刺麻醉”的意义，而对传主晚年进入“忘我”境界的评述，又和“针刺麻醉”联系起来谈，暂时跳出时间顺序、空间约束，大开大阖写法，即使用字不多，也有助于梳理脉络，起点睛效果，读来有深刻印象，是亮点，而且比比皆是。

您在说明里提到，尽可能直接引述传主自己文字的写法，也有格外困难地方。我猜想您有控制篇幅意愿，初稿某些部分，连串引用传主的文字，或一件接一件记录若干事实，初次读到这些的读者，还来不及一一品味，留下印象，就有后续引文、事实呈现眼前，会产生信息疲劳效果，有点沉闷。这种段落，作者的衔接文字有时过于简练，缺少在论文和讲演里的风采，您的长处也被压缩了。

若能适当变化节奏，必要的点拨说明别太吝啬，给读者适当启发，来理解引文或事实，效果会不同些。

北京人讲“站着说话不腰疼”，意思是说说容易。我以上感觉，是在站着说话，您执笔就没这么简单。我希望《后半生》更趋完美，故直率说来盼不介意。

我在您初稿上加了些天蓝色标记，下面做点解释：

14页，“约两周后”有误，“约一周后”比较准确。

15页，“表弟”，应是堂弟。

18页，“六月份，丁玲约何其芳一起到家中看过沈从文”，其实这次是丁玲的回访，建议补充第一次会见的信息。

我在《年表简编》对他们解放后见面的叙述客观中性，符合事实。他三月十三日、五月三十日，曾两次在文字中表达希望见丁玲，口头表达的想必更多，而第一次来的却是陈沂……

《团聚》脱稿时，尚未见到文字依据，我把陪父亲去文管会见丁玲的时间，误写在有棉军装时候。后来见相关文章提到丁玲来北平时间，近年《中老胡同三十二号》收此文时，已据实修正。

18 页，“多次来访”，我只知道文代会期间他们来过一次。即使一次已足够证明友情之珍贵。

20 页，致黄永玉信不是一九四九年“唯一”公开发表的作品。四月在上海《子曰·艺舟》发表过《读春游图有感》，写于一九四八年。

46 页，“十一号”，当时为十二号，目前那一带民房已变成宾馆大楼。

46 页，幅应为“副”。

46 页，“一年以后”，因前文讲黄永玉一家暂住我家，可误解为黄到京一年以后。不如直接用“一九五三年”或“一九五三年三月”明确些。

46 页，“小得可怜的家”不知引自何处？平心而论，这三间北房宿舍在当时博物馆里已算较高待遇，使用面积比一九八〇年社科院分给他的三十六平方米居室还大一些。须知那时职称只是副研，似不必强调宿舍太小。

隔壁的确是院子的男厕所，此前还要路过女厕所，均为茅坑式，因此他曾自嘲住处是“二茅轩”。

68 页，“一九五八年六月”“八月下旬”，两个自然段讲的都是事实。是否应该点出“大跃进”的时代大背景？

前个自然段是被动接受跃进形势教育，奉命歌颂新人新事，极难适应。后一个自然段，在大跃进形势下博物馆的破例举措，却跟他梦寐以求，一直呼吁的服务方向合拍，破例行动很可能与他的促成有关。他趁大跃进之机，满腔热情亲自实践，后来并在政协提案、给文化部信中，一再提出“举办专题文物到各地做针对性短期展出”建议；到了困顿岁月仍念念不忘，幻想着新的送货上门行动。沈从文的大跃进，就这么反差巨大！

69 页，老馆包括端门，存疑？若有根据就不用改。

70 页，“吴功超”，吴仲超。

71 页，“长途汽车”，从家书看，去宣化乘的是铁路慢车。

73 页，“直到一九四三年，沈荃从昆明把她接回大哥住的沅陵”，实际是一九四五年托在昆明的凤凰同乡严超护送回沅陵的。

79 页，“陈子佛”，陈之佛。

93 页，“亲家母”，实际是亲家母的母亲，张之佩的外祖母。

94 页，“《中国古代服饰史料》”，《中国古代服饰资料》。

108 页，“开会学习”，用“出差”较确切。

127 页，“一九七二年一月”，实际是一九七一年十二月。

153 页，“学术”，学生。

178 页，“一个突出的变化”，首先，在变化程度上，似乎说重了。父亲是情感纤细敏锐的人，本来就会因感动而流泪。作为家人观察到，随年龄增长，他易流泪是渐变过程。“文革”中期，得知孙女因成绩好守纪律，受一些厌学顽童欺负，爷爷曾为此流泪，母亲信中说他“年纪越大，心越发慈了”。身边人这种观察很准确，钟开莱也说过类似的话。

其次，在为什么而流泪方面，似乎应注意到为自己感伤，还是对他人的同情，或为艺术所感动？实际上，为自己感伤较少，更多是同情和感动而流泪。拙作《杂忆沈从文……》里提到两次流泪，都是听到好的演奏引起，第二次还可能包含对女钢琴家往事的感慨。《团聚》里提到，听别人说起徐盈、彭子冈名字当即老泪纵横。我一个才华横溢同学，毕业不到两年当右派，“文革”翻老账继续受折腾，七十年代两位北京同学出差，得空去看他，听楼下有人喊自己，近视眼伸头也看不清，问你是谁？同学只说：“你下来！下来就知道了！”见面当然很高兴，他媳妇回家不见了人，下楼问邻居，听说两个穿军大衣的人命令他下来，一边一个抓着胳膊带上吉普车走了，急得她为丈夫担心……我当笑话讲给父亲听，他却为这素不相识同学流下热泪。

再其次，为什么能见到若干关于沈从文流泪记载？盘点一下就明白，过去的记载，多出自他自己文字，他没写的别人不知道。出现“沈从文热”以后，他受到各方面关注，别人写到他流泪，说的都是晚年，无形中强化了“突出变化”的印象，何况还有女记者那种笔下生花的描述。

谨祝

双好！

沈虎雏

二〇一三年八月二日

我当天回复：

沈先生：

很感激您酷暑中劳累，审读了初稿。我在初稿传给您之后，又从头小修小改了两遍。您的审读太重要了，毕竟我只能通过文字接触沈从文先生，自知限度所在，很多地方难以达到唯有亲人才能有的深切感受，一些细节上也不免模糊不清。我所能做的努力，只是尽力去接近传主，把“接近”的距离不断缩小。

我将根据您的意见再做一次修改。您非常细致、一一标出的地方，我都会仔细考虑修正。因为经您指出，这些地方的修改就比较容易了。

比较困难的是整体写法上的问题。您的意见很中要害，我自己在写作过程中也有相同感受。篇幅的控制是其中一个因素，这样写已经二十万字；最根本的还是我一开始就限定自己少说话，多让事实呈现，多让传主精神呈现。我读国内外很多传记，不太喜欢传记作者过于主观的发挥。但传记作者又不能“无所作为”，他的“作为”应该是如何呈现事实和传主的精神。这两个方面的平衡很难掌握。

就是在呈现事实方面，我也知道，有些事情一般的读者也不会太感兴趣，如某年某月发表什么文章，去了什么地方，谁谁翻译了什么作品，但对于我来说，却一定要一一写出来，不惜让读者觉得枯燥。还有些地方，一般读者会很感兴趣，我却写得简单，如与萧乾先生的关系，有个大致的勾勒，有自己的倾向，就止住了，也是有意这样。

作者更清晰的衔接、说明、点拨，整个行文的节奏变化，等等方面的问题，我会在以后慢慢斟酌，这个工作一时也难以完全改观，得需要个较长时期。我很感谢并完全同意您所指出的这个涉及整体的问题，事实上我心里也把目前传记的样子看成是阶段性的面貌，希望以后在不断修订中趋于完善。

我读沈从文先生的文字这么些年，固然是研究，但我心里越来越感情深厚，以至于写到沈从文先生早年的朋友王际真、晚年的助手王㐨，因为我和他们是同乡而异常亲切。这其实没有什么道理，只是一种感情心理。我的老家与王㐨的老家是邻县，离青岛很近，所以读沈从文先生写青岛的文字，也感觉特别亲切。

另外一个小问题向您确证：一九四八年颐和园消夏，是否还有冯至一家？我初稿修改开头为："一九四八年暑假，杨振声邀请北京大学文学院的几位朋友，到颐和园霁清轩消夏。冯至一家，沈从文、张兆和夫妇和两个儿子，张兆和四妹张充和与傅汉思（Hans H. Frankel）——一个年轻的德裔美籍人，在北大教拉丁文、德文和西洋文学——都来了。"加了"冯至一家"几个字，这样对不对？

他立刻回答我的"小问题"，并且详细回忆起当时的情形：

当然有冯至一家，夫人姚可崑，两个女儿。各人住处按地势从高到低依次是：杨在霁清轩正屋大房子，四姨和她保姆小侉奶奶在清琴峡，一所小而雅致房子，俯瞰崖下从暗道里流出的小溪，冯家在下面斜着另一栋，我家住最下边小溪旁一座房子，大而潮湿，只有一张炕上干爽，全家人进屋后都在炕上活动，父亲说应该是慈禧太后的浴室。四个住处按顺时针排列大致在 12 点到 6 点半的弧上。从 7 到 11 点是弧形上坡回廊，然后取直通达正房，半山亭就在回廊肘弯里。

一九四七、一九四八年都有冯家，四七年没有傅汉思，四八年中间朱光潜本人、吴之椿教授大儿子吴小椿等中老胡同邻居曾去住过几天，朱住在哪里不记得了，有可能在杨处，吴是在我四姨处挤住。他们来颐和园时，正是写霁清轩书简那些日子，信中提到朱光潜参加对付大鱼。花裤人是杨的干女儿邓译生，一直在杨身边，年底和曹禺同去了香港转解放区。

"散雅步"成员主要有杨、邓、四姨、朱等，傅相随主要兴趣在四姨。散雅步的趣味和节奏，跟我们顽童距离甚远，父母历来无风雅气质，出于礼貌只好奉陪，所以有"倦"感。另一方面，经济条件也有差异，没心情风雅。蒋介石在颐和园景福阁宴请北平军政要人那天，也是朱光潜在霁清轩期间，我们正好一同散雅步归来，被机关枪堵在半山腰，朱伯伯操四川口音问我："怕不怕兵大爷？"

《沈从文的后半生》先在《收获》长篇专号2014年春夏卷刊出，几天之后，6月13日，虎雏先生发电子邮件，告诉说："我一位八十岁表哥今天一早来电话，说昨晚从二十三点阅读《收获》上尊著，到凌晨三点一口气看完。他对父亲的了解远远超过其他读者，但很多时候是噙着眼泪读，停不下来。而他之所以买《收获》，是老同学在火车卧铺上一口气看完后，忍不住向其他同学推荐的结果。据表哥说，他和读过的同学都觉得，跟以前出版的传记比较，有很大突破，深受感动……"

这位表哥是周晓平先生，周有光之子，著名气象学家，中科院大气物理所研究员，2015年1月去世。

三

有一天，沈红发我短信，提醒我查看邮箱。我打开来，读到虎雏先生邮件：

……之佩、沈红我们讨论过，得出一致看法：

这十几年来，我们收集整理的全集补遗稿，最重要的一件写于一九四九年二月，是住在金岳霖处，吃在梁思成、林徽因家那些天。这篇文稿和《一个人的自白》《关于西南漆器及其他》同样具绝笔性质，题为《一点记录——给几个熟人》，有一万字，全文完整幸存下来，其重要性与信息之丰富，您一看就明白。

我们设想，让这篇遗作在今年《新文学史料》第四期与读者见面，作为他从事文学创作、第一次发表习作九十周年一个纪念。

他们全家思量再三，想约我写一篇解读文章，一同发表。“但这对您来说完全是计划外事情，不知您愿不愿意打乱已有安排?”虎雏先生替我设想，担心影响我“为下学期备课和暑假休息”，所以又列出时间安排上的几种可能，“如果张老师愿意挑起这副重担，得您电话后我会尽快把文稿送达。为此请详告邮编和收信地址，我不相信网络传递安全性。”

郑重如此。

这是2014年7月24日；8月3日我到北京，晚上按事先约定拜访“夏日暖房”——沈红如此称呼阜成路的父母家。一进门，张之佩老师忙不迭地招呼我擦脸、吃西瓜、吃葡萄。虎雏先生说，知道我上个月来过北京，参加理想国《沈从文的后半生》新书活动，他留意了相关报道；当时龙朱先生骑着电动自行车要去现场，被他坚决劝阻了，理由是，怕分散人们的注意力。他对哥哥说，万一被人认出，要你讲话，怎么办?

随意闲谈中，我请教了一些大大小小的问题，虎雏先生回答起来，言必有据，严谨已成为他性格中的突出因素。他未必总是平静的，有时从说话语调里也能听出他的激动，但同时也能感受到他对激动的克制。

不知怎么聊到流传甚广的刘文典看不起沈从文的笑话，虎雏先生非但不忌讳，反倒轻松下来，很有兴致地跟我讲，因为母亲那边的人和刘家有亲戚关系，父母带着龙朱去看过刘文典，之后父亲又带着他去看过一次。他记得，老先生放下烟枪，伸出指头比画着：“二，五”，说是世界万物，都离不开二、五这两个数目。人的手、脚、眼、耳朵、鼻孔是二，手指、脚趾是五……“那么，嘴只有一个，跟二、五有什么关系呢?”老先生提出问题，又自己解答：“我孩子找到答案，上下嘴唇，是二！”父亲笑出了声，老先生精神来了，笑得开心……

刘文典是否说过沈从文只值几块钱的话，难以确证；但联大有学生看不起沈从文，倒是真的。虎雏先生说，穆旦，开始的时候就是。“您怎么知道？”我问。“杨起告诉我的。”杨起是杨振声的儿子，在联大读书，一次小茶馆喝茶，桌上的穆旦不认识杨起，随口议论：“沈从文这样的人到联大来教书，就是杨振声这样没有眼光的人引荐来的。”

一句话，打两个人。我估计，这是早些时候说的，后来穆旦与沈从文多有接触，看法自然变了。再后来，譬如抗战结束后沈从文编《益世报·文学周刊》，穆旦的诗刊载最多，更可见关系的密切。这个故事我觉得有意思，有意思的地方，就在于这种前后变化。至于更后来，遭逢世变，历经劫难的人偶通消息，是愈发感人的故事：1973年，穆旦托人捎给沈从文一本《从文小说习作选》，沈从文大为感念；1977年，穆旦五十九岁不幸去世，沈从文得知，不禁老泪纵横。

时间在谈话中流逝得很快。

虎雏先生拿出沈从文1949年“失常”时三篇文章的手稿给我看，我原以为会是乱糟糟的纸面，以相应于乱糟糟的精神状况，而事实完全相反：文章用钢笔写在笔记本的纸上，蝇头小字，笔画细而稳，整整齐齐地一行连着一行，一页接着一页。我慢慢翻看，心里异常震惊。

虎雏先生给每份手稿配一个纸夹，打开《一个人的自白》那个文件夹，看到里面还另有一个保护夹，虎雏先生说，这是王做的。1975年，沈从文从残存未毁的手稿中发现《一个人的自白》第一页，托付给忘年交王孖。王孖回家用卡片纸做了这个保护夹，外面写“沈要”二字，里面用铅笔记了一行：“七五年八月十五下午交余：‘这个放在你处……’”王孖在衣箱里做了个夹板层，把这页手稿藏在里面。

许多年后，王孖把这页手稿交给虎雏先生，告诉他省略号隐去的沈从文的话：“将来收到我的全集里。”

虎雏先生据此搜寻，终于在故纸堆里陆续找出《一个人的自白》全部原稿。继而，又发现了《关于西南漆器及其他》。这两篇“绝笔”性质的自传，因此都得以收入《全集》。

《全集》之后，虎雏先生继续在庞杂旧纸残稿中筛查识别，拼接复原，有一天从整麻袋皱巴巴有字残片中，竟搜寻出写于清华园的完整文稿《一点记录——给几个熟人》。与此前的两篇合观，沈从文在生命转折关口的思想状况、精神活动，清晰、细致地呈现出来。虎雏先生认为，在补遗文稿中，这一篇当属最重要的一份史料。

我们坐在客厅里谈话，对面墙上挂着沈从文晚年像、张兆和晚年像。张之佩老师提议我站到像旁，拍张照片。我站起来的时候她伸手理了一下我的衣领，一如她把装满西瓜的碗递给我一样自然、亲切。然后我又和他们全家人合影。

我带着誊录打印好的文章回到上海，不久又收到虎雏先生刚完成的《人间真情——关于沈从文的三篇遗稿》给我参考，9 月份写出《死亡的诱惑，求生的挣扎——沈从文作为“绝笔”的〈一点记录——给几个熟人〉》。这样，沈从文遗文，虎雏先生介绍发现背景和相关人事的文章，我的解读，就如期同时刊出（我的标题编者稍作改动），完成了虎雏先生用心筹划的“一个纪念”。

四

王德威教授想办一个沈从文的研讨会，这个念头盘旋了好几年，2015 年秋天终于落地实现。王老师特别邀请了龙朱先生和虎雏先生，9 月 25 日，兄弟俩同时出现在哈佛费正清研究中心“沈从文与现代中国国际会议”现场；又在一个专门环节，同时坐在发言席上。

龙朱先生讲“生活中的沈从文”，引得会场时有笑声；虎雏先生“忆《沈从文全集》的编纂”，令听者不禁肃然起敬。

在哈佛教授俱乐部晚宴时，两位老人拿出特意从北京带来的一大包沈从文作品，分赠给每一位与会者，扉页钤印“沈从文家人赠”朱文方章。

兄弟俩住同一个房间，与我同在一层，闲时我去他们房间聊天。一次不知怎么说到《边城》写作时的情境，龙朱先生随手拿起笔，在一张小纸片上，画出那时候沈从文坐的矮凳。我觉得有意思，就把那张小纸片要了来。

整整两天的会议之后，有年轻朋友来带我和季进到市中心玩，我邀请两位先生一起去看看。虎雏先生说，有点不舒服，留在房间休息。我想他大概是太疲劳了。龙朱先生兴致勃勃，和我们出去逛了大半天，一路上说了很多有趣的事。这天是中秋节，两位先生晚上与大家就餐，显见得放松了许多，而诚挚温馨依然。

哈佛会后，兄弟二人受孙康宜教授邀请去耶鲁，参观东亚图书馆，并参加四姨张充和纪念会。我想起2008年和同事、朋友到访耶鲁，孙康宜教授主持座谈会，我发言谈沈从文告别文学之后的“文学”写作，会后孙康宜教授问我：“我和沈家是亲戚，你知道吗?”我点头说知道，其实只是模糊知道有这么个关系，具体就不清楚了。这个时候想起来，便向虎雏先生请教，不料引出一段久远的云南生活经历。虎雏先生回忆说：

> 我们家一九四四年从龙街搬到跑马山下的桃源新村，联大的萧涤非来得早些。新村是昆明士绅李沛阶出地皮，云大教授李吟秋设计，为从昆明疏散机关群众而建的。虽只四十几户居民，却有带附小的建国中学，和带幼稚园的恩光小学，及一座小教堂。我母亲教中学的英语。
>
> 村长李沛阶被尊称为李地主，他敬重外来知识分子，曾好意请父亲在他的酒厂挂名拿点“干股”改善生活，被婉拒。其幼女李兆恩与龙朱同班，认我母亲为干妈，就算有了干亲关系。
>
> 李兆恩的哥哥李兆强后来离开了云南，是孙康宜姑父。其子李志明是孙康宜表弟，至今保持联系。

一年多以后，2017年1月，收到龙朱先生寄来一叠肖像复制件，附信说：哈佛之行回来，“我开始为参加会议的各位学者试绘肖像，心想汇集齐全后，寄给大家留作纪念。可是力不从心，画画停停，一直未能全部完成。”我数了数，已有十六幅之多。那种工笔写实、精细求真的画法，实在是需要极大的耐心，耗费很多的精力。

五

在虎雏先生长达半生的辑佚搜遗工作中，他会有些什么样的感受呢？外人无法知悉。我猜想，在不同的阶段，他的心情大概也会有些不同吧。

初期的七八年，沈从文还在，虎雏常选些旧信展平拿给父亲看，沈从文自己都惊讶。他把新发现的《抽象的抒情》抄出来，沈从文边看边称赞：“这才写得好呐！是你写的呀？”“这是你的文章。”沈从文已经忘记了：“啊？真是我写的？”后来沈从文会习惯性地问虎雏，有信没有？重读那些旧信，是他高兴的事。

1988年沈从文去世，这样的情景从生活中永远消失了。虎雏先生用两三个月的时间，病中作长文《团聚》，从幼年辗转到昆明与父亲团聚起笔，写到十五岁父亲送他去机械专科学校报到。过往一切，历历在目，他积久深藏的感情，渗透于字里行间。读到这篇文章的人，动容之余，不免惊讶。连他的母亲，也说，想不到小虎写得这么好。虎雏先生内敛成性，又从小迷恋机械，参加工作长期在机床厂做设计，后来教书也是教机械，出手如此深情蕴蓄之文，怎么不叫人惊奇赞叹。后来他断断续续写关于父亲的文章，大多数时候，却又把他自己那个“我”隐去了，藏起来了。

1997年虎雏先生退休，之后仍以很多精力投入社会工作和科研工作，曾以专家身份深度参与一项生物质粒燃料技术和机械设备的研制和改进工作；但搜求整理父亲的佚文遗稿，始终未曾稍懈，繁杂问题层出，一点一点解决；艰难路程还长，一步一步往前走。

《全集》终于出版，一千多万字，其中作者生前未发表的超过四百万字，能成如此的规模，虎雏先生会有多深的感慨和多大的欣慰交集并生呢？

但他来不及稍作休闲，随即投入《全集》的补遗之中。

研究者、热心人有发现、有线索，虎雏先生汇集信息之后，要一一鉴别、考证、核对，其中甘苦，也只有他自己才说得清楚吧。

虎雏先生跟我的联系中，偶有这方面的内容，我摘出几条来，以窥一斑：

（一）2014年11月20日，虎雏先生发我一组照片，内容是赵家璧致沈从文的一封信，信中说上海文联座谈会上，某领导把沈从文作为“深入生活”的反面例子。虎雏先生写道：“正因为重要，我把那封信收得过严，连自己都找不出了。幸亏从所存图像资料里，发现过去曾拍了照。今把有关内容发给你，是1979年10月9日的来信，墨笔下划线是父亲所加。看了赵家璧所说，你就容易懂得‘迫害感且将终生不易去掉’，确实覆盖了他后半生。他最后的文字、最后的几次谈话，都印证了这个事实。”

（二）2015年1月10日：“前一阵我集中精力于全集的补遗文稿，希望能有所推进。不意却接连得到许多新收获，数量可观，均有待一一确证。经筛选整理，虽然有若干成稿，但积存还没处理的，反而比过去还多了。这工作只能耐着性子一点一点推进。在着手整理考证的稿件中，一组1944年给董作宾的信很有意思，涉及抗战时期昆明、李庄两地知识分子的生存状态和社会实录。所以尽管沉闷而费精力，但也常常有意想不到乐趣。”

2015年6月26日：“我收集的全集补遗件里，抗战时期致董作宾三信内容，涉及昆明、李庄许多知识分子状况，信息量较大……现寄上供您参考。”

（三）我的学生刘媛撰写关于沈从文的博士论文时，从1931年10月的《国立青岛大学校报·抗日特刊》上，发现了一篇《文学无用论》，署名“甲辰”。我把这份特刊PDF电子版转虎雏先生，一并转上刘媛校读的文章。

2016年12月23日虎雏先生回复：“刘媛发现的这篇佚文很重要！谢谢你，也谢谢她。9月底10月初，我去吉首大学参加了《沈从文全集》的补遗编辑工作会议，会前我掌握的补遗总量约合全集三十二开本的一千个页面，经大家讨论，我原来不打算收入的几份遗稿和一本小册子，都认为应该补入，这就超过一千四百页面了，很可能要编成三册。不料回京后，却怎么也找不到那一口袋遗稿，想不起来收在何处，怎么翻查都没有，我糟糕的记忆力真误事！”

2017年元旦又回复：“为整理《文学无用论》补遗稿，我复校过刘媛的‘修改版’，现将作了标记的复校文本寄上，请转交刘媛供参考，如她准备发表，可减少些差错。”

刘媛后来又发现沈从文的一幅画，1933年6月第一卷第二期《西湖文苑》上的《伏虎图》，署名“季蕤”，虎雏先生回复说：“《伏虎图》很好，请代我谢谢刘媛。”这是2017年3月25日，我不知道的是，随后他就住进了医院。

直到7月11日，收到张之佩老师微信，我才得知：“虎雏因病自三月底住医院确诊为多发性骨髓瘤。已作化疗十次，病情有好转。其间回家休息二次，七日是第二次回家……”

但虎雏先生显然没有也不可能放弃他的工作。2019年6月3日，他来信：

我目前大约每做一个疗程的化疗，要住院三周左右，然后可以回家住十来天，再去……这十来天，我可以在电脑边，每日做上三小时左右的工作。

几年来做全集补遗，工作接近尾声。从目前已定稿的篇章看，编成两卷比较合适：一卷是文学和物质文化史，另一卷是书信，各有七百多页，两厚本。

吉大图书馆和中国科学院图书馆的两位业内人士，帮我做了大量搜寻工作，目前我在对最后一批缩微图片，转化成统一格式的打字文稿。希望在年内，能够与全集的编委和出版社的责任编辑们，举行一次补遗的审稿会议。

发表于一九四七年四月十二日《益世报·文学周刊》的短篇小说《雪和雾》，在国家图书馆曾取得三份缩微图片，可惜都是完全相同的画面质量，即使放大也有几十个字无法识别。能打出的文字，还必定有些不合原作。我想麻烦您或您的研究生，能从上海的馆藏，设法找一份不同的缩微片。感谢之至！

奇怪的是，同一期《文学周刊》上还有两篇《废邮存底》，早已编入初版《沈从文全集》，却对《雪和雾》视而不见？扇陀这个笔名显然具有沈从文的色彩，当时也没引起注意。

给您百忙中添麻烦，十分抱歉。

着急之情，甚然。我请刘媛设法，她很快从上海图书馆取得《雪和雾》缩微照片，我赶紧转上，7月12日虎雏先生回复：

谢谢您发来的《雪和雾》版面，很清楚！

我今天刚出院，迫不及待想开电脑，只能趁之佩去食堂的时间，赶快打开信箱看看。见到这个文件，心里的石头落地，非常高兴。

再次谢谢您！我要关机了。明天再细看。

六

十多年来，每逢元旦或春节，前后几天总会收到虎雏先生的贺新祝福，虽成惯例，却总有新鲜别致的内容。譬如：

2009年元旦，寄我一册《从文赏玉》，扉页写“新年快乐”，边上贴纸加上一句："小册子配图，与文字不合拍，热闹而已。"

2013年元宵节，收到一组照片，其中一张是张之佩老师站在窗边，窗台案板上放着一条大鱼，"祝你年年有余有大鱼"。

2014年春节也是一组照片，照片上却是空调外机上的两只小鸟，"通用的拜年信"写道："赞赏窗外晒太阳的斑鸠小两口，镇静地看着纱窗徐徐拉开，从容面对渐渐逼近的相机和一次次快门声，直到镜头与窗框平齐，最近拍摄距离仅一点三米。祝您和您的亲人春节快乐，心态平和，多晒太阳，健康幸福。"最后另加一张半年多以前拍的照片，一家三口站在阳台上，旁边是花草：金婚纪念照。

2016年春节，仍然是一组照片，主题是人物，长寿的周有光。虎雏先生配以文字解释："除夕那天我们去看望二姨父，一百一十一岁的周有光老寿星。特向各位简要报告……对我带来的私酿玫瑰香葡萄酒，二姨父欣然接受，并认真地和大家祝酒碰杯。"

……

2021年，什么也收不到了。

虎雏先生一月一日子时病逝。

沈红微信："妈妈亲亲他的额：虎雏累了一辈子，休息吧。"

《沈从文全集》出版，主编张兆和完成了大的心愿，两个月后安安静静离开人世；《沈从文全集·补遗卷》约一百二十五万字，分四卷，印行在即，虎雏先生完成了他的心愿，就此安息。

——一家人的心愿，落实到行动，沉潜而坚定；一家人漫长的接力，终得大成。

2021年1月19日

（原刊于《收获》2021年第3期）

理趣

王安忆

听余光中先生谈散文，提出两个概念，一个用于抒情散文，叫“情趣”，一个用于论述散文，叫“理趣”——我借用后者，作这一讲的题目。我喜欢这个概念，它为推理小说的逻辑美学提供了命名。

先解释一下我对类型小说的看法。目前中国文学里没有对类型小说的定义，我们通常用“通俗文学”来区别于“严肃文学”，事实上是模糊了文体本身的叙事模式。

我们先从外部现象入手，看看类型小说在阅读生活中的位置。假如去到国外，走进书店，迎门的案上平放的，多半很厚，像砖头似的一本一本，通常就是类型小说。它们的销量比较高，受大众欢迎，在我们也称之“大众文学”。那么小众文学——“小众”这个词应当是从台湾发起，即我们所说的严肃文学，篇幅是比较短小，新到货的时候也会躺在书案上，但是很快就上了架子，业内的话，叫作“躺着”和“竖着”，“竖着”也意味着受众的有限，也许很快就下架了。

从销售的命运看，类型小说可说是阅读的主流，遍及社会各阶层，也包括知识分子。美国杜克大学著名的西方马克思主义学者弗雷德里克·詹明信，他就很重视类型小说，2016年我去杜克大学，教授正在写美国推理小说家雷蒙·钱德勒的研究文章。这种对当代小说的爱好可能和学术方向有关系，马克思主义从某种方面说，是一种社会学，需要大量的现实采样，而类型小说可以最及时近便地提供材料。抛开研究者的专业用途，回到阅读的本质，类型小说的价值在哪里？我想，可能和感官有关系。用一个朴素的说法，就是，它比较好看，给人愉悦。读一本所谓"严肃小说"是很吃力的，尤其在现代主义成为新经典的今天。小说在几百年的路途中，已经分岔，它最初的讲故事听故事的乐趣让道给思想哲学，就像所有的当代艺术，将感性的享乐留给了流行文化，叙事文学中就是类型小说。

我在安排这次课程的时候，也曾检讨是不是太老土、太老旧了？选的都是一些写实主义的文本。我曾努力去物色一部现代主义小说——在我的视野里，能拿来作案例分析的极少，首选是马尔克斯的《百年孤独》，其他则很难超越，但多年前就已经在课堂上讲过，并且讲稿成书出版。这就是我作为老师不够职业的地方，无法重复，每一个课程都要有新内容，也意识到问题，就是不能进深和完善，将来我会尝试着讲一些旧题目。我承认现代主义有实验性的意义，比如，有一部著名的音乐作品，演奏家走上场，在钢琴前坐下，什么都没做，再站起身，走了。非常无聊吧，但它确实传达出一点意思，就是放空时间，像我第一堂课试图解释的，把时间打回原形。从无边无际的时间里划分出有头有尾的一段，交给听众自己去处理。还有一幅著名的现代主义绘画，一张什么都没有的白纸，这是把空间框出来给观看者。再有一本可以从任何一页开始阅读的书，大概是要描绘周而复始的人类历史？这些都是一些极端的例子，用取消来建设，用颠覆来平衡，但它们过于迅速地奔向目的，压缩了过程，而艺术恰恰发生在过程中。这可能涉及艺术的初衷，具体到小说，就是人们为什么要写小说？我的小说《长恨歌》的法文翻译，一位资深汉语教师，我们吃饭聊天，我说老师，你们法国挺自由的，小孩子用左手写字，并不强行矫正，而在我们这边，小孩子如果用左手吃饭写字，家长老师一定会让他训练右手。她说不好，写字还是应该用右手。我问为什么？她思考了很久，然后说，因为写字这件事情是为用右手书写设计的。我想说的是，某项活动产生的时候，已经因循运用的需要而制定了规则，那么小说是为满足怎样的需要生出的？我喜欢探寻事情发生的起源，许多后续都是从这而来。我认为，小说这件产物是向人们提供故事。人的天性里有着对神秘事物的好奇，被不可预知的结果吸引，跟随情节进行，最后到达终点，解开疑惑。这种好奇的天性有什么更深刻的原因吗？英国女作家，2007 年诺贝尔文学奖得主，多丽丝·莱辛曾经很有趣地写道，有时候只是在牙科诊所等待，从一本很烂的杂志上读到一个很烂的小说，但你也会看下去，追踪结局，甚至希望延宕诊疗，护士不要喊到你的名字，能够将烂小说读完。我们为什么如此渴望知道结局？多丽丝·莱辛的答案是，因为我们的人生是有头有尾的，所以不能容忍中途而废。我也许不能完全接受这个结论，现实中的人生，常常是不完整的，但或许就因为这样，人们才喜欢听故事，故事虚拟了有头有尾的人生。无论如何，前辈作家的经验可用来佐证，人类天性里对故事的热爱的确是个事实。现在，讲故事这个古老的任务被类型小说接收过去了。所以我觉得我们不该把类型小说驱逐出我们的视野，即便我们自认为是一个严肃文学的写作者，还是要回过头来看类型小说，因为它在极大程度上保持了我们最初的对文学的赏识。

在西方文学里，类型小说自有一路叙事的格式，所以称其为“类型”。我没有刻意研究过这个格式怎样开始又怎样形成，只是从阅读的范围汲取材料，试图归纳一点心得。我们都知道《简·爱》，主人公简·爱从孤儿院出来，应聘到豪门做家庭教师，遭遇许多诡谲事件，最终获得爱情。是不是从这开始，“孤女到大宅子做女教师”变成一种模式？事实上，几十年后，这模式出现在亨利·詹姆斯的灵异小说《螺丝在拧紧》；再接着，维多利亚·赫特，我们可能比较陌生，大陆介绍的不多，但台湾“皇冠”翻译出版了她大量作品，她基本沿用了同样模式，比如《梅林山庄的女主人》《千灯屋》等等；几乎同时登场的达芬妮·杜穆里埃，她的名字也是陌生的，但报出小说《吕蓓卡》，尤其根据《吕蓓卡》改编的电影《蝴蝶梦》，那就无人不知无人不晓，也是孤女来到大宅子，虽然不是作为女教师或者女伴，而是主人的新妻子，可不也是侍女出身，天赐良缘？风险则在另一边，但结局总归是大团圆；直到今天，1966 年出生的威尔士女作家萨拉·沃特斯，笔下依稀还看得见轮廓，比如《小小陌生人》《指匠》，不过，大宅子已经颓圮，主人家也在凋零，古典的浪漫史则被替代为"酷儿"叙事。由此看来，这么一个模式是可变通多种途径，辐射很广。再回到简·爱的时代，又一位勃朗特姐妹的作品《呼啸山庄》，也有大宅子，也有孤雏，也有幽灵，也有爱恨情仇，却脱出模式的藩篱，告别甜蜜的人生，直面尖锐不可调和的冲突，这冲突源自更强劲的造化。所以，我以为类型小说，是有潜在的途径，走进严肃的价值。

中国现代文学里，曾经有类型小说萌生的迹象，但终于没有成型，与我们擦肩而过。上世纪初，随着印刷出版报刊繁荣，市民阶层壮大，小说的写者、销者和读者一并兴起，促进了文学高潮，作品受欢迎首推风月爱情题材，所谓"仨六鸳鸯同命鸟，一双蝴蝶可怜虫"，坊间称之"鸳鸯蝴蝶派"。因为这类故事最集中登载周刊《礼拜六》，又得了个别名"礼拜六"。我觉得"礼拜六"这个名字起得很好，它特别强调了消遣、休息、娱乐的意味。上海文史研究的前辈范烟桥，有文章题目《民国旧派小说史略》，"旧派小说"这中性的称谓显然是对应"五四"新文学，同时也企图表达主张客观的立场。但"旧"终究敌不过"新"，在某种程度上，"新文学运动"顺应了历史潮流，启蒙和救亡，都是迫在眼前的危急，无论口号还是实践，左翼文学具有更彰显的进步力量。相形之下，"鸳鸯蝴蝶"就变得疏离现实，落后形势，甚至是无聊的，于是退到边缘。在文学史上是被遮蔽了，文本自身，则弃止了类型化的实验。之后，中国社会经历种种变故，文学的现实使命一发不可收拾，越行越远，成为主流，讲故事的技法成为末技，那一条"礼拜六"的线索再没有发展的机会。也因此，今天中国没有真正意义上的类型小说，也没有小说的大法，类似中国人物画的"六法"，我们都是凭经验和感情去讲故事，当然，这是最高境界，求的是"道"，可是缺乏方法难免欲求而不达。类型小说一定程度上可以解决方法的问题，因为有“术”。中国的民间传说其实是有“术”的，口口相传中积累起叙事的智慧，比如《白蛇传》，这里面的意境真是好！你想白娘子已经修炼了千年，她终于可以成仙了。“仙”在我们中国文化里的概念是什么呢？其实就是回到时间、空间贯通一体，没有生没有死，永恒之中。可是她还是要做人，说起来都叫人掉眼泪的啊！就像《红楼梦》里的石头，立志要去人间一遭，结果是什么？“满纸荒唐言，一把辛酸泪”。再说白娘子，和许仙做成夫妻，道术精炼，可隐藏来历，遮蔽真身，几无破绽，即便如此，却还留有一个命门，那就是端午的节气，这一日尤其不能喝雄黄酒——《圣经》里以色列大力士参孙的命门是他的头发，剪去头发力量立刻离身，变成凡人。暂且不说其中的隐喻，只说白娘子的故事，就因有这命门，情节才能够往下走，法海镇妖，水漫金山，雷峰塔坍塌……她一脚踏入尘世，可谓开弓没有回头箭，步步惊心，倘若不是，一路花好月圆，落进平常人生的窠臼，倒辜负了仙界的前世。

我看类型小说就是看这个，“山重水复疑无路，柳暗花明又一村”。很可惜，我不看武侠。前几日，我们去海宁金庸的家乡，感到很遗憾，他写了那么多书，可是我一本都看不了。我还有金庸先生亲手签名的书，依然看不下去。就是没有办法，不是你的菜，你怎么都不能够品尝好处，靠近不了它。就像有时候我特别羡慕数学家，我觉得他们掌握了一个奥秘，可是你没有密码，就是进不去。武侠也是这样，好像横了一道深沟，跨不过去。但我喜欢武侠的概念，高手过招，一招过去，一招回来，最后是无招。这个我喜欢，可是过程不能信服，因侠客都是超人，而写实主义都有强迫症，就是较真，即便传奇，也要求常情常理常人。推理小说就可以满足这种悖论。也因此，我最担心推理小说中出现精神病患者或者病态人格，不外是放弃推理的职责。人一旦有病，所有的行为都可以解释了，所以，推理小说里的病人就是超人，他们可以做任何事情而获赦免。真正的趣味，也是挑战所在，则是以日常生活的逻辑解释悬疑。基于有限的阅读经验，我还对本格派持有异议。将案件限制在一个孤立的环境里，破案几乎变成结构工程，纯物理的活动，缺少生活和人的因素。美籍华裔痕迹学家李昌钰博士，我曾经听过他一场讲座。我们都知道，他从痕迹出发破获许多大案，也因为痕迹而放过了明显的案犯，比如辛普森，血液的样本离开过现场而不被采纳。印象很深的是，李博士说了这么一句话，他说，我只看痕迹，动机的事不归我管。我想，推理小说就是管动机的。

说到动机，有必要提一下日本社会派推理小说的代表人物松本清张。“社会派”这个名称我以为经过斟酌，努力将松本清张的特质归纳成流派，事实上，很难有人真正能够从属于麾下。后来的宫部美幸被公认为社会派传人，但还是不足以体现松本清张的内涵。这是一位非常了不起的小说家，他将批判现实主义纳入推理的类型，因为有他，日本批评界重新界定“大众文学”的概念，归并进严肃文学的范畴。松本清张的生活经验非常丰富，他经历了“二战”以及战后的艰困生活，工农兵学商，几乎每一行都涉及了，最后成为一个推理小说家。他的推理逻辑，是来自生活的现实，个人经验给他提供大量的社会材料，那不是依靠调查采访收集而得来的，而是亲力亲为。大家一定都看过根据小说《砂器》改编的电影，这只是他海量的作品中的一部，他有一个短篇小说，名字叫《监视》，说的是刑警蹲守在一户普通人家对面，目标是这家的主妇，她是逃犯的旧情人。几天过去，眼见那女人过着恪守本分的平静生活，并无反常的迹象，就在他失去耐心的时候，终于有了动向。刑警尾随而去，看女人忽然变得活泼，生气勃勃，果不其然，在温泉旅馆找到踪迹，缉拿了逃犯，此时女人回家，还赶得上在家里迎接丈夫下班到家，刑警甚为感慨——“这个女人只燃烧了几小时的生命”。就此，跳脱出“类型”。无论怎样解释，“类型”总是普遍的社会道德，而在松本清张却有着特殊的人生观念。

东野圭吾也是我喜欢的。我喜欢东野圭吾的奇拔，他常有意想不到的异峰突起，这是类型小说家独一份的才能。但也正是这奇拔，需要有相等奇拔的解决方案，向智慧提出的挑战相当艰巨。东野圭吾的案件往往双人联手，声东击西。推理小说的难度其实不在破案，而在犯罪，也就是设计一个完美的犯罪。用阿加莎·克里斯蒂的波洛的话说：“我犯罪是艺术”，“它们是想象力的最高级别的锻炼”。东野圭吾的犯罪，有时候一个人凑不过手，就安排两个人。有一部英国电影叫《致命魔术》，说的是魔术兴起的早期，伦敦出台一种换位表演，人在此地消失即可在彼地现身，效果非常惊人，魔术师也声名大振。然后，就有了对手，这个对手设计了种种机关，终也不能如他这般神奇。急中生智，找来一个和自己相像的人，配合演出，这边消失，那边出现。从此，两个魔术师分庭抗礼。就在这时候，他的替身开始讹诈他，要求提高报酬，否则就公布他作弊，有几回当场给他看了颜色，因此，很快就收蓬了。而那边好景依旧，夜夜爆棚。谜底直到最后揭开，原来换位魔术的表演者是一对双胞胎。东野圭吾的作案有时候就是由这样一对双胞胎来完成，多少降低了犯罪的精密度，也因此瓦解了悬疑的魅惑力。《尼罗河惨案》也是双人档，但主要谋杀是由一个人，即西蒙实施完成，另一个，吉蒂，出手是为补漏。让谋杀遗下破绽，大约也是不得已，作案太过精致，不留线索，推理便无法进行。只能让凶手再犯一次，甚至两次——如此密集地动作，很难想象没有痕迹，但波洛还是从动机着手，尼罗河上漂泊的游轮无法使用检测器材，这就是我喜欢阿加莎·克里斯蒂的原因。

有一次和黄子平谈克里斯蒂，相互问最喜欢她哪一部小说，我们不约而同说《啤酒杀人案》。这部小说里，波洛受委托的是一桩十七年前的案件，所有的痕迹都不复存在，余下来的只有记忆，波洛能做的就是探访亲历者，每个人的讲述都是那么主观，带着强烈的感情色彩，波洛说，我看到了这么多性格。他被这些性格吸引，我想，对一个侦探，性格给予他的不止人性的美学，更可能是提供心理的动因，这些动因不会随着时间消失，相反，还会继续生发，显现后果。

克里斯蒂的动因且又是日常的人和事，她用的材料很平凡，都在我们的认识里。不像福尔摩斯，他的材料来源超出普通人的经验范围，一去几万里，英国的海外殖民地为他提供了传奇的空间，以神秘险峻取胜，克里斯蒂的犯罪和判案在于常识的乐趣。我们知道，她的两个著名侦探，一个是波洛，属专业技术人员，还有一个马普尔小姐，则是业余段位。两人都是从常识出发，路数却不同。先来说说马普尔小姐。马普尔小姐一辈子生活在乡间，张口闭口“维多利亚时代”，年轻人的眼中，几乎有一百岁。英国老太太是很厉害的，不容小视。有一年我到剑桥参加当代文学研讨会，将近结束的时候，安排参观剑桥。两名志愿者分别导游，负责我们组的是个漂亮的夫人，显然很有些岁数了，瘦高的身形，风度优雅。她走到我们跟前点算人数：一、二、三、四……数到一半，有人挟雨伞穿行而过，这提醒了大家，英国是个多雨的地方，队伍炸群似的四散，纷纷回去拿伞。夫人叹口气，等待人们重新聚拢，再从头点数：一、二、三……数到十八，圈起队伍，自我介绍：大家下午好，我的名字叫玛丽——这时候，忽然又跑来两个人加入，这回她真生气了，说：不行，负责人告诉我，总人数三十六人，每组十八，你们去那个组。就有人反驳：我们不是三十六人，是四十人，所以应该接受她们俩。她怔一下，旋即回应：看来我的英语太坏了！这句话很有意思，对这一帮外国人说自己英语很坏，不是讽刺我们又是什么？英国的志愿者多是这样的夫人，音乐家亨德尔伦敦故居，也是由老太太服务，她向我抱怨政府不作为，故居失修已久，不拨给经费，所有职员都是义务，门票入不敷出。还有一次我们到简·奥斯汀曾居住的教区，温切斯特大教堂，通往塔楼的木梯基本垂直，爬到半途，上方探出一张笑脸，又一个老太太，好像等了很久似的，说：我们有中文的解说，可是我们这里从来没来过中国人。刚站稳脚，一份很宝贵的塑封的教堂介绍便到了手中。显然是用翻译软件拼凑的，错字和病句很多，可是，老太太热切的眼光让我住嘴了。这些老太太让我想到马普尔小姐。

曾经和朋友在曼彻斯特郊外徒步行走，大路一边是田野，另一边则是宅院，彼此间相隔一段距离，许多宅院已经无人居住，荒落了，但格局还在，主楼，配楼，马棚，仆人的下房，可以想见盛年时候的生活场景。从早晨到中午，足有五公里路程，到达一个小小的集镇，餐厅，商店，邮局，发廊，围绕着一个圆场，是这一带的行政商业中心吧，马普尔小姐大约就住在这样的乡间，谋杀案在平静的表面底下发生。马普尔小姐就像好管闲事的邻家阿婆，又像关心公共事务的志愿者，每有风声传来都要赶去插一脚。凭借她漫长人生的经验，这经验不在于有多么广博的见识，而是她深谙人性的端倪，事实上，没什么特殊的，都是些你我他。她常常说的是，我曾经认识一个人——互为参照，真相浮出水面。这就是马普尔小姐的推理逻辑，由此及彼，从普遍到个别。日常生活对于她就像一本百科全书，什么样的悬疑都可以从中找到注解，于是，熟视无睹的人和事忽变得奇妙起来。

我们今天重点要讲的是波洛，他是一个职业侦探，在伦敦有办事处，公开接活，因此有机会遭遇一些精品案件，严格说，是波洛在海量的单子里，选出精品案件。所谓精品，就像方才说过的，精致的艺术，想象力的最高级别，棋逢对手，才兴奋得起来。波洛破案的方略和马普尔小姐有不同有同，“不同”的是，他不像马普尔小姐着眼于具体性，而是从形式入手；“同”则在于，他的“形式主义”也是来自日常生活，是经过提炼，从具象到抽象。这就是我今天的题目“理趣”。波洛看现场，考虑的往往是自然和不自然。他认为所有的事物都有它从自身出发的既定形式，来源于生活的需要，这就需要常识了。十九世纪末英国艺术评论家约翰·罗斯金在《艺术十讲》第三讲，论述建筑的美学，认为一幢建筑首先是要体现实用的功能。他说：“如果它是一所住宅，它的大小应该恰好能满足主人舒适的需要，里面房间的种类和数量应是主人所需要的，还应有主人所需要的数量的窗，这些窗就布置在主人想要放置的位置。如果它是一座教堂，它的大小应该恰好能够进行集会，拥有恰好的形状和布局，使得人们在里面感到舒适并且可以听得很清楚。如果它是一个公共机构，它的布局应该使那些职员在进行日常活动时感到十分舒适。”这就是一个正常的空间所具备的条件，波洛的判断从此出发。比如《空幻之屋》，他几乎和谋杀前后脚蹈入实地，他第一个感觉就是郁闷，“因为他正看到的是一个非常假的谋杀现场”。泳池边上的金发死者，持枪的女人，远处的另一个女人手提花篮，接着是身穿射击服的男人，然后第三个女人提的是一满篮鸡蛋，就像一堂戏剧的造型，专为他波洛上演。这个形式不符合常态，是为某种特殊目的而设置，那么，是什么样的目的呢？那个时候不像今天，四处都是探头，还有基因检测技术，推理只能从现象出发。在波洛眼睛里，现象的秩序是有意味的，它体现出人为活动的企图。《外国学生宿舍谋杀案》——克里斯蒂的小说多半以“谋杀案”命名，这对读者是一个许诺，许诺我们会有悬疑发生，而且，一定会给予解决，不让期待落空。台湾书评人唐诺说，类型小说的作者和读者有默契，这个说法很好，我想，默契就在这里。《外国学生宿舍谋杀案》里，学生宿舍发生一连串偷窃，遗失物品没有任何关联：化妆品、听诊器、衣物、墨水，等等，波洛就要求一份以时间先后排列的清单。这堆杂七杂八的东西一旦形成秩序，也许就呈现出逻辑关系。波洛喜欢用“拼图”形容逻辑链，什么地方缺了一片，他直觉到就在眼前，但不知道是什么，又该落在哪个位置上，他这么整理线索，等到“拼图游戏”中的碎片全部各就各位，便大功告成！

我重点解析，用以佐证波洛的方法的，书名为《ABC 谋杀案》。这是一个别致的谋杀案，需要相应的精密的逻辑思维推理真相，两厢联手，方才成为艺术。现实中的案件往往是粗糙的，对付粗糙的案子，动机就用不上了，痕迹也用不上，四顾茫然，难度相当大。曾经在电视法制频道看过一桩案情，某地方发现女尸，找不到任何能够证明身份的人和物，唯一特别的地方是这死者脚上布鞋的搭襻，从来没看见过的，警方走访了很多鞋店，都没有找到同样的款式。联想到当地很多工厂，从全国招聘女工，于是就到工厂里寻访，果然有两个女工穿着这种搭襻的布鞋，可是她们并不认识死者，线索又断了。但是警方又发现一点异常，他发现这两个女工的牙齿上都有一种积垢，也和死者的情况相像，经过化验，这种积垢来自一种矿物质，和生活环境有关系。这两位女工来自贵州，可是贵州的版图很大，当时没有网络，技术搜索的手段有限，警方想到当地有个饮品叫“娃哈哈”，销售遍及全国，就借用铺货的渠道发布寻人启事。很快有了反馈，果然是在贵州，区域管辖的派出所已经收到失踪报警，是一名女性村民，跟随本村两个年轻人去南方打工。警察立即往嫌疑人家去，远远看见房屋门口堆着矿石，正是积垢显示的那种物质来源。令人意想不到的是杀人动机，简单到荒唐，三个人出来寻工无果，准备打道回府，为了省下盘缠，那两个就把这一个办了。这么一个粗粝的案子，推理的过程却很精细，它启用的还是痕迹，但这痕迹不是物理意义上，而是生活形态的常识，在我看来，这可入命案汇编。但是，这只能发生在现实里，艺术却是一门设计活动，它的罪案甚至要比探案更具有美学的价值。推理小说首要任务是创造罪案，然后逆向而行，将自己设的局破解。所以，非凡的波洛诞生之前，首先需要诞生非凡的谋杀案，《ABC 谋杀案》就是其中一件。

如果没有事先收到的那封匿名信，这案子未必会受到波洛的青睐。一个开杂货店的老太婆被杀死，没有珠宝钻石，也没有富有的继承人，就像《尼罗河惨案》；没有上述所说《空幻之屋》的戏剧性的场景；没有《啤酒杀人案》犯罪现场消失，唯有性格的因素的挑战；还没有《外国学生宿舍谋杀案》的奇情怪事……不外是过路的窃贼临时兴起，偷几个碎银子，有些像方才那为了节省盘缠杀了同路人。可是，引人注意的是，这桩案件正符合匿名信预告的细节："留意本月二十一日的安多弗（Andover）。"这样的警示经常会发生，就像客机上装有爆炸物的举报，大部分出于无聊的恶作剧，你不能全信，但是也说不定，据称美国"9・11"事件之前，中情局就接到过情报，但匿名信上说的完全不是那么耸动的，我猜想当时中情局所以没有重视大概就是因为太过戏剧性，更像是一个妄想狂的玩笑。安多弗是一个偏僻的小地方，居民多是凭劳力吃饭的人，被害人阿谢尔（Asher）太太，和所有从战争中走过来的人一样，失去亲人，忍饥挨饿，终于有了自己的生意，一家小铺子，卖着香烟糖果，好比我们上海街头巷尾的烟纸店，一直延续到 2000 年才渐渐销声匿迹，我怀疑就是殖民时代英国人带来的。等生活安定下来，已入晚境，也和这个阶层的老年人差不多的际遇，老伴酗酒，时不时索要酒钱，却不至于下手杀人；唯一给予温暖的，是一个远亲的晚辈，理论上是继承人，但薄瘠的积蓄，只够供自己置办后事的，还要时时提防老伴的盘剥。总之，这是一桩沉闷黯淡的谋杀案，连死法都乏善可陈，从躺倒的姿势看，显然是从货架上取东西时被人击中后脑。这个寻常的治安事故中有什么"不协调"的情形？波洛问警督。回答有一本铁路指南，不是本店出售，在柜台上打开倒放，翻到的那页正是"安多弗"。"安多弗"的首字母正是死者名"阿谢尔"的首字母，这一点波洛走进案发现场的时候就注意到了，他由此推断，这很可能是一个以字母表为系列的连环杀人案，A 字母打头则意味着方才开始，以后还有的瞧了。

果然，第二封信来了，预报的是“本月二十五日”，地方在“滨海贝克斯希尔（Bexhillon-Sea）”。于是立刻联合地方警力，皇家警事厅，精神病学家——连环杀手往往是有一种强迫症的，1888 年伦敦东区的开膛手杰克，就是其中最著名的一个，残暴无人性，毫无动机，成为世界一大悬案。因为这是一个旅游胜地，酒店商铺餐厅，居民和游客，人员聚集，流动活跃，防范的规模很大，正当众人忙得不亦乐乎，等着“二十五日”到来，姓氏巴纳德（Barend）的女招待在凌晨时分被勒死。和许多旅游地的情况一样，夏天旺季有许多就业机会，年轻女孩子多半是做服务生，巴纳德小姐在海边茶室打工已是第二个夏季。她家就在附近的小镇上新起的廉价小区，可见家境平常，父亲是个小五金商人，早两年退休，母亲则是主妇，两个女儿，大的在伦敦做白领，小的即遭遇不测的这个。巴纳德小姐二十三岁，和这个年龄的女孩一样，正在恋爱中，男朋友在房地产事务所工作，就像所有关系稳定的恋人，时不时地闹些别扭，起因不外妒忌一类的，男孩子期望永久的婚姻，巴纳德小姐呢，偏偏不肯公开已经订婚的事实。用姐姐的说法，“是个十足的小傻瓜”。生活在小地方，天资平平，没受过太好的教育，难免眼界狭窄，不幸的是，每年潮水般涌进的观光客，带来一道道绚丽的风景，引动着年轻人的物质欲和虚荣心，处境多少是危险的，不排除发生极端事件。但是，这一桩事先张扬的谋杀案与上一桩，并没有相似的地方。连环杀人通常有共同的特质，集中发生在某一个地理区域，专门针对某一类型的被害人，习惯性的作案手段，就像“开膛手杰克”：总是伦敦东区，总是夜归的劳动女性，总是使用锋利的刀具……“A”案和“B”案，全然不同，除去字母表的关联，上一次是“A”打头，这一回是“B”——地名，人名，还有尸体边上的铁路指南，翻开在“贝克斯希尔”的一页，这几项能够归纳出什么呢？似乎只是出于偶然，或者说命运不济，选择了这倒霉的一老一少，生活中有许多即兴式的杀人，可是虚构却不会做这种无聊的耍人的事，它既然设计了字母表的排序，就必定会给出解释，虽然现在只到“B”，也许还是出于偶然，但波洛有一双锐眼，他说：“在我看来，似乎有一条极重要的线索——对犯罪动机的发现。”还是“动机”！“动机”是推理小说的核心，它和人的社会历史有关，所以是语言文字擅长的表现，不像痕迹，需要以直观的方式传达。现在，字母表的第一、二位尚看不出迹象，也许，第三位“C”，会透露出什么。

“C”适时到来。切斯顿（Churston）发生了谋杀案。死者是一位爵士，名叫卡迈克尔·克拉克（Clarke)。终于出现一个有身份的人士，这符合波洛一向的口味，它意味着可能是一位有品的凶手。但是仍然没有办法将这三件谋杀案连贯起来，三个被害人年龄、职业、身份、社会地位大相径庭。克拉克爵士是位喉科专家，业内很有声望，继承了富裕的伯父的遗产，在海湾购置两英亩土地，盖了一幢海景房，收藏名贵的中国瓷器，度着优渥的退休生活。缺憾是爵士没有孩子，妻子长卧病榻，这样的家庭是需要帮手的，幸好有兄弟，还有秘书，为他打理日常事务。看起来什么都搞定了，但换个角度，人生向晚，难免有一种凄凉。所以爵士在悬崖底下中枪，兄弟自然就得出自杀的结论。就这样，“C”案件，自成一体，唯一与“A”“B”案共同的符号，就是铁路指南，总是在场，总是翻开在记录地名的那一页。它确实透露出一种性格，像是孩子气，蒸汽机开启工业时代的英国，男孩子通常喜欢火车，又像是傲慢，嘲弄并且挑战波洛，匿名信都是写给波洛的……可是当性格孤立地存在，没有任何事物与它配置，就无法形成逻辑这样推理的武器——在这里，痕迹，不知所出，动机，无从判断，单剩下抽象形式，即ABC。一筹莫展，只能等待“D”案出现。果然，第四封信来了，9月11日唐克斯特（Doncaster)，其时其地恰好举办赛马会，于是警力围绕赛事戒备森严。但是事情却发生在了电影院，被害人叫厄斯菲尔德（Earlsfield)，姓氏以“E”开头，“D”被跳过去，字母表排序变形了。可能是杀错人，电影院黑乎乎的，果然，死者隔壁座位的先生名字以“D”开头，这像是合理的解释。但是波洛不这么认为，他觉得凶手更可能是不知道怎么收手，就像画家考虑边框四角的处理，让它既自然又向核心区域集中，完成创作的母题。那么，就是说，连环谋杀案结束了，因为目的达到了，目的就在 ABC 的排序里。波洛看见了一个高智商的罪犯，他将一个有动机的谋杀嵌入无动机的系列，以外部特征，也就是字母表，掩盖了真实的企图。那么三件谋杀案中哪一件有动机，也就是死亡会带来收益，是“C”案，爵士的兄弟富兰克林，将继承哥哥的遗产，还可能觅得佳偶，爵士美丽的秘书。

这是一个颇具形式感的谋杀案，波洛总是对形式着迷，应该说阿加莎·克里斯蒂对形式着迷，我甚至怀疑她先是有了形式，然后设计内容，比如《无人生还》。十个人受邀请来到岛上做客，主人却不出现，然后便是连续的死亡，每一种死法都对应了那首古老的黑孩子的童谣：“十个黑孩子去吃饭，一个呛死剩九个。九个黑孩子睡过了头，一个不醒剩八个……”顺延至第十个，于是一个不剩，无人生还。马普尔小姐的故事里也有童谣，比如《黑麦奇案》：“唱个歌儿叫六便士，一口袋黑麦，二十四只黑画眉烘在一个馅饼里……”一首老歌，对别人没什么，按马普尔小姐的说法，“但如果一个人是听《鹅大妈》的儿歌长大的——那可就意味深长了”。可不是，每一句都与案情吻合！让童谣做马普尔小姐的形式，真是再合适不过了，在乡村度过终生，身边都是具体的人和事，生动活泼的表面底下，潜藏着定律，童谣则是一种隐喻，它透露出机密。这却不是波洛的菜，一个外国人，住在伦敦，将侦探当作职业，他缺乏在地的生活经验，只能运用“灰色脑细胞”，做拼图游戏。我猜想，这不定是作者让比利时人担任大侦探的用心，与现实隔绝，纯推理破案。

2019 浙江大学讲稿
王　晴　李淑宁　钟宇晨　法雨奇
鞠　欣　崔天月录音整理
讲于 2019 年 9 月 27 日浙江大学
整理于 2021 年 6 月 4 日　上海

（原刊于《收获》2021 年第 5 期）

保罗·寇泰

田浩江

我坐在美联航的飞机上，从丹佛飞纽约，手里捏着的一张信纸，已经看了很多遍，上面是几行非常潦草的英文字，纸已经皱皱皱巴巴。我在让自己看懂每一个字，并确认这些字的发音，在飞机的轰鸣声中尽可能地背诵纸上的内容，还有，这张纸对我太重要了。

那是1990年的10月初，从年初开始，我从丹佛飞纽约的第十二趟。

纸上有八个地址，八个电话号码，八个名字，都是纽约有名的歌剧经纪公司和经纪人。我是去面试，希望能被其中一个公司录取，任何一个都行，能真正地开始我的歌唱事业。

任何一个歌唱家要想发展事业，一定要有一个经纪公司给你找演出合同，想找一个经纪公司？太难了。

纽约有大小几十个演出经纪公司，小的只有几个歌唱家，大的会有一两百。每天想签约经纪公司的青年歌手到处都是，成千上万，竞争极为残酷。尤其是同声部的，有你没我，有我没他，这就是现实。没有经纪人就等于没合同。

我是两年前刚从丹佛大学音乐学院毕业。毕业前，我是学校“最优秀”的男低音（bass）。学校有一大把女高音，一帮唱不高的男高音，男中音最多，男低音声部只有我一个。于是在歌剧课和学校的歌剧排练时，我最忙，要在学校不同的音乐会和歌剧演出中唱那些最低的音，每天在排练厅和剧场之间来回奔波。物以稀为贵，我成了学校的宠儿。虽然我其他课程的成绩很一般，但是声乐课和歌剧表演课总会得到“A”，甚至“A+”。声乐系的老师们已经形成了一种默契，对我高抬贵手，倍加优待，每年都会得到全额奖学金——免学费。我其实是个很努力的学生，关键是英文太差，音乐基础课在国内学习时没怎么上过，所以研究生的理论课对我来说最难。

我们系主任沃斯特尔（Worstell）博士，也是我的声乐教授，教一堂课叫“声乐教学法”，复杂得令人恐怖。这堂课要学习大量的解剖生理学，熟记喉咙的结构，骨头、肌肉和神经的关系，口腔、喉腔、头腔、鼻腔等在发声时的动作与共鸣的关系等等。首先，我永远记不住那些英文的专业名词，还有很多是拉丁文的，更可怕！因为那些字母的组合似乎没有规律，念了几十遍，一转头，忘了。

我是全班学生里唯一的一个，考试没有时长限制，随便我在那里坐多久，而且可以翻阅字典。同班考生们一个个地考完走出教室，最后教授也夹起公文包消失，就剩下我，在那里苦苦地翻着字典试图看懂问题，再想办法回答，一坐就是两三个小时。

玛莎那时是科罗拉多大学医学院年轻的副教授，做人类遗传学的研究，按说英文又棒还懂医学的理论。她闲的时候还来我们音乐学校上钢琴课。有一次我一个人坐在教室里，正痛苦地试图回答声乐教学法期末大考的考题，正好玛莎经过，我赶快求她进来帮我回答考题。玛莎皱着眉头看了半天考卷，说她也看不懂考题，帮不了我！

我三年的研究生学习，有过六次声乐教学法课的考试，没一次真正及格，教授们每次都很仁慈地给我一个“C”，让我过关。坦率地说，我总觉得这是一门医学课，最适合让医学院喜欢唱歌的学生选修，对声乐学生，像我这样的，这门课是酷刑。

毕业了走出校门，我发现校外完全是另一个世界。没有人拿着歌剧合同站在那儿等“最优秀”的声乐学生，没有人围在学校门口，鼓着掌迎接你去演出。生活好像突然失去方向，想做歌唱家却无处可做，那种感觉很失落和无助。

当时我除了在科罗拉多歌剧院每个演出季有一两个配角合同，三四场演出，收入不多，仍需持续打工赚钱维持生活开销。记得有一次我穿着晚礼服在一个豪华晚宴上受邀歌唱，站在那里像个真的歌唱家，唱完，掌声热烈，第二天一清早就赶快爬起来，穿上工作服去给新盖的房子扫地擦窗，累了躺在地上，在想前一天晚上的演唱是真的吗。我不在乎打工，愿意自食其力，但我需要看到前途，看到歌唱的希望。

1989 年到 1990 年，我从丹佛飞到纽约二十多次，所有打工赚到的钱都用来买了机票，而且每次都是坐美联航（UA）。丹佛是美联航的大本营，飞多了会积攒一些飞行里程数，像一种奖励，里程达到一定的数额会有一次免费飞行。为了这一次免费飞行，你要付出很多次付费飞行，总之，我成了美联航的“囚犯”。

那时我很喜欢坐飞机，飞机一离地人就兴奋，起飞的那一刻，我会非常着迷地看着舷窗外的景致迅速地滑向后方，烦恼会瞬间消失。飞机拉升的感觉更让我激动，一两分钟之后，飞机仿佛会突然静止在无比宽阔的天空，能让我的思路顿时无拘无束地任意飞翔。

此时此刻，窗外的景致是落基山脉。山脉是强壮的，像男性伸出去一条条坚实的臂膀，把纹路粗犷的肌肉和密集绷起的血脉铺满崇山峻岭。十月，白桦树叶已经开始变黄，远远地看上去，一片一片的金黄散布在壮丽的群山中，让人一阵阵地感动。联想到这次去纽约的感觉，不但跟以往不一样，而且充满着期待。

我没有别的选择，这次必须要找到一个经纪人，理由非常简单，这一切都是为了玛莎，都是为了我们能否有一个可以在一起生活的未来，我绝对不能让她失望。那时我们刚开始热恋，都经历了失败的婚姻，都格外地珍惜彼此。我强烈地感到她希望我们能组成一个家庭。她从来没有给过我压力，但给过我暗示，她不在乎我有没有钱，她在乎的是一个幸福的新家庭。我们都在默默地等待，心照不宣，等待我来美国八年努力的结果，等待我到底能不能成为一个专业的歌唱家。我那时整天在焦虑，深知不能做一个银行账户里永远只有几百块美金的“歌唱家”，我是那么渴望能给她真正的幸福和保障，也知道她的渴望可能比我还要强烈。

于是，在1989年的第一天，我发了一个严厉的誓言，要尽一切努力，在两年中成为一个能够以歌唱为生的歌唱家，做一个可以用我的事业向玛莎求婚的男人。我告诉自己要不惜任何代价地努力，要比西方歌唱家唱得还要好，那才有成功的可能。我发誓要在两年中实现我的誓言，告诫自己，去拼吧！豁出去！尽一切可能去奋争！如果我尽力了而没有成功，我会在1990年12月31日那天停止歌唱，随便上天想让我做什么，永不歌唱。

誓言是1989年新年到来的那一刻发下，对着丹佛市新年午夜的焰火，闭着眼睛，咬着牙，在内心深处发的誓。我没有告诉玛莎。

现在是1990年的10月，我的誓言马上就要迎来最后的期限，我仍然没有任何事业的突破，银行账户里还是只有几百块钱。这次纽约行对我来讲就是最后的挣扎，必须孤注一掷，“这是最后的斗争”。

我那天在飞机上的感觉很复杂，除了振奋，自己还有一层悲壮，因为清楚地感到最后期限已在紧逼，我只有不到两个月了。

在美国，任何想得到演出合同的青年歌手，必须在纽约才能找到真正的机会。那里有最好的歌剧院、最好的交响乐团、最好的博物馆、最好的音乐剧和话剧，还有最好的图书馆。全世界的歌剧院和交响乐团的负责人，指挥家和导演们，还有欧洲的经纪公司，每年都会来到纽约，为自己的歌剧院和音乐会选择最佳的演员。

最重要的是，所有在歌剧界有影响力的经纪公司都在纽约。当然，在米兰、柏林、伦敦、巴黎等这些歌剧重镇，都有经纪公司，但规模和数量根本无法与纽约的比，而纽约重要的经纪公司也在欧洲和南美代理歌唱家，影响力遍及全球。这些经纪公司也会不定期地试听一些年轻的歌手。

每年的秋季到第二年的春季，是试唱最多的季节。甄选演员的人到了纽约，可以观看最好的歌剧制作，听最好的音乐会，还可以和世界各地来的同行见面聚会，商谈和交换歌剧与音乐会的策划和制作。纽约的剧院也会开始听歌唱家的试唱。围绕着林肯中心的几个最出名的餐馆，在那几个月中，经常聚集着来自各国歌剧界和音乐界的重量级人物。

必须说明，试唱考试，是指青年歌唱家们事业刚起步时的必经之路，成熟的歌唱家和明星们，当然是由经纪公司直接跟歌剧院签约。对于明星们，歌剧院会上门去找经纪公司谈合同，或者直接问明星想唱什么。当然，多大的明星在事业之初都有过试唱的经历。

从 1989 年到 1990 年，我飞去纽约至少二十多次。其间我会去看歌剧、听音乐会和看展览，尽一切可能多看多听，但要根据自己有多少钱决定看多少演出。我最主要的目地还是学习，想尽办法找好的老师上课，要保证有钱能交学费。还有就是找机会参加声乐比赛和任何形式的演出，让更多歌剧圈子的人知道自己。梦想哪一天，有人站在我面前，递上一张名片，说："我是 ××× 经纪公司的，想跟你谈谈签约的事。"

一切都太难了，对我们第一代在西方闯荡的中国歌手来说，更难。歌剧界毕竟是白人的世界，是白人的文化和历史的表演艺术。

记得有一次我在一个纽约的国际声乐比赛中得了一个奖，在比赛后的庆典中，一个着装华丽显得很高傲的女士走到我面前，昂着头说："我很惊奇中国还有你这样的嗓音，我以为都是你们京剧那种咿咿呀呀的嗓子！"说完还捏着嗓子学了一下京剧的唱腔，转身离去。我愣了一下，突然不由自主地追上去，拦住女士告诉她："我们中国有很多很好的歌唱家，我绝对不算最好的。"当时我们在西方有点像工兵，每天在歌剧文化的雷区里摸索前行。

因为不知道希望在何方，我那时走在纽约的大街上总有一种空空荡荡的感觉，似乎这里的五光十色跟我无关。我也问过自己无数遍："我还要坚持下去吗？"

很多时候，我站在林肯中心的广场，看看左边纽约市歌剧院的大门，看看正前方大都会歌剧院的大门，渴望和绝望的感觉交替涌现，不知道怎么能走进去。

这次不同！这一次我有希望了！我有一张纸，上面有八个纽约歌剧经纪公司的联系方式，八个希望！我等了八年才等到这些希望，总有一个会成功！一定有一个经纪人会接受我！

坐在飞机上的三个多小时里，我一直处于一种亢奋的状态，坐立不安，嘴里嘀咕不止，惹得旁边的人几次侧目。我不管！我有一张重要的纸！我得背熟纸上的地址、电话和人名，这是一张全世界最幸运的纸！每一个字都是希——望！！

这张纸是奈特（Nat）给我的，奈特是科罗拉多歌剧院的院长，歌剧界最出名的导演之一。跟他的缘分，是我在丹佛考这个歌剧院的合唱队时，认识了奈特的夫人露易丝，科罗拉多歌剧院的音乐指导。他们知道我是一个交不起学费的学生，分文不取地培养了我五年。几天前在丹佛，奈特约我见面，拿出了这张纸，郑重地跟我和玛莎讲，觉得我的演唱水平已经成熟，可以唱给纽约的经纪公司听，于是给我写下这八个地址和人名。奈特告诉我去纽约以后马上跟这些经纪人联系，唱给他们听。并说这八位经纪人跟他都很熟，他们分别答应了奈特，会给我安排试唱。“他们一定会听你，你必须要好好唱！”奈特的眼神在大黑眼镜框里显得极度自信，说完还跟我挤了一下眼睛。

到达纽约的第二天上午我就开始打电话。在电话机前坐下的时候，我等了一下，做了几个深呼吸，让自己冷静下来。那八个名字我早已念熟，摊开那张皱巴巴的纸，最后看了一遍，拿起电话。

当电话铃声响起来时，我能感到心脏“噗通，噗通”地乱跳，因为我是打电话给完全陌生的世界，而那个世界主宰着对我的生杀大权。

打完五个电话以后，我垮了，完全丧失了继续拨电话的勇气，情绪极为低落，人都有些虚脱。因为五个经纪人在电话中的语气一样冷漠，内容一样简单：

“很抱歉，我们公司目前没有招收新演员的计划，不能给你安排试唱。”

“请原谅，我的公司现在满员，将来有招收新歌唱家计划时，会再联系你。”

“好，了解了你的情况，我现在很忙，请留下你的电话号码，将来有需要时会给你电话。”

有的经纪人还没听完我的自我介绍，就打断了我。

“这些经纪人都答应我会听你，因为他们都需要我雇用他们的歌手，有求于我，所以不要担心，他们一定会听你，一定会考虑雇用你，祝你好运！”奈特把那张纸递给我时，语气非常肯定地说。

终于，第六个经纪人约了我，在曼哈顿上西城的一个教堂唱给他听。也许是因为天气变冷，他围着一个彩色的围脖，戴了一顶礼帽，围脖围到鼻子，帽檐压到眉毛，长什么样子都看不清。只见他走来走去地听了半首咏叹调，就让我停下来，说：“好，可以了，我对你的演唱水平有了很清楚的印象，你回丹佛时请代问候奈特，我会跟他联系，祝你一路顺风。”说完转身离去。我站在那里愣了一会儿，他什么意思呢？要我还是不要我？

第七位经纪人倒是客气，说话声音低沉又柔和，人长得圆圆滚滚，岁数不大，表情也算诚恳，认真地坐了下来，听我唱了整首的咏叹调。然后说：“这样，我给你一个建议吧。你应该去欧洲，去德国，唱给一些比较小的歌剧院听，争取做一个驻院歌唱家，跟他们签整年的合同，积累些角色，两三年后再争取到大的歌剧院试唱。”

问题是，我去德国哪里考这些小歌剧院呢？谁会介绍我？这位圆圆的和蔼先生显然并没有帮助我的意思，说完这几句话，就柔和地跟我说再见，示意我可以走了。可以看到下一个要给他唱试唱的歌手已经站在那里。

我疲倦地走在大街上，走进中央公园，在一条长椅上坐下，人很累。我低着头坐了好一会儿，才发现离我不远的地方坐着一个流浪汉，一身很脏的衣服，在翻弄身边的一堆什么破烂东西，地上放着一杯咖啡，一份报纸。我突然想到我不也是个流浪汉吗？

没有好朋友给我吃住的地方，我绝对负担不起在纽约的食宿费用。有好几个美国歌唱家都说到过同样的经历，还没有得到任何合同和收入时在中央公园的长椅上过夜的情景。一位后来极为著名的美国女中音，在她歌唱事业还没有任何希望也没有钱的时候，就曾在中央公园露宿。后来她在大都会歌剧院排练有空闲时，会提上一口袋食物，走到中央公园送给无家可归的人们。

我开始想到放弃，结束这种折磨人的流浪，回丹佛吧，我顶不住了。玛莎会怪我吗？

还有不到两个多月就是我的誓言结束日，我开始想我不唱歌可以做什么，除了歌唱我还有什么本事吗？数理化我不懂，想创业也没有知识和资金。又想到我发过的狠誓，想到玛莎，想到她那双充满期待的眼睛，想到她一定在等我的好消息……

我告诉过自己，在两年中必须付出百分之三百的努力，因为我意识到我面对的竞争者中，还有无数渴望成功的西方歌唱家，跟他们竞争，我有多少胜算？他们就出生在歌剧文化的国家里，就成长在自己的文化中。他们的西方面孔站在那里已经是歌剧角色，我却需要“西化”，从语言、歌唱、表演、表情等等全面“西化”，否则一定败给我的西方竞争者。

我付出了百分之三百的努力吗？我问自己。除了在八年中的拼命学习，打工，还有在两年中不停地飞到纽约，不停地找老师上声乐课，跟歌剧指导学习，买站票看了很多很多场歌剧，也想办法参加了很多试唱寻找演出机会，参加声乐比赛，挤在朋友的家里借宿、蹭饭，没钱了就马上飞回丹佛去打工，有点钱再一头扎回纽约。这些算是百分之三百的努力吗？

我不抱任何希望地拨通了第八个电话，这是这张纸上最后一个电话号码。我已经不紧张了，因为没抱希望，而且定好了飞机票，准备回丹佛，玛莎不会怪我。

接电话的是一位男士，嗓音像一个低男中音，说话声音很深，很客气，爽快地跟我约了一个试听的时间，就在第二天，在上西城五十多街的一个小排练厅。

第八位经纪人走了进来。这是一个很高大的人，至少一米八五以上，肩膀宽阔，大约四十多岁，显得很干练，一进来就很认真地看了看我，眼神里不是敷衍。

我很怕给高大的人唱试唱，他们会让你觉得自己矮小，尤其是那些自以为是、略带傲慢的大个子，坐在那里一歪，腿一架，让你唱得很不舒服，会失去信心，很难正常地发挥水平，试唱的结果往往是失败。

他叫保罗·寇泰（Paul Cote），是属于很经看、能记得住的那种人。英俊挺拔，眼神锋利但有善意，两道浓眉皱得很紧，表情认真，头发一丝不乱。他穿一身漂亮的灰色西服，领带打得很精致。保罗一进来就很快拉了一把椅子坐下，似乎想减少自己的高大可能给人的压力。试听的房间不大，我们距离很近，可以闻到他带进来的香水味道。

他在我报给他的曲目中挑了威尔第歌剧《西西里的晚祷》中的咏叹调《啊，你帕莱莫》（*O Tu Palermo*）。这是我跟露易丝学习的五年中练了不知多少遍的曲目，尤其是开口第一句的长音。露易丝曾严肃地告诉我这第一句的重要性，必须严格地练习，要让听我唱试唱的人，对我的嗓音和歌唱状态马上产生兴趣。

露易丝是对的。

当我一开口唱那个长音时，就看到这位经纪人的眼睛亮了一下，注意力好像更集中，眉头皱得更紧。唱完第一首咏叹调后，他又挑了亨德尔清唱剧《伊莱加》（*Elijah*）中的一首英文咏叹调《看那火焰熊熊》（*See the raging flames arise*）。那是一首男低音们在试唱中绝对不会选的曲目，因为是一首有很多十六分音符快速音阶的咏叹调，要求歌手要有灵活的歌唱技巧，能够清楚地唱出那些快速的音阶，保持音准，还要有连贯的线条，唱不好会暴露出自己歌唱技巧的弱点。一般男低音的声音会比较重，灵活不起来，我却有这个能力，而且我的声音在唱这首咏叹调时还可以保持上下很通的音色。

露易丝选了这首咏叹调作为我六首试唱曲目之一，有她的道理。她认为如果用亨德尔做试听的第二首曲目，会有一个意外的效果，会让听你的人马上感到你的声音具有与众不同的特质——你可以胜任更广泛的歌剧角色，尤其是早期的意大利歌剧，如格鲁克（Gluck）和蒙特维尔第（Monteverdi）的作品，或者美声歌剧如罗西尼、贝里尼等人的剧作。在歌剧的试唱中，如果你唱完第一首曲目，被要求再唱一首，说明听你的人对你有一定兴趣，否则绝大多数的试唱考试就听一首，如果听半首就打断你，那是绝对没戏的象征。

先唱威尔第，再唱亨德尔，这个组合在后来几年的试唱中，是我经常获胜的秘密。有时听我的人选了别的第二首曲目，我也会大着胆子问："如果你不介意，我唱一首亨德尔的咏叹调给你好吗？"通常的回答是："Ok，please."

"你什么时间离开纽约？"我刚唱完寇泰先生就问我，我正想说第二天走，还没来得及说，"你明天上午可以来一下我的办公室吗？"他又说。

啊！！

对我来说这简直是世界上最美好的话语！我高兴地直颤抖，拼命压制自己的狂喜，忘了是怎么回答的，也忘了怎么接过他递过来的名片，这最后一个听我试唱的经纪人，成了我第一个希望！

"可以来我的办公室吗？"也是我等了八年的一句话。

我查过，他的经纪公司只有十几个歌唱家，在纽约的歌唱经纪公司中，是最小的之一。但他旗下的歌唱家，很多都在纽约大都会歌剧院和美国其他一些重要的歌剧院演唱。由此推论，他的公司虽然不大，但信誉很好，因为歌唱家们都有活儿干。

我飞到大街上，找到一个公共电话亭，高兴至极地给在丹佛的玛莎打电话，告诉她明天有个经纪人要见我！听得出来，她比我还要高兴，我们太需要好消息！我在美国的奋斗已经八年，必须要有一个突破！一个歌剧经纪人让你去他的办公室，对任何一个青年歌手，这是多么重要的一个邀请，可能是一生中最重要的邀请、最重要的突破！

玛莎真的从来从来没有给过我压力，她对我似乎一直有一种信心，觉得我一定会有自己的歌唱事业。后来她说，她对我的信心有几个原因，主要来自歌剧专家们对我嗓音的认可，觉得这个中国歌手有成功的潜力，最主要的信心来自奈特夫妇。一个世界公认的一流歌剧导演和一流歌剧指导，都告诉玛莎我会有希望，这使她坚信了自己的看法。还有就是，她觉得这个“没有逻辑思维能力”的人除了唱歌之外什么都不会，什么本事都没有，歌唱是我唯一的出路。

玛莎是一个科学家，也许科学家总是对的。不过我敢肯定，她没有想到的是，六年后，因为我歌剧演唱事业发展得很快，尤其是在欧洲的合同越来越多，她就决定放弃她人类遗传学研究的事业，全力帮助我，跟我一起旅行，帮我制定事业计划，一起做项目，还要处理我们生活中所有的大小问题。谁说一个成功的男人后面，一定有一个伟大的女性？我想说：一个想要成功的男人前面，必须要有一个伟大的女性。

可以说我的歌唱事业“摧毁”了她的科学事业，为此，我对她总有一种歉意。

我在大街上的电话亭给玛莎打电话的时候，当然不知道六年后会发生什么，就是高兴能给玛莎一个好消息。电话打了很久，用了很多硬币。记得那天很冷，而且那条街道不宽，有很强的穿堂风，挂上电话我完全冻疯了，不过心里是热的。

保罗的办公室就是他家，在曼哈顿中城四十三街，六和七大道中间。那是一条非常安静的街道，有很高的树。我喜欢那一带的楼，不高，不过十来层，是“二战”以后认真盖起来的。红色的砖楼，很好看的大门，受英国建筑风格的影响。他家最主要的家具就是唱片、盒式磁带、音响设备、书籍和歌剧的海报。房间里的一切都整整齐齐，干净得让我不知道往哪儿站。满书架的书、CD和磁带，高矮整齐地排列着，像检阅中的士兵方阵，一丝不苟地站在那里。他墙上的歌剧演出海报和照片也随着镜框大小和颜色，非常舒服地挂在最合适的地方，一看就是精心丈量过，设计过，跟窗帘非常搭配地融合在一起。他的办公桌更有条理，没有一样东西是乱放的，纸笔都放成直线，摆的几张照片也让人感到一种吸引，那是三个可爱的男孩子照片，都绽放着纯真的笑容。整个房间没有一丝灰尘。

保罗在家里的穿着很随意，西服上衣里面是洁白的衬衣，没打领带，穿着一条淡蓝色的牛仔裤，使这个冷俊而高大的美男子看上去多了些亲近感。我注意到他眉心中有两条竖着的皱纹，让他看上去好像总皱着眉头，笑的时候眉心皱得更紧，不过是一种很专心的笑容，浓眉里的眼睛闪着看书人特有的那种眼神，清澈。

他松弛地坐在办公桌后面，看到我显得拘束，笑了起来："放松放松！OK，我们先试着工作起来，我会给你安排一些试唱，看看反应。我们没必要签什么合同，没有歌剧院雇用你，跟我签什么合同都没有意义。"保罗用低低的音色很直率地说。我当然只会"OK，OK"的答应，能有一个经纪人愿意跟我工作，什么条件我都会答应！

保罗对我最具体的要求，是从丹佛搬到纽约。

"各地的歌剧院来挑演员，很多时候是提前两三天才通知经纪人。你们都要随时准备去参加试唱，所以你要住在纽约或者附近什么地方，随时准备，科罗拉多太远了！"保罗说。

我当然一口答应，但脑子里一片混乱，杂乱地想着自己怎么能负担纽约昂贵的生活开支，想到可能要离开玛莎很远，想着自己的生活方式将发生什么变化，激动中夹杂着茫然和顾虑，不知道等待自己的是什么。但我决定拼下去。

半个多月以后，我从丹佛回到纽约，想先暂时住一段时间看看，还是借住在好朋友钢琴家韦福根的家，在纽约皇后区一个很不错的区域，叫瑞戈公园。最幸运的是，朋友从来没有让我付租金，也许他知道我也没钱付。

保罗动作很快，不停地给我安排歌剧院的试唱。我经常做的是从韦福根家赶去地铁站，大约半个多小时就到曼哈顿上西城的林肯表演艺术中心。几乎所有的试唱，无论是欧洲歌剧院来的，还是北美各地的歌剧院，都会在这一带找个大琴房或者排练厅，也会租用小型的剧场，然后通知各个经纪公司带自己的歌唱家来试唱考试。

歌剧经纪人带哪些歌唱家参加试唱，是一门学问。譬如当时保罗手下有五个男低音歌手，剧目都差不多，那带谁去参加试唱呢？另外，来听试唱的某歌剧院院长，可能会喜欢什么样的嗓音，什么样的形象，经纪人必须有所了解，要能有一种直觉，带哪个歌手去拿到合同的机会更大。这真是一门学问，关系到这个经纪人与这个歌剧院的信誉和长期的合作关系，也关系到歌唱家和经纪人的收入。

没有后门，没有贿赂。偶尔听说过某指挥家要收钱才给歌唱家工作的传闻，还有说意大利的经纪人像黑手党。也许是。但我跟这位据说很黑的“某指挥家”在日本、欧洲和中国合作过四部歌剧，合同都是正规地拿到，从来没有被他为难过。“黑手党”？也许，不过我没有跟“黑手党”合作过的经历。

所有这些歌剧界的事情，我都是后来才逐渐地知道，刚开始跟保罗工作的时候，只知道有机会参加试唱已经太幸运了！走到这一步，显示出露易丝和奈特对我五年严苛的训练有多么重要，而且到了收获的时候。

跟保罗开始工作的第一个月，他给我安排了七八个歌剧院在纽约的试唱，还有纽约市的几个音乐团体选拔演员的考试。其中有五个歌剧院听过我之后，几天内就联系保罗，给了我演出的邀请。这些歌剧院都不大，包括美国的德拉瓦州歌剧院、在佛罗里达州的萨拉索达歌剧院等，在美国属于中小型的剧院。

我得到的歌剧邀请都是主要的男低音角色，有《西蒙·博卡涅拉》中的菲也斯科、《弄臣》中的斯帕拉夫奇等。按我的年纪，三十五岁，应该可以尝试演唱比较戏剧性的角色。但我实际的演唱水平和舞台经验，跟这些角色还有很大的差距。

记得给萨拉索达歌剧院做试唱结束后，我在大门外碰到刚听过我试唱的这位院长，他跟我挥了一下手说：“明年见！”他看我完全没听懂他的意思，就补了一句：“我刚才告诉保罗，我会邀请你演出《西蒙·博卡涅拉》。”这可是一部大歌剧！我知道里面有不止一个男低音角色，就怯生生地问是唱哪个角色，院长说：“当然是菲也斯科！”说完拦下一辆出租车走了。

哇哇哇！菲也斯科！这可是 bass 声部最重要的威尔第角色之一，我居然得到演唱这个角色的邀请，我的第一个大角色！我高兴得连跑带跳。

“先生，我看你满脸喜庆，要不要我给你算算命？”我回头一看是一个坐在街边的吉普赛女人，面前是一个小桌子，桌子上有一副扑克牌。我谢过她，继续连跑带跳地离开。我才不要算命，我的命够好啦！

通常来讲，在西方歌剧界，年轻的歌唱家们在事业起步的时候，试唱成功率能在百分之三十左右已经非常高。保罗没想到我参加试唱的成功率会在百分之七十以上，对我已完全另眼看待。我那时不知道这都意味着什么，只是担心如果给我的角色太重，太难唱，唱不好怎办？合同未到已开始发愁。当然，我不能跟保罗讲我的担心，能在一个多月里得到五个歌剧院的演出邀请，对任何一个年轻的歌唱家都是难以置信的。保罗对我的兴趣越来越大，整天想着给我安排更多的试唱。

世界范围内都一样，经纪人从歌手的歌剧合同中收取百分之十的佣金，从音乐会演出的合同中收取百分之十五的佣金。大的经纪公司，不会收取歌唱家什么邮件费、试唱场地费、电话费等等，一些小经纪公司会收取任何为你工作发生的费用，甚至他们办公室的开销也让歌唱家们分担。

经纪人一定会尽可能为你争取最高的演出费，他的收入也会增多。在歌剧界都有一个大概的演出费范围，根据你的演出经历和知名度，还有歌剧院本身的预算，演出费多少都有一个既定的数额，但仍可以谈价。不过无论是大都会歌剧院还是其他的剧院，我敢肯定剧院方不会有什么“灰色收入”和“阴阳合同”之类的商量余地。

保罗在歌剧界有很好的口碑，他最主要的声誉，是他对嗓音有一种非常独到的“特异功能”，似乎能预知谁的声音有什么样的发展潜力，谁会成为重要的歌唱家。他对他认准的青年歌手，会极为认真地推动他们的歌唱事业，有好几个最后都成为西方歌剧界非常著名的歌唱家，像女高音黛博拉·沃伊特（Deborah Voigt）和男高音迈克尔·西尔维斯特（Michael Sylvester）。

“当奈特打电话向我推荐你的时候，实际上我根本不相信你会有什么歌唱前途。”后来保罗跟我讲，“我想一个从北京来学声乐的，已经三十五岁，除了在科罗拉多歌剧院演过几个配角，没有任何重要的歌剧演唱经历，怎么可能有前途？”保罗还开了一个玩笑，“丹佛？出牛仔的地方，不会出歌唱家！”也许保罗是对的，科罗拉多州真没出过有名气的歌剧演员，直到上世纪九十年代开始，科州的几个音乐学院有过四五个青年歌手，成为专业的歌剧演员，进入重要的歌剧院演出，其中还有三位是中国人。

保罗直爽地告诉我：“我当然要答应奈特在纽约给你安排试听，我需要跟他做生意啊，我要让我的歌手们能拿到科罗拉多歌剧院的演出合同！”我第一次认识到歌剧也是一种生意，多少有点伤感。

开始跟保罗工作一个月后，他打来一个电话，说一周后给我安排了两个试唱。保罗的语气好像随意，但我能感到他其实非常兴奋。星期三我要在纽约市歌剧院试唱，星期五在大都会歌剧院。挂了电话我就开始怀疑自己的耳朵，觉得我一定听错了。

纽约市歌剧院和大都会歌剧院都在纽约林肯表演艺术中心，是近邻。纽约市歌剧院建院大约在上世纪四十年代，大都会则已超过百年。1966年市歌剧院与大都会同年搬到新建的林肯中心。市歌剧院能在世界最著名的歌剧院旁边生存六十年，真难为他们了。跟大都会歌剧院争夺演员和观众，容易吗？纽约市歌剧院之所以能够存活的原因是：经常推出全新制作的经典歌剧，每年还会首演原创歌剧。经典剧目的制作尽可能创新，年轻化，大胆地启用年轻的导演和舞台设计。每年至少演出十几部歌剧，而且整个演员阵容都很年轻，平均比隔壁大都会歌剧院的歌唱家们年轻好几岁。很多年里的纽约市歌剧院经营得非常有生气，院长叫鲁代奥，是个很有名的指挥家。很多歌唱家都是在纽约市歌剧院开始其演唱事业的，包括世界著名女高音歌唱家比佛利·希尔斯、男低音山姆·雷米，甚至巨星多明戈。从市歌剧院的大门到大都会歌剧院的大门，不到一百米。但对任何一个青年歌手而言，这一百米的距离，其实是艰难无比的“万里长征”。

考进纽约市歌剧院，很难。考进大都会歌剧院，难上加难。

每一个歌剧经纪人，每时每刻都会希望自己的歌唱家，能够在这两个歌剧院演出，虽然市歌剧院演员的演出费，可能比大都会的演员少一半。毕竟两个歌剧院的大门遥遥相望，幸运的歌手在市歌剧院出名以后，会有进入大都会歌剧院的可能。大都会歌剧院负责选演员的人，有时会悄悄到市歌剧院看演出，把看上眼的歌手挖走。反之，从大都会歌剧院“屈尊”到市歌剧院演出的歌唱家极少，通常会被认为是降级，或者是一种要被大都会歌剧院解聘的暗示。

此时此刻对我来说，顾不上那么多，能进到这两个歌剧院的任何一个，都会让我高兴得发疯。

星期三在纽约市歌剧院试唱，星期五在大都会歌剧院试唱，我歌唱生涯中最重要的两个试唱就要到来！我不知道自己是否做好了准备，但清楚地感到这次机会非同寻常，我必须全力以赴！

有时我会回想起经历过的几次最重要的试唱考试，都是彻底改变我人生的转折点，很多细节永远不会忘。我想把这些经历写在另一篇散文里。在这里再多讲一点关于保罗·寇泰的故事。

保罗是一个同性恋，他从不掩饰这一点。保罗是一种“帅男”型的同性恋，我们有好几个这种类型的同性恋朋友。在歌剧界，同性恋很多，没什么奇怪的。只有一次，保罗情绪有点惆怅，跟我说他所有最好的同性恋朋友都去世了，不知为什么他还在这里。

我跟保罗工作了八年。从第一年开始，我的演出日程就是满的，每年至少有八到十部歌剧的合同，好几十场的演出。除了在大都会歌剧院的合同，还在美国和加拿大的主要歌剧院演出。往往是在一个歌剧院演完最后一场，就马上飞到另一个城市，第二天就在那里的歌剧院开始排练。跟保罗工作时，我也有过在法国尼斯、德国波恩、智利和阿根廷歌剧院的演出。这些合同几乎都是歌剧院的院长直接找的我，我就把这些演出邀请都转给保罗，照样支付他百分之十的佣金。

保罗喜欢聊天，我们可以在电话上聊一个小时，最后五分钟才谈一下歌剧院的邀请和合同。如此繁忙的演出日程，压力当然大，压力太大的时候，我会变得很神经质，会不停地吃安眠药，会发脾气，会忧郁。我的歌剧角色越来越重，难度越来越高。我常常会因为一个没有唱好的音或者唱错了节奏而焦虑，而且对声音的质量极其敏感，无数次地对玛莎抱怨我唱的哪个音不干净，哪个音不准，玛莎根本没听出来，认为是我紧张的错觉，很多次都快被我折腾得崩溃。她总是坚持一个信念——绝不给我增加心理压力，想一切办法为我纾解忧虑。

幸亏玛莎是个科学家，比我理智一百倍，她总是帮我分析问题，而不是跟我一起“唉声叹气”。她往往会告诉我是多么幸运，得到这么多合同，改变了多少人对中国歌唱家的看法。所有的压力和困苦都是必然的，要为这些压力高兴，有多少年轻的歌唱家求都求不来这样的压力。最后，玛莎的总结是：我从来不知道学习的方法是什么，也没有养成过学习的习惯，所以背不下来谱子，唱不好新的歌剧。有一次玛莎递给我一个小本子，给我画出很多小方格，让我把需要做的音乐功课和解决声乐技巧问题的方法，分开写进一个个的格子中，包括日程，有了计划就等于有了解决问题的方法，解决问题的方法就是一个个地去解决。

有些心理上的压力画格子也解决不了。我对在大都会歌剧院的演出、排练和合同都非常在意，知道自己是经过了“两万五千里”才走到这一步，我绝对不能失去在大都会的合同，所以在那里我对在大都会演唱的每一个音、做的每一个演出动作、剧院的反应等等都敏感到了极点。

没办法的时候，我就找保罗述说苦衷。我会告诉他这个歌剧我来不及学，那个歌剧我绝对唱不好。保罗总是很有耐心地听我吐完苦水，最后就说：“来来，让我告诉你些好消息，你会感觉好一点！”然后他就用五分钟跟我说哪里的歌剧院又给了我一个什么邀请，什么档期，一场多少演出费等等。有时“好消息”也无法让我高兴起来。玛莎记得最清楚，很多次都是我刚拿到一个合同，没唱过的角色，譬如威尔第的哪部大歌剧里的男低音主角。我会买一本谱子，几张 DVD，回到家里对着谱子看一遍录像。还没看完我就觉得自己根本唱不下来，太难唱了，脸上会涌上一层冷汗，心跳剧烈。如果玛莎那时走进房间，会马上退出去，说不想看到我那满脸的绝望。

保罗给我起了一个绰号，叫“抱怨先生”，他和玛莎的对话中我的名字已经消失，只听他们说“抱怨先生”怎么了，“抱怨先生”今天唱得怎么样之类的。

每次“抱怨先生”抱怨大发作之后，都会神清气爽，情绪会马上乐观起来，也一次又一次地拿下那些“可怕得要命”的歌剧角色，唱得还很不错。玛莎和保罗已经学会了怎么对付我的抱怨，习以为常，还不时互相交换心得，怎么把我悲观的抱怨转变成乐观的心态。最主要的是他们不要受我的情绪影响，让我自动转变心态。

有一次我犯“抱怨”病，是接到在意大利热那亚演出威尔第歌剧《耶路撒冷》(*Jerusalem*）的邀请，剧中男低音的主要角色是罗杰，一个难唱至极的角色，我当然“恐怖”地向玛莎表示我绝对演不了这个角色，我会被这个角色“杀掉”。没人会注意到这个角色有多难，也没人会同情我的压力，而我会被这个“大角色”杀掉。玛莎看着我，等我抱怨完毕，表情轻松地讲：“好啊，那就取消这个歌剧合同，不去意大利了，别唱了！少一个合同没关系，正好休息！”

这不像玛莎，她从来都是鼓励我绝对不要放弃，尤其是特别重要的角色，对很多歌剧演员来说，能在这辈子演唱这个角色，是多大的荣誉，是多么难得的机会！她居然会说“那就取消这个合同”?！还表情轻松地转身就走了！我真的要放弃这个合同吗？她居然让我放弃?！我又听了一遍录音，听完忽然觉得自己应该能唱这个角色，好像没有那么难吧？

玛莎的激将法完胜，我不但演出了这部歌剧，还得到了一个好得不能再好的歌剧评论。剧评被保罗兴高采烈地拿走，转发给一些歌剧院，凭这样的评论，保罗往往会很快为我拿到一些新的歌剧合同。

保罗真是一个好经纪人，但他有他的局限性。他把一个年轻的歌唱家推到一定的高度时往往就推不动了。我的合同很多，但绝大部分的演出都是在美国，他在欧洲几乎没有给我找到过合同。我在欧洲得到过的几个合同，几乎都是歌剧院跟我直接联系，我转给保罗，从某种意义上讲，等于是我在给他找工作。这并不影响我对保罗的好感和感激，没有他就没有我的歌剧事业，我们的合作持续到了1998年。

歌剧界有一个自然的定律，美国的歌唱家要想在美国的一流歌剧院演出重要的角色，你就要先争取在欧洲的主要歌剧院演出主要的角色，美国的歌剧院就会考虑给你重要的合同。同样，美国的歌唱家要想在欧洲发展，就需要在美国几个大的剧院演出重要的角色，欧洲的歌剧院就会有聘用你的可能。

1998年，我发现我在大都会歌剧院的合同有了一些微小的变化，重要的角色在减少，我感到他们对我有些“疲倦”。虽然我还与美国一些重要的歌剧院有些很好的合同，但我知道他们都在注意我在大都会演出的状况。在大都会剧院的状况好与不好，直接会影响到我在其他歌剧院的合同。

我感到必须要去欧洲了，必须要争取在欧洲重要的歌剧院演出几个大的角色。保罗也感到了我的紧迫感，一口答应在欧洲给我安排试唱。

那时我在美洲歌剧院的合作已不需要试听，但欧洲对我来说，还是“新大陆”，他们也许听说过我，但并不熟悉，所以，我需要去欧洲，给这些歌剧院做试唱。

1998年的秋天，我有一个月的空档，玛莎跟保罗商量了一条路线，从纽约到意大利、法国、北欧等几个国家转一圈，在每个主要城市停留几天。保罗说会在每个城市的歌剧院为我安排试听。出发的时候，我是信心十足的，凭这八年在歌剧舞台上的经历，我应该有机会得到很好的合同。我不在乎去试唱，认为自己的歌唱状态很好，歌唱技巧也日趋完善，试唱曲目的演唱应该比几年以前好很多。

我们一路上都在等保罗的信息，在每个城市停留的时候都会跟保罗保持密切的联系，每天都在等待试唱的安排。

一个月过去，保罗没有安排出在任何歌剧院的试唱。他虽然在长途电话里反复抱歉，但我们非常沮丧，这一个月的旅行以“无试唱”终结。很简单，这证明保罗在欧洲的歌剧院几乎没有任何关系和影响。

我们痛苦地意识到，也许是到了更换经纪人的时候。这是一个非常艰难的决定，就像离婚，离了痛苦，不离，也痛苦。

1998年我已经四十四岁，对任何一个歌唱家来说，这是一个非常关键的年龄段，也是演出生涯多变的阶段。歌剧演唱事业不上则下，“后浪催前浪”。

我必须换一个经纪人，必须。我需要有一个在欧洲和美国重要的歌剧院都有广泛关系，一个强有力的经纪人。我的目光落到在纽约极为著名的哥伦比亚经纪公司，落在布鲁斯和艾伦身上。

布鲁斯·冉姆斯基（Brue Zemsky）和艾伦·格林（Alan Green）与我年纪相仿，中等个子，精明强干，两人都反应敏锐，语速极快，跟你说话时直盯着你的眼睛，往往会给对方一种巨大的压力，是美欧歌剧界极为著名的经纪人。他们隶属哥伦比亚公司，有着自己的分公司，签约的歌唱家大约有一百多人，其中不乏当红的歌剧明星，尤其是男高音。由于他们太强势，歌剧界给他们起了个绰号叫“魔鬼双胞胎”。

布鲁斯和艾伦跟世界范围的歌剧院谈起生意来总是咄咄逼人，他们不是跟你谈一个歌唱家的合同，你要是需要他们旗下这位男高音明星来撑这部歌剧，他们马上会逼上一个条件——其他角色也必须用他们公司的歌手。“魔鬼”们谈起演出费来尤其凶狠，分毫不让，一律高价。两位都是犹太人，都对歌剧有极为全面的知识，对剧目、唱段、语言都烂熟，也可以说是酷爱。两个人对声乐技巧都有他们固执的见解，跟签约的歌唱家们经常会毫不客气地提出他们的意见，要求歌手必须在歌唱技巧上作出改进。

不知为什么，布鲁斯不是我的经纪人，却对我一向很客气。我经常在大都会歌剧院的后台碰到他，不少次演出完他会走进我的化妆间，探个头，简单地说一句“祝贺，今天唱得很好”，人还没进来就已经出去了。

在大都会歌剧院每天晚上的演出，无论是什么歌剧，都会有“魔鬼双胞胎”的歌唱家在台上。只要布鲁斯和艾伦没在旅行中，他们几乎每晚都在大都会歌剧院看他们签约歌唱家的演出。当我决定离开保罗的时候，我第一个想到的经纪人就是布鲁斯。

保罗实在是个好人，是他一手帮我建立起歌剧事业。每次告诉我一个很好的新合同时，他那种眼神和语气都是那么真诚的高兴。听我这个“抱怨先生”的牢骚时总是那么有耐心，从不打断我，偶尔用好听的男低音插一句：“没你想的那么可怕。”“我和玛莎都不这么认为。”“你再听一遍 CD 再决定唱不唱这个角色好吗？”“你唱的比你想象的好。”

有一个美国重要的歌剧院，曾经有一个非常精干又霸道的院长，所有的经纪公司都怕他又要求着他，包括保罗。院长在这个歌剧院工作了至少二十年，经营得非常好，在歌剧界无人不知，所有的歌唱家都想跟他保持好的关系，都以在这个歌剧院演出过为荣。有一年，这位院长退休，几个月以后圣诞节来了，保罗打了个电话问候他节日愉快。院长在电话那边说："保罗，你知道吗？在歌剧圈子里，你是唯一的一个在圣诞节给我打电话的人。"

保罗告诉过我，他有三个侄子，都还小，但他答应会承担将来他们上大学时的学费。所以他跟我开过玩笑："我可要好好为你们工作，你们是我侄子们未来的学费啊！"说完皱着浓眉笑了起来。

我做出离开保多的决定，还因为我发现保罗几个最好的歌唱家最后都选择了离开他。有一位著名美国男高音的经历跟我极为相似，很诚恳地跟我说他也是保罗发掘的，并在十多年中给他找了很多合同，最后碰到跟我一样的问题，走到瓶颈，无法发展了，因为保罗在欧洲重要的歌剧院没有关系，签不到合同。不过，他离开保罗后一直保持来往，依旧是朋友。我忽然觉得轻松了些，如果我离开保罗，还可以和他做朋友，那该多好！

我和玛莎商量了好久，不知道该怎么跟保罗开口，陷入了非常痛苦的心态。我们从欧洲"无试唱"旅行回来后，保罗也很少见我们，能感觉到他一直极度地内疚，躲着我们。那怎么办呢？

我突然想到是不是应该先跟布鲁斯谈谈？如果离开保罗，布鲁斯对我没兴趣，那不就尴尬了？于是我拨通了布鲁斯的电话。

"布鲁斯，我是 Tian，你要是有时间，我们一起吃个午饭好吗？"

"谢谢，我想你还是先到我的办公室谈谈怎么合作，以后吃饭的时间有的是。"这个布鲁斯，一下子就听出我的意思！干干脆脆几句话就挂了电话。

我跟保罗约了午饭，选了一个在曼哈顿中城的四川菜馆，叫"大四川"。我知道保罗喜欢吃四川风味的中国菜，特地叫了几个水煮鱼、夫妻肺片之类的辣菜，这顿饭吃了四个小时。

我们什么都聊了，聊到他第一次听我试唱时，说我紧张得一只手一直插在裤兜里，还聊到我在阿根廷科隆大剧院首演歌剧《浮士德》的第二天，我们一起去逛了当地最美的墓地，到处都是精工雕塑的墓碑，简直就是一个大型的艺术展览馆。我跟保罗还聊到在欧洲这次旅行一个月狼狈的感觉，我说当时甚至想要找一个欧洲的经纪人。保罗当然明白我的暗示，跟我说："你要是真想换经纪人，除了布鲁斯和艾伦，其他都不值得。"还说他一定会特别努力地为我找欧洲的合同。我们聊到很多玛莎，保罗告诉我他觉得很对不起玛莎，因为是他们一起做的我们欧洲试唱旅行的计划，玛莎一定很失望等等……四个小时，我们什么都聊到了，甚至聊到保罗的三个侄子都长大了，他已经差不多攒够了他们上大学的费用。

直到最后一分钟，我还是没有勇气说出我已经决定离开他。

回到家里我筋疲力尽，倒在沙发上不想说话。玛莎急切地问我是不是都谈开说清楚了，我摇摇头说实在开不了口，只好求玛莎给保罗打个电话。

玛莎拨通了保罗的电话，并把电话的扩音打开让我一起听。保罗告诉玛莎中午的菜很好吃，也知道了我对他的意见。玛莎告诉保罗，说我已经决定换一个经纪人，我实在不知道该怎么说，希望保罗能理解。

"啊！他妈的！去他妈的！"保罗高声大叫起来，重重地摔了电话。

我和玛莎都呆住了，很长时间我们都不知道说什么，极度不安，没想到从来都是和颜悦色的保罗会发这么大的脾气。

烦躁中，我跟玛莎建议我们带上狗开车到纽约市北部的山上转转，换换情绪，玛莎马上同意。我们简单地收拾了一下，开车就上了八十七号公路，一直向北方开去。高速公路边上的树叶都已开始变色，满目秋意，纽约北部的卡茨科欧连绵不断的山峦缓缓地出现在前方。我们一边开车一边闲谈，情绪渐渐平复。

一个多小时后，我们离开高速公路，想加油，跟着一辆车拐进一个加油站。我们停在这辆车的后面，排队等候加油。我打开车门出去想买一瓶水，前边的车门也打开了，站出来一个高大的男子，他一回头，我们都愣住了，是保罗。

只听保罗对着天大喊一声："见他妈的鬼了！"一转身迅速地坐进车里，重重地关上车门，发动了车，猛地往右一打方向盘，车子飞快地离开加油站，消失在高速公路上的车流中。

那是我和玛莎最后一次见到保罗，虽然我们总会听到一些他的消息。非常奇怪，很多年他都一直住在老地方，一直做他的经纪人，旗下一直都有十几个歌唱家，也去大都会看歌剧。有大约十年左右，我居然没有再见过他。

三年后，玛莎做了一次大手术，保罗寄来了一张非常精致的卡片，祝玛莎早日康复。

很多年，我时不时会想到保罗，还会想起他的侄子们，他们应该都上大学了。

（原刊于《收获》2021 年第 6 期）

废墟与狗

王彬彬

数年前，我在生活方式上奉行的是“四不主义”，即不戒烟、不戒酒、不节食、不锻炼。奉行到五十多岁时，终于觉得应该把“主义”调整一下，变“四不”为“三不”，开始节食了。那原因，就是胖得实在有些难为情；尤其是肚腹，“便便”得自己都不忍低头看一眼。到个地方去，无论怎么做收腹运动，也是肚子先进门。买条裤子，营业员拿个软尺量了腿长再量腰围，总是轻声惊呼。也难怪，两者实在不成比例。终于决心进行瘦身运动，其实就是节制主食。数月下来，效果是显著的。体重减少了十来公斤，其中自然有一部分是从腹部消失掉的。于是惊喜地发现，几条多年不能穿的裤子，又勉强可穿了。

体重降了十来公斤后，再降就难了。虽然离标准体重还有一定的努力空间，但终于小瘦即安，满足于将体重维持在一个差强人意的水平。就这样维持到了 2020 年 1 月，新冠疫情暴发，于是过了几个月足不出户的生活。到了 4 月初，百花盛开了，莺飞草长了，我又开始了肚肥裤瘦；好几条裤子，又扣不上裤腰扣了。于是决定再对“主义”进行调整，变“三不”为“二不”：我要开始运动了。

我唯一能坚持的运动，是走路。我居住的小区，十多年前还是山地。周边都是山，虽然不算大山，但也不能说是丘陵，且草木茂盛。山上山下，时有野猪出没。在4月初的一个下午，午睡起来后，我开始了走路运动。出得小区南门，任意往一处山边走去，有一点探险的刺激。我想，春天了，应该有蛇了，于是捡了一根木棍，边走边击打着前面的草丛。最初几天，是在离小区比较近的区域转悠。几天后，想走得远些，翻过一座山梁，走完一条山间小道，眼前突然一亮：一树桃花在眼前盛开着。这是野桃树，很大的一棵。每一朵桃花都像一个笑靥。一大棵桃树就这样在春风里欢笑着，笑得疯疯癫癫的。桃树后面，是一口池塘。池塘也很大。池塘的那一面，有人家了。那前面，应该是一个村庄。

我于是沿着塘坝向似乎是村庄的方向走。拐过一个弯，出现了一座小院，院门左侧竖挂着一块木牌，写着“废品收购站”，白底黑字，十分醒目。我好生纳闷：在这样的山野之地，怎么会有废品收购站？

继续往前走，开始看见正在拆除中的房屋。沿着进村的小路，两边的房子房顶都没有了。有的内墙外墙都拆得只剩矮矮的一截；有的则刚刚拆除房顶，窗户还在，只是窗门窗棂都没了。继续往前走，突然一阵狗叫声响起，便见十几只狗向我扑来。大多数是黑狗，有几只是黄的、白的或花的。我是不怕狗的。藏獒一类特别凶猛的犬类，我没有遇上过，不敢说。至于中国农家养的土狗，我很懂得它们的习性。只要你做个下蹲的动作，它便以为你是在捡石头，就会停下扑来的脚步，至少是放慢扑来的速度，显出后退、逃跑的姿态。如果你手里有一根棍子样的东西，哪怕是一根芦秆，只要朝它比画着，它就决不敢真的近你的身。十几只狗叫喊着向我扑来，我于是举起木棍，迎着它们冲过去，显得比它们更为愤怒。它们立即向四处散去。大多数停止了吠叫。也有几只，退到自以为安全的距离后，仍侧着身子，盯着我，嘴里还发出叫声，但已经像嘟囔了，声音里表达的像是委屈、疑惑，而不是护家的正义、御敌的激昂。

把这群愤愤不平的狗扔在身后，我往前走着，又见一处院落，周边的房子都半拆了，这个院子里的房子还完好着。从开着的院门，可以看见系在两树之间的绳子上晒着衣服。刚才那些狗，便是从这家门前向我发起冲锋。又走了几步，拐过一个弯，一大片断壁残垣在我眼前支棱参差，让我不禁停住脚步。一户又一户，两层或三层的没有房顶的房子，鳞次栉比着，整体上呈半圆形，四周是山。这些房子，有的被拆除得多一些，剩下的少一些；有的被拆除得少一些，剩下的多一些。在忽高忽矮的断壁之间，夹杂着些片瓦未损的人家。片瓦未损的人家，墙上都写着两个字："有人"。有的是红色，有的是绿色，也有是褐色。字体各各不同，有的长长的，有的扁扁的；有的好看些，有的难看点。但"有人"两字都很大，且都一笔一画地写着，没有一丝潦草，显然是有意让人远远就能看清。我驻足观看了良久。一幢两幢房子的倾圮形成的废墟，当然不难见到。但如此大面积的废墟，我此前只见过汶川地震后的县城。汶川地震后，那县城原样保留着。面对那样的废墟，任何语言都难以表达心中的感受。现在眼前的这片废墟，是拆迁造成的。毫无疑问是政府行为。在性质上，当然与汶川县城没有可比性。只是这片废墟之大，自然令人想到四川山区的那座曾经的县城。

往前走一段，又见路边一座小院，在四周的颓败中兀自齐全着：顶是顶，墙是墙；门仍然是门，窗依旧是窗。里面的房子好像有两三进。最前面进大门后的第一进，靠墙是货架，货架上是各种日常生活用品。当然也有玻璃柜台横在离大门很近处，隔着玻璃可以看见香烟之类的物品。这是村中的小卖部了。院门外，竹制躺椅上坐着一位男子，年龄与我相仿。见我走来，似看我非看我地微笑着。我于是与他聊了起来。终日枯坐在这里，难得遇到一个人，也很寂寞吧，他很愿意解答我的疑问。原来，这是一个大村子，有五百多户人家。政府要把此处建成科技园，便要把村民迁走，在别的地方建造安置房，村民三年后可去领房。在这三年里，村民自行到外面租房过渡。租房费用当然由政府出。基本上都搬走了。但还有十多家没有与政府谈妥，他便是这十多户之一。这我就明白了，那些写着“有人”的墙壁，便表达着与政府的僵持，也就是通常所谓的“钉子户”了。在墙上写着“有人”二字，是防止各种各样的人把这房子当成了无主的弃物。当然，主要是防止负责拆房子的工人把这房子也一起拆了。

我向来时的方向望去，见刚才试图围剿我的那群狗，有几只在路上半卧着，也就是腰以下侧身贴地，以两条前腿支撑着前半身；有几只站立着，或慢慢移动脚步，鼻子在路边的杂碎物什上嗅来嗅去；还有几只站在那里，愣愣地、一动不动地看着远方。我指着那群狗，问这小卖部的主人：“这些狗是留下来的啊？”“是的，外面租房子，狗带不走，就丢下了，成了流浪狗。”小卖部主人以轻描淡写的口气回答了我。我这才意识到，它们刚才扑向我时，叫声和姿态都缺乏一点力度。狗毕竟是狗。身后没有了主人，身后的家已成废墟，它们哪里还有底气。

告别小店主人，往前走着。我想，大概村中被留下的狗都集中在路边那家仍然有人生活的院子前面了。说它们是流浪狗，并不贴切。它们没有流浪。它们仍然固守在自己的村子里。它们只是没有了主人。对于狗来说，没有了主人就是没有了家，何况，本来的家也的确面目全非了。我一直以为丧家犬与流浪狗是差不多的意思。见到这群废墟边的狗，我才知道二者意思并不一样。丧家犬未必是流浪狗，流浪狗也未必是丧家犬。第一代流浪狗当然是丧家犬，但“流二代”“流三代”，则是母亲在流浪中产下，在母腹中便流浪着，从来就无家可丧。

边走边想着，见有一条支路，也是通往废墟。我走上支路，往废墟深处走，忽然又响起一阵稚嫩的狗叫，便见两只小狗，兔一般大，从乱砖中站起，慌乱地跑着，在砖块和水泥块的羁绊下，跑得跌跌撞撞，叫得奶声奶气。我想，它们卧着的地方，就是本来的家了。原来，并非村中所有的丧家犬都集中到了那一处人家，还有仍然不肯离开原来的窝者。

折回本来的路，走到尽头，是一条国道，于是往回走。路过那已经无人问津的小店，朝仍然坐在那里似笑非笑着的主人摆摆手，便又走到了那群狗的聚集处。这回，它们已经布不成阵了。在路上半卧着的，站起身，哼哼着走开；原来在路边的，也悻悻地躲闪着走开。虽然也有几只低吼着作跃跃欲试的扑咬状，见没有追随者，也就作罢，低吼几声走开。我旁若无狗地走过它们的聚集地，只把手中的棍子在脚边拖着，防止它们从身后突然袭击。我知道，只要有一根棍子在路面吱吱作响，它们就绝不敢扑上来。走过了这群狗，我仍然想着它们。我想，他们的主人扔下它们，那实在是正常不过的事情。政府按人口支付了租房费，至于租了什么样的房子，政府当然不管。最大限度地节省租房的钱，当然是村民们自然而然的选择。一家人挤到不能再挤地挤在一起，也就可以把租金缩到不能再缩。没有哪家会考虑狗的生存而把房子租得大一点，从而把租金花得多一点。在这样的时候将狗扔下，那是无须考虑的做法。如果有哪家为带上狗而多付一点租金，就违反了固有的伦理观念，就不合乎情理了，甚至要受到村人的责难。政府是按人口给钱，没有把狗口算在内。即便政府也给了狗口一份钱，这钱也一定不会花到狗身上。狗仍然会被遗弃。那么，这些狗如何生存下去？答案是：如果它们固守这里，它们只能饿死。虽说村民们养狗不会每日特意喂食，但五百多户人家的村子，狗每天总能在地上找到些吃的。但如果一旦这里没有人生活了，狗也就断了粮源。它们唯一可能活下去的方式，是实现从丧家犬到流浪狗的转型，沿着我来的道路走出村子，走出群山，到城市里加入流浪狗的行列。然而，看起来没有这种可能。

此后，我隔三岔五还到这废墟村走走。已经有人在清理垃圾了。与政府僵持的人家在缓慢减少着。写着“有人”的墙在艰难地倒塌着。但那小店还在，主人依然每日坐在那里，作开店状。这家小店，可能是最难与政府达成协议的了。这家的事情应该特别令政府头痛。他开个小店，每日有一定收益，这笔账，算起来实在烦难。一定是卡在那小店的赔偿上了。那些狗，仍聚集在那里，但狗毛一天比一天长，狗身则一天比一天瘦，身上也越来越脏，渐渐地透过长长的狗毛能看见狗骨了。但是，它们没有显露出任何离开这片废墟的迹象。从这个村子进入城市，像我这样的人，走起来也就个把小时；像它们这样的狗，小跑起来大概只需几十分钟吧。然而，要让它们完成从丧家犬到流浪狗的身份转换，似乎比登天还难。这不只是生活方式的转变，更是思维方式和价值观念的更新。是什么妨碍了它们完成一次必须的蜕变呢？或许有人认为是对原来主人的依恋，其实并不是，不能认为它们固守在这里就是在等待主人的归来。我后来从它们身边走过时，它们看我的眼神里已经基本没有了敌意。仍然有一丝警惕，但也有些许期待。它们中有几只，还会尾随着我，迟迟疑疑地走几步。我知道，它们绝不是要找机会咬我一口，而是试探着是否能跟我回家。我确信，只要我扔掉手中的棍子，再扔一点面包馒头之类在地上，它们就会相跟上我。我从它们的眼神，从它们的身体语言中获得了这份确信。只要我把它们带回家，我就成了它们新的主人，很快就会对我忠心耿耿。所以，它们依恋的并非某个唯一的人，而是任何人。那种只认一个主人的狗，在一些故事中永生着。这样的狗，即便真有，也绝对是狗中的极其另类者。绝大多数的狗，是只要有人就行，是随时可以换个主人的。

对人的依恋、依赖，是人喜欢狗的根本原因；对人的依恋、依赖，却又是狗被抛弃、被杀戮的根本原因。据说，狗是从狼“进化”而成。我以为，“进化”这个词肯定用反了。从狼到狗，分明是生命的退化。我不清楚狗与人之间的亲密关系是如何建立起来的。狗与人之间，相互十分信任。人是极其信任狗的。人对狗的信任，远远超过人对人的信任。而狗确实是值得人无限信任的。狗会更换主人，前提是原来的主人已经消失。如果仅仅是被主人抛弃而主人仍然在那里，狗是赶不走、打不跑的。狗如此黏着人，也是因为对人的无条件信任。而它们不知道，人是多么不堪信任的东西。抛弃狗算得了什么？抛弃父母、抛弃孩子，在人类那里，也不算稀奇事。狗如果有思想，早就应该对狗与人的关系进行深刻的反思。

沿那口池塘的塘坝走到底，往右拐，是废墟村；往左，则是一条山路。我有时往左拐，顺着山路走上一阵。这条路，与废墟村之间，隔着一座山。一天，走着走着，忽然山上传来狗吠，不是一只狗在吠，是好多只狗在一起吠。这比听见狼嗥或猿啸还让人惊讶。狼呀，猿呀，毕竟是山上可有之物，虽然这山上不大会有。但群犬却不应该生活在山上，除非山上有人家。但我知道，山上绝无人居住。我明白了，这废墟村的丧家犬，并非都聚集到那条路边。应该是靠近那条路边的人家，搬走后，狗都聚集到那一处。而靠近后面山边人家的弃狗，则结伴儿跑到了山上。这一天，我只闻狗吠，没见狗影。它们也是冲着我而吠叫的吗？如果是，那意味着它们本来的家，就在那边的山脚下，离它们现在宿营的地方不太远。我对狗的认知之一，是狗是否冲着生人叫喊，取决于生人所在的位置与它的家之间的距离。在它的警戒距离内，有生人出现，它要叫喊；如果生人靠近家，它还要扑上去，那是它的天职。但如果离它的家远些了，超出了它的保安范围，它就管不着了，也就不叫了。没有见过哪只狗在离家很远的地方还冲人叫的。现在这山上的狗，如果是冲着我叫，那至少是听见了我的动静。不过，它们也并没有冲下山来。那又说明，它们本来的家，离得虽不算太远，但也不是很近，那距离，在只须叫喊不必撕咬的程度上。

一天下午，我走过那座有群犬扎寨的山，又翻过一道梁，是一条平坦的路。走着走着，前面的一幕又令我有些吃惊：一条灰黑色的狗站在路的正中间，屁股对着我来的方向，而后腿两侧，一边站着一只小狗，也是灰黑色，比猫短一点，又比猫横一点。两只小狗都昂着头，伸着脖子在吃奶。这真有点颠覆我对狗的认知。我记忆里，母狗喂奶，总是侧卧在地上，小狗则趴着吸吮。哪有狗站着喂奶和吃奶的？除非是母狗此刻无心喂奶而被小狗纠缠，但眼前的情形显然不是这样。牛站着喂奶吃奶。眼前这狗喂奶吃奶的姿态，像极了牛的此种行为。莫非这狗看见牛从不被主人抛弃而刻意模仿牛？莫非它们想让自己变成牛？站着就站着吧，路两边就是草地，是灌木丛，为何要站在路上呢？路上就路上吧，为何要在路的正中间呢？这姿态，像是抗议，像是在示威。以狗的灵敏，早该知道有人来了。但母狗喂得太专心了，小狗吃得太投入，我走得很近了，它们才察觉到警情。母狗慌乱地跑向路边草丛，但并不跑远，在离我十多米处停下，扭头斜视着我。两只小狗，在瞬间惊慌后便恢复镇定，不但没有跑开，还试探着往我脚边接近。我迈步走，它们竟有跟着的意思。我只得把手中的棍子在地上顿了几顿，把它们赶回母亲的乳头下。

又一天下午，我在废墟村口向左拐，刚走到那座曾经发出群吠的山脚下，远远地看见一群狗聚集在路上，仿佛在寻觅着什么。我知道，这就是那群在山上安营扎寨的狗了。与我初次遇见的那一群狗不同，这群里，以白色者居多。远远地感觉到我来了，它们一起往山上跑，眨眼间不见。此后，群狗下山的情形虽然没见过，但时常能看到零星的狗踪犬影。有时候，是一只，狗影一闪便消失；有时候是两三只，在前面的路边不紧不慢地走着。不知道它们是否熟悉了我，我是很熟悉它们了。同废墟村前面的那群狗一样，这后山上的狗，也一日瘦似一日。到后来，则时常能在山路上看到新鲜的狗屎。这山上的狗，特意把此物拉到山下的路上，而且也总是在路中间，这又让我十分费解。我分明记得，狗不是这样处理问题的。立秋了，树上的野果在掉落。有一种树，满树挂着鲜红色的果实，一簇一簇的。于是，路上的狗屎里，便时常显露着这红色山果的残渣。狗之吃山果，恰如人之吃树皮、草根、观音土吧？

天越来越凉了，狗越来越瘦了。越来越瘦的狗，行动也渐渐迟缓起来。我还惊奇地发现，它们越来越不把人当人了。狗，即便那种家庭温馨的狗，离了主人，离家远一点，就总是怕人的，尤其怕手持棍状物的人。有一次，天似乎要下雨。我手拿一把长柄伞外出散步，出了家门，与一位手牵着狗的女士走成了并排，于是，那狗便惊恐地叫着，拼命要挣脱狗绳。我先未在意，听狗叫得怪，扭头看看，那女士说："它怕你手上的伞！"我立马一溜小跑，跑出那宠物的恐惧范围。这山上的狗，起先也是怕我这个手持木棍的人的，但渐渐地，不以我这个人为意了。有时候，肯定知道后面有人来了，而且离得不远了，仍继续在路边走几步，才转身钻进树丛。要是以往，意识到后面有人，会闪电般消失。更有甚者，知道我从后面走来了，根本不躲避。一只狗，在山路上与我并排走着，相距只有一米，这样的情形也有过。当然，它会微微斜眼盯着我，身体是时刻逃窜的姿势。更有甚之甚者，是我有时候朝它挥舞手中的木棍，它仍然不跑，只是腰身上所剩不多的肌肉会抖动抖动。如果拍个视频发到朋友圈，没有人会不认为我遛狗遛到山上去了。我能做出的唯一解释，是饥饿已经部分地改变了这些狗的本性，或者说，饥饿已经让这些狗变得不完全是狗，成了一种新的动物。

遇到次数最多的，是一只半大的狗，毛色黑白相间着。在村前山后的狗里，这一只最瘦，瘦得已经脱了形，狗体两边的肋骨，根根可数。四条细腿，已经不能完全直立，总是微微弯曲着，蹒跚前行。最不把我当人的，也是这一只。有时候，我从后面赶上它，腿脚几乎擦着它的肋骨而过，它眼睛斜都不斜一下；有时，我与它迎面相遇，故意把木棍在地上顿着，它头抬都不抬一下。每次看见它，我都想，这山上山下所有被遗弃却不肯离去的狗，迟早都会饿死在这山上山下。别的狗或许还能撑得久点，但这一只黑白相间的半大狗，一定熬不过这个冬天。

必须依附人才能活，狗是如何走到这一步的呢？或者说，本来吃人的狼，是如何变成了只有与人在一起才能生存的狗的呢？这山上，其实除了山果，可吃的东西很多。在山上山下，我也经常看见野猫。我丝毫不担心野猫会饿死。猫辈还没有彻底丧失捕猎的能力。山上老鼠应该不会很少，鸟类就更多了。一只猫，哪怕出击一百次才成功地捕获一只鼠或鸟，也不会饿死。我几次在山上山下看见野猪。还有比野猪体型小许多的猪獾。野兔在草丛中隐现。野鸡多得三步两步就惊飞一只两只。但凡还有一点点的狩猎能力，但凡还保留一丝丝狼性，这些狗都不至于活活饿死。

我又想，假如这山上山下的狗里，在长久的饥饿后出现了一只两只觉醒者，明白了只要依附人类，任何一只狗，包括那些正被抱在怀里、拥在被里、贴在唇上、被万分宠着的狗，都有沦为丧家犬和流浪狗的可能；要让丧家犬和流浪狗不再出现，必须彻底改变狗人关系，必须彻底放弃对人的信任。觉醒了的它或它们，先觉觉后觉，在狗界里发起启蒙运动，呼吁所有的狗撤离人的世界，重返丛林。那结果会怎样？

我想，那结果，应该是它或它们被群狗活活咬死。

（原刊于《收获》2022 年第 1 期）

文学给予我们什么

余　华

这是一个宽泛的题目，属于说起来比较容易的题目，可以多说也可以少说。从什么地方说起呢？从家里的书柜说起吧。

我有一个习惯，现在依然保留着，一本小说读完了，再去书柜里找另外一本小说，有时候很快找到了，有时候寻找的时间很长，拿出来一本翻阅一下放回去，再拿出来一本翻阅一下放回去，这样的动作一遍又一遍，然后放弃阅读了，去找个电影看看，或者听听音乐，或者上网下围棋。过两天走到书柜前，再去重复拿出来又放回去的动作。我觉得有时候寻找一部小说的时间超过读它的时间，在应该读这本小说还是读那本小说之间迟疑不决。为什么？我后来意识到这是在寻找自己的心情。文学类的书和专业类的书是有区别的，读专业类书是去寻找知识、寻找工具，当然文学类书也有知识，但是它与专业类书不一样的是它充满了情感，它和我们的生活、我们的人生、我们所处的环境、我们的心情有着密切的关系，所以在找一本小说的时候，经常觉得这不是我现在想要读的，是我以后要读的。

要是一天或者几天都没有找到要读的小说的话，我肯定处于一段迷茫的时间，这个时候我不知道自己是什么心情，不知道自己需要什么，不知道自己该做什么；如果我能够很快找到一本小说，并且读完的话，这就证明这个时候我对自己的心情是了解的，我知道需要什么和应该做什么。当时的心情和所阅读的小说内容既有并行的关系也有对立的关系，有时悲伤的时候想读快乐的小说，或者快乐的时候想读悲伤的小说，有时是反过来的，悲伤的时候，寻找更悲伤的书，这样我们才能够治疗自己的悲伤，这个世界上还有更重更多的悲伤，我们的悲伤是不是就不值一提了？快乐的时候，我们想读一本更快乐的小说，这样能够让我们的快乐发扬光大。我们去书店买书，现在进入书店以后，发现最困难的是不知道该买什么，因为书太多了。以前书店里边是没有什么书的，现在书店里面的书太多了。我说的以前是“文革”的时候，那时候没有什么书。还有去我们学校图书馆借书，借阅专业书是有目标的，是去了解自己不知道的，是去寻找工具，找文学书常常没有目标，就是凭感觉，这感觉就是自己当时的处境和心情的表达，如果找到了最适合的书，就会知道文学给予我们什么了。

我们每一个人，生活在这个世界上，有很多的欲望、很多的情感是不能表达的，因为表达出来以后会伤害别人，然后对自己不利，所以就不敢表达出来。但是这样的情绪不能一直压抑着自己，怎么办？就到文学中去寻找，去虚构的文学作品里寻找，找到类似的人物的命运，跟着他们的命运向前走，哭或者笑，把一些不健康的情绪，从内心发泄出来。我年轻的时候，读到普鲁斯特的一句话：文学有益身心健康。确实如此。当你随着作品中人物命运的跌宕起伏，你为他流泪，为他笑，你的情绪在不断地被剥夺和不断地发泄以后，我觉得能够减少得抑郁症的可能性，文学应该有这个功能。

文字给予我们什么？文学深远、宽广、丰富，而且包罗万象，我今天只能挑几个说一下。先举两个例子，从两个方向来说说文学给予我们什么。一个是从某个生活场景出发，让我们想到读过的某部文学作品的一个细节、一句话；一个是从文学作品出发，一个细节、一句话让我们回忆起已经遗忘了的往事或者某个生活场景。

先说第一个例子。2008 年春天，我去巴黎为《兄弟》法文版做宣传，在一个傍晚夕阳西下的时候，我站在巴黎街头，巴黎那个地方我是不敢乱走的，很容易迷路，很多路口是斜角，我觉得自己走对方向了，结果越走越远。不像纽约曼哈顿，大道和街，清清楚楚，怎么走都不会迷路。我站在宾馆出来的一个路口，等我的法文译者何碧玉过来，法国菜单我不会点，要等何碧玉过来，陪我一起去吃晚饭。我在那里站了半个小时左右，看到人们匆匆忙忙地来往，偶尔有几个人是一边说话一边走来，其他人都是匆匆走着，他们的身体还会碰撞一下，可是对于他们来说，走在一起的都是陌生人。那么多的人在来来往往，这样的场景，我们在纽约、在北京、在上海这样的大城市，傍晚下班的高峰时期就会见到，所有人都是匆匆忙忙。那个时候夕阳西下，巴黎大街上人们来来往往的场景，突然让我想起很多年前读过的欧阳修的诗句“人远天涯近”。我当时脑子里跳出这句诗，就是那个时候的场景给予我的，走在大街上的这些人，他们的身体，哪怕是碰撞在一起的时候，他们跟他们之间，人和人之间是那么的遥远，反而是远方正在西下的夕阳离我们更近，比街上行走的人和人之间更近。宋朝的时候，人没有那么多，欧阳修写下这个诗句的时候，也不会是我站在巴黎街口的感受，我想他也许是感叹世事的变化莫测和人情的阴晴冷暖，或者其他的感受，觉得“人远天涯近”，即使人就在面前，天涯还是更近一点。当初我读到这句诗的时候，只是觉得非常好，但是忘了，因为读到过的好的诗句好的细节太多了，很容易忘掉。多年之后的这个傍晚，我站在夕阳西下的巴黎街头的那一刻，这句被遗忘的诗句回来了。这是文学回来了，回来以后，欧阳修的这个诗句，再也不会离开我了，它会时常出现。一个生活场景可以唤醒我们过去阅读过的某一个文学记忆。

还有一个例子是反过来的，不是生活场景唤醒遗忘的文学记忆，是文学阅读唤醒一个遗忘了的生活场景，这个例子还是诗歌。我为什么要找诗歌？因为找诗歌相对比较容易，小说作品，伟大的小说太多了，但是可以被诠释的没有那么多，诠释的时候诗歌比小说容易。下面我要说的是一个老掉牙的往事，我说过很多次了，我想换一个新的，以前没有说过的，可是总是没有比这个旧的更合适的，为了说清楚文学给予我们什么，我还得再说一遍。

我小时候的家就在医院里，我父母都是医生，我们家对面是太平间。当时中国的情况就是这样，家和单位是在一起的，医生护士大多住在医院的宿舍里。当时家里是没有卫生间的，只能上公共厕所。我们家的那幢楼住了有十多户人家，上厕所都要走到对面去，先经过太平间，然后是男厕所，最里边是女厕所。原来太平间和男女厕所装有木门，但是装了几次都在晚上被人偷去做家具了，以后就不装门了，所以太平间和男女厕所没有门。

我每次上厕所都会经过太平间，那个地方的树木特别的茂盛，我不知道是太平间的原因还是厕所的原因，夏天的时候感觉很凉快。我上厕所时总会看一眼经过的太平间，里面只有一张很窄的水泥床，就跟现在的单人床一样窄。太平间很干净，地上也是水泥。我们浙江海盐的夏天非常炎热，我每次睡午觉醒来，能够看到流出来的汗水在草席上洇湿成我身体的形状。然后我发现太平间里很凉快，我就去睡午觉。很多人听我说了这个故事都觉得不可思议，但是在我们那个时代，在“文革”那个时代，是一个无神论者的时代，没有人相信有鬼，没有害怕的感觉，我在那里睡午觉，当时是很美好的经历。长大以后，我就忘了这个经历，我们童年的经历太丰富了，很多都记不住。后来读到海涅的一句诗“死亡是凉爽的夜晚”，我当时突然想起小时候在太平间睡午觉来了，感觉海涅写下的就是我在太平间睡午觉的感受，海涅把我遗忘的一件往事，现在回忆起来是很精彩的童年经历唤醒了。

这刚好跟我前面说的“人远天涯近”相反，“人远天涯近”是生活唤醒文学，“死亡是凉爽的夜晚”是文学唤醒生活。文学给予我们的太多了，这就是文学魅力所在。

因为文学丰富多彩，所以文学没有尽头。今天的文学，任何一个题材都被写过了，可是任何一个题材都没有在文学里走到尽头。我举个例子，现在这话可能没有人说了，在那个时代，上世纪八十年代我们刚刚开始走上写作道路的时候，当时的文学教授、文学批评家们经常会说一句话，意思是第一个把女人比喻成鲜花的是天才，第二个是庸才，第三个是蠢材。现在来看，这句话是站不住脚的，这句话的意思听上去文学就是一个题材，第一个人把这个题材写了，后面的人就没有机会了，这是错误的。

我可以证明第四个把女人比喻成鲜花的依然是天才。法国有一个诗人叫马拉美，十九世纪法国象征主义诗歌的代表人物。法国十九世纪的诗人喜欢为漂亮的贵妇人写诗，目的就是为了跟她们发生点什么。马拉美写过一首诗是献给雅思里夫人的。我没有见到过雅思里的照片，我想她肯定很漂亮。马拉美诗歌的第一句，也是把雅思里夫人比喻成花。他这样写："一千支玫瑰梦见雅思里夫人。"雅思里夫人读完这样的诗以后应该是心花怒放，马拉美作为第四个人依然可以把女人比喻成鲜花，就看怎么去比喻。所以文学是无穷无尽的，同样一个题材，一个又一个作家去写，一代又一代作家去写，用我们的成语说，就是推陈出新。

说到这个话题，我看到迪亚哥今天也来了，我的葡萄牙朋友，葡萄牙语译者，我的巴西葡萄牙语译者修安琪去年去世了，让我又吃惊又感伤，她还年轻，比我小不少，但迪亚哥非常健康。去年 6 月，我去了葡萄牙，迪亚哥是去年 9 月份来我们北师大教葡萄牙语的，他要我去年 6 月份去葡萄牙，我当时不清楚，后来才知道他又要回中国来了，所以希望我去年 6 月份去参加葡萄牙书展。我去了一个星期，（那是一次）美好的旅行。

我在那里遇到一个在里斯本大学学习的中国学生，我现在从文学说到翻译了，我要表扬一下迪亚哥的译文，不是他告诉我的，是里斯本大学高艾丽教授的一个学生，（名字）叫安娜，中国留学生都会有一个外国名字，她的中文名字叫李什么，忘了，好像很复杂，他们这一代的父母都喜欢把孩子的名字取得复杂，不像我们这一代的名字都很简单。她是里斯本大学高艾丽教授很喜欢的一个学生，她正在学习翻译专业。她为了写论文翻译了我作品的一部分，里面用过当年“文革”时候的一句口号：“宁要社会主义的草，不要资本主义的苗。”就是只要思想正确，其他都不重要，都可以不要，就是这样的意思。安娜把它直译成草和苗。她告诉我，她的葡萄牙男朋友看不懂，因为对葡萄牙人来说，草和苗，没什么太大区别，他们不种地，他们都在酒吧里喝酒。然后安娜她就去找迪亚哥的译本，她发现迪亚哥翻译得好，迪亚哥是这样翻译的：“宁要社会主义的草，不要资本主义的花。”葡萄牙人一读就明白是什么意思了，有时候翻译是要有一些变化的，不能完全忠于原文，所以我觉得迪亚哥的翻译很好。

这个演讲要求推荐书。我推荐的第一本书是《我身在历史何处》，这是塞尔维亚导演、以前是南斯拉夫导演库斯图里卡的自传。

我为什么要推荐这本书？首先这是一本精彩的书，一本关于艺术、电影和人生的书；其次是可以让你们知道艺术家、作家都是什么样的人。刚才我说到欧阳修、马拉美和海涅，他们是不同国家不同时代的诗人，他们之间没有问题，但是同时代的就不一样了，我们看到的文学也好，电影也好，音乐也好，里面充满了争吵。用现在的话说叫同框，现在看到过去那些人的同框照片，会觉得他们很和谐，其实私下里不是那么回事，私下里经常是你给我一拳，我给你一脚。

我读完《我身在历史何处》，推荐给我儿子读。他说，放在那里，以后再读，他正在读别的书。我告诉他里面的一个段落，就是库斯图里卡的《地下》在戛纳电影节的经历。《地下》已经是经典电影了，在那年的戛纳电影节拿下了金棕榈，这是他第二次（获奖），第一次是《爸爸出差时》，那也是一部我很喜欢的电影。《爸爸出差时》还是南斯拉夫电影，《地下》已经是塞尔维亚电影了，南斯拉夫没有了，南斯拉夫在 1991 年解体了。库斯图里卡在《我身在历史何处》里有一章写到了希腊导演安哲罗普洛斯，这也是一个我很喜欢的导演，那年的戛纳电影节，库斯图里卡带着《地下》去，安哲罗普洛斯也带着他的一部电影去了，我忘了是哪部电影。

库斯图里卡在他的自传里写到安哲罗普洛斯的时候，说他像是一个没有见过世面的乡巴佬那样，和演员们手拉手，走上红地毯的时候是一副志在必得的样子，今年的金棕榈不给我给谁这样的表情。安哲罗普洛斯肯定是见过世面的，他与库斯图里卡是谁也不搭理谁的关系，他在接受法国记者采访的时候批评库斯图里卡，说我不明白，在法国在戛纳，为什么那么喜欢那个塞尔维亚人，他的电影除了吃饭、喝酒和吵架，还有什么？电影应有的深刻思想在哪里？

库斯图里卡看到了安哲罗普洛斯的批评，库斯图里卡法语很好，英语也很好。在戛纳的记者去问库斯图里卡，问他对安哲罗普洛斯电影的看法时，库斯图里卡回击了，说在安哲罗普洛斯的电影里，你们看不出他在雅典郊区成长起来的印记，他拍电影只是为了向德国哲学致敬。

这两个在电影界已是大师级别的人物，就是这么互相攻击，我把这个段落告诉我儿子，他哈哈哈笑，他说他要读这本书，他说两个天才互相攻击的时候都能够击中对方的要害。

库斯图里卡在自传里很精彩地写到童年和少年的成长经历，那时候他是个坏小子，我去过萨拉热窝他小学时期和中学时期生活过的两个街区，他那时候干过的坏事太多了，他的父母很欣慰，是因为他没有坐牢，他当时的玩伴全部进监狱了，就他一个人没有进监狱，以后也不会进了。

写到《地下》去戛纳电影节那章，里面有一个叫马丁内斯的酒店，应该是戛纳最好的酒店，电影节的嘉宾都住在那里，酒店外面有一个海滩，我读了库斯图里卡的自传才知道，戛纳电影节颁奖完了以后会在沙滩上举行一个宴会，参加电影节的人都会去。在这个沙滩宴会上，既有胜者也有失利者。库斯图里卡详尽地描写了最后大家在沙滩宴会上如何大打出手。

玛雅是一个很优雅的女士，（她是）库斯图里卡的太太，我们在贝尔格莱德一起吃晚饭的时候，她告诉我，她非常喜欢中国。她说几年前和丈夫一起去上海，就是库斯图里卡担任上海国际电影节的评委会主席的时候，玛雅说他们住的那个酒店刚好对着一个小学的操场，他们吃早餐的时候，看到学生们都系着红领巾，她很怀念红领巾，现在塞尔维亚没有红领巾了，他们小时候都是系着红领巾去上学的。

库斯图里卡在书里写道，打架的时候，有两个不知道是谁的保镖，抬着他的儿子往海里扔，玛雅拿着椅子，冲过去“当当”两下，就把那两个人打晕了，把她儿子给救了回来。一个好莱坞明星的保镖走过来的时候，库斯图里卡在混战中不管是谁了，看到有人走过来就给了他一记右勾拳，把他给打晕过去了。当时有人以为这个保镖被打死了，他们把保镖抬到桌子上，泼了很多冷水，保镖才醒过来，醒了以后很迷茫，看了他们一会儿以后才意识到自己身处危险之地，赶紧跳下来，拔腿就跑。后来我再次去塞尔维亚，在波黑和塞尔维亚边界的木头村，几个人一起喝葡萄酒吃烤牛肉时候，我对库斯图里卡说，我读完了《我身在历史何处》，我最喜欢的，你知道是哪个部分吗？他问是哪个部分？我说，你那记右勾拳。他说，那是自卫。

我觉得他这本书了不起的地方就是真实，库斯图里卡敢于写下真实的自己。我年轻的时候，可能也跟你们一样，把作家想得很高尚，把艺术家想得很高尚，其实他们并不高尚，一点也不高尚，有时候甚至是卑鄙的。音乐界也一样，互相争吵，无休无止地争吵。勃拉姆斯，从勃拉姆斯开始说起吧。勃拉姆斯运气很好，小时候与他弟弟一起学音乐，他是贫民家庭出来的，好像是在汉堡，如果我没有记错的话，应该是在汉堡，他的父母也就是普通的工人，居然让两个儿子都去学音乐。

当时他的父亲认为，勃拉姆斯希望不大，他的弟弟，另一个勃拉姆斯更有前途。他们兄弟俩后来关系不好，主要原因是勃拉姆斯太伟大了，其实他弟弟已经很成功了，他弟弟是德国一个很好乐团里的小提琴手，但因为有一个伟大的哥哥，德国的媒体老是嘲笑他的弟弟，给他一个外号叫“错误的勃拉姆斯”，因此引发了两个勃拉姆斯的不和。勃拉姆斯年轻时是很好的钢琴演奏家，他被约阿希姆，当时德国著名的小提琴家发现，勃拉姆斯跟着约阿希姆在德语地区巡回演出。约阿希姆是小提琴，勃拉姆斯是钢琴，还有一个大提琴，三人组成一个三重奏组，后来大提琴跑了，约阿希姆与勃拉姆斯变成二重奏组。约阿希姆在那时的音乐界地位很高，他认为勃拉姆斯是一个天才，（于是）把勃拉姆斯推荐给了李斯特。

当时李斯特已是名声赫赫，有一个艺术别墅，里面聚集了一群那个时代的前卫艺术家，比如瓦格纳，所以约阿希姆认为勃拉姆斯应该去李斯特那里，只要进入李斯特的圈子，勃拉姆斯就能够出来。

勃拉姆斯去了艺术别墅以后，发现气氛不对，里边的前卫艺术家们个个善于高谈阔论，拿一些大词汇来吓唬他。因为是约阿希姆的推荐，李斯特对他很友好，吃过晚饭以后，（李斯特）请勃拉姆斯演奏一下自己的作品。

勃拉姆斯极其紧张，他是汉堡贫民的孩子，虽然他跟着约阿希姆在很多地方演出过，但是没有见过如此多的前卫艺术家，而且一个比一个前卫。另一方面，他骨子里是一个古典主义者，他不会是李斯特的学生，他应该是从门德尔松和舒曼那里过来的，所以他把他的五线谱拿出来，因为紧张，手指僵硬了。然后李斯特走过去，把他的五线谱拿起来看了看又还给他，他走开以后，李斯特坐下来完美地把勃拉姆斯的作品演奏出来。

勃拉姆斯觉得那地方不适合他，就离开了，离开了李斯特和瓦格纳创建的新德国，勃拉姆斯后来被称为是保守的，李斯特和瓦格纳是激进的。还是约阿希姆，把他介绍给了舒曼，勃拉姆斯来到舒曼这里时，看到的是一幢朴素的房子，与李斯特的艺术别墅完全不同，这里没有一个知识分子的小团体等着吓唬他，舒曼和克拉拉以及孩子们住在一起。

勃拉姆斯当时感觉这是他应该来的地方，晚饭以后，因为是约阿希姆的介绍，舒曼请勃拉姆斯演奏一曲钢琴。

勃拉姆斯没有看自己的谱子就演奏了，把舒曼和克拉拉给震住了。舒曼在他的日记里写他感受到了真正的原创的力量。克拉拉说得更好，她说只有天上才能够传来这样的声音。勃拉姆斯见到舒曼时，只有二十岁，但是勃拉姆斯从舒曼这里知道了自己的音乐是从哪里来，要往哪里去。

勃拉姆斯在离开李斯特的艺术别墅以后再也没有见过瓦格纳，但是他们各自的支持者争吵不休，一直吵到他们两个人死去为止，瓦格纳比勃拉姆斯早了好几年去世，勃拉姆斯长寿，他充分看到了自己的成功。

瓦格纳死后，欧洲乐坛没有人能够对勃拉姆斯说三道四了，布鲁克纳、理查·施特劳斯等等，他们是后来者。

勃拉姆斯瞧不起布鲁克纳，布鲁克纳我也很喜欢。勃拉姆斯说布鲁克纳的交响乐就是一条蟒蛇。布鲁克纳的作品庞大，尤其他的《第七交响乐》，上来的弦乐，让人感到是大海的浪涛，一排一排涌过来。

我读过柴可夫斯基的日记，他有一次演奏完勃拉姆斯的作品，在自己的日记里写道：无聊，呆板。这是柴可夫斯基对勃拉姆斯的评价。

没有关系，现在我们经常在一个音乐会里同时听到他们的音乐。文学也好，音乐也好，电影也好，在他们同时代的时候都充满了争吵，但是流传下来的是作品，不是争吵。争吵会消失，会随着他们的去世而消失。

现在我们在一个音乐会上，同时听瓦格纳，听李斯特，听勃拉姆斯，听舒曼和布鲁克纳，还有柴可夫斯基，我们不会去关心他们生前发生过什么。到了二十世纪，勋伯格他们起来以后，曾经被认为是保守的勃拉姆斯在勋伯格这里是极其激进的，勋伯格认为自己是勃拉姆斯和瓦格纳共同的学生。艺术就是这样，文学也是这样。

去年我读了澳大利亚作家理查德·弗兰纳根的小说《深入北方的小路》，这是我要推荐的第二本书。

弗兰纳根去年来过北京，他主要的小说写的都是塔斯马尼亚的故事。塔斯马尼亚是澳大利亚南边的一个小岛，世界的尽头。他告诉我，他生活的小镇的居民也就两百多人，外来人口都是来开矿的工人，有黑人有亚裔，他的故事主要写塔斯马尼亚，只有《深入北方的小路》这一本是写他父亲的经历。

他父亲“二战”时在澳大利亚的军队里，被日本人俘虏以后，去建泰缅铁路。这条铁路被称为死亡铁路，一群战俘在那里筑建。他写的是在原始森林里建铁路的故事。

弗兰纳根说他小的时候，认为作家只有英国和美国才有，澳大利亚没有作家，他生活的地方太偏了。他们家里只有他父亲认识字，他父亲在他小的时候能给他们背诵诗歌，所以他很崇拜父亲。

弗兰纳根成为作家后，他父亲就希望能把他的故事写下来，弗兰纳根写了十二年。他父亲病重，很长时间里，只要他回去看父亲，父亲第一句话，就是问他写完了没有。他总是说，没写完。后来他正式写完了，把稿子交给出版社，交给出版社才是真正意义上的写完了。他回去看父亲，他父亲仍是问他写完了没有，他说写完了，他父亲当天就去世了。

《深入北方的小路》里有修建泰缅铁路的残酷和精彩，同时还有一个感人的爱情故事，一个叫埃文斯的军医，他爱上一个女人，叫艾米。这个女人是他叔叔的妻子。他叔叔在悉尼开了一个酒吧。艾米去那个酒吧打工，应该是无家可归什么原因，就和他的叔叔发生了性关系，之后就同意跟他叔叔结婚。弗兰纳根在小说里写他们每次做爱的时候，艾米绝对不与埃文斯的叔叔接吻。有一次，埃文斯的叔叔强行想把她的嘴扒开，结果发现那是一把永远打不开的锁，这是弗兰纳根的比喻，很好的比喻。

埃文斯和艾米相爱了，动人的爱情。之前埃文斯在军医学校读书的时候，认识了一个女孩叫艾拉。他在认识艾米之前，很随便地觉得艾拉可能是自己将来的妻子，他们两个人也谈起了恋爱。但是埃文斯和艾米认识以后，才知道什么是真正的相爱，两个人非常相爱。这部小说的第四章是写俘虏们修建泰缅铁路，这一章是我读过的关于战争描写里最精彩的篇章之一，这里不说了，我要说的是埃文斯和两个女人之间的故事。

埃文斯被派往前线前，他给艾米打了一个电话，他说，你要等我，我肯定要活着回来。艾米一直等着他。他就去了前线，他的部队被歼灭了，他成了俘虏。他的叔叔知道自己的妻子跟埃文斯之间是有关系的，所以他故意把埃文斯所在的部队被歼灭的消息告诉了艾米，说埃文斯死了。艾米非常伤心。在泰缅铁路那边的埃文斯，每天盼着来信，日本军人有时候给他们信，有时候就把他们的信扔了。他收到过一封信，是他大学时谈过恋爱的艾拉写来的，艾拉在信里告诉他一个坏消息，就是他叔叔的酒吧失火烧毁了，他叔叔被烧死了，埃文斯很伤心，他认为艾米也被烧死了。

酒吧确实失火烧毁了，他叔叔也确实被烧死了，但是艾米当时不在家，没有死，他不知道。等到太平洋战争结束，因为艾米死了，他不想回到澳大利亚，他是个军医，所以他又去了世界上其他的军医院。他去做志愿者，去给世界各地的伤兵治病，一年多以后，那些医院一个个关门了，因为有些伤兵死了，有些伤兵出院了，他只好回到澳大利亚。他一下飞机就看到有一个熟悉的人挥着手过来，是艾拉。然后他们结婚了，就是他大学时谈过恋爱的那个女孩。

由于埃文斯在战争中的经历，以及他在战后作为志愿者的经历，使他成为澳大利亚的国家英雄，到处都在报道他的英雄事迹。因此艾米知道他回来了，艾米心想，你还说回来以后会来见我，结果，你根本没来。但是埃文斯不知道艾米还活着，后来的他很有成就，中年发福。结尾的时候，埃文斯走在悉尼大桥上，突然看到对面走来了艾米，双手牵着两个孩子，一男一女两个孩子，是她妹妹的孩子，那时候艾米得了不治之症，孩子和不治之症，埃文斯都不知道（真相）。

艾米戴着墨镜，她的身材没有变，虽然那么多年过去了，埃文斯还是远远地一眼就认了出来，那是艾米，他迎过去。弗兰纳根用了很长的篇幅写埃文斯走向艾米时的激动，写得很准确，我读的时候也激动，结果他们擦肩而过。擦肩而过之后，埃文斯才意识到他和艾米擦肩而过了，因为过去回不去了。

弗兰纳根来到北京，我告诉他，就凭这一笔，我就可以认为你是一个大作家。他把情感推向高潮后，用这样的一个方式结束，这部小说就是这样结束的，现在我的演讲也结束了。

（原刊于《收获》2022 年第 2 期）

宇向：她认出命运风幡的方向

小　海

1

宇向搬到苏州陪儿子读书已经一年多，我才见到她。之前在深圳等地的诗会上打过照面，虽不是很熟，但也算一见如故的朋友。一晃，在苏州陪读已四五年，她依然处于离群索居的状态。

在答应《收获》写这篇文章时，内心是犹豫的，因为《收获》“明亮的星”这个专栏，不是纯粹的诗评诗论。加上，未能读到她近年来的新作。永新兄曾建议可以派一名编辑配合我对宇向做几次有深度的录音访谈，以备参考。宇向否决了这个提议。她生性敏感，不擅交际，也不喜欢谈论个人生活。我也并不意外，因为我看到宇向在 2016 年 4 月获得第十四届华语文学传媒盛典“年度诗人奖”时，有一份名为“我尊奉‘孤岛’的诗学”的书面发言：

> 我相信“孤岛”的现实，因为，对于我，“孤岛”不是一个假想，它是我最初的生命之地，我童年的寄居处，我曾如此描述：“我是那个被驱逐的孩子。”直到后来我知道，那恰恰是诗人的命运。我尊奉“孤岛”的诗学。“孤岛”本初、独立、神秘、异质、空旷、无情，它拒绝、它迎接，我相信建基于“孤岛”之上的写作。“孤岛”是个人王国般的又是开放的，向无限自我内心挖掘，向无限时间与空间，向疼痛与幽暗开放，在茫茫大海中每一个孤岛的守护者都不是孤苦伶仃、不是无助的一个人，那些说不清道不白的情感与思想在大海中有了回音，声音越来越大，又若隐若现。

由此可知，谈论宇向和她的诗歌，难以做到知人论世，以意逆志也就在所难免。

在从事诗歌创作十年后，她在一首诗中说：“我不善于写创作谈，所以我，写一首诗和另一首诗。/我不善于谈论艺术，我不善于谈论任何东西，我善于进入不可言说和不可知的部分。”(《你知道我是谁》)

孙磊（宇向的先生，诗人与艺术家）跟我介绍说，宇向实际上是在2000年才开始写诗的。我在《艺术世界》2013年第5期谭智锋对她的访谈中，也看到她确认2000年创作的《理所当然》，“是我第一首比较正式的诗”。

> 当我年事已高　有些人
> 依然会　千里迢迢
> 赶来爱我　而另一些人
> 会再次抛弃我
>
> （《理所当然》）

着手写这篇文章前，我搜集了她几乎全部诗集。顺着出版时间线读下来，我发现，她最好的诗歌，几乎在一出道时就完成了，没有学徒期。从随手在她诗集中摘录出的诗歌标题，《8月17日天气预报》（2000.8.17）、《2002，我有》（2002.3.4）、《3点08分，我醒来》（2002.11.29）、《5月27日写给安歌》（2003.5.27）、《2009，中秋夜》（2009.9.29）、《2011，水平线》（2011.8）等，不难发现，跨度达十多年时间，她诗歌的主题、风格没有大起大落，有的只是四季的更替、情景的转换、情绪的起伏。这种稳定性，跟她长期执著专一的写作分不开。这些“孤岛”特质，似乎都与她那耀眼的诗歌天赋成正比。另外，也说明，她只需要依靠女性易感的本能，哪怕在稍显狭窄和单一的题材上，也能迸发出巨大的诗歌能量。似乎仅仅从直觉出发，她的诗歌就能从循环往复的日常生活和岁月的自然轮转中，生发出这样多的变化。

你和我的房子
没有牵连，你只是
到我这儿来

（《我的房子》，2000.6.12）

早晨，我看到
在我一生中
多次看到的那人——

白痴，每一天都做着
这样的事情：
用镐头刨着院子里的泥土，
一遍又一遍，他刨着，
他刨着，越刨越有劲

后来，他蹲下、抽旱烟。
灰黄的烟雾中，一张脸是凉的，

一片叶子打上去，就染上了寒气。

此时，生活对于我们两个人，
都是彼此的秘密。

如果他抬头，看见我向他微笑，
他会不会突然爱上我？

（《白痴》，2000.12.3）

与《理所当然》一样，她最初的一批诗，都是从细腻的日常感情生活入手，我不说是爱情生活，因为这里面有女性多情善感的臆测与幻想成分在其中催化发酵成诗。从情感投入烈度、技术手法应用、氛围营造设定等方面来看，这批诗的完成度都很高。

又黑又瘦。小米和小拿。
像两块爬满海蛎的礁石，
膝盖是突出的身体。
我们一起过家家、踢沙包……

打架，然后和好。
童年，在美丽的马卜崖村，
还有姥姥和满山鲜红的野玫瑰。
七岁。我回城上学。
离开她们。

张溪。小学同学。
那时我常受人欺负，
被骂成“乡巴妮儿”。
每次，她挺身而出，

像个男孩子，
保护我。三年级，
她因肺炎休学一年，留了级。
我天天想她，却不敢见她。
我自卑。她是我心中的英雄。

梅。远房表姐。在另一座城市。
83 年，一个星期六
她骑车去少年宫画画，
被一辆卡车碾断右臂……
后来，她试着用左手拿画笔。
85 年春，我去找她，
姨淡淡地笑：梅在郊区
一家精神治疗中心，
那里风景怡人。

初中时，我和泳泳住得很近。
一起上学，一起暗恋语文老师。
我们撕碎物理和数学课本，
让纸片雪花般落向女校长的额头。
我们被编到后进班，
梦想长大成为作家。
现在，我靠数学糊口。
她生活在德国。商人。

贝芬。同桌。高中二年级时，
我收到一个男生的情书，
贝芬手里也有一封，
内容一字不差。

这种情况，经常发生。
我们便恶作剧，折磨他。
他中途转学。
她从此萎靡不振。
三年前，我听说，
她吞下一瓶阿司匹林、四十片安定。

实习时，认识一个女工。
名字，已经记不起来。
二十七八岁，躲避异性。
她总是一手捏着一只发光二极管，
一手握住电烙铁，
比比画画，向我传授人生指南。
我离开那个工厂后，
非常怀念和感激她。
托人找她，可她说，
不认识我。

晓华。同事。短发。简单。
易被打动。
一次，在她还我的《××之死》里，
我见到一滴泪痕。
今年夏天她去游泳，淹死在池子里。
如今，我仍不忍下水，
氯气、漂白粉化合了我的鼻息。
我常见到她的男友，
一个悲伤的男孩，
仿佛她留下的那滴泪痕。

我再也没有见过她们，
常常期待
在一个明朗的下午
遇到其中的一个

（《她们》，1999.11.7—2000.10.21）

作者让《她们》这组群像曝光在悠长的个人历史镜头前，用诗歌记录下了裹挟在宏大的历史进程中无处逃避的人物命运，遭遇各异，生命无常，只在人间洒下淡薄之影。

“我”从胆怯懵懂的女孩到慨然接受命运安排的女性，由“我”各个不同成长时期牵连出的玩伴、同学、同事，勾勒出一组组鲜活的人生切片，还原最日常生活场景中人的生存状态与生活世相，尖锐地戳穿生活的真相。

这些大时代背景下的小人物们星散四方，作者记录了她们的欢笑与泪水、她们的漂泊与沉浮、她们的倔强与抗争、她们的无奈与认命。有的人物虽然有名有姓，却仿佛是那样的模糊，没有面孔。这组人物又无不与“我”有关，在不同的生活现场，共同见证着“我”的成长。那些未知和不可名状的情绪则弥漫在诗行间，似乎笼罩在一种共同的命运之网中，发生着奇异的效用，真实得近乎荒诞。

在诗歌中，作者用貌似轻松的语气，从记忆深处打捞出来的这一幅幅人物素描，生动鲜活，充满了戏剧性和不确定性。在艺术手法上，做到抒情和叙事有机结合，节制而富有张力。

从上述早期作品中，能够看到其延续至今比较一致的风格，她用她的个人标识性、女性抗争意识、语言的奇崛与酷烈等来宣示：我不是一个传统意义上的女诗人形象。而这三者又是有机交织在一起的。

考察诗人的创作轨迹发现，诗人在不断加深与完善对自我的认知，“如果我的脸足够美丽／还能遮挡我褊狭的心”（《遮挡》，2001.7.25）。又在与生活的迎面相撞中，无情地剖析自我，并从自我的镜像中发出深切的寻呼：“我一直幻想朝向圣洁的一面。”

为了让更多的阳光进来
整个上午我都在擦洗一块玻璃

我把它擦得很干净
干净得好像没有玻璃，好像只剩下空气

过后我陷进沙发里
欣赏那一方块充足的阳光

一只苍蝇飞出去，撞在上面
一只苍蝇想飞进来，撞在上面
一些苍蝇想飞进飞出，它们撞在上面
窗台上几只苍蝇
扭动着身子在阳光中盲目地挣扎

我想我的生活和这些苍蝇的生活没有多大区别
我一直幻想朝向圣洁的一面

（《圣洁的一面》，2001.11.18）

也许正因为有了“一直幻想朝向圣洁的一面”，诗人才不必像“精神病人每天满怀敬意地收拾鸡屎”（《精神病人的鸡》，2002）。

女诗人的写作，从开放个人经验入手，不断深描自我的性、婚姻以及受到的戕害，容易引发关注。但仅止于此，甚至滑入猎奇、惊悚、斗狠的境地，陷入癫狂、受虐、自杀等极端情绪之中，反而局限了自我在深度与广度上的呈现。即使在美国“自白派”一代女诗人那里，这也不是西尔维娅·普拉斯和安妮·塞克斯顿唯一的法宝。如果不勾联与反映普遍人性、时代世相、生存图景，很难在国际文坛激荡起那么大的涟漪。

宇向深谙此中三昧，这也是她在“剥开紧紧跟随我们的往事”的同时，“把他们的悲伤带到街头”(《街头》）的原因。

顺便谈一谈街头，在路边摊上
喝扎啤、剥毛豆
顺便剥开紧紧跟随我们的夏日
它会像多汁的果实，一夜间成熟
又腐烂。在夏季

顺便剥开紧紧跟随我们的往事
还有那些黑色的朗诵
简单的爱
我们衣着简单，用情简单
简单到　遇见人
就爱了

顺便去爱　一个人
或另一个人，顺便
把他们的悲伤带到街头

（《街头》，2000.7.8）

同样的原因，一个人的死，也关联着我的死，“一个人死了／那是我的温度在慢慢消失”(《慢慢消失》，2001.12.22）。

这种推己及人的悲天悯人情怀，在她此后十多年的写作中，在诗中一直忽隐忽显，随手可以翻捡到。比如在《Ta》(2013.12.28）这首诗中，由“我”，到“几个我”，到“一个小分队”，直至“全人类”。甚至，洗衣机洗涤自我肉体带来的污秽时，还有了一层推人及己、反求诸己的意味。

我肉体的味道
残渣和痕迹

渐渐被洗衣机带走
它带劲地冲
带劲地甩
来为流失做个加法
+失落+丢弃+离别+沉沦
能得出几个我
一个小分队
直至全人类

这也似乎再次印证了她的“孤岛”诗学，“在茫茫大海中每一个孤岛的守护者都不是孤苦伶仃、不是无助的一个人，那些说不清道不白的情感与思想在大海中有了回音，声音越来越大，又若隐若现”。

2

纵观宇向的诗歌创作历程，她的“孤岛”诗学、自我的呈现方式，离不开对个人性与公共性关系的认知，这也一直在她思考的问题域中：“——‘我’就在诗里过足了一个我理想中的画家的瘾，我描述画家‘我’的工作状态，写下我在画画时会受到周围生存环境、历史、社会、个人经历等等的影响，并在画面上有所体现，比如诗中写道，‘乞丐夫妻’‘篡改的历史’‘禁书’‘性病’‘流窜犯’‘指路明灯’‘律法与公正背道而驰’等等都是成长经历中一件又一件非正常事件中出现的深刻词语和印象。”（《我几乎看到》,《山花》2014 年第 7 期）

在时下的生活中，当你享受现代化和智能化便捷生活的同时，也就几乎让渡了个人生活的隐私性，这是必须付出的一个代价。相对于公共性，个人性是建立在个人隐私性和个体独立性上的，但是手机、电脑、互联网、大数据以及在公共生活当中无处不在的摄像头监控等，每一处生活都有可以追踪的痕迹记录，也无处不在生活规则、规范之内。无所不在的公共生活对个人领域的侵蚀，让严格意义上的个人性其实并不存在。这里所讨论的个人性，也只能是基于公共性基础之上的个人性。所以，个人性与公共性，不存在二元意义上的鸿沟。这也是“我”即“他者”论点的一条当代注释。

很多东西在黑暗中像人一样
像那些坐着的站着的趴着的蹲着的
蜷着的起伏的正在行走的
摆出各种姿势的人一样

在黑暗中所有的东西都像人，像人一样

像人一样惊吓你

比如树木座钟马桶扫帚空椅子有缺口的墙和石头
还有虚掩的窗户一大堆书一摊血迹或尿迹
以及一个或两个待在黑暗里的人

（《像人一样》，2002.2.6）

物化的人和人化的物，甚至延展至外在的公共环境。她对黑暗和环境的敏感即是对人的敏感、对公众的敏感，“在黑暗中所有的东西都像人，像人一样 / 像人一样惊吓你”。

镜子中的那个人比我痛苦
她全部的痛苦和我有关
她像为挑剔我而生
像一个喜好探听别人隐私的婆娘

她找到我的毛病

新长出的一道皱纹或者一根白发
一颗虫牙以及她来不及躲避的
呵到她脸上的口臭
唉。腿太粗，屁股太大
毛衣上少了一枚纽扣
鞋子与衣服不配套，围巾太花
这发型不适合这张脸
唉。这张脸不化妆，经常哭。发脾气
懒散，抽烟，酗酒，喜欢男人
她为这些而痛苦
为不知道一个表情是饿得眼冒金星
还是感冒发烧还是落入情网而痛苦
她为我盯住她看而痛苦
为我不理睬她而痛苦
为我用洗地板的抹布擦她的身体而痛苦
唉。我痛苦的时候她痛苦
我快乐的时候她也痛苦

镜子中的那个人比我痛苦
她为与我一模一样而痛苦
为不能成为我而痛苦

（《痛苦的人》，2001.12.9）

在她早期的诗歌中，都有一种女性处于成长之痛中的易感与茫然，诗歌中呈现出激烈的个体生命的行为，在对自我的纠缠、分裂、探究、拷问和确认中，了解、探索并最终完善人性，也展示出女性超越自我的精神力量。诗人以生活的在场者和静观者的双重身份，在反抗命运的不公、难堪之后，依然选择“回到生活”的姿态，在体味人世的伤痛中孤独前行，平静地摄受。宇向的写作方式甚至生活方式，都在诠释女性之于诗歌的意义。

虽然公共性不等同于公共事件，但宇向的诗歌中不乏对公共热点事件的追问。随着诗龄渐长，她对生存图像和时代现场的关注也在增多。在诗歌中处理公共事件，如果没有独特的个人视角与诗歌的呈现方式，容易落入新闻叙述平面化的俗套陷阱。比如，下面这首《2008，教学楼》，好在，她在诗作结尾部分选取了书记下跪这一戏剧化场景来救场：

建筑中的教学楼
能省则省，华而不实
即便在地震易发区
也不需抗震结构
楼板中，填充水泥袋
碎砖块和木杂碎
铁丝代替钢筋
甚至铁丝都没有
连栏杆都是摇晃的
临时组建郊区联合建筑队
不要监理不要验收和安全检查
预算紧张须更改设计
添加楼层须改变屋顶
大梁仍要变细
安全通道不存在
疏散演习更属多余
从游戏角度来看
这是灰色的积木，这是
孩子们在堆积木
搭个框架，放块板
摞几根柱子，再加块板
一跺脚，抖一抖

就像拍板一样砸下来
里面的小矮人、魔法师和公主
无人能够逃掉
一座座摇篮
一座座废墟
一座座活孩子的坟
5 月 12 日，汶川
大地震突袭
教学楼离开地面，左右摇摆
“为什么单单倒了学校”
众多的母亲抱着，孩子的遗像
书记跪下——
请相信能够解决这个问题
请相信能够解决这个问题

（《2008，教学楼》，2008.5.28）

在诗歌中，如何处理公共性对个人性的挤压，甚至侵害，是个值得探讨的话题。

除了对公共性的认知与价值判断外，个人语言风格的变化，在诗歌中对真实性的追求，都是宇向在抵抗公共性对个人性的损害上，用诗歌实践所作的探索与示范。

上世纪八十年代以降，经过第三代诗人的探索，诗歌的语言已经从观念性写作的公共语言中挣脱出来，回到了诗歌的自身，口语写作已经形成声势，一度甚至有语言狂欢之嫌。当口语泛滥成口水时，词与物之间那种附着性就会消解、滑脱，正如雅斯贝尔斯所说：未被照亮的种种现实，就遮蔽在习惯用语之下。

宇向的许多诗歌，传达的是一种个人的生存状况与生命状态，一种细致、强烈又敏锐的情结与情绪，但又不同于传统女诗人的女性话题与母爱絮语。诗歌是她个人化的情感形式，又是个人价值观与世界观的载体，也是一代人的情感风向标。诗歌已从宏大叙事的概念语言中突围，更加精准、坦诚地在个人生活经验中营造语言的存在之家。语言的变化是基于思想方式的改变，而不仅止于语言最表层的征象。这样就把她与同时代的诗人区别开来了。

“在黑暗中所有的东西都像人，像人一样 // 像人一样惊吓你 // 比如树木座钟马桶扫帚空椅子有缺口的墙和石头 / 还有虚掩的窗户一大堆书一摊血迹或尿迹 / 以及一个或两个呆在黑暗里的人”（《像人一样》），也可以说是她从小女孩时就怕黑、怕陌生环境和公共人群，长大成人后依然存在的一种条件反射，是她的个人私语落实在诗歌中了。她用个人化的写作和女性的私语来抵抗这种公共性对个人性的挤压、侵害。而从《遗址》《2008，教学楼》等诗歌中也能看出，她既有介入公共性的姿态，又具有逃离公共性的能力。

作为七〇后诗人，宇向承接了第三代诗人回到生活本身的传统。她的写作更加真实地表现了个人的精神状态。她的诗歌中所要呈现的真实，来源于生活，但并不高于生活。诗人不再是高高在上，以俯视的目光看待芸芸众生，而是以平视、平等的目光来看待生活。诗歌中的真实，不再是需要筛选、提炼、加工的真实，也无须营造典型环境中的典型人物。这种真实，是跟诗人的生命息息相关的，是和生活平行不悖、共进退的。

和第三代诗人相比较，宇向的诗歌，回到生活本身，回到本真的生活，不再是策略性和姿态性的。她就在生活之中，因而更自觉、也更自然地将“真实观”落实到自己的写作中。不预设，不主观，不迎合。对宇向来说，诗歌中的真实观，涉及诗歌艺术的方方面面。诗歌和生命、身体、心灵有关，和诗歌艺术生产所需要的那种自由、想象、独创、原创、神秘、张力、陌生感等等很多东西都是纠结在一起的。在她那里，诗是直接的，原初的，洞开的。“我们忠实的应该是在生存困境中的内心丰富的感受，是什么感受就写什么，别骗自己。我认为‘真’是写作的要义，而由‘要义’才能达到‘奥义’，由最基本的生存感受达到那个最终的追问，这同时就有了一个巨大的‘张力’，再同时由于源于个体的真实感受，就有了‘原创’‘独创’的含义。”（《我几乎看到》，《山花》2014 年第 7 期）

生活之树长青。世界上最丰富多姿、最流动不居、最活泼新奇的就是生活本身。最不可能重复和雷同的也是生活，以及生活中千差万别的人和事。有了这种体现在细节、情感和行为方式上的真实观，就能将个人独到的生活所得转化为诗之所是，重新建立起词与物之间的黏性，从而让自己踏上那无限可能性的诗歌道路。

因为个人与公共生活的交融，诗歌语言很容易出现言不及物的空转和蜕化，失去创造的活力，让诗歌语言处于概念漫游或自闭循环中，失去与生活角力格斗、自我革命与搏击命运的张力。这种难以脱逃的属性，对诗人提出了挑战。而经由“要义”才能达到“奥义”这种真实观，使得她的诗歌传达出生活的质感，个人性也得以跳脱公共性，客观上达到了消解公共性的效果。

这样的真实观深具表现力。因为强调亲历、贴己的第一性，宇向就获得了直接转化生活的能力。在她的笔下，人的七情六欲得到尊重，包括女性的性心理、性幻想和带着私密性质的性行为得到艺术呈现。而诗歌的语言魅力，则体现在个性和独特性得到保留和张扬上，它是第一手的，新鲜的，陌生的，及物贴己的。这样的真实观，也会在自出机杼的语言风格上得到呈现。她写爱情时的用语坦荡、潮热，讥讽时事时则犀利、阴鸷，自我解嘲时则活泼、俏皮，指涉形而上时则鬼魅、迷人。她忠实于对语言的敏感，从日常口语中汲取鲜活、原初、野生的力量，那种身体和灵魂感知事物的诚实、贴己、熨帖、及物，恢复了语言表情达意的本真状态，不断激发诗歌语言保持原创性。这些特质，给她的诗歌源源不断注入新能量和别样的生命力，带来了具体、灵动、有力的个人化语言新风貌。这种兼具创造性和见证性的诗歌，让她的写作也具备了个人精神成长史的价值和意义。

3

“当我年事已高　有些人／依然会　千里迢迢／赶来爱我　而另一些人／会再次抛弃我”（《理所当然》）。爱情，通常是女诗人笔下的永恒主题。宇向也不例外。作为公开发表的第一首诗，《理所当然》似乎是一首爱的宣言，也像是一曲爱的挽歌。

“你和我的房子／没有牵连，你只是／到我这儿来”（《我的房子》，2000.6.12），从无牵无挂的人，到幻想一位在院子里用镐头刨着泥土的男人，“如果他抬头，看见我向他微笑，／他会不会突然爱上我”（《白痴》，2000.12.3），而这样的生活对于男女双方，都是彼此美好的秘密。

读她最初的这批爱情诗，感受到一股浪漫而又温情的气息，其中充溢着对爱情与家庭生活的向往与期待。我们甚至会浮想联翩，一些曾经读过的经典情诗也会从脑海中涌现，“为了一切我不曾认识的女人我爱你／为了一切我不曾生活过的时间我爱你／为了遥远的芬芳为了面包的热气／为了融化的雪为了最先开放的花／为了不害怕人类的无邪的生灵／为了爱我爱你／为了一切我不爱的女人我爱你”（法国艾吕雅《我爱你》，陈敬容译）。

很快，作者就颠覆了我们上述阅读体验，她可不是一位盲目沉浸于爱河中的传统女诗人。我们无从猜测这种诗风转变的具体动因。

> 三十岁以后，你看到往事已不再是夜空中的星星，它们有理由像螃蟹一样横行于黑沙滩，就掏出被旧恋情伤害的心。妈妈说，该成亲了。
>
> 所以你爱我。
>
> 该成亲了。呵呵，你以抓阄的方式爱上了我。
> 所以你爱我。
>
> （《所以你爱我》，2001.3.14）

> 我的身体
> 冰凉。
> 满身悲伤、狂喜
> 满身是凶残是爱和叹息
>
> （《我的身体》，2001.12.22）

总有一天，人们会把
“万恶”的我千刀万剐
以尽显他们的善意

（《善意的世界》，2014.1.16）

三十岁以后，有理由像螃蟹一样横行。是的，三十岁以后，她的特立独行，让她的诗歌写作从或然性进入了必然性状态。这“满身是凶残是爱和叹息”，是否缘于“总有一天，人们会把／‘万恶’的我千刀万剐”，也许这是她用痛楚的个人经验交换来的诗。“我害怕它，它上面的脏袜子、废纸团儿／以及远处发生的事情”（《远处发生的事情》，2001.3.7）。借此，我们也能从爱的现场，看到一地鸡毛。

在为人妻、为人母之后，宇向的诗歌，以打破壁垒的方式呈现，更显激越。即不以柔情蜜意，而是以抗辩与坦荡，尽情地裸露，并发泄着对男权社会象征的嘲讽与控诉：

血腥的阳光里
我张嘴把你吞下
把亲吻、耳光
吞进去
把交媾中的身体撕开
把混沌的骨肉吞下去
把勃起、吮吸
吞下去
情话也无从投递
和另一个人散步的背影
再没有街灯照亮
就像蜗牛把鼻涕虫吞下
根须钳入悬崖缝隙

《金刚经》把齐奥朗吞下
《神谕女士》吞下《神谕之夜》
鲁尔福吞下巴拉莫吞下巴列霍
蜈蚣吞下三角钢琴，于是
千万根指头呀
吞了巴赫
独裁者吞下了殖民地
在产房
多合理的理由呀
我吞下你

（《在产房》，2014.2.6）

孩子，当你长大一点点
别耽搁在里面
像原罪离开亚当
肿瘤离开坏身体
像一个人
离开另一个
别搁浅在那儿
别替我淌血

（《要你出生》，2014.1.9）

诗人抒写了女性在分娩痛感中的幻觉，提示我们关注女性独特的生命境遇：生育、暴力恐惧的潜在威胁以及两性关系中的弱势地位。破碎、磨损的庸常生活和历史残片瞬间涌现，确认了生命中的极端时刻——恍惚中的呐喊与精神错乱。

一种生物延续或生存结构式的翻转：我们知道，有些动物在生产后会吃掉自己的新生子，比如狮子和老虎。她颠覆了传统意义上女诗人迎接新生命降临时的喜悦、赞美，而直接就是指陈、控诉、反诘，进而是历史与文学的追问，指向了社会与伦理的边界与黑洞，指向了对延续生命的女神乌托邦的解构和“恶托邦”历史幻象的裸露与呈现。分娩与创造同源，同时又与暴力和死亡纠缠，循着诗句我们也跟随作者，一起去寻找女性这种强烈情感与爆炸性能量的神秘源头。

盆骨种花
皮肤一层一层绿
万劫的春天
屏息。怒放

细菌鲜活
和血一起流
和绿一起蔓延全身
像上好的大理石
傲慢。冰凉

直到脓胀，自边际开始
生殖器勃起“在
绝望的巅峰”。疤痕
一页一页打开
爆裂。喷发
体液得以自由

蛆虫们集聚而来

（《身体》，2014.1.3）

《身体》从女性视角，或者从身体与性坦陈的终极视角，引发我们对男女两性关系的思考。她揭开了女性在传统社会中承担的诸如从属、温驯、善良、奉献、牺牲等关于母性、责任的虚伪说教，竭力打破为女性设定的藩篱和壁垒，直接以女性“身体”和丑陋性行为的粗鄙袒露，来作为对性对象、性征服的回应，“蛆虫们集聚而来”——从捕获人性中的卑微、幽暗，来揭露男性在“高贵华袍”掩饰下的低贱、龌龊。

从《身体》等诗中，我们得窥宇向诗歌中存在激烈的对抗性的一面。作为女性的性别角色，她并非仅仅作为可资利用的武器，那些有质感的感官体验中，也有自我心理解剖和解嘲，如“当我走向墙角就被一分为二／如果有人敲门我就支离破碎”（《远处发生的事情》，2001.3.7），“孤独就是我小腹的刀疤／它使我不敢宽衣解带／不敢与人相爱”（《自闭》，2001.9.29）；也有妥协和媾和，如“你使我感到我的身体原来这样空／这样需要填充。你可以充满我／你连接导线，让电流进来／此时我的叫声一定不是惨叫”（《一阵风》，2001.12.4）；还有爱的无奈与无助，“那时，你无名，我便爱着空旷／像爱着濒死人的心，以为我是你／那时，仅仅一次，就能道尽终生／／如今，诗行保持绝妙的平行／我衣袖尽空，跟别人没两样”（《你走后，我家徒四壁》，2012.8）。她也给我们描述了一种可以远观的“爱”：“相爱是。深海是。墓地是／咫尺是。一个人是／离世的心是／我去过很多很多的远／新的远离弃旧的远／真的远／在更远的远处／沉迷不语。”（《远》，2013.9.22）

也就是说，她诗歌中的男权，并非一直作为一个对立面而存在。她知道，沉迷于对极端对抗的执守，难免将现实虚妄化。无法调适艺术与生活的界限，则容易因自我角色化造成对自我的误伤。诚如她在写作十年后所总结的，“我对疯子感兴趣，对把作品弄成‘疯子’不感兴趣”（《你知道我是谁》）。承认柔弱与感伤并不只是女性的专利。这种女性的脆弱感也在激励着新生。比如，我们在她的诗歌中发现，在颠覆性之外衍生出一种建构性——也就是基于平权之上的两性关系和新女性的自我发现与确认。

在宇向的诗歌中，对爱情与死亡这两个永恒主题的深描，尤其令人印象深刻。

为了找你，我几乎死去

就是说
去找你
就是去找死
我要你
就是我要死

（《我一直在找你》，2011.9）

《圣经·雅歌》有云："求你将我放在你心上如印记，带在你臂上如戳记，因为爱情如死之坚强……"这是天荒地老爱情宣誓的西方版本。因为有生就注定有死，死亡是强大无比的，任何人都会输给死亡。无论你藏身地球哪个角落，无论你的伪装术多么高妙，天涯若比邻，死亡都会找到你。死亡是每一个生命的规定性行为。死定义了生。赋予生命以意义与形态的，也许莫过于死亡。这是卢克莱修在他的诗篇《物性论》中所谓"不死的死夺去了有死的生"。死亡萦绕在生命周围，随时随地在我们身边发生。

是什么样的爱，居然要寻求"死亡"的庇护？这样的爱，更像是一场赌博。《我一直在找你》，表达的是爱的诉求与宣言，即便是在十年前，她的诗中就曾包含了无望的希望："我醒着，因为我忧伤／那使我忧伤的人没有来／叩响我的房门。"（《深夜的房门和那使我忧伤的人》，2011.9.12）

死亡是爱之后的选项或归宿吗？读她2000年前后的作品，发现她在诗歌中多次"摹写"了死亡：

每天都有一些信在途中遗失
它与不信有关
它被风吹进树林，吹向
林中的坟地、墓碑以及碑前的
枯枝败叶
经过光线，它弯了一下

把死亡吹成一个美妙时刻
每天都有一个美妙的时刻

（《信》，2010.5）

好孩子躺在石阶上
牙齿、鲜血哪儿都是
身上穿着我的高领衫

（《高领衫或好的事物躺在石阶上》，2013.9.22）

当刀子
从背后送过来
晒太阳的人提前感到了剧痛

（《晒太阳的人》，2014.1.10）

宇向在接受访谈时说："在活着的时候感受死亡感受虚无，理解死，并在写作中把'死'带到'活'中，或者说是'死'与'活'的对话，'活'与'死'的对话。"（2013年第5期《艺术世界》谭智锋访谈宇向："我几乎看到……"）

对宇向来说，生与死，构成一种对话关系。凝视死亡，是人类文明的一项专利。也许动物并不知晓自己会有死亡这件事。作为人类，当我们觉知生死的时候，死亡更像是作为人类文明的一项发明创造。死亡铺展于我们出生之前，也延续于我们死亡之后，死亡随时发生，我们就再也不能视死亡为一种意外而漠视它。也正是死亡让每一个人类的个体回归了最终的整体之中。俄罗斯诗人叶赛宁的那首绝命诗中写道："死亡不算新鲜事，活着也不更新鲜。"是的，死亡是他流传至今的最后一首终结之诗。

我联想到美国"自白派"女诗人西尔维亚·普拉斯在她的名作《拉撒路夫人》中所言："死亡／是一种艺术，像其他一切事物。／我做得很好。"拉撒路，是《新约·约翰福音》中人物，死后被耶稣从坟墓中唤醒复活，走出时裹着下葬时的裹尸布。死亡，是一种艺术？普拉斯用她短暂的一生，不断练习和修持着这门艺术。布罗茨基则干脆说："写诗也是一种死亡的练习。"难道死亡不仅形塑着生，也在形塑着诗歌这门古老的艺术？对死亡的认知，其实是人活出来的。这是将一个知识论问题直接导入了直面现实人生的存在论问题。人间不幸的事常常归于死亡的那一边。但我们也深知，死亡也在激励着生命，激发着我们创造的激情与勇气。

对宇向而言，可能离开了诗歌，才被定义为"死亡"。诗人的死亡则被定义为"离开"诗歌。她活在她的诗歌里，所以，她一直没有远离诗歌。"多年以来，我受惠于诗的智慧与安抚，写作行为助我尽可能地以自由意志度过我的这一段生命，尽管依然如履薄冰。这是一种命运，一切都不是蓄意为之。"(《我尊奉"孤岛"的诗学》)

说到这里，也许有细心的读者会问：宇向是如何处理个人生活与诗歌的关系的？她的言说方式是生命实证式的，她的诗歌会是自身命运的预言书吗？其实，她的诗歌与生活是处于错位状态的。生活中的诗人，并非是一名波希米亚主义者，而是平凡而正常地生活着。她是个人生活的守护者。在诗歌之外，她很少言及自己。也许，诗歌还起到了稳定和调适身心的功效，这正是作者所说的"受惠于诗的智慧与安抚"。据我所知，宇向在走出校门后工作、恋爱，和诗人、艺术家孙磊结婚，然后边工作边相夫教子，再到外地陪儿子读书。孙磊、宇向夫妇是艺坛琴瑟和鸣、鹣鲽情深的一对神仙眷侣。借用弗洛伊德的说法，夫妻两人恰好都有一点儿自恋，还都有程度和类型正好相同的一点神经官能症（艺术气质），通过彼此移情，他们把情结恰巧都投射到对方身上，美满婚姻往往就这样形成并得到"固化"。当然，爱的"事业"需要加倍呵护和艰辛付出。

4

除了诗人身份外，宇向还是一名画家。她和孙磊是一对跨界的艺术家。他们共同参加过不少诗书画联展艺术活动。

我们知道，上个世纪初，尼采的“上帝死了”带来的震荡以及量子科学的建立，引发知识生产和认识论上的巨大转变。上帝死了，就必须在上帝之外，也就是从我们自身之中寻找存在的意义。而现代艺术的生产机制与哲学思潮和科学发展均密切关联。颠覆权威和经典，否认知识的真理性，无疑是通向真理性认识的第一步。这样的认知，必然会波及包括诗歌、绘画在内的艺术生产机制。一百多年来，世界艺术变革新浪潮风起云涌的实践，也早已证明了这一点。

当代诗歌的意义，追究起来，和当代艺术确实有太多共通之处。我想，有一种内在的艺术生产机制，共同作用，催生了当代艺术。一方面，诗歌在思想方式、形式规范、语言实验等方面与其他艺术门类彼此激荡，互动发展；另一方面，当代艺术的边界也越来越模糊，许多艺术家参与到跨界的艺术活动之中，从不同的艺术形式中汲取营养，丰富自身。宇向也是这样的一位诗人艺术家。“我会关注当代艺术的一些现状，出于喜欢，出于它跟我热爱和选择的具体写作有关。”（2013年第5期《艺术世界》谭智锋访谈宇向：“我几乎看到……”）诗人常常运用画家精准的笔触，勾画触目可见的一切，将光线、色彩、气温、动植物和人们的生活细节等既有质感又变动不居的日常生活具象化，清晰地落实在诗歌中。从前面列举的《她们》等诗，我们都能看出，她在用文字作画，精彩地勾勒出“她们”群像。

她的不少诗歌带有浓郁的当代实验艺术的色彩，这种思想方式与艺术观念上的新向度，有别于传统的审美机制与形式语言，它要求艺术家始终保持一种与向社会生活全方位开放姿态相适应的艺术结构与形式。

当代艺术，即意味着一切传统意义上偶像的黄昏。作为跨界的当代艺术家，渎神，反叛，调侃一切权威和神圣之物，是宇向诗歌的题中应有之义。

每一个真正的人
都是立在这星球上

由神的起重机
在魔鬼的深度里
垒起的高楼大厦

魔鬼袒露的秘密
有着一种向上的诉求
而从N层到底层
每一层都宅住一个神
每个房间都降下了
神的小孩

每一个真正的人
都渴望高高站起
在恰当的地方
他召唤和哀号的剪影
是月下孤狼
刺向闪电的剪影

每一个真正的人
都渴望先知般
截获神的字条
饮下第一滴雨
在清晨最早的阳光中
一层一层醒来
（像一条被光捋顺的蛇）

并在漆黑的夜里
最高的和最低的呈同一水平

（《每一个真正的人》，2013.10.2）

尼采在《偶像的黄昏》中讲："任何东西都不是美的，只有人才是美的：在这个素朴性上栖息着一切美学的根据，这是美学的第一真理。"上帝死了，每一个现代意义上的真正的人，才是美的；人和上帝，人和神，才在同一高度，"并在漆黑的夜里／最高的和最低的呈同一水平"。个人取代神圣的上帝，批判与质疑一切至高无上的价值，藐视和破坏偶像，成为现代性的一种艺术抉择。

在《我曾侍候过本笃十六》（2013.8.20）中，她以祭坛侍童平视的目光看去，那个手握天国钥匙的教宗，从窗口露出一幅美妙绝伦的人生标准照。同样，纷争、阴谋与斗争的凶险，依然是人间的。

夜晚他带队穿过永恒之城
星光飞旋像他身体在迸溅
一整座城白花花的。像钱

他曾说当选，是刀锋砍向脑袋
多年后，他会请示离开
交出天国的钥匙——（某种无形的受难）
一个人面对上帝

我们再来看她在《离去的门徒》（2013.11.23）一诗中，对某个宗教门徒的刻画：

如厕时
在墙上涂抹
在适当的时候落泪
有钱人为他掏腰包
母女俩同时爱上他

晚饭时
他厌倦了白天
叫来酒、大麻和几个女人
……
他一次次俯身
为宗师拍打尘埃，系紧鞋带
……

读她的《我曾侍候过本笃十六》和《离去的门徒》等诗，让我想起美国女诗人莎朗·奥兹的那首名作《教皇的阴茎》，可谓异曲同工：

它深悬于他的长袍内，仿佛位于吊钟核心的
一枚精致的钟锤
他动，它则动，一尾幽灵似的鱼
游动在一片银白色海藻的光亮中，
体毛
摇曳在黑暗与灼热里
而当夜晚降临
他的双眼闭了，它便立起
赞美上帝

这与笃信上帝的芬兰诗人伊迪斯·索德格朗《我的姐妹》（写给她一生中的知己——另一位女作家黑格·奥尔森的）一诗中说“我要带你去森林那最美的角落：/在那里，我们将互相坦白怎样见过上帝”是那么的不同。不管是对福音书中的上帝、圣徒，还是对信徒们景仰的教宗，她们的选择都是一一祛魅。

其实，类似上述主题的作品，在当代绘画中屡见不鲜，有的已成为当代艺术经典之作。最著名的莫过于英国画家弗朗西斯·培根以委拉斯凯兹的《教皇英诺森十世》为蓝本创作的《教皇英诺森十世肖像》。画面中教皇在尖叫，黑色帷幕衬托着人物变形扭曲的恐怖面孔。那也是他具有强烈暴力与噩梦般冲击力的暗黑系列作品之一。

她在诗歌中描述过一种肉体与灵魂的搏斗，犹如教堂面对神父的宗教忏悔中的告白，一面在心中默祷着不要把灵魂典当给魔鬼，一面在世俗诱惑前不能自持，既虚妄、荒诞又日常，自我分裂又富象征性，辛辣嘲讽了神对人的滑稽模仿。同时，在爱与罪、罪与罚的交织状态中，预见人间世俗之爱的异化、危机与虚无：

> 听，“我把肉体，奉献给您”
> 祭坛前震颤着庄严的性感
> 一遍。一遍
> 她爱这重复
> 在每一个可以让恶坦荡
> 又让罪一览无余的地方
>
> （《她的教堂》，2013.9.13）

在一首诗中，宇向这样表述绘画所面对的最日常风景，她用诗歌的形式，“速写”式记录下每天上班必须经过的那些场景：

> 我得下决心去画一些户外景色。
> 就像每天上班，
> 必须经过那些臃肿的草莓和鸡，
> 经过禁书、性病、传说、
> 唱“回家看看”的乞丐夫妻、
> 篡改的历史、尘土或尾气般的
> 流窜犯，经过那些被一次一次挖开、
> 填平，结果再也填不平的
> 文化路、和平路、即时语录、
> 无端的愤怒……

……

有人说：绘画使人堕落。我就继续堕落

（《绘画生涯》，2001.1.6）

正如绘画不能使人高尚一样，绘画当然也不能使人堕落。她以儿童恶作剧般的顽劣，表明对艺术的执著。

她的诗歌中有时也会“污言秽语”，这在传统诗歌或者端庄的古典女诗人那里是必须回避的。在当代行为艺术中，向身体上涂抹排泄物，或者用排泄物作为创作材料也是时有报道。还有的艺术家把自己关在一个密闭的透明空间里，不间断地直播展示包括吃饭、排泄在内的生活情景。排便，作为生活中的日常行为，在艺术中常常被忽略。可在当代艺术中，审丑和污笔的存在，并不以为乖谬。

随同几个大便块，开始
羞辱的仪式。自出生
罪过随即被发觉
被教育，口口声声
惩罚可以简单、迅速
责骂。巴掌。红红的小屁股
也可以无限复杂下去

（《长》，2005.1.12）

锁门时，向右转三圈
开门时，反过来转三圈
下班回家我开一次门
倒垃圾开一次
拿牛奶开一次
马桶堵了，开一次门
一个人来了开一次

一个人走了开一次
到楼下哭，开一次门
天黑以后去见一个男人
我又开了一次门
……
这些不能说明我忙碌、忧伤或多情
你知道的，你知道
我只不过喜欢平常的生活喜欢通畅的感受
喜欢钥匙在锁孔里扭

（《钥匙在锁孔里扭》，2002.1.15）

读这首诗，就像观赏一次行为艺术，也像是一个当代日常生活场景的纪录片画外音解说。“喜欢钥匙在锁孔里扭”，还关联着性隐喻。她的不少诗歌中，都有着当代艺术特有的酷烈与那股“狠”劲。比如，在《姥爷，你快死去》（2006.11.24—2013.7.14）一诗的结尾，她写道：“为了不挽留他／我恨不得马上要他在／后辈的恩怨中无知无觉地死去／（姥爷，你快死去／这该死的人世，它正在疯狂）／快到立刻进入／我的暮年。”

时不时的，我写半首诗
我从来不打算把它们写完
一首诗
不能带我去死
也不能让我以此为生
我写它干什么
一首诗
会被认识的或不相干的人拿走
被爱你的或你厌倦的人拿走
半首诗是留给自己的

（《半首诗》，2002.3.18）

未完成，碎片化，残缺之美，是当代艺术娴熟运用的手法。《半首诗》，以隐为显，或者类似于中国传统书画中的留白。虽然取名叫《半首诗》，作者还是在将一首诗的完成过程，展示了出来，不经意间，泄露了当代艺术的生成机制。

一首诗放在口袋里
如果挨着钥匙
它会和钥匙链一起发出不安的声响
如果和硬币在一起
也不会变成钱
它更像糖，变黏并散着甜味
如果和纸巾在一起
它会被揉皱并磨烂了边
如果和另一首诗在一起
我想象不出怎样
但如果它挨着避孕套
它们就形影不离
这多叫人高兴
只有它们是为爱情留在了那里

（《口袋里的诗》，2002.1.29）

这首诗是以魔术戏法的方法，展示了一种戏剧诗，达到诗剧场中的舞台艺术效果。文字中，埋伏着俏皮、狡黠和让作者得意的小小使坏。它呈现了诗歌艺术感知力的周全、灵敏、细致、准确，同时也证明，诗歌也是可以向任何艺术敞开的、一种综合性的艺术形式。

她的不少作品，都是瞬间生成并定型的。她十分信任和依赖当代艺术中的某种内在感知力，把即时的灵感转化为诗歌。你能从字里行间，捕获到她写作那一刻的温度、湿度，和由此带来的心绪变化。

通过艺术和审美的生存方式，人回归自身的生活之域。当代艺术的教父杜尚直接告诉我们："我喜欢活着、呼吸，甚于喜欢工作。我不觉得我做的东西可以在将来对社会有什么重要意义。因此，如果你愿意，我的艺术就是某种生活：每一秒、每一次呼吸就是一个作品，一个不露痕迹的作品，那既不诉诸视觉，也不诉诸大脑。那是一种持续的快乐。"（《杜尚访谈录》，[法国]皮埃尔-卡巴纳著，王瑞芸译，广西师范大学出版社）

关于诗歌的纯粹形态，我们又能知道多少？对宇向来说，这种女性的敏感叠加上艺术的敏感，犹如一种天赋。恰如里尔克《预感》一诗中所说的那面旗：

我认出了风暴而且激动如大海。
我舒展开又跌回我自己，
又把自己抛出去，并且独个儿
置身在伟大的风暴里。

（陈敬容译）

并非所有人都能认出风暴，精妙而准确地写出已然变幻了的大时代里个人的命运，抒写和留存历经时代风暴淬炼的个人神话。宇向宛如一位女巫师，能从迎风飘舞的旗帜中，认出命运风幡的方向。

附：宇向新作

泥　塑

用泥塑你心
的形状
塑你的肺腑和一点点束缚
塑你的唇和唇

塑冷血。塑你洗过的空胃
以及食道里没有一粒米
齿间没有一丝菜叶
你停止了排泄
塑你生殖器自在
呼吸无起伏
逼真使人相信，你在呼吸
你仍在呼吸

我塑你的手穿过你的皮
指纹追上你的脑褶皱
塑你的手插足你的国土
流动的瞬间，跳动的瞬间，搏动的瞬
间，勃动的瞬间
走的瞬间，藏的瞬间，比拟的瞬间。塑
你放手的瞬间
像沙漠塑出巨浪
冰霜冻结了士兵。我的手
塑出你漫长的苦修：出于专注
放进了经文和钱币：出于爱
出于爱
我的手塑造了歧途

2021.11.23

你盛“光”的容器

透明容器
可以盛浅的，深的
橙黄，铜黄，白柠黄，脓黄，霉黄，鸡
油黄

它们有时清。有时浊：
尘粒，血丝，葱膜，碎网，液泡，鳗鱼般的
稀如绸绢，稠如稀蜜
阳光把它们荡在你脸上
容器里就有你的眼和眼

你不知有人在专注你

如一个民间尿液分析师
园丁的儿子，一生下来就是树脂，蜜蜂
怒放和枯竭，一生下来就是治病的草药
草药名被还原回拉丁文、甲骨文
你一生下来就来自远古。若可以
你一生得以晃动尿液，虔诚地
举向太阳
一容器的赤裸和夜空

2021.10.7

几　乎

一张画的尽头
一位画家行至高龄
他不止步于画
以困顿的技艺，以及
渐渐失去的视力
他几乎看到
一支笔抬起，将落未落
在一张画无尽的尽头
人拿放大镜
寻摸着。研磨更浓的墨

从而纸清白

一曲音乐的尽头
一位音乐家抱病终生
他不止于音乐
以过剩的技艺，以及
渐渐失去的听力
他几乎听到
一枚音符起跳，将落未落
在一曲音乐无尽的尽头
造助听装置
无声突破深潭
放声才是天堂

……

2021.12.1

一双手

手，在空中行走
效仿着
头顶深处的脚步
手，在日记中行走：
对于你
除了在你心中
音乐中
再无处可以找幸福

所以手，在生活里
形迹可疑

你唯一的洁净处
是一长条，条条框框
规规矩矩的钢琴键
你以散乱的乐谱
堆剩饭、杂物和衣服的几把椅子
黏糊的地板、天花板和心肺
霉斑的墙壁、血管和皮肤
以及破旧的钢琴本身
来供奉还是祭奠
这一长条
暗自发光的神坛
裹着尿味的睡衣
你祈求，少许不那么顺心的音乐
助听器巨大，一朵铜花
你祈求巨响按捺耳鸣

听不到时，一双手只有艰难独行

而你可以清晰地看到
另一双手的艰难
来自将要失明的水墨画家
他看不到你
也看不到脏
不知置身何处
而他可以清晰地听到
你听不到的
烽火、惊愕和下落

你的奏鸣曲是他月光里的山和水

你看见古老的中国毛笔
他听见未完成的交响曲
无助的两双手，在空中行走
两双或者两百双
其实是，一双手
墨块的暗光迫使着
白纸的暗光

2021.12.2

喘　息

导演是新来的
党卫军官算计着让他拍部片子
再处决他

他拍下同伴们的日常和工作
中转营黑色列车驶进驶出
他拍下闻所未闻的集中营：
犯人们晨起集合
面露微笑
轻盈地做体操
去回收车间
剥开成堆的破损导线
像剥开它们的微笑
拔出铜丝，细长的金牙
要码放整齐

在一个明朗的下午
犯人们跳舞
探讨艺术
他拍下
他们排演戏剧

各自投入角色。导演和演员
没有人注意到
一列火车自背景出发
车窗一闪而过，一张十岁女孩的脸
留在了胶片上
困顿又惊恐

车窗前的阳光里
我打开一本画册，上面记录着
有人在黑暗的放映厅
指出影像里的破绽

2020.7.1

（哈伦·法罗基影像作品《喘息》[2007]引用了鲁道夫·布雷斯劳尔作为犯人在德占荷兰韦斯特伯中转营受命党卫军拍摄的素材）

现代音乐谜一样的大师

上海虹口。我们看过
犹太难民们在此地的照片
对面出现一栋维也纳建筑
像是无法过去的时间与不能停下的时间
之间的
一个站点

我们记得，这房子
在维也纳郊区
是一个人的纪念馆
也授课、办小型音乐会。它是
一个奥地利人的纪念馆
一个德国人的纪念馆

一个犹太人的纪念馆
一个美国人的纪念馆

一个复杂的人
他复杂的新音乐，与当地反犹
是同时启幕的
被艺术学院除职，与他携家逃离
也是同时的
他听每一部瓦格纳歌剧至少三十遍
他走后，一整个德国都在听
他不熟悉的英语
他的儿女们将使用一生
他到了安全的新地方
他带去的音乐也是全新的

不谈过去，因忙于发明
让有趣的东西现代化。给它们可能
性，再有趣和美
不谈过去，因他在推远边界
以安置无处安置的。以容纳“求助的
呐喊”并藏起“过去”
不谈过去，因忙于更新“我是谁”
不重复风格，不在乎观众，“我的音乐
进化了”
他老死在洛杉矶

死亡面具回到维也纳郊区的房子
他在这里写过“互相关联十二音”
那是他为自己造的

以私人方式
而一种新音乐就此产生
现在，这房子远渡重洋
载着一位中国咖啡师

这摆渡邀我们
渡一段艰难时期

2021.10.27

（为 2021 年 10 月 27 日，一个特殊的日子和一段特殊时期留记。以及，这一天触景而想到音乐家勋伯格）

两个套盒

上帝在他的造里
造空间的空间：大鱼肚子
造时间的时间：三天三夜
在“要有光”里说：要有忏悔
忏悔室里的人名约拿
一个逃跑被抓回的人
忏悔室有名监狱

人不能逃脱之境名上帝
上帝是人不可逃脱之意
上帝之意是要人不逃脱

约拿在鲸鱼的胃液里
活三天
置不顺从的约拿于绝处
其必顺从于祷告
这是一颗心无期的

这条大鱼有一颗因迷糊而忏悔的心，
名约拿
这心在忏悔，“我的心在我里面迷糊
的时候”

2019.9.19

亲近迷途

“书本”放在文学类
定价六十八
“限时购”五折买的
评论区有留言：是个本子吧
第二个留言：很好的一本书

封皮印着“如此亲近迷途”
里面是一个人的箴言、黑白画和空白
每隔三五页白纸
就印有一两句
以及几笔勾勒：
跑的垂头的被风刮的手脚并行的人
杂耍的紧挎的顽疾缠身的失踪的人
变态与人形交涉：人所能抵达的形

像偷看，我翻开“书本”
不写不画
不拆散
片片空白是他的人生

2020.7.9

拥有它

顺遂时，天马行空空想它
绝境里，困难单独独创它

拥有它，男孩。十六岁
拥有一只虎
名叫 tiger 叫王叫 Ang Lee
叫“不能说”或说不出叫 God
叫偶尔会悄声叫女人的男人
男人不能够的女人

生命中总有一次你会
在不明夜空
座头鲸闪亮
生命中你总要一个人
在救生艇
造老虎
你的虎，真实不虚
造怒目和长啸
在利维坦爪下
造工具造食物和淡水
喂虎。喂风暴和鲸以虎
喂自己风暴和巨鲸

十六岁，男演员苏拉
对着水泵想象汹涌
对着救生艇他启程
对着海难就对着
一只吃人的老虎
对着一无所有他信了“有”：

一只虎：虚拟的真虎

无法描述：只有“我信”

给无形以形：它在：选民是一只虎：

最接近形的无形。且不可触

若没有它
它就是你丢失的

2020.9.17

丰产地

阿尔就在眼前
大家进去了
进入光芒的城
进入过去的光
进入今后进入
尚未存在的光

光芒可是光明的过度?
登上修道院斜坡
不计其数地俯瞰：
收割者。炽阳下沉默
全神于收割
过度者。正午也工作
黄上面涂黄
未闻朝闻道夕死可矣的人
在信中说，若我二十五岁得知
而不是三十五该多好

若丰产的十五个月
是赴死的十五个月
过度在的十五个月
可是被滥用的十五个月？

还是有限的活要把真相赶出
为直达，事歪物斜
踉跄着就要跟不上
三百幅画二百封信于生死之间
（数据如某种集体死亡人数）
自冰冻桃红到葱茏又葱郁皆丰产
运河水丰产
复制重建吊桥吊桥丰产

太阳越亮阴影就更黑
连接的界限更分明
道路尽头
突然就开阔了。阿尔
过度阿尔。可是验证一场虚妄？

有阴影，光芒就有阶梯
有了歇息和节奏
有弯下的后背，光芒就有了沿途
有了冷暖和私情

有“要死”，光芒就有翻覆
这确认如创世
大家进去了：人在找什么
在光芒之城

在过去的光
在今后在
尚未存在的光里。生命索要的
可是，正是验证这虚妄？

一片残酷的试验地
人要这光芒继续下去：
我可以用南部的光
在北方画画
跟注以“我不能继续下去”

（你的心被光芒占据你的心是阴影不再有别的
心是阴影除了追光芒不再有别的
心是越来越重的阴影越来越不再有别的
为了追光芒心必然成为阴影不再是别的
必然成为阴影就是必然赴死
终极游行：人类举起了火把）
（纪念 1889 初至 1890 盛夏的普罗旺斯）

2019.7.28

没有你

没有你
阳光照旧
向日葵从不随处见
造物歇息。柏树是柏树。燃烧是燃烧
世态炎凉。众生也方便
即使狂风扭曲每根枝叶
丝柏仍安于树的秩序
不溅出一滴星火

没什么要离开什么
我只是，走出我的黄房子
像我未曾拥有你那样没有你
像从未有过你那样没有你

没有你
星月当空是完美无瑕夜
无情是从善如流的教育
紫色不蓝。田野不蓝。万物从不像海洋
黄金稀释于空，流落世间
乌鸦善变“黑”（好极。坏极。坏极。
好极。）
狂风扬起这群死鸟看它们飞
我曾埋下无名，不断埋着
它止不住的形容词
独自，退向黄房子
像我未曾见过你那样没有你
像什么也没有留下那样没有你

没有你
我自把阵风引入星空
用视力，用挥手。引入
不安之外的不安。撼动之余的撼动
被其他被大意被麻木被落下的
别的橙、黄。别的硫磺
绿的墨。以及关于相系的分辨
我埋着“我也”
躲闪着那些指认疯癫的指头
但你是，选中的你装点出发点

一座现实街角的黄房子

那时我沿山路落泪
走回我们的黄房子
没有你
没有你
我有确切的感受：
你曾与我一起
沿路哭

（纪念 1890.7.29）

2019.7.29

（原刊于《收获》2022 年第 2 期）

再访米仓山三记

阿　来

十八月潭

去年十月，一访米仓山。半年后，五月春深，再访苍莽米仓。从节令上说，此时已经入夏，但在海拔和纬度都高的川北山区，还是春天将尽未尽的时节。

上午，在秦岭以南的群山中横向移动，自西向东，从古利州青川县往古巴州南江县。中午到达，饭后即往更深的山中，访去秋未到的十八月潭。

山路盘旋，四野静谧。鸟叫声是多的。但古人说过："鸟鸣山更幽。"中国人的心性有这样的审美文化浸染，加上山野中越来越浓重的绿，主观上就有了强烈的静谧之感。

胡核楸、盐肤木在低处，树树舒枝展叶，在山脚，在溪前。绿光照眼，使得行于山阴道上的人眼睛与心境一并通透。杜甫诗形容这情状只有三个字："俱眼明"。

路盘旋着上升，到山的半坡，洁白花树出现。斜擎着四片花瓣，子房高耸的是山茱萸科的四照花；细碎繁密的小花开得如云如雾的是木樨科的流苏树；还有丛生，与人齐身高的两种荚蒾，和悬钩子属的茂密灌丛。

再翻一道梁，再越一条谷，更多的树，更清的水。

如是循环往复，然后，十八月潭到了。

停车处，见乔木通直参天。一条栈道，把视线引向幽深之处。我被一丛开着细密白花的灌丛吸引，黑果荚蒾正开着细密的洁白小花，大如针眼的小花攒聚成一个个拳头大的花球，香气隐约细微。在参天高树下才行几步，又是一种掌叶的灌丛，开着总状花序的粉红花，是中华绣线梅。总状花序是植物分类学术语，更直观地说就是十数朵小花聚集成穗状，不下垂，顶生枝头。花将开时，一只只呈圆筒状，尾部的三角形萼片纹理清晰；开了，是一朵朵五瓣花，细小，精巧，每一朵的花瓣与花蕊都清晰呈现。

拍完两株花树，才顺栈道步入林中，步入站满高大乔木的一片平坦凹地。依这地势的启发，我预设了将要遭逢潭水的情状。就像阿斯塔菲耶夫的小说《鱼王》中所写的那样：茂密的森林突然消失，在宽阔的谷地中央，树林环绕丰茂草地。草地上有冰川时代遗留下的巨石蒙满苔藓。然后，一口潭，深而静，倒映着树与花，倒映着云影与天光。绕潭而行，再穿过一片深广的杉与松与桦与枫，又一片林中草地，又一口静静的水泊出现。一只白颊水鸟停在岸边。“境绝人不行，潭深鸟空立。”

是“潭”这个字，让人发生清绝幽静的联想。

而十八月潭真正的面貌并不是这样。

林木深处溪水流淌声响起时，脚下的栈道突然转折，改变方向的同时，还由平缓变得陡峭。坚硬的花岗岩层露出，猛然断裂沉陷，面前突然出现一道深渊。天空出现，太阳光涌入，隔着并不宽阔的虚空，隔着深谷看见了对面耸峙参差的峰，和万树丛生的错落山壁。

不想说面临的是一道峡谷，而想说是一个生云起风的绿色深渊。

悄无声息的溪流从幽暗的树林中出来，在光滑的花岗岩壁上陡然明亮，突然加速，随着岩壁更深的陷落腾身变成了一匹白练，一道飞瀑，飞降百余米，跌入一口碧绿的深潭。水往下飞奔，凉风徐徐上来，挟着水汽，拂面而过，让人感到清新舒爽，从皮肤到皮肤里面很深的地方。

凉风起于飞瀑，起于深潭，但不大，习习拂面；悬垂飞溅的水声也不大，没有大声喧哗。这全是因为森林的缘故。俯瞰深渊，石壁，飞泉，碧潭，视线时时被树拦断，那是林海的深渊。大小不一的深绿浅绿，甚至带着绛紫色树冠，如一朵朵云，将浮若动，只浮不动，使得风和水声都变柔和，将险峻的地势变得平和深远。

就着悬泉旁开出的石阶，循级而下。陡峭处，木梯勾连成栈道，身边密布着扎根石缝姿态倾斜的树，枝干通直的树，枝干虬曲的树，枝上飘忽着松萝的树，干上寄生着蕨类的树，枝干斜出在身边可供攀扶的树，还有树冠展开，枝叶交错，将视线中的花岗岩壁、壁上飞泉、壁脚深潭不断遮断，而生出种种动态构图的树。使人如行于古人绘制的山水长卷之中。

不时见到小叶密聚，手腕粗细的黄杨；还有叶似杜鹃而花期未到的山矾。

更大的树是桦，是枫，当然，行于米仓山中，最漂亮的还是丛生水青冈。

看到了树冠开张的杜鹃，那是四川杜鹃，可惜花期已过，树下苔藓上正在腐败的密集花瓣还散发着酒酿般的甘甜。

如此下数十米，上百米，两三百米，俯冲的花岗岩造成一个小小的平台，飞流的水平静下来了，化为一口平静的碧绿深潭。潭边有石，石上生树，生苔。栈道上多出一座亭阁，正供游人歇脚。凝视一渊潭水，却听见自己心跳扑扑，感到血脉与气息，周身流转。

眼前有景道不得也。

道不得么，于是想起宋人李孝先一联古诗来："春潭倒影黄昏月，古木喧声白昼风。"

只是要改三个字，"黄昏月"，眼前景是"雨后日"。

此一行，树影错落，水石相映，再加上几朵云带小雨洒然而至，十数分钟后，又见阳光突破云隙，喷薄而出，倏忽间增加了多少光影变幻！

开发此一景区的人给这些飞瀑悬泉和碧潭都各有命名，我向来不肯去记，怕过于具象的命名，影响更阔大的浑茫体验。

小立潭边，几朵云又带了雨来。雨滴落在平静的潭面，飞珠溅玉，不一会儿又复平静。雨来过吗？从花上从叶上不断坠落的水滴在面前，说，来过了。

又一回地理的剧烈跌宕，再随急转陡峭的山势，傍着飞瀑悬泉循级向下。太阳再次钻出云隙，使云水树石再次闪闪发光。地势稍缓处，我停在一块其大如屋，脱离了岩体横卧溪上的花岗岩巨石前。岩石中夹杂的细碎石英颗粒和云母片闪闪发光，那是明净透澈如钻石般的光芒。

巨石旁的树很老，岩石的岁数更老，记得山下的地质博物馆说这些岩石来自震旦纪。那么，它的年纪，这些俯冲而下的岩壁的年纪最少也有五亿年了。在更久远的地质时代，地球深处的岩浆上涌，却未突破地壳成为火山，熔化的岩浆在地下熔合不同成分的物质，渐渐冷凝，就形成了地球岩石圈最坚硬的部分——花岗岩。这些闪烁的石英和云母就是在那个熔铸过程中包藏其中的。然后，它们在多少亿年多少千万年的某次某几次强烈的地质运动中拱出地表，造成了眼前这些高山深谷。又在时间深处，被冰川，被水，被风打磨光滑，成砂成粉，风化为土，养育了草与树，养育了浩莽林海。

所以，我要凝视它，抚摸它。

手抚过巨石看似光滑的表面，指尖上起了砂。坚硬粗粝的砂，从巨石表面脱落，沾在了我的指尖。举在眼前，依然因为多种成分而折射出明暗不同的光；放在舌尖，似乎尝到了一点酸，一点咸。

花岗岩在地球上分布广泛，歌德在另外的时空中凝望过它们，并注意到其“异乎寻常的材质，那富于变化的神奇颗粒”。聂鲁达在南美安第斯山上注视过同样的岩石，观察到同样现象时说，那是“时间之盐”。延伸一下，我想，那也是我们骨骼与精神中的钙，也是四周所有高大树木最基本的养料。现在，我尝到了它的味道。

风和阳光在这块巨岩的上半部，它的底部浸在溪水里。水清无色，颜色来自岩石上生出的幽滑绿苔。

歌德和文艺复兴时期的许多大师们一样，有强烈的博物学兴趣，写过关于岩石的文章：《论花岗岩》。

他说："这种岩石的尊严因许多对其有过细致观察的旅行家而得到了维护。"

他还说："每一条通向未知路径的山脉，都在证实一个古老的经验：最高处和最深处都是花岗岩，然后才是其余各种形形色色的岩石。在地球最深的脏腑里，花岗岩不可撼动地安歇着。"

"它早于一切生命，超越一切生命。就在这一瞬间……"是的，我此时面对着这块花岗岩巨石，拈着指尖上从它表面剥落的砂粒——它的基本构成，想起了歌德的话："就在这一瞬间，地球内部那些吸引着、运动着的力量，似乎直接作用于我，而天空的影响也更近地萦绕着我。"

中国古人所说"思接千载""心骛八荒"也是指同样的境况吧？

从此开始，我的关注点似乎都在岩石形态的变化上面，至于水如何在石壁上飞扑，如何在岩脚下积聚；树如何在石缝中扎根，如何迎风造型，倒有些忽略了。因为这一切，种种奇异景象，根本还是因为岩石基座的形态变化。岩奔而泉飞，岩停而潭深。石有缝而孤树斜出，石化土而杂花生树。

数公里长的山道，岩壁时陡时缓地跌落着，一折，又一折，更像一章又一章循序递进的雄壮交响乐。不是贝多芬们制定了程式的四个乐章，而是连绵不绝的十八个乐章。

陡直时，就张挂了水的白练成为飞瀑与悬泉。这些水流本该发出巨大的喧哗，却被众多幽深如海的树林吸掉了其高音部和中音部，猛厉的奔湍变成了温柔的潺湲。奔涌的岩石歇脚，在一株枫下，在傍着老松的一丛杜鹃下聚为绿潭时，就变成一个寂静无声的世界了。潭水漫溢，无风而有波。古代诗歌写到这样的静潭与飞瀑时，总是要写到猿，写到猿鸣的。"蜀道重来老，巴猿此去闻。"现在，猿是没有了，时不时有一迭声的鸟鸣响起，倒比水声更尖锐响亮。

如此这般，时行时停，看石，看树，看水，看云，十八层飞水飘飏，十八口深潭凝碧，两个多小时，就走过了静在米仓深处的十八月潭。

离开时，在最后一个潭前停留得久些，更多的时间花在了仰望那些悬垂而下的花岗石壁。安谧而雄伟的岩石，风起时，扬起了岩石表面的水。水飞动，却依然改变不了岩石沉着的雄伟。于是，又想起歌德的话："你们是一座座最古老最可敬的时间之纪念碑。"

这简直就是最贴切的花岗岩石的颂辞。

从山道再下行数十里，宿在一个叫大坝的地方。入席小饮时，见窗外晚霞弥天。山中陡岩不见，悬泉深潭不见，只是满目林海，随着暮色渐深，正在化雾化烟。

杜鹃声中访米仓

大坝，早起，去坝前溪边行走，看水，看溪石上丛生的可爱菖蒲。

早餐后，汽车溯溪而上。数公里后，停在峡中的落叶松林间。登缆车，往米仓山最高峰的香炉峰去。

上升，缆车给人一个俯瞰森林的视角。身下不是一棵一棵的树，而是一片片连绵不绝的苍翠。这回不是站在树下向上仰望，顺着树干仰见茂密的枝叶，和枝叶后的晴空与流云，仰见飞鸟。连绵成林的树都在下方，是体积不一的树冠，一朵朵绿云一般，连绵成海，如将凝玉，似要化烟。"蓝田日暖玉生烟。"凝碧是绿，生烟也是绿；往深里重晕的绿，往浅处轻泅的绿。这些绿，弥散又连接，苍莽无际。还是绿，光映深静无声的绿，风拂波动喧哗的绿。

上升，悬浮在缆车里的人，在树林和蓝空间，仿佛变成一个个细胞，在一瞬之间，如无界的森林，如森林里每一片叶子，充满了盈动的绿。

人的祖先从森林中来，所以，我们总会在返归森林时，身心都充满这种归于生命本源的欣喜。

上升，越过鼓腹的植物丰茂的山腰。

上升，山势变得陡峭，靠近山脊的高度上，植物稀疏些了，岩石出现。

不是坚硬的花岗岩，是层层叠叠的沉积岩，显露出在沧海中水底下沉淀而成的古老年轮，告诉地质史上的种种剧变。告诉人大地隆起时，它们如何扭曲断裂，应力而起的种种细节。这是地球的编年史透露出的部分章节。大美无言，人的生命倏忽短暂，自然存在几近永恒，相对整个宇宙，却也自有起源与终点。用佛家话说，叫一念起，万水千山；一念灭，沧海桑田。

现在，我晓得自己在这缆车车厢里，如在一枚澄明的气泡中间，短暂倏忽，却也意念万千。

突然就听见了杜鹃鸟叫，是四声杜鹃。看不见鸟，但鸣声就起自下方茂盛的桦木中间。四声的鸣叫，三短一长。我不是思乡客，听到这四声，不是游子听到的“不如归去”，而是“啼时闻处正春繁”。在我听来，短的三声，是写断崖，是脊线上的孤峰，是危崖上的杜鹃树丛与孤松；一声长，是逶迤的山岭，是宽广幽深的谷地。古人行脚，听见此鸟鸣叫时，往往于孤寂处有悲情生发。李白诗：“一叫一回肠已断，三春三月忆三巴。”更应此时之景的，倒是杜甫写实的描绘：“两边山木合，终日子规啼。”

我听闻杜鹃一迭声地啼唤，心中只有葱茏欣喜。

接近峰脊的地方，缆车到站，留一段山道，让我们去攀爬，去高处，看无限江山。

此时，海拔高度已在两千米以上了。顺山道行，左手边是深谷，一棵棵树斜倚而出，使山谷更显幽深。桦、野樱桃、松、柏，老干都很有阅历的样子；枝叶新发，绿光耀眼，又都显出勃勃生机。右手边裸露出水成的石灰岩和变质岩，层次清晰分明。岩脚向里深凹处，密密地撑着许多筷子粗细的小木棍，并不是试图撑持这些作往外倾塌状的山崖，和崖壁上方的树、草和山，而是常年走山的本地人一个小小的迷信：减压。常年负重而行的山民，相信如此措置后，可以减轻腰背的疲劳与损伤。

杜鹃还在叫，四声杜鹃之外，又加入了三声杜鹃。

路旁崖壁上，泉水渗出，悬空处，滴滴凝聚，清澈透明，正是杜鹃清亮鸣声的真实写照。

水浸润处，有草花开放。

从岩石缝中，伸出一枝两枝粉色报春，花心中有明黄的绣眼。水淌到崖脚，一小片腐殖土中开出几丛玉白的银莲花，更多星星点点的白，是野草莓开花。我很乐意把这些美丽的小生命指认给同行的朋友。就这样，登上了米仓山参差的脊线。这峰脊去年秋天来过，那时，看的是满山秋色和云海。现在，又一次身在四川和陕西的地理分界线上。我们从南坡上，从四川南江县，到这里，伸一脚，便已是陕西南郑县了，脚下却没有那道心里有的线，树连绵，山连绵，浑茫一片。

当年陆游游宦南郑，再经古驿道入蜀。有诗说："当年蜀道秦关，万里飘然往还。酒病曾留西县，眼明初见南山。"他从北望南，所见南山，正是这苍莽米仓。那时，陆游在四川宣抚使司王炎幕中任干办公事，时在公元1172年。因抗金需要，王炎将宣抚使司北移至抗金前线的南郑。现在，站在山脊线上北望，晴川历历，山谷开敞，岚烟轻淡，山北宽谷中的汉水隐隐可见。陆游在蜀道上写下过"远游无处不销魂"的诗句，这段山道，也是他曾经的销魂处吗？

上到一座层岩剥蚀而成的城堡状孤峰，峰顶长着一株虬曲的老柏和几丛有我大半身高的茂密杜鹃树。收回思绪，杜鹃声中，来看开花的杜鹃。

每年五到六月，四川盆地周边山地，杜鹃鸟飞回，在林间初试啼声时，杜鹃花季就到来了，以周为期，以旬为期，不同的种类，从海拔六七百米的谷地，依次开向高山。今天是5月20日，低处的杜鹃花期已过，在这海拔两千米处，却有杜鹃正在盛开。

面前这一种，往年在川西南的小相岭上已经遭逢过了。这回，穿过四川盆地走一个对角，在川东北，又和这种美丽生灵再次相遇。

用肉眼打量，再端起相机细细打量。不同的距离，不同的视点。

读过一本美国人的书《如何观察一棵树》，也读过些杜鹃花分类研究的书，知道要如何观察打量。

树形：丛生灌木。枝：尤其幼枝有鳞片。叶：革质叶片长圆状披针形，先端尖。花序：顶生，伞形。花冠：漏斗状。花瓣：深浅不一的紫红色。花蕊：不仅雄蕊伸出花冠，雌蕊也伸出头来，一探和煦的光与风。认出来了，此花叫作秀雅杜鹃。

忘掉分类学的指引，这一簇簇紫中泛红的花，正热烈开放，一树红艳。风吹着，又突然止息片刻，使花朵摇晃或静止，使花香凝聚或飘散，使山安静或动荡。

一千多年前，诗人元稹曾两度从长安出发，越秦岭前来巴蜀。第一回，公元 809 年这个季节，三十一岁的元稹以监察御史身份前来四川办案；第二次，公元 815 年，他被贬为通州司马，使得他在秦汉即已开辟的穿越秦岭和米仓山的古道上多次往返。那时，他就在这样的季节，这样的山中遭逢过盛开的杜鹃。

有诗为证，《奉使往蜀路傍见山花吟寄乐天》，这是他公元 809 年春“使东川”时所写组诗中的一首：

其一

深红山木艳丹云，路远无由摘寄君。
恰似牡丹如许大，浅深看取石榴裙。

没错，这一树树置身危崖、斜倚道旁盛放着的杜鹃真是艳如云霞。诗人看到如许好花当然要与一生相知、在诗坛上并肩共进的白居易分享，于是作诗寄之。但他观花也有不细致处，“恰似牡丹如许大”，也对也不对。不对，是说杜鹃花单朵并不大，眼前这一种，单花的直径也就三四厘米，哪会跟牡丹一争雄雌。对，是说杜鹃是多朵密聚，植物学上叫聚伞花序，少的两三朵，多则十数朵，成簇成团，顶生于枝头，那不仅不是大如牡丹，而是大于牡丹了。杜鹃通树生花，盛开时花朵密集到不见枝叶。全唐诗歌，咏花者多，但多是出于田园的李梨，出于庭院的梅荷之类，生气勃勃的野生植物，鲜少出现在诗人们笔下。即或有，也是偶一见之，如岑参在天山中所作《优钵罗花歌》，咏的是天山雪莲花。所以，元稹这诗的记录也是十分难得，只是结尾在石榴裙上却显得艳俗了些。联想到元大诗人这一路留下的风流故事，要他不如此着笔，也难为了他。倒是他与白居易的深切情意更让人感念，见了好花，一首未能道尽其美，就再续一首：

其二

向前已说深红木，更有轻红说向君。
深叶浅花何所似，薄妆愁坐碧罗裙。

这是说，开深红花的杜鹃外，又在高天之下的盘曲驿道上逢到了另一种轻红花的杜鹃。杜甫写桃花诗说“可爱深红爱浅红”，也是这个意思了。只是，一下又说到裙子上去，到底是玉成了莺莺故事的元稹嘛。

晴空万里，天朗气清，一树树杜鹃，开得如此热烈奔放，我只感到欢欣与奔放，元诗人却见出愁来，古诗的路数叫“景语作情语”，想必是缘于他心中有着浓重的相思之苦吧。

现在，我的想法比他严肃。这个想法是：中国诗歌从《诗经》和楚辞开始，那样多的自然之物，美草香花，后来怎么日渐变少呢？看到如此美丽的花树，元稹写了，却连称名都不能够。白居易作答的诗中，这花才有了名字：山石榴，或杜鹃花。

白居易诗《山石榴寄元九》，并有序：“山石榴，一名山踯躅，一名杜鹃花，杜鹃啼时花扑扑。”

九江三月杜鹃来，一声催得一枝开。
江城上佐闲无事，山下劚得厅前栽。
烂熳一阑十八树，根株有数花无数。
千房万叶一时新，嫩紫殷红鲜麴尘。
泪痕裛损燕支脸，剪刀裁破红绡巾。

谪仙初堕愁在世，姹女新嫁娇泥春。
日射血珠将滴地，风翻火焰欲烧人。
闲折两枝持在手，细看不似人间有。
花中此物似西施，芙蓉芍药皆嫫母。

杜鹃花开遍中国东西南北，白居易在江州时见过野生杜鹃，还移栽过杜鹃到自己的庭院，不仅可以称名，观察也比元稹细致多了。时令：“九江三月杜鹃来，一声催得一枝开”；形态：“根株有数花无数”“千房万叶一时新，嫩紫殷红鲜麹尘”。初格了此物，观察细致如此，白也不是不好色的人，但还是不大同意他石榴裙的比喻：

商山秦岭愁杀君，山石榴花红夹路。
题诗报我何所云，苦云色似石榴裙。
当时丛畔唯思我，今日阑前只忆君。
忆君不见坐销落，日西风起红纷纷。

寄身官场游宦时，白居易也在元稹走过的“商山秦岭”中的驿道上行走过，季节不对，没有见到元稹见过的杜鹃。但在和散关、函谷关和萧关并称“秦之四塞”的武关见到了元稹题于壁上的咏杜鹃花诗，而写下诗柬，《武关南见元九题山石榴花见寄》：

往来同路不同时，前后相思两不知。
行过关门三四里，榴花不见见君诗。

元稹当即作答，《酬乐天武关南见微之题山石榴花诗》：

比因酬赠为花时，不为君行不复知。
又更几年还共到，满墙尘土两篇诗。

当年元稹写杜鹃诗未必即在此处，但到东川，尤其是到通州，这米仓古道是他必经之处，这里的杜鹃也定使他触目惊艳而深有感发。有元白诗垫底，此处杜鹃与别处杜鹃自就大不相同，不是“寂寞开无主”了，不是“涧户寂无人，纷纷开且落”的山中红萼了。海德格尔说得好：“唯有词语才让一物作为它所是的物显现出来，并所以让它在场。”这里的杜鹃因元白的书写，从唐代就一直在场，就一直开在秦汉即已开辟的傥骆道、陈仓道、金牛道和米仓道上；在秦岭，在巴山，在米仓山上。今天，我行在这古道上，杜鹃花树树盛开，惊艳繁花之盛时，记忆深处，诗情唤醒，逶迤而来。杜鹃鸟声声啼唤，此时又加入了双声杜鹃一递声一递声悠长的啼唤：“布——谷——，布——谷——”山下坝中，农人收了小春，正在灌满了水的田中，插下青翠秧苗，而在这高天下的山岭之上，正当林海苍翠，杜鹃盛开。

去年，在川西南某地，在同样的岭上，也是杜鹃声声，催得杜鹃花开得满坡满岭。主人说，山无名，老师起个名字。我说，杜鹃声中杜鹃开，迢递岭上花如海，就叫杜鹃岭吧。

此处也是一道杜鹃岭，却自古有名。岭的最高处叫香炉峰，蜿蜒向东，又向西，深远浩渺的山脉名叫米仓山。

陪同的主人一直在说遗憾，说我来晚了三天。三天前岭下谷中下雨时，岭上不止一场大雪，使得已经盛开的杜鹃花朵凋落了许多，若早几天来，岭上杜鹃会更华美壮丽。但我已经非常惊艳了。当年，元稹诗中，先是逢着深红的杜鹃，然后才逢着轻红的杜鹃。这一回，我是先在接近峰顶处逢到了轻红的杜鹃——前面说过了，种名秀雅杜鹃。到了峰脊上，一座座石灰岩城堡般的突起，喀斯特地貌发育早期的特征鲜明。喜酸的杜鹃树深扎在岩石的缝隙中间，在危崖上旁枝斜出，姿态各异，正如元稹诗中所写，一树树艳若“丹云”，经得起人近观远望。

杜鹃鸟在歌唱，用双音节、三音节和四音节。

杜鹃花在盛放，用百树千树，用千枝万朵。

和秀雅杜鹃相比，眼前这种杜鹃，干与枝更虬曲粗壮，叶更加革质化，更规整密集，如人用舒张的十指诚心诚意地向天捧出了更红的花。

这回，我这个业余的植物学爱好者叫不出这种美丽杜鹃的名字了。来前，在杜鹃花的地理分布上做过一点功课，想必该是秦岭杜鹃，但不敢肯定。再过几树，看过，用相机拍过，又似乎觉得是山光杜鹃，更有可能是山光杜鹃的某个变种。杜鹃花科杜鹃花属种类繁多，在四川盆地四周山区就有三百种以上，其种与种之间的分别细微，在植物分类学界，也将杜鹃种类鉴别戏称为分类学噩梦。如要仔细分别，通常要仔细观察比较枝、枝上鳞片、叶形、叶脉、叶上被毛、花形、花色、雄蕊、雌蕊，特别是雄蕊的长度与数量。我来米仓，时间只有一天半，行到岭上，已经日近正午，下午还有另外的行程，显然没有这般仔细观察的时间。加上，如要这样观察，需要折一两枝花，做点解剖功夫，看花瓣的构成，数花蕊的数量。此时，身边游人络绎，做这样的事情，虽说也有正当理由，但在别人的眼里，肯定是极不文明的行为。便宽自己的心，想自己也不是专业的植物学家，陷入如此琐屑的分类工作，也没有太大的必要，便作了罢。什么时候，得了机会，向懂得米仓山中植物的专家请教就是了。

但想到遇到一种如此美丽的植物，却未能称名，心中还是留有不大不小的遗憾。

回来，还和一个植物学界的人吐槽，植物学是不是也有某种迷途，为分类而分类，太琐屑太细微，有些过犹不及了。

索性就给它一个种名，山光杜鹃或什么杜鹃吧，毕竟歌德也说过：“在观察活动中，错误也是有益的。”

但还是作罢，也许留此遗憾，是为了再来，想到此，也就把未能称名的遗憾放下了。

去年来米仓山，是来看闻名四方的深秋红叶。当时就在这岭上，看见一树树过了花期的杜鹃。当时就说，还要来看杜鹃。今年杜鹃开时，记得我话的主人就来催问。但还是来晚了一点，低海拔处的杜鹃已过花期，在这山上逢见两种，其中一种的种名，还在未定之中。

也是这个悬念，使得我在下山道上，还往岭上高处频频回看。

又或者，冬天积雪时再来，那定是另一番景象。当年元稹数次往返秦巴道上，其中一首纪行诗也写到了这里的冬日景象：

才见岭头云似盖，已惊岩下雪如尘。
千峰笋石千株玉，万树松萝万朵银。

有这岭上景，有这唐时诗，可能确实会引我来三游米仓。

大坝

二游米仓，住在海拔一千多米的大坝。

坝，四川话就是山间平缓的盆地。顾名思义，大坝这片宽阔的谷中平地，是米仓山中好些个坝中最大的那一个。米仓山中这些坝子，历史上曾经作用巨大。比如楚汉争霸时，刘邦带兵退据汉中时，背靠米仓山，这些山间平坝正是他屯兵种粮，厉兵秣马之处，当时，就在大坝升旗筑起一座名叫牟阳的古城。与大坝相隔不远，还有一个小点的坝叫铁炉坝，就是当年韩信拜将后，造炉炼铁打造兵器的地方。

在旅舍住下，窗前立着高大的落叶松。

推窗放眼，见焦家河蜿蜒穿过坝子，青山四合。古城不存半点踪迹。溪边平旷处，是人工栽植多年的成林的厚朴。从香炉峰下来，主人安排了午休时间，一小时后，再去寻一道已然淹没于密林之中的古代隘口。行程短暂，明天就要离开，舍不得睡觉，就去厚朴林中走走。厚朴是木兰科植物，这一科植物是一个华丽家族，最漂亮的，是园林中的玉兰。厚朴则是这一科中树身最高大的品种之一，十几米的树身通直地向着天空伸展，花正在开，并不密集，花瓣肥厚，象牙白的花朵硕大。在这深山中，当地人种植它们，是作为药材，药用部分是它的皮，行气化滞，祛风镇痛。药效若何，未曾试过。只在此时，在林中闻见厚朴花香气浓郁。

行在树下时，手机微信声嘀嘀作响。

本县文物局长发来的。下午的行程是去寻淹没于丛莽的古关隘，午餐时他见我想事先了解一点关隘地望，就把地方志上与之相关的十多个页面拍了照发来。

我倚树坐下，看旧志书，知道即将要北上山中寻觅的古关隘叫巴峪关，在四川南江县大坝和陕西南郑县小坝间的山岭之上。

道光年《南江县志·关隘》：“巴峪关，在县北一百五十里，接连陕西南郑县。”

民国《南江县志·道路》：“……东北行四十里，关坝；三十里，米仓关；二十五里官仓坪（即巴峪关）。”又接着说：“一百四十里，南郑县。此路线为汉代米仓道。”

有了这些文字，虽然四望皆是密闭的树林，方位感立即清晰，知道自己所在的大坝，正在米仓古道上的米仓关和巴峪关之间。巴峪关在北，米仓关在南，穿过大坝的溪流呈的是东西走向。走出树林，太阳当顶，我的位置正是倚北而望南，背靠是山，面前，隔一条宽谷，又是一道隆起的山脉。

由此也直观地知道米仓古道越岭穿坝，上岭为关，下关为坝，岭坝相间，迢递绵远。

下午两点，重新启程。缘溪行数里，弃车步行。溪流分岔处，入口平缓，树林中草地亦是牧地，觅草的牛体肥膘满。脚下草地水分充盈，下脚重一点，便有泥水上涌。树林主角是落叶松，是杉，都是人工种植。二十多分钟后，透过林隙见前面山岭陡起，要寻的关隘就在岭上。山道离开溪流转上左边山腹，进入原生林中。树种杂多，有枫，有水青冈，有楸，有柳，有桦，还有矮小的纤细的树，在阔叶的乔木下开着秀雅的白花，很雅致的花香，是山矾科的白檀。

脚下是秦汉时代即有的古道，如今林木四合，曾经被千万双人脚，千万只马蹄踏过的铺路石上长满了湿滑的青苔。请来的村民在林中开路，挥长柄弯刀刈去拦路的枝桠，同时嘴里嘘嘘有声，问他发声为的是什么？说是驱蛇。我常在山中行走，不怕猛兽，却对软体的爬行动物敏感，开路村民的嘘嘘声，使我毛骨悚然。好在攀行一阵，也没见蛇出现，身心又慢慢宽松下来。前些天一直下雨，脚下泥路湿滑，陡峭处进三步退两步，攀爬困难。同行者是去年到米仓山时就陪过我的，县政协主席，文物局长，女镇长，我的作家同行，新添一位，巴中市文联的女主席，他们都是此山中人，都比我年轻，都是如履平地的样子。我受损的左膝在要紧处总是酸软无力，却不好意思声张。还是开路的村民看出了我的难堪，劈了一段花楸枝，斩头去尾，做成一根拐杖递到我手上。有此倚杖，越溪时才敢大步跳跃，上陡坎时才有了可靠支撑，着实助力不少。行在郁闭的林中，视野中浓绿的枝叶交错，越靠近山顶反倒越望不见山顶。旧县志上有记载："路通汉中，山径迫狭，上多幽岩，荒谷，日光不到。"

虽说日光不到，但林下仍开着大片紫堇，借机作观赏状，停下来喘几口大气；再给大家指认紫堇和也在放花的植物，如翠雀，和未放花的七叶鬼灯擎，又得了几分钟喘息时间，才继续向上攀爬。

一个多小时后，看到了天光，望见了岭头。

四周树木稀疏了些，脚下多了错落的方正大石，长满了青苔和开密集黄花的景天。

又十几分钟，坡度变得平缓，巴峪关已在眼前。

巨石垒成的厚重石墙，横亘在岭上豁口。墙头长着大树，壁缝间挂满蕨类植物。

厚重石壁中一道拱顶石门，门拱上刻石的大字被一丛灌木掩去。同行者要砍去那丛灌木，让我看到下面的字，我说不妨，无非是"川陕锁钥"或"秦时明月汉时关"一类的话吧。亲眼看见这关隘就好了，亲身从这石门中穿过就好了。真的就从石门中穿过去了。穿过了地理分界，从川北到了陕南；穿过了时间，古老的米仓道上一处关隘，在秦汉，在宋元明清，也是在今天。关门北边，是一块小平地，建筑倾圮后乱石横陈，石头间长满茂盛的树与草。山岭向两边升起，厚重的石墙顺着山势上升，没入丛莽。

米仓道在秦汉时即已开辟，萧何走过，韩信走过。唐时又有元稹走过，彼时岭上关隘如何摆布，驿站如何措置，年代邈远，书无记载，已不得而知了。

当地志书关于此关修筑的明确记载是在明代嘉靖年间。

一位叫杨瞻的监察御史于公元1543年巡视巴州，决定在这海拔二千一百米的岭上建立关隘。“墙楹矩度，唯事坚固。”顺岭脊起了城墙，城墙间开了关门，关门上还有望楼。关门附近建官厅三楹，各带耳房；又建守兵营房十数间，目的在保证商旅通畅，过往人众安全。从此商旅络绎，通铁、盐、纸、漆、布、帛、米、麦和各色土产。到清代，关上还建了粮仓，所以民间也给此关另一个名字：关仓坪。

如今在这古老关口，关墙上已长起百年老树，根茎盘曲，包裹着巨石。关上建筑都已倾圮，只有一座方正如灶台的小石龛还保持原状，只是内里却空空如也。想必当年其中一定蹲踞一座土地神或什么神的石像，享受过往行人祈求佑护的香火。我发现龛旁斜升起几枝漂亮草花，密集的管状黄色小花在茎上成排悬挂，那是管花鹿药。

一行人在此或坐或立，怀古，饮水。开路的村民拿出了替大家准备的干粮，干粮很特别，一块方正的带着烟熏色的豆腐干。香，有嚼劲，微咸，下到肚子里，增加了身上的力量。

大家置身在这古老的米仓道上，虽不至于“伤心秦汉经行处”，也难免要面对废墟感叹兴亡，面对岭上岭下蓊郁的林木，赞叹自然的伟力。

最后的话题自然集中到旅游开发上来。

巴峪关连同掩没于丛林中的米仓道，是可上溯秦汉，串连魏晋唐宋元明清，直观的历史长廊，人文遗存丰富，沿途地质形态多变，浩渺森林中生物多样性充足。人文、自然两相辉映，都是非常难得的观赏资源。目前，南江 县，围绕米仓古道，重资打造了若干景区，如我去秋到过的两河口的奇峰深峡，两度攀上的米仓山顶，和昨天下午新去的十八月潭等，都是绝美的自然观赏地，更兼沿途不断有人文遗迹呈现，四处弥漫着历史云烟，足以让近年来所提倡的全域旅游能够充分实现。我个人觉得，米仓道上，上关下坝，关坝相连，值得沿古道作轻度开发。具体做法，就是沿湮没古道，小施人工，开出一条步游道，穿坝越溪，上岭过关，使沿途人文遗存和地质生物资源逐次呈现，恰是一条低难度的上佳的徒步旅游路线。这条路线的开辟，还有一个大作用，就是将现在因为地理广阔而互相隔离的南江诸景区串联起来，使之成为一个有机整体。

风拂林梢，太阳西斜，该下山了。

“行客不知倦，裁诗过岭头。”

一路穿林下坡，路滑腿软，汗湿衣背。一个多小时后，已回到谷底平缓处，顺溪流而上归路，再回首时，关隘在暮云下早隐入林间。

平旷的大坝出现在眼前，四望除了逶迤青山，就是满坝的厚朴林，和其间零星分布的旅游设施。一派寂静清幽景象。而在古时，这里却是兵戈铁马之地。楚汉相争时，刘邦麾下大将韩信曾在此建了城，养精蓄锐；三国时，蜀国大将张飞曾在此大败屯兵牟阳的魏国大将夏侯渊和曹仁，牟阳古城也因此毁于兵火。

晚上小酒解乏，窗外山头，霞光漫天。

下酒的话是这山中由南迤北、穿坝越岭的米仓道上，别的坝，别的关。

睡在床上，翻看志书，还想象如在古道官舍驿站中住上一晚，案上有酒，壁上有诗，该是如何境况。于是，又想起元稹当年行于此道中，宿于驿站中的诗《使东川·望喜驿》，此情此心，庶几近之：

满眼文书堆案边，眼昏偷得暂时眠。
子规惊觉灯又灭，一道月光横枕前。

窗外风清星耀，林海无声，溪流潺潺。

（原刊于《收获》2022 年第 5 期）